白先勇細說紅樓夢

【下冊】

【第八十一回】

占旺相四美釣游魚　奉嚴詞兩番入家塾

因為發現了一個繡春囊，賈府在大觀園自己抄家，寶玉身邊被王夫人認為是狐狸精的女孩子通通趕走，趕了以後，有的病死，有的自殺，有的出家當尼姑，這個大轉折使得大觀園的繁華往下落了。到第八十一回，整個書寫的筆觸也宕下來，有的批評說，前八十回文采飛揚，非常華麗，後四十回筆鋒黯淡，我認為這是因為情節所需。前面寫的是太平盛世，賈府聲勢最旺的時候，需要豐富、瑰麗的文采，後四十回賈府衰弱了，當然就是一種比較蒼涼、蕭疏的筆調出來了。因為前面調子拔得很高，這時候突然間降下來，很容易感覺到，我認為不是因為他的文采不逮，而是故意的，寫衰的時候，就是用這種筆調。

八十一回一開始，寶玉為迎春的遇人不淑擔憂，夜不成眠。迎春歸去之後，邢夫人像沒這事一樣，迎春是她名義上的女兒，但她毫無疼惜之心，賈赦更自私，用了孫家的錢，陷迎春於難堪的處境。倒是王夫人對迎春撫養了一場，頗為傷感，在房中嘆息。寶玉走來請安，看見王夫人臉上似有淚痕，也不敢坐，只在旁邊站著。王夫人說：「你又為什麼這樣呆呆的？」寶玉就講，「咱們索性回明了老太太，把二姐姐接回來……」講小孩子話嘛！那個時候的規矩，嫁出去了，怎麼可能住在娘家不走了呢。一二八三頁，王夫人說：「你又發了呆氣了，混說的是什麼！大凡做了女孩兒，終久是要出門子的，嫁到人家去，娘家那裏顧得，也只好看他自己的命運，碰得好就好，碰得不好也就沒法兒。你難道沒聽見人說『嫁鷄隨鷄，嫁狗隨狗』，那裏個個都像你大姐姐做娘娘呢。」我說《紅樓夢》的大觀園就是個兒童樂園一樣，寶玉跟這些姐妹們在一起度過他們最純潔的童年，這些青少年在裏頭沒有長大，沒有成人的煩惱，沒有外面世俗的污染，那是個理想世界，人間的太虛幻境，但是人總有一天會長大的，人大了，就開始有煩惱了，女孩子的第一個煩惱就是要出嫁。從前沒有自由婚姻，即使有自由婚姻也是個煩惱，到了婚嫁的時候是人生大關。你想想看，你選一個人，選中了就一輩子，這是多麼大的賭注。王夫人把他說了一頓，寶玉看講不通了，心裏不舒服，就跑到瀟湘館去。黛玉是他的知音，只有黛玉能懂他，所以一進到瀟湘館大哭起來。黛玉一看怎麼回事啊？是不是我得罪你了？他們兩個小兒女常常嘔氣嘛！他說：「不是。」那為什麼傷心？一二八四頁，寶玉道：「我只想著咱們大家越早些死的越好，活著真真沒有趣兒！」想死了。自從七十八回晴雯死了以後，寶玉就變了，有一種傷感，之前不懂的。晴雯是他最心愛的一個丫鬟，我講過好多次，晴雯也是黛玉的另外一個分身，在眾姐妹裏面，黛玉是他的知己，在眾丫鬟裏面，晴雯是他的知己，所以晴雯這樣冤死，而且為他而死，寶玉是非常傷心的，寫了那麼長的一篇悼文祭悼她，人生的哀愁開始了。

寶玉出家就像《西遊記》裏面的唐僧取經一樣，要經過九九八十一回的劫難，經歷人生各種的生離死別，他最後才悟道。在某種方面講，《紅樓夢》寫賈寶玉，可以說是一個佛陀這種人物 Buddha character。寶玉的出家，跟悉達多太子最後的悟道有相似之處，享盡了榮華富貴，看穿了老病死苦，各種的人生苦難，一個一個經過他的眼前，所以這個時候迎春的苦難觸發了他的傷感。黛玉說：「這是什麼話，你真正發了瘋了不成！」寶玉道：「也並不是我發瘋，我告訴你，你也不能不傷心。前兒二姐姐回來的樣子和那些話，你也都聽見看見了。我想人到了大的時候，為什麼要嫁？嫁出去受人家這般苦楚！還記得咱們初結『海棠社』的時候，大家吟詩做東道，那時候何等熱鬧。如今寶姐姐家去了，連香菱也不能過來，二姐姐又出了門子了，幾個知心知意的人都不在一處，弄得這樣光景。」這種光景，大家散了！寶玉不喜歡散，他恨不得大家永遠不散，但天下沒有不散的筵席，所以散的時候很傷心。自從賈府自己抄家，寶玉身邊的人好幾個被趕出大觀園，像寶釵這樣的客人，雖然沒有查抄到她的屋子，但想著要避嫌，自己也搬出大觀園了。園裏本來是十二金釵，姹紫嫣紅百花齊放，現在一個一個走掉，黯然失色了，所以寶玉傷心，很懷念大家一起吟詩作賦最快樂的時光。「黛玉聽了這番言語，把頭漸漸的低了下去，身子漸漸的退至炕上，一言不發，嘆了口氣，便向裏躺下去了。」這段寫的好，沒講什麼，但你看得到這種衰頹。黛玉了解他的心事，他那種傷感，黛玉馬上感染到了。

寶玉回去怡紅院，百無聊賴，隨手拿了一本《古樂府》來看，一翻看到曹孟德的〈短歌行〉，「對酒當歌，人生幾何，譬如朝露，去日苦多」，曹孟德就是曹操，這一首詩很有名，講人生苦短，像清晨的露水，曹操一代梟雄，也感到人生的無常與虛幻。寶玉以前從來沒有過這種蒼涼的心境，他也許傷心過、哀痛過，可是這種蒼涼他不曾感受。本來他是一個很開心的青少年，這時候好像一下子老了，一看到就很刺心。他放下，又拿了另外一個集子，是魏晉的《晉文》，看了幾頁，忽然把書掩上，托著腮，只管痴痴的坐著。襲人來倒茶給他，說：「你為什麼又不看了？」寶玉也不答言，接過茶來喝了一口，便放下了。襲人一時摸不著頭腦，也只管站在旁邊呆呆的看著他。忽見寶玉站起來，嘴裏咕咕噥噥的說道：「好一個『放浪形骸之外』！」這是王羲之〈蘭亭集序〉裏面的一句話。大家知道魏晉是老莊思想盛行的時候，那時是亂世。中國人有兩套哲學，《紅樓夢》裏面這兩套哲學就常在衝突。一個是進取的儒家，一個是退隱的道家，這入世、出世兩種哲學一直互相消長，中國人的 personality 有這兩樣東西存在，我們才活到今天，可進可退，不會一下子垮掉。我覺得中國人的個性像竹子，你把他彎往這裏彎到底，你一放，蹦！他又跳回去了。就是兩種哲學互相為用。魏晉的時候老莊思想盛行，寶玉的個性本來傾向這一邊的，曹雪芹總在適當的時候，藉著一本古籍、一首詩、一句話剛好點題。這個時候怎麼形容寶玉的心境，很難啊！講半天也講不清楚。用「對酒當歌，人生幾何」、「放浪形骸之外」說他的傷感，他人生的最後想要解脫，就點出來了。《紅樓夢》的力量也常藉助古典文學畫龍點睛似的運用自如。

一二八六頁，寶玉到大觀園裏面去，「一時走到沁芳亭，但見蕭疏景象，人去房空。」前八十回的大觀園，寫的都是花團錦簇、熱鬧繁華的景象，這個時候寫人去樓空的感受。我講了，走的走，亡的亡，散的散。「又來至蘅蕪院，更是香草依然，門窗掩閉。」蘅蕪院是誰住的？薛寶釵住的，以前他也到蘅蕪院去看寶釵，這時候寶釵已經搬出去了，「香草依然」。《紅樓夢》有他的語言風格，白話文與文言文交叉運用，用的好！有時候文白相夾，用得不好很生硬，插不進去的，《紅樓夢》你看他就「香草依然」四個字，把蘅蕪院景物依舊、人事已非的感受寫盡了。

寶玉轉過藕香榭，遠遠的看見幾個人在釣魚，一看是探春，李紋、李綺這兩姐妹，還有邢岫烟。李紋、李綺是寶玉的嫂嫂李紈的姪女兒，來投靠這個賈府的窮親戚。賈府那麼大，盛的時候總有一羣走動，有的是窮親戚，有的是富親戚。像薛寶釵家裏面很有錢是富親戚，李紋兩姐妹就是其中的窮親戚之一。在這部小說裏，她們是真正的 flat character，從頭到尾，沒有給她們任何個性，也沒有講她們長得怎麼樣，大概長得不會醜啦，醜女進不了大觀園。她們還會寫幾句詩，除此，她們沒有故事，也沒有任何引導劇情的作用，這種 character 在《紅樓夢》裏有好幾個。那為什麼要寫她們呢？其實就是要湊熱鬧。小說裏面也需要一些陪襯，每次出來就都是那個樣子，沒有變化的，一部小說裏面如果通通變成 round character，那就互相打架了。有她不嫌多，沒她也不嫌少的人物，你真的拿掉了，就會覺得好像大觀園裏面少了幾棵草。大觀園裏面需要很多的花花草草，曹雪芹把她們放在那個地方，填滿了，站在那裏不動，就好像我們唱一齣戲要幾個龍套，沒有的話，舞臺空空的不好看。邢岫烟不同，她是一個 minor character，次要角色，她有個性，而且是有故事的。

這幾個女孩子在釣魚。《紅樓夢》裏面做什麼都有意義，他不會寫一大堆沒有意義的事情，這幾個人釣魚，你看回目「占旺相四美釣游魚」，就知道等於是卜卦一樣的，用釣魚試一試自己的運勢。中國有一句話「釣金龜」，就是釣一個好女婿，這幾個女孩子後來都不錯，探春遠嫁海疆大吏，李紋也嫁了一個公子，邢岫烟後來嫁給薛蝌，都有歸屬。唯獨賈寶玉，他姜太公釣魚，沒有與最愛的人結合，他的婚姻不是完美的。後來雖然娶了薛寶釵，我有一個看法，薛寶釵不是嫁給賈寶玉，是嫁給賈府，是嫁給賈府宗法社會一個很重要、需擔大任的位子。這些都有意義在裏頭。

釣了半天，寶玉的丫頭麝月跑來說，老太太找你呢。到了賈母那裏，原來正在談有個會作法害人的馬道婆事敗了，給官府抓起來了。記得嗎？有一回，趙姨娘跟這個馬道婆勾起來，用紙人插針要害鳳姐跟寶玉，從前中國人相信這一套。拿那個針來戳紙人，戳到他們兩個發瘋，差點死掉。馬道婆等於是個巫婆，幸好那個瘋瘋癲癲的和尚又出現了，他念念咒，把寶玉那塊玉弄一弄，才救了回來。馬道婆犯案被抓住了，原來是她，害人的！王熙鳳跟寶玉回想，他們也懷疑是趙姨娘作的梗，不過為了面子的關係，家醜不可外傳，就不出聲壓下來了。趙姨娘心地怨毒，當然下場也不好。

這回的後半部「奉嚴詞兩番入家塾」，講賈政要寶玉重進私塾念書。從前像賈家這種大家族，不光是賈府，他們還有很多叔叔伯伯，反正都姓賈，在那種宗法社會，要給子弟受教育，這種家族就開一個家塾，開學校，請老師，來教導這些子弟們。寶玉第一次進私塾的時候，年紀還小，他之所以願意進去，其實有另外一個目的，他有一個好朋友秦鐘，是秦可卿的弟弟，跟他差不多年紀，長得很好，兩個人互相羨慕，有一段非常好的感情。秦鐘除了是寶玉念書的伴侶，啟發他對男性的感情之外，他還有很重要的象徵上的意義。秦鐘——情種，《紅樓夢》非常 subtle，意義一層一層，取個名字也不會隨隨便便。在第五回裏有幾個曲子，等於是《紅樓夢》的 prelude 前奏曲，講他們整個的命運，一開頭的那個曲子〔紅樓夢引子〕：開闢鴻蒙，就是天地開的時候，誰為情種？所以「情種」兩個字很要緊，秦鐘有他的意義。秦鐘早夭，寶玉一直思念著他，我們說《紅樓夢》千里伏筆，秦鐘好早以前就死了，好多回都沒有講他了，偶爾提過一次，講柳湘蓮為他修墓，後來就不講了，到這個地方又出現了。

秦鐘不在以後，寶玉沒心思上學了。裝病，病了嘛！稀哩呼嚕就不念了。這麼久以後，賈政想起來，寶玉長大一點了，將來還是要去考科舉，這也是賈政對他最高的期望。考科舉就要念八股文，必須把他又趕回學校去，賈政還親自把寶玉送到私塾。私塾裏原本有一個老先生賈代儒，是賈家的一個親戚，學問大概很好，中過舉人之類的上不去了，淪落到變成教書先生。考上舉人後再考上進士，都是做官去了，弄到去教書糊口，那是文人的末路。一二九二頁，賈政送寶玉去了，就說：「我今日自己送他來，因要求托一番。這孩子年紀也不小了，到底要學個成人的舉業，才是終身立身成名之事。如今他在家中只是和些孩子們混鬧，雖懂得幾句詩詞，也是胡謅亂道的；就是好了，也不過是風雲月露，與一生的正事毫無關涉。」寫詩，當時是邪門歪道，不入正流，要寫八股文章。你跟前面對照，這很大的諷刺。一二九一頁，賈政說，要考試，到底要以文章為主，你一點功夫都沒有，現在你不許作詩，多作八股文。寶玉前面剛剛要學魏晉竹林七賢「放浪形骸之外」，這下子馬上又抓來作八股文了，這是他最厭惡的東西。這種 irony，諷刺，曹雪芹不經意的這麼放下去，你要讀得很仔細才看得出來，跟他前面是尖銳的對比。寶玉有靈性，他的詩詞歌賦不錯，但是那時候作詩沒用，不像唐朝作詩可應考，詩作得好可以做大官，所以唐朝詩人多。清朝就是四書為主，考經書，考八股文，把人的思想抓得緊緊的。

你看一二九三頁這個地方有意思：代儒回身進來，看見寶玉在西南角靠窗戶擺著一張花梨小桌，花梨是很好的木頭。右邊堆下兩套舊書，薄薄兒的一本文章，叫茗烟將紙墨筆硯都擱在抽屜裏藏著。代儒道：「寶玉，我聽見說你前兒有病，如今可大好了？」寶玉站起來道：「大好了。」代儒道：「如今論起來，你可也該用功了。你父親望你成人懇切的很。你且把從前念過的書，打頭兒理一遍。每日早起理書，理書就是溫習書，飯後寫字，晌午講書，念幾遍文章就是了。」寶玉答應了個「是」，回身坐下時，不免四面一看。他幾年前在這邊私塾裏念過書的，那時候他在裏面大鬧學堂，大打出手，這些小孩子互相吃醋嘛！見昔時金榮輩不見了幾個，那個金榮是其中頑童之一，又添了幾個小學生，都是些粗俗異常的。景物依舊，人事已非，都變了。下面出現一句：忽然想起秦鐘來，所以我講嘛，後四十回不是別人寫的，如果是高鶚寫的，我想，他顧不到這個地方，想不起這個東西的，在好多回以前，秦鐘跟寶玉的關係，在這個節骨眼的地方又出現了。本來很乏味的這麼一章，回去私塾裏面，怎麼寫？又沒有任何 drama，不好寫。你寫寶玉回來，理理書就完了，那麼這回就糟糕了。這一句話，把它提起來，你看，寶玉忽然想起秦鐘來，如今沒有一個做得伴說句知心話兒的，心上淒然不樂，卻不敢作聲，只是悶著看書。就這麼一句話，心情變了，想到過去死去的朋友，寶玉的心境越來越淒涼，所以他出家不是偶然的。我們看小說要看這種地方，如果你放過了，就不曉得他的妙處和重要性。寶玉回來念書講了半天，其實就是在等這一句，前面都營造好了，你以為他囉囉嗦嗦講了半天，等他畫龍點睛，嘣的出來一句，一下子，這一回就完整了。所以他每一回是一個很完整的單元，這時以思念起秦鐘把這一回作結。

有人說，我記得張愛玲講的吧！她說看完前八十回，到了八十一回天昏地暗。這個地方她一定沒看懂，八十一回妙在這裏，把前面都扣住了，才往下走得了，如果他不寫這一段，不寫這麼一句話，前面崩掉的，跟它不連結的。這一回的確沒有什麼太重要的人物出現，也沒有什麼太重要的事情發生，就在這個地方、這個時候，他畫龍點睛一下，就把整本書扣住了。

【第八十二回】老學究講義警頑心　病瀟湘痴魂驚惡夢

寶玉去念書了，回來就跑去跟黛玉抱怨，只有黛玉了解他。黛玉叫紫鵑：「把我的龍井茶給二爺沏一碗。二爺如今念書了，比不的頭裏。」現在念書了，是個書生了，快點把最好的茶拿出來給他。一二九八頁：寶玉講了：「還提什麼念書，我最厭這些道學話。」他不喜歡這些。從前，文人都要作八股文，《紅樓夢》是在乾隆的時候，從明朝這樣下來，多少人在寫那種文章。現在我們想想，那些八股文人都到哪去了？不曉得。那些八股文怎麼我們都不要看了，不再念了，全是些應景的、應試的東西，沒有真正的生命，不是講自己真心話的文章。寶玉是個真人，他不喜歡虛偽，不喜歡制式，不喜歡所謂social convention，人家定的那個社會規矩。他說：「更可笑的是八股文章，拿他誆功名混飯吃也罷了，還要說代聖賢立言。這倒是真的，乾脆承認它是拿來騙功名的也就算了，還要道貌岸然講的都是些夫子之道，那些四書五經給這些八股文搞壞了，搞得大家看了很厭惡，不想深究真正的、裏面的內涵了。你看，好些的，不過拿些經書湊搭湊搭還罷了；更有一種可笑的，肚子裏原沒有什麼，東拉西扯，弄的牛鬼蛇神，還自以為博奧。這那裏是闡發聖賢的道理。目下老爺口口聲聲叫我學這個，我又不敢違拗，你這會子還提念書呢。」這是寶玉講的真心話，他很厭惡八股文，他喜歡魏晉的東西，他個性比較接近魏晉名士的老莊思想，所以用蟲子形容那些鑽營求功名的人，叫人家「祿蠹」，很看不起。如果大家看了當時的《儒林外史》，就知道很具諷刺性，講那些科舉百態。中國以前的讀書人也可憐，唯一的出路就是作八股文，八股文作得好才能考取功名，才能上得去做個一官半職，要不然就像賈代儒一樣教書了。當時的 social mobility 社會流動性是相當有限的。像賈府這種家庭，賈政當然希望寶玉走上仕途。

不過黛玉講了句話，倒是有點意外。但是我想背底下的意思不一樣。黛玉道：「我們女孩兒家雖然不要這個，但小時跟著你們雨村先生念書，也曾看過。內中也有近情近理的，也有清微淡遠的。那時候雖不大懂，也覺得好，不可一概抹倒。況且你要取功名，這個也清貴些。」黛玉本來不鼓勵他去考功名的，但要曉得，黛玉這時候也知道寶玉大了，漸漸成人了，那個時候他唯一的出路也是去考試。我想黛玉意思是說，你不要只看表面，那些夫子之道也有道理的，她勸他而已。寶玉聽到這裏覺得不甚入耳，他聽不進去。因想黛玉從來不是這樣的人，怎麼也這樣勢欲薰心起來，又不敢在她面前反駁。所以他們兩個現在在一起的時候，跟小時候那種小兒女互相嬉鬧不一樣了。當時兩個人天真無邪，如今寶玉慢慢轉變了，黛玉也有了心事，所以後來就作惡夢了。我想，成年 coming of age 對他們來說是種很大的壓力。

寶玉回去就拿四書出來念，不念還好，念了四書，頭也痛，又發燒，這一套夫子之道跟他體質不符，念了會有 psychological 的反應的。到這地步怎麼辦呢？又不敢逃課，又不敢裝病，一二九九頁，襲人也覺得可憐，說道：「我靠著你睡罷。」便和寶玉捶了一回脊梁，不知不覺大家都睡著了。我說過，襲人這個女孩子對寶玉的重要性非凡，所有女性的角色她都扮演了，是他的母親、姐姐，也是他的妾、他的奴婢，她所有的心思通通放在寶玉身上，她是真正愛寶玉的，有時愛得不擇手段，但真是全心疼他照顧他的。你看這裏讓他靠著，幫他捶背，照顧到睡著，只有媽媽才會這樣對待。寶玉本來就是個媽寶，襲人也就扮演了這個角色。

寶玉勉強第二天去上課了，老師賈代儒一翻四書，《論語》裏面「後生可畏」要他破題。以前八股文就是這樣，給你一個題目要先破題，你就往下講。寶玉說：「這章書是聖人勉勵後生，教他及時努力，不要弄到……」，講不下去，我想這是曹雪芹開那個賈代儒玩笑，故意出這個題。賈代儒就講，《禮記》上面講「臨文不諱」，你只管說，不要弄到什麼？寶玉講，不要弄到老大無成。這其實也就指功名無望，做個老教師了。講出來犯忌的！賈代儒倒還好，到底看他童言無忌嘛！再來，又給他一個題目「吾未見好德如好色者也」。這個老傢伙也很厲害的，曉得寶玉喜歡跟女孩子混嘛！剛剛捱了一下，後生可畏，回頭給你一個題目戳戳你，老少倆互相鬥得有趣。寶玉一看刺心，講他了嘛！就說：「這句話沒有什麼講頭。」代儒道：「胡說！譬如場中出了這個題目，也說沒有做頭麼？」要寶玉講。這句話他倒是滿有看法的。他說：「是聖人看見人不肯好德，見了色便好的了不得。殊不想德是性中本有的東西，人偏都不肯好它。至於那個色呢，雖也是從先天中帶來，無人不好的。但是德乃天理，色是人欲，人那裏肯把天理好的像人欲似的。」節骨眼在這裏。宋明理學都講存天理、去人欲，哪有這麼容易？這是聖人的高標準而已。我講孔夫子倒真是非常近情近理的一個人，現在回頭再看我們年輕時念的《論語》，都說是大道理，現在看看真的有道理，也虧他那麼早就把人性，把人與人之間關係看得那麼深。

寶玉這邊去上課，襲人那邊就空下來了，開始有時間胡思亂想。襲人這女孩子一生中最重要的事情，就是要攏住寶玉的感情，因為她到頂的地位也是個妾，丫鬟不可能當正室的。而且她也知道，王夫人已經默許了把她給寶玉當妾，她一定要穩住這個地位，最要緊的是看寶玉娶的正房是誰，如果正房娶的是一個容易相處的，那她這一輩子就好過，若弄了一個很厲害的，那就慘了。她看看這個情況，好像賈母跟王夫人也都選定了黛玉了。寶玉選親一直是這小說裏面一大懸疑，因為最後賈母才表態，賈母選了誰就是誰，賈母不講她選定誰，看起來好像是林黛玉。黛玉是她的外孫女，賈母愛屋及烏，疼憐黛玉，她們覺得兩個最有可能的 candidates 候選人，一個是黛玉，一個是寶釵。一三〇一頁，襲人就在那兒想啊，晴雯也是沒有好結果，被趕走就這樣死了，她自己的地位也不安全，「兔死狐悲，不覺滴下淚來。忽又想到自己終身本不是寶玉的正配，原是偏房。寶玉的為人，卻還拿得住，寶玉被她抓得死死的，只怕娶了一個利害的，自己便是尤二姐香菱的後身。心中就很不安了。素來看著賈母王夫人光景及鳳姐兒往往露出話來，自然是黛玉無疑了。

那黛玉就是個多心人。林姑娘不好惹的，心比比干多一竅，這個女孩子心思很細，這樣子不好相處，所以她考慮自己了。想到此際，臉紅心熱，這下子自己終身也是不妙。拿著針不知戳到那裏去了，這句話寫的好！她在做活的嘛，心裏面一想這個，就不曉得戳到哪去了，可見心事之重。便把活計放下，走到黛玉處去探探他的口氣。」

她去到黛玉那邊，表面是問黛玉好不好。紫鵑來了，她跟紫鵑講一些閒話，講了香菱的事，講了寶姑娘不來了，香菱也跟寶釵一起出去不回來了。襲人就拿這個作引子，說：「你還提香菱呢，這才苦呢，撞著這位太歲奶奶，難為他怎麼過！」香菱碰到一個潑婦夏金桂，折磨她，而且後來要整死她。好厲害的一個正房！然後呢，把手伸著兩個指頭，什麼意思？兩個指頭是二，指二奶奶王熙鳳，不敢明講的。「說起來，比他還利害，連外頭的臉面都不顧了。」黛玉接著道：「他也夠受了，尤二姑娘怎麼死了！」看看王熙鳳的手段，那個尤二姐怎麼死的？襲人道：「可不是。想來都是一個人，不過名分裏頭差些，何苦這樣毒？外面名聲也不好聽。」襲人講這個話，黛玉一聽心一動。黛玉從不聞襲人背地裏說人，今聽此話有因。襲人背後從來不講別人的，是個非常知分寸、懂事、很守本分的女孩子，講了這種話，林姑娘也不是省油的燈，便說道：「這也難說。但凡家庭之事，不是東風壓了西風，就是西風壓了東風。」這句話很有名！後來毛澤東也拿來用，引林黛玉的話：「不是東風壓了西風，就是西風壓了東風」。毛澤東講的是西方跟東方，中國跟美國，名言是從這裏來的。林黛玉一聽，不對！襲人話裏有話，就回她一句。襲人忙說：「做了旁邊人，心裏先怯了，那裏倒敢去欺負人呢！」講的時候，正好寶釵派了一個老婆子來送一瓶蜜餞給黛玉，這個老婆子不懂事，看了黛玉，笑著向襲人說：「怨不得我們太太說這林姑娘和你們寶二爺是一對兒，原來真是天仙似的。」旁人，尤其下面的人，不可以這麼講的，講這種話很唐突的，我想曹雪芹故意導向這方面去，好像寶黛的婚事已經定了，大家都這麼看，大家都這麼想。那老婆子還咕噥的說：「這樣好模樣兒，除了寶玉，什麼人擎受的起。」襲人一聽，這個老婆子亂講話，當然得罪黛玉了。

下面重頭戲來了。黛玉白天受了襲人一句刺激，又聽寶釵的老婆子講這些話，你看，一三〇三頁：「一時晚妝將卸，黛玉進了套間，猛抬頭看見了荔枝瓶，不禁想起日間老婆子的一番混話，甚是刺心。當此黃昏人靜，千愁萬緒，堆上心來。想起自己身子不牢，年紀又大了。看寶玉的光景，心裏雖沒別人，但是老太太舅母又不見有半點意思。深恨父母在時，何不早定了這頭婚姻。又轉念一想道：『倘若父母在時，別處定了婚姻，怎能夠似寶玉這般人材心地，不如此時尚有可圖。』心內一上一下，輾轉纏綿，竟像轆轤一般。嘆了一回氣，掉了幾點淚，無情無緒，和衣倒下。」這個 scene 先預備好了，下面黛玉作惡夢了。這個惡夢非常有名，我想這是《紅樓夢》裏面，甚至是中國的文學裏面，在當時能夠寫出這麼一種非常 Freudian，非常佛洛伊德式的惡夢來，絕無僅有。這麼一個惡夢，日有所思，夜有所夢，夢到什麼呢？

先是夢到一個小丫頭進來說：「外面雨村賈老爺請姑娘。」黛玉道：「我雖跟他讀過書，卻不比男學生，要見我作什麼？況且他和舅舅往來，從未提起，我也不便見的。」

小丫頭道：「只怕要與姑娘道喜，南京還有人來接。」後來看到鳳姐跟王夫人等進來了，說：「我們一來道喜，二來送行。」黛玉慌道：「你們說什麼話？」鳳姐道：「你還裝什麼呆。你難道不知道林姑爺升了湖北的糧道，娶了一位繼母，十分合心合意。如今想著你撂在這裏，不成事體，因托了賈雨村作媒，將你許了你繼母的什麼親戚，還說是續弦，所以著人到這裏來接你回去。大約一到家中就要過去的，都是你繼母作主。怕的是道兒上沒有照應，還叫你璉二哥哥送去。」講起來，夢裏面都是不合理的。第一，黛玉的父親根本過世了，而且也沒娶過繼母，這夢裏面怎麼會這樣子，像是繼母替她已經定了親，要送她走了。你看，說得黛玉一身冷汗。黛玉又恍惚父親果在那裏做官的樣子，心上急著硬說道：「沒有的事，都是鳳姐姐混鬧。」後來呢，這個邢夫人也在那裏，說：「他還不信呢，咱們走罷。」黛玉去求她們兩個，夢裏面看了大家冷笑而去。平常的時候，這些人啊，像那個邢夫人，王夫人，鳳姐啊，都因為賈母的關係，賈母很寵她嘛！大家對她都是表面上非常疼愛的樣子，夢裏面看出來了，這些人其實對她不是這麼回事。冷笑！那是真的。在夢裏面突然間看到真相了。這個時候，只有求老太太了。她就跑到賈母那邊去，抱著老太太，哭了！她說：「老太太救我！我南邊是死也不去的！況且有了繼母，又不是我的親娘。我是情願跟著老太太一塊兒的。」但見老太太呆著臉兒笑道：「這個不干我事。」黛玉哭道：「老太太，這是什麼事呢。」老太太道：「續弦也好，倒多一副妝奩。」黛玉哭道：「我若在老太太跟前，決不使這裏分外的閑錢，只求老太太救我。」賈母道：「不中用了。做了女人，終是要出嫁的，你孩子家，不知道，在此地終非了局。」黛玉道：「我在這裏情願自己做個奴婢過活，自做自吃，也是願意。只求老太太作主。」

老太太總不言語。黛玉抱著賈母的腰哭道：「老太太，你向來最是慈悲的，又最疼我的，到了緊急的時候怎麼全不管！不要說我是你的外孫女兒，是隔了一層了，我的娘是你的親生女兒，看我娘分上，也該護庇些。」說著，撞在懷裏痛哭，聽見賈母道：「鴛鴦，你來送姑娘出去歇歇。我倒被他鬧乏了。」平常老太太對黛玉疼愛有加，在這個夢裏顯出真面目了。

後來果然，老太太選親的時候選中了薛寶釵，黛玉一病奄奄，死的時候整個賈府對她冷淡了。賈母理性客觀的來選，當然會選寶釵，寶釵懂事、知禮識書；寶釵身體好，可以扛起來；寶釵上下和睦，可以撐起他們整個賈府。黛玉身體那麼弱，老太太看得很清楚，不是個長壽之輩，心眼又細，不是個做好媳婦的首選。最後選了薛寶釵，黛玉在夢裏面看清楚了這些人，在節骨眼的時候看出實情來。黛玉當然聰明極了，這也是她最重的心事。她看賈母也不理她了，就去找寶玉。這有意思！寶玉見了她反而講：「妹妹大喜呀。」恭喜她。黛玉一聽愈著急了，就說：「我今日才知道你是個無情無義的人了！」寶玉道：「我怎麼無情無義？你既有了人家兒，咱們各自幹各自的了。」黛玉越聽越氣，越沒了主意，只得拉著寶玉哭道：「好哥哥，你叫我跟了誰去？」寶玉道：「你要不去，就在這裏住著，你原是許了我的，所以你才到我們這裏來。我待你是怎麼樣的，你也想想。」黛玉恍惚想到，好像是許給了寶玉的。下面的夢境很可怕了！寶玉道：「我說叫你住下。你不信我的話，你就瞧瞧我的心。」黛玉一直要的是什麼，就是寶玉的心，這麼久以來，她就是要寶玉把心給她，哪曉得夢裏面，他真的拿著一把小刀子往胸口上一劃，把那個心掏出來。其實是講中了，她要的就是那顆心。你看啊，寶玉說：「不怕，我拿我的心給你瞧。」還把手在劃開的地方兒亂抓。這一幕寫得可怕，寫的好！黛玉又顫又哭，又怕人撞破，抱住寶玉痛哭。寶玉道：「不好了，我的心沒有了，活不得了。」說著，眼睛往上一翻，咕咚就倒了。死掉了。黛玉大哭一聲，醒了。

醒了以後這幾段也寫的好！一三〇六頁，紫鵑就叫她，醒來了。喉間猶是哽咽，心上還是亂跳，枕頭上已經濕透，肩背身心，但覺冰冷。想了一回，「父親死得久了，與寶玉尚未放定，這是從那裏說起？」惡夢怎麼來的？又想夢中光景，無倚無靠，她後來想了一下，夢中自己無依無靠，再真把寶玉死了，那可怎麼樣好！如果真的寶玉死了，那怎麼得了。一時痛定思痛，神魂俱亂。

黛玉睡不著了，你看這幾句話：「只聽得外面淅淅颯颯，又像風聲，又像雨聲。又停了一會子，又聽得遠遠的吆呼聲兒，卻是紫鵑已在那裏睡著，鼻息出入之聲。自己扎掙著爬起來，圍著被坐了一會。覺得窗縫裏透進一縷涼風來，吹得寒毛直豎，便又躺下。正要朦朧睡去，聽得竹枝上不知有多少家雀兒的聲兒，啾啾唧唧，叫個不住。那窗上的紙，隔著屜子，漸漸的透進清光來。」這個寫得非常淒涼。恐怕大家還年輕，沒有失眠過，如果你失眠過，晚上睡不著的時候，而且也有心事的時候，被惡夢驚醒的時候，這一段就是那種情境。

可憐黛玉就這樣從惡夢中驚醒了。紫鵑進來，她咳嗽吐痰，紫鵑就把那個痰盒子拿出去，痰盒子是放在床旁邊的。一三〇六頁：紫鵑開了屋門去倒那盒子時，只見滿盒子痰，痰中好些血星，唬了紫鵑一跳，不覺失聲道：「噯喲，這還了得！」黛玉裏面接著問是什麼，紫鵑自知失言，連忙改說道：「手裏一滑，幾乎撂了痰盒子。」黛玉道：「不是盒子裏的痰有了什麼？」黛玉疑心了，她本來就生肺病，現在吐血了。當時，肺病是絕症，惡夢嚇得她吐血了。紫鵑道：「沒有什麼。」說著這句話時，心中一酸，那眼淚直流下來，聲兒早已岔了。紫鵑是個最忠於黛玉的人，看這個心疼得不得了，聲音都岔掉了。黛玉自己曉得，覺得她的喉嚨裏面有甜腥，有點疑惑，就叫她：「進來罷，外頭看涼著。」紫鵑答應了一聲，這一聲更比頭裏悽慘，竟是鼻中酸楚之音。黛玉聽了，涼了半截。看紫鵑推門進來時，尚拿手帕拭眼。黛玉道：「大清早起，好好的為什麼哭？」紫鵑勉強笑道：「誰哭來，早起起來眼睛裏有些不舒服。姑娘今夜大概比往常醒的時候更大罷，我聽見咳嗽了大半夜。」黛玉說睡不著。這個時候紫鵑就講了：「姑娘身上不大好，依我說，還得自己開解著些。身子是根本，俗語說的：『留得青山在，依舊有柴燒。』況這裏自老太太、太太起，那個不疼姑娘。」這句話又戳中她了，只這一句話，又勾起黛玉的夢來。覺得心頭一撞，眼中一黑，神色俱變，紫鵑連忙端著痰盒，雪雁搥著脊梁，半日才吐出一口痰來。痰中一縷紫血，簌簌亂跳。寫的好！你想想看，吐血了，那個血還在跳。我想黛玉本來是絳珠仙草，這個時候就是講絳珠仙草怎麼一步一步枯萎，一步一步最後死掉，這個相當重要，她病重了。曹雪芹一點細節不放過。黛玉身體好的時候美得像仙子一樣，這個時候病重了，吐那個血，血在裏面跳。

後來大家嚇了一跳，因為剛好史湘雲的丫頭翠墨、翠縷來請黛玉去玩，知道了病況。三姑娘、史湘雲、四姑娘剛好在一起論惜春那個畫，丫頭回去就說了。一三〇八頁，史湘雲大吃一驚，說：「不好的這麼著，怎麼還能說話呢。」探春道：「怎麼你這麼糊塗，不能說話不是已經……」說到這裏卻咽住了。惜春冷冷地講了一句話：「林姐姐那樣一個聰明人，我看他總有些瞧不破，一點半點兒都要認起真來。天下事那裏有多少真的呢。」別忘了，惜春最後是出家的，她斬斷塵緣最徹底。跟惜春比起來，黛玉就是太多的牽扯，太多的情，瞧不破。惜春瞧破了，把所有的情斬斷，所以她能夠脫身，最後遁入空門。《紅樓夢》裏有好幾個最後出家，寶玉、惜春、紫鵑，各個人有不同的原因，不同的方式。惜春畫大觀園，畫裏面就是紅塵，她自己置身紅塵外，看這些芸芸眾生。大觀園裏面的悲歡離合她看得最清楚，這個小尼姑冷冷這麼一句話，她不要牽涉到紅塵裏去。

她們到瀟湘館去看黛玉，史湘雲最天真，她看到黛玉的痰盒子，說：「這是姐姐吐的？這還了得！」初時黛玉昏昏沉沉，吐了也沒細看，此時見湘雲這麼說，回頭看時，自己早已灰了一半。她曉得自己病重了，離「苦絳珠魂歸離恨天」不遠了，這一回是很重要的節骨眼的時刻。

【第八十三回】省宮闈賈元妃染恙　鬧閨閫薛寶釵吞聲

八十三回要留意這裏細節的鋪排。探春跟湘雲來探望黛玉的病，正準備走了，突然間外面有個人嚷起來：「你這不成人的小蹄子！你是個什麼東西，來這園子裏頭混攪！」這是外面一個老婆子罵她小外孫女的話，根本無關黛玉，黛玉聽了，大叫一聲道：「這裏住不得了。」一手指著窗外，兩眼反插上去。這時候看出她內心的反應了。原來黛玉住在大觀園中，雖靠著賈母疼愛，然在別人身上，凡事終是寸步留心。雖然賈母疼她，但下面有那麼些下人，她很留心的。她到底是寄人籬下，深怕落人褒貶，深怕給人講閒話，吃點燕窩還不敢去麻煩他們的廚房，她在裏面活得其實不輕鬆。兢兢業業的在賈府裏頭，所以一聽這句話就疑心起來。聽見窗外老婆子這樣罵著，在別人呢，一句是貼不上的，竟像專罵著自己的。再一想自己的身世，她也是千金小姐，在家裏面也是獨生女兒備受寵愛，雖然他們林家遠不如賈家是封爵，但也是官宦之家，就因為她沒有爹娘，這根本罵不到她身上的話，聽起來好像在罵她一樣這麼刺耳，竟然就暈過去了。都是那個惡夢弄出來的，夢裏她清清楚楚看見自己的處境。沒錯，這個夢可以說是一個 preparation 預備，接下來有意無意之間，賈母看她生病了，賈母要替寶玉娶親了，賈母看中了寶釵，對黛玉漸漸冷淡……一點一點出現，完全是黛玉老早看到老太太的心了，所以一下子反應出來。

探春當然跑去把那個人罵一頓，回來以後跟黛玉解釋，外面是一個老婆子罵她孫女。黛玉了解了，她拉著探春的手叫了一聲「妹妹……」然後講不出話來了。她滿腹心事，怎麼好跟她們講？探春是很理性很懂事的一個女孩子，她心裏面也知道黛玉的心事。她說：「你別心煩。我來看你是姐妹們應該的，你又少人伏侍。只要你安心肯吃藥，心上把喜歡事兒想想，能夠一天一天的硬朗起來，大家依舊結社做詩，豈不好呢。」黛玉哽咽道：「你們只顧要我喜歡，可憐我那裏趕得上這日子，只怕不能夠了！」黛玉之死也是《紅樓夢》很重要的一條主線，慢慢就發展到最後的結局，黛玉的病起起伏伏，很牽動讀者的心。看了她的處境，不由得對她有一種同情。

探病的人都走了，一三一二頁：這裏紫鵑扶著黛玉躺在床上，地下諸事，自有雪雁照料，自己只守著旁邊，看著黛玉，又是心酸，又不敢哭泣。那黛玉閉著眼躺了半晌，那裏睡得著？覺得園裏頭平日只見寂寞，如今躺在床上，偏聽得風聲，蟲鳴聲，鳥語聲，人走的腳步聲，又像遠遠的孩子們啼哭聲，一陣一陣的聒噪的煩躁起來。寫黛玉的這種病和心煩。有意思的是這時候襲人來看她了，襲人不曉得黛玉昨天做了惡夢，原來寶玉昨天也做了一個夢，讓他心痛得不得了。寶玉和黛玉心靈是通的，神瑛侍者跟絳珠仙草他們精神上互通，所以黛玉心中的痛，寶玉也感覺得到。

一三一四頁這個地方有個小細節，探春跟湘雲當然要向賈母報告黛玉的病況，黛玉還交代，去老太太那邊，不要講那麼重，只說身上略有點不好，不是什麼大病，莫教老太太煩心。她們就去跟賈母講了。你看賈母的反應：賈母聽了自是心煩，因說道：「偏是這兩個玉兒多病多災的。林丫頭一來二去的大了，他這個身子也要緊。我看那孩子太是個心細。」這一句話是負面的了。賈母想到黛玉慢慢長大了，當時他們把黛玉、寶玉都放在大觀園裏，兩小無猜，因為中國父母總以為青少年還是小孩子，對情欲是不懂的，若有了什麼想法是不應該的。講林丫頭大了是指她有了心事，她太心細，不應該有心事但她有了。既然長大了，最好把她嫁走。接下來一句「眾人也不敢答言。」很要緊！賈母講了這個話，還有誰敢替黛玉講話？看《紅樓夢》要留心這種很小很小的細節，有深意在裏頭。賈母便向鴛鴦道：「你告訴他們，明兒大夫來瞧了寶玉，就叫他到林姑娘那屋裏去。」大夫來了先瞧寶玉，黛玉其實病得更重。看完了寶玉再叫他順便過去看黛玉，孫子跟外孫女兒有分別的，兩個一起生病的時候，先顧孫子，再顧外孫女，這種地方很 subtle 的這麼一筆，不注意就過去了。

大夫來看了黛玉，給她號了脈。我說曹雪芹無所不能，他寫出來什麼都懂，醫理他也懂，講出一大套，黛玉的病，「六脈皆弦，因平日鬱結所致。」脈象非常不好。這個病時常「頭暈、減飲食、多夢，每到五更，必醒個幾次。即日間聽見不干自己的事，也必要動氣，且多疑多懼。不知者疑為性情乖誕，其實因肝陰虧損，心氣衰耗，都是這個病在那裏作怪。」黛玉之所以小心眼、多疑，是因為她身體不好，有肺病。肺病是會傳染的，因此疑心更重，別人講了無關的話，好像講了自己一樣。我自己小時候生過肺病，我知道，所以很同情林黛玉。因為生病，她肝陰虧損，整個人元氣慢慢衰下去了，走向死亡。黛玉也知道自己命不長，所以她總有一種非常深的哀怨。這一回也看出，賈母對她的疼憐慢慢淡了。

黛玉生病了總得用點錢延醫買藥什麼的，鳳姐管家，她說這個我不好特別給她破例，就從我的月例撥給她幾兩銀子好了，也不要去講，免得黛玉多心。鳳姐拿自己的錢給她用，你看這賈府的家庫其實已經空了。鳳姐當家的人很為難的，她就講，外面不知道的還以為我們有多少錢啊！那個周瑞家的是她的陪房，跟鳳姐很近的，她說：奶奶還沒聽見呢，外頭的人也有講「賈府裏的銀庫幾間，金庫幾間，使的傢伙都是金子鑲了玉石嵌了的。」又到處造謠說，姑娘做了皇妃，弄了幾車的金子銀子給娘家，廟裏邊還願，一花就是幾萬兩銀子，這還是九牛一毛，他們門口的獅子，搞不好還是玉的哩，園子裏面還有金麒麟。周瑞家的越講越興頭了，她說外面還有個歌：「寧國府，榮國府，金銀財寶如糞土。吃不窮，穿不窮，算來……」下面講滑嘴了，算來什麼？「算來總是一場空」。這個讓鳳姐聽到了不好，趕緊打馬虎眼過去。

我們講賈府的衰敗，有很多原因，經濟也是其一。賈家外面撐個空殼子能撐那麼久，靠的是元妃，這一回「省宮闈賈元妃染恙」，元妃病了，對他們來說是天搖地動的事情，後來沒有多久元妃病逝，沒有皇妃的面子擋在那兒，賈家要抄家就抄了，所以朝廷一變動，直接就影響了賈府的命運。

元妃生病了，賈家的人要去探病，那種陣仗之大規矩之多，跟元妃省親一樣，而且女眷才能進去，即使她的父親伯叔，都只能在外面等，不能到元妃的宮裏見她。見得著的只有賈母，帶著王夫人、邢夫人，還帶上鳳姐，這四個人去探病，賈政他們都來了，在外面等著。元妃含淚道：「父女弟兄，反不如小家子得以常常親近。」一入皇家更是深宮了。記得嗎？元妃省親的時候也是大陣仗，賈政見了她還要下跪磕頭的。賈母見了她，禮儀也不能少，最後到了裏面只有自己家人的時候，元妃完全恢復了她賈家大女兒的身分，執著賈母的手，她們哭成一團。元春說：「當日既送我到那不得見人的去處，好容易今日回家娘兒們一會，不說說笑笑，反倒哭起來。一會子我去了，又不知多早晚才來！」講得很心酸的。所以那幾句話是伏筆，這時候生病了，還不如普通的小家子親人得以常常親近。元妃的寂寞，前面一句，後面一句，心境說盡了，她不必多講宮裏面如何，一句話把背後一切通通講出來，而且非常恰當。所以我講曹雪芹的這部小說，對話特別好、特別厲害，這後面四十回，跟前面八十回是同一個人寫的，如果換一個人寫，老早忘掉了元春前面講那麼一句話。他在這裏又這麼兜回來，把元春這個人物重新畫一個輪廓。元春出現得很少，但是她位置很重要。第五回元春的判詩：「二十年來辨是非，榴花開處照宮闈。三春爭及初春景，虎兔相逢大夢歸。」做了二十年的妃子，辛酸也嘗夠了。雖然五月石榴花開時非常紅非常艷，享盡榮華富貴，三春爭及初春景，元春領頭是初春，其他三春，迎春、探春、惜春都要跟在她後面，可是虎年兔年碰在一起的時候，就是元春大夢歸的死期了。這個判詩就注定了元春的命運，如果元春活得很長，那這部小說要另外寫了。她是決定性的人物，代表賈家勢力的源頭，虎兔相逢元妃大歸，也是賈家氣數盡的時候。

不僅賈家的家運走下坡，所謂的四大家族通通走下坡了。薛家娶錯了媳婦夏金桂，還帶了一個丫頭寶蟾進來，主僕一搭一唱，鬧得薛家雞飛狗跳。你想薛姨媽、薛寶釵是有規矩的老太太、大家閨秀，家裏哪禁得起這種折騰。這天鬧得不成話了，薛姨媽說，我去講兩句，寶釵說，算了，讓她去吧！薛姨媽不肯，一三二一頁：母女同至金桂房門口，聽見裏頭正還嚷哭不止。薛姨媽道：「你們是怎麼著，又這樣家翻宅亂起來，這還像個人家兒嗎！矮墻淺屋的，難道都不怕親戚們聽見笑話了麼。」他們住在賈府裏頭，不怕親戚笑話嗎？這個夏金桂她在裏面接聲，也不出來迎接婆婆，隔了屋子就在裏面喊起來：「我倒怕人笑話呢！只是這裏掃帚顛倒豎，也沒有主子，也沒有奴才，也沒有妻，沒有妾，是個混賬世界了。我們夏家門子裏沒見過這樣規矩，實在受不得你們家這樣委屈了！」唉唷！這個話潑辣得不得了，一點規矩都沒有，那個時候敢跟婆婆講這種話，她還講自己夏家有規矩，其實她是最沒有規矩的。寶釵平常很能以理服人，她也不是省油的燈，講幾句厲害話也能把人家壓住，因為有理，人家無法回嘴的，連林黛玉那麼會講話的都會給她鎮住。寶釵就講了：「大嫂子，媽媽因聽見鬧得慌，才過來的。就是問的急了些，沒有分清『奶奶』『寶蟾』兩字，也沒有什麼。」你看寶釵厲害，薛姨媽來罵人又沒有說一定挑到是你，可能罵的是你丫頭呢！那個金桂不吃薛寶釵這一套，她亂來一套，她說：「好姑娘，好姑娘，你是個大賢大德的。你日後必定有個好人家，好女婿，決不像我這樣守活寡，舉眼無親，叫人家騎上頭來欺負的。我是個沒心眼兒的人，只求姑娘我說話別往死裏挑撿，我從小兒到如今，沒有爹娘教導。再者我們屋裏老婆漢子大女人小女人的事，姑娘也管不得！」這一棰子打過去，寶釵沒話講了，到底是個姑娘，她也不好跟她撒潑回嘴，碰見這麼一個人，所以「鬧閨閫薛寶釵吞聲」，只好吞聲忍氣了。外面賈府剛好有個丫頭來，看見了也聽到了，傳回去也很丟臉，薛姨媽氣悶不已，氣得病了。薛家家宅不寧，也走下坡了。再看王家，後來當大官的王子騰死了，王子騰是王夫人的兄弟，鳳姐能夠掌權多少也有娘家長輩撐腰，人一走王家也塌下來。史家，就是賈母史太君的娘家，史湘雲的叔叔史侯封侯爺，湘雲出嫁，嫁得不好，丈夫早逝，後來史家也衰敗了。從前大家族都是互為姻親牽連在一起的，一榮俱榮，一敗俱敗，那時候抄家一抄抄九族，一起流放的。這四大家族，六親同命，慢慢走上同一運途。

【第八十四回】試文字寶玉始提親　探驚風賈環重結怨

重要的事情來了，寶玉要提親了。這也是這部小說很重要的關鍵，到底寶玉最後娶的是誰？對寶玉的婚事，繞來繞去慢慢寫，當然讀者知道最後選的是寶釵，但不直接寫，中間有很多過程。

一三二八頁，賈府的人去探了元妃回來，元妃病中還問了寶玉，關心這個弟弟。賈母說：「寶玉不錯，現在進步了。」回來以後就跟賈政說：「我在娘娘面前講了他的好話。」賈政總是對寶玉有偏見，就說：「他哪裏像老太太講的那麼好。」老太太一聽就不高興了，我講的好好的，你又來潑我冷水。賈母就講了，關於寶玉我還有件事跟你商量。原來老太太一直在盤算著的，她心中老早選定了寶釵，故意繞幾個圈來試探賈政。她說，寶玉現在漸漸大了，你應該留神給他聘下終身大事。

從前的貴族家庭，結婚是一個人天大的頭一宗大事，尤其是寶玉的婚姻，這一房擔起宗祧就他一個人了，寶玉的哥哥早逝嘛！所以他的婚姻在榮國府裏多麼重要。賈母就講了，也別管遠近親戚窮的富的，姑娘的脾氣好、模樣好就行。賈母其實故意去試探賈政，看賈政怎麼說。這個賈政又跟他母親唱反調，他說：「姑娘也要好，第一要他自己學好才好，不然不稂不莠的，反倒耽誤了人家的女孩兒，豈不可惜。」意思是還早哩！書還沒念好就提這個。賈母聽了這話當然不開心了，就說：「論起來，現放著你們作父母的，那裏用我去張心。但只我想寶玉這孩子從小兒跟著我，未免多疼他一點兒，耽誤了他成人的正事也是有的。只是我看他那生來的模樣兒也還齊整，心性兒也還實在，未必一定是那種沒出息的，必至遭塌了人家的女孩兒。也不知是我偏心，我看著橫豎比環兒略好些，不知你們看著怎麼樣。」老太太乾脆講出來，我就是偏心，我看寶玉很好，你看怎麼樣？賈政看老太太生氣了，趕緊陪笑，說老太太看人看得多，說他好，想來是不錯，我可能望他成人太急了，竟然「莫知其子之美」了。賈母一聽，高興了一點，回頭瞅著邢夫人和王夫人笑道：「想他那年輕的時候，那一種古怪脾氣，比寶玉還加一倍呢。直等娶了媳婦，才略略的懂了些人事兒。如今只抱怨寶玉，這會子我看寶玉比他還略體些人情兒呢。」我覺得這個地方完全是賈母的口氣，跟前面非常 consistent，完全一貫。記得寶玉被打的時候賈母對賈政講了一些話，跟這邊對照起來，口氣、態度，一切都很合。我又要講了，要再找一個不同的作者來續這個，很難啊！這裏的賈母跟前面的賈母，完全沒有變。大家看戲就曉得，一個角色演一演突然換一個人，怎麼看也不習慣，前後要一致很難的。以賈母這幾句話，後面四十回跟前面八十回比較，完全是前面的口氣，若換了人寫，那也真高明。

賈政講了這番話，自己又把寶玉抓來，教他作八股文。賈政望子成龍正是所有天下父母心，以他那個時候的視野，他所熟悉的世界的價值觀，他一定要教兒子怎麼走這條考科舉的路，對賈府來講就是唯一的一條路。要考科舉，就要會作八股文，賈政就讓寶玉拿文章來看，題目是「吾十有五而志於學」，寶玉破題這麼寫：夫不志於學，人之常也。不愛念書是人的天性。賈政說不像話，不光是孩子氣，可見你本性也不是個好學的。又看到下面這句：聖人十五而志之，不亦難乎。孔子十五歲志於學，難得很啊！賈政說這個更不成話。寶玉跟科考的要求根本兩回事，他是道家老莊、魏晉名士這一派，不受拘束，對於功名不看在眼裏，討厭科舉的那種僵化、儀式化、制式化。寶玉是個自然人、真人，拿這套八股，拿做官的事情去捆他，怎麼捆得住呢？他後來乾脆當和尚去了。

這父子倆之間代表兩種思想，儒家跟佛道、入世與出世，在中國的哲學裏面，在中國人的人生觀，常常是相生相剋、相輔相成，構成我們處世的複雜性。父子兩個的爭辯其實也是兩種思想的衝突。還記得初進大觀園的時候嗎？他們到了稻香村，那完全是人工做出來的鄉村，賈政說：這個地方入目動心，且進去歇歇。寶玉就嘟嘟噥噥講了一大篇，說這個地方全是人為的，一點都沒有自然氣息，駁他的父親。氣得賈政說：「叉出去！」把寶玉趕走了。父子倆的人生觀完全是南轅北轍，也就是入世出世兩股思想在下面揪攪。

剛剛講賈母對寶玉提親的事，心中其實有定見的，一二三三頁，薛姨媽來看賈母。賈母也知道他們家裏被夏金桂搞得雞犬不寧，就問：「好好的香菱那個丫頭怎麼名字又改成秋菱了呢？」薛姨媽不好意思，說就是那個夏金桂故意跟寶釵搗蛋嘛！就把寶釵也很受罪的事講出來了。賈母說：「我看寶丫頭性格兒溫厚和平，雖然年輕，比大人還強幾倍。前日那小丫頭子回來說，我們這邊還都贊嘆了他一會子。都像寶丫頭那樣心胸兒脾氣兒，真是百裏挑一的。不是我說句冒失話，那給人家作了媳婦兒，怎麼叫公婆不疼，家裏上上下下的不賓服呢。」這不是講明了嘛！她要的媳婦的條件，性格脾氣要溫厚平和，心胸要寬大，明白的誇讚寶釵，賈母心中已經選上寶釵了。這時候外面也好多人來提親，哪個不想把女兒嫁給賈府呢？這一家來講，那一家來講，當然都配不上賈家，其實這些都多餘，賈母心中老早確定寶釵最理想。客觀上也是啊！第一親上加親，薛姨媽是王夫人的妹妹。第二寶釵為人處事多麼懂事。給她做十五歲生日，她曉得賈母喜歡看什麼戲，就點那齣戲；賈母年紀大了喜歡吃甜爛的東西，她就說要吃那個東西。黛玉可不管，自己愛什麼點什麼。在中國那時候的 social order 社會秩序裏面，寶釵不光是能夠融入、適應，還有她自己靈活的一面，做為一個儒家標準下有婦德的女性，她很通情達理。對這個「情」字，儒家是中庸之道，不鼓勵極端的情感發洩，這一點寶釵拿捏的很好，雖然她有靈性，會吟詩作賦，但在整個大範圍內，她的情感不會犯任何錯，所以她身上帶了冷香丸，情感起來的時候冷一冷，吃一顆冷香丸 cool down。她身上戴著黃金鎖片，和尚給她的，黃金鎖，一個枷鎖，她也能扛，因為她體態豐腴。我想如果那把鎖放在林姑娘身上，一下就把她壓垮了。後來她果然把賈府撐起來。寶玉出家之前，留給她一個兒子，名字應該叫賈桂，與李紈的兒子賈蘭，一起繼承這個賈家，「蘭桂齊芳」！要撐起賈府這麼大責任的人，她不能有太多感情，最多在寶玉被打得遍體鱗傷的時候，她拿了藥去探視，掉了一點眼淚，甚至寶玉出家了，賈府全家哭得死去活來，寶釵也哭，不失其端莊。這時候賈母這麼稱讚寶釵，要她當媳婦，也是合情合理。很重要的就是賈母講出內心話來了。她說林姑娘不是個長壽的樣子，賈府怎麼會娶個短命的媳婦呢？至於她跟寶玉的愛情，兩個人所謂的私情，就不在考慮之列了。在賈母心中，婚姻的建立不在於兒女私情，在於整個的儒家宗法社會下合不合適，不合適這個秩序的人，不是趕走，就是 exile 流放，再不然死亡。晴雯、黛玉都是不合乎這個 social order 的，都得不到好的結果。

賈母正誇了寶釵，剛好這時候又有人來講親事，邢夫人、王夫人跟賈母在一起，就說這很難做親的。一三三六頁：鳳姐聽了這話，已知八九，便問道：「太太不是說寶兄弟的親事？」邢夫人道：「可不是麼。」賈母接著因把剛才的話告訴鳳姐。鳳姐笑道：「不是我當著老祖宗太太們跟前說句大膽的話，現放著天配的姻緣，何用別處去找。」鳳姐最滑頭的人，她開始摸不準賈母要娶的媳婦是林是薛，還故意吃林黛玉的豆腐：「你要了我們家的茶，怎麼還不做我們媳婦？」這時看出賈母心意，順著風向往寶釵這邊倒，趁機講出來了。賈母笑問道：「在那裏？」老太太裝糊塗，她根本知道是誰嘛！鳳姐道：「一個『寶玉』，一個『金鎖』，老太太怎麼忘了？」不是金玉姻緣嗎？老早有這麼一說了，也就是黛玉心中最耿耿於懷的，現在提出來了。賈母笑了一笑，因說：「昨日你姑媽在這裏，你為什麼不提？」賈母心中根本有數，就借個機會提出來。鳳姐道：「老祖宗和太太們在前頭，那裏有我們小孩子家說話的地方兒。況且姨媽過來瞧老祖宗，怎麼提這些個，這也得太太們過去求親才是。」賈母笑了，邢王二夫人也都笑了。賈母因道：「可是我背晦了。」幾個老太太嘰嘰咕咕在講，可憐要了林黛玉的命的這一個決定，幾個人輕輕鬆鬆就講定了。沒有人把黛玉跟寶玉之間的感情放在心上，使得我們對黛玉更加同情。黛玉的這種孤立，沒人幫她講話，王夫人、邢夫人、鳳姐、賈母，**in a way**，是大家共同的一種 **conspiracy**，在黛玉後面用了一個大陰謀，把黛玉推向死亡。

書裏沒有明寫出來，王夫人、邢夫人跑過去跟薛姨媽下聘了，薛姨媽和寶釵對這事暗暗的做都是配合的，很多紅學家講寶釵藏奸，她明明知道黛玉跟寶玉之間的感情，她很清楚的，這時候她不出聲，就答應了。不過話說回來，是賈母主動相中的，薛姨媽當然巴不得。薛姨媽開頭還裝腔作勢，說要湊合寶玉跟黛玉，其實她心中最希望自己的女兒當賈家媳婦，當然一口答應了嘛！如果薛姨媽答應了，寶釵也是遵父母之命，要寶釵說我不要嫁過去，這也不行的。她不能因為寶玉跟林妹妹有感情就不嫁了。那時候的婚姻都是父母做主的。至於她是不是想做寶玉的太太，怎麼不想呢？第一，她做了賈府的媳婦替賈府掌家，她試過了。王熙鳳生病的時候，他們要寶釵出來，要探春出來，掌家她做得頭頭是道，她有過磨練的。第二，對於寶玉個人，她也喜歡他的，不過不大講的出口就是了。寶釵嫁給賈府當媳婦，多於她嫁給寶玉當太太，她的角色不僅是賈寶玉的太太，也是榮國府的繼承人，榮國府要她撐起來。所以，她也很難拒絕，如果她說我不要嫁，什麼原因？也很難解釋的清楚。薛家母女倆，其實對這個位子都要的，我想造成林黛玉的悲劇，也並非哪個是壞人，路線的發展好像是自然且必然的，一定會發展到這個地步。賈母一定會挑寶釵，林黛玉命定會失敗，最後只好焚稿斷痴情，等於把自己燒掉。世俗的看來，林黛玉是敗了，薛寶釵是勝的，但薛寶釵嫁過去的時候，寶玉已經失去那塊玉，靈性不見了，等於嫁了一個空殼子。當然寶釵不像黛玉，追求寶玉的愛情、寶玉的心，寶釵要的並不是這個。這一場悲劇發生了，它的悲劇性之所以更動人，就在於無可逆的必然，它是人世間合情合理的發展，無可挽回。不像有些悲劇可以解釋有個壞人作祟，或者是希臘悲劇那樣誰得罪了天神受罰。複雜而惆悵，所以令人低迴。

這一回下面有一個小細節「探驚風賈環重結怨」。鳳姐的女兒巧姐生病了，需要一種珍貴的藥品「牛黃」來治，正在熬牛黃的時候，賈環來問候，當然也是形式上的，攀攀情嘛。本來他們兩家，趙姨娘跟王鳳姐就是水火不容，但面子上要來一下。賈環這個男孩子粗魯得很，跑去看煎什麼藥，這麼一掀，把牛黃潑掉了。鳳姐急的火星直爆，罵道：「真真那一世的對頭冤家！你何苦來還來使促狹！從前你媽要想害我，如今又來害妞兒。我和你幾輩子的仇呢！」鳳姐氣得把賈環削了一頓，講的話很尖銳。馬道婆作法害人不是被發覺了嗎？鳳姐根本就懷疑之前就是趙姨娘跟馬道婆勾起來想害死她和寶玉，這裏為小事又結怨了。這個小節放這裏幹什麼？伏一筆有用處的。後來賈家敗了，鳳姐死了，女兒巧姐沒有人保護了，賈璉到外頭出差去了，賈環趁機勾了巧姐的舅舅王仁，還有賈芸一夥，想把巧姐賣掉，還是劉姥姥和平兒設法救走的。賈環被罵了，回去又被他媽媽趙姨娘訓了一頓，他說：「我不過弄倒了藥銱子，洒了一點子藥，那丫頭又沒就死了，值得他也罵我，你也罵我，賴我心壞，把我往死裏遭塌。等著我明兒還要那小丫頭子的命呢，看你們怎麼著！」看起來這賈環、趙姨娘母子倆，就因為在家中沒有地位，一直覺得受到欺壓，由怨生恨，做出許多壞事來。這裏的結怨導致後來巧姐差一點遇險。《紅樓夢》有的細節看起來好像隨便一筆，不是的！到了時候就又用上了。

【第八十五回】賈存周報升郎中任 薛文起復惹放流刑

賈存周就是賈政，存周是賈政的號。薛文起就是薛蟠，文起是薛蟠的號。這一回，賈政升官了，當然大家都很高興。開頭先插入一頁北靜王生日，這個細節也有意義。北靜王是那時的皇親國戚，鐵帽子王之一。他跟賈府相當親，尤其跟寶玉有特殊緣分。據高陽的考據，曹家有兩個女兒都嫁鐵帽子王爺，其中有一支可能就影射為小說中的北靜王家族。曹雪芹十四歲的時候，那個鐵帽子王爺大概二十出頭，年紀差不很遠，所以他引過來變成對寶玉很欣賞的北靜王。這個角色也是個 minor character，次要人物，出現幾次而已，但有他特殊的象徵性。好像在冥冥中，北靜王對寶玉的命運、對賈家的命運都起一種保護。比如：寶玉跟花襲人的俗緣他自己不能完成，蔣玉菡代他完成娶了花襲人，中間有個象徵的信物紅綠汗巾子交換，蔣玉菡那條是北靜王給他的，等於北靜王替蔣下聘，完成賈寶玉的俗緣，讓寶玉出家對世間有圓滿交代。後來賈府被抄家，錦衣衛來了，原本要把他們抄光全部接收，也是北靜王適時進來制止，緩和了他們的危機和災難。所以這一段是寫北靜王對寶玉特別欣賞，寶玉素來對官場中的男人很厭惡，但是北靜王很瀟灑，不為世俗所拘，寶玉很喜歡他，兩人有些惺惺相惜。北靜王是世襲之王，他過生日來往的是更高一層，皇親國戚的那種圈圈。賈家的地位雖然也很高了，恐怕還不到皇家鐵帽子王的地位，所以吃飯的時候並不同席，另外給他們一桌，但是寶玉的特別單人賜給他飲食，最後還給他一個禮物，是一塊玉。這有意思了，寶玉本來自己有一塊玉，得了塊新的，這就暗示他那塊玉快要失去了。寶玉生下來嘴巴裏面銜著玉，像他的本性。我們每個人都有自己的本性，在紅塵裏面滾久了，七情六欲污染，本性蒙塵，慢慢慢慢就失去了與生俱來的這塊玉了。

北靜王，我說了有特別意義的，《紅樓夢》裏一些 minor character，很多時候都有一個象徵意義在裏頭。像劉姥姥這個角色，在某方面跟北靜王的功用一樣的，你看她在賈家最衰敗的時候，巧姐蒙難了，差一點被賣去給人做妾，土地婆劉姥姥出現了，適時的救一把。巧姐這個名字中的「巧」字就是劉姥姥取的，後來果然巧！危急中劉姥姥想出脫困的辦法，結果逢凶化吉。這部書當然是很偉大的寫實作品，但不要忘了它也是神話架構，它不經意間把北靜王也寫成一個神仙化的人物，有這種功用在裏頭，寫得很 subtle 的，給了寶玉一塊玉也不是隨隨便便寫的。大家別忘了，北靜王還給了寶玉一件東西，如果不注意細節，很容易就漏掉了。給什麼呢？一個鶺鴒香串。寶玉拿回去就脫下來給黛玉，黛玉把它一丟：「什麼臭男人拿過的！我不要他。」她不要，所以兩個人合不起來了。北靜王冥冥中替她下聘，襲人好歹還把那條汗巾子收到箱子裏頭存著，黛玉把北靜王給她的丟掉，破了嘛！千萬不要錯過這些小細節，這是了不得的地方，細得幾乎看不出，隨隨便便這麼一句話、一個事件，背後有很多、很深的內涵。你要看完整個的 overall，才知道這些細節對整體的架構都有意義的。小說就要看這種地方，才了解他怎麼細心經營。

有一個人物這次又出現了，賈芸，大家還記得嗎？他是賈府的一個窮親戚，賈府有權有勢、富貴榮華，難免就有一大堆窮親戚，都是各有所求的。賈芸也是個 **minor character**，不過也寫得相當好，把他用盡心機往上爬、爬得很辛苦，看臉色，講一大堆奉承話……都寫出來了。他要奉承誰？賈府裏面幾個人囉，其中一個是寶玉。他自己比寶玉還大個兩三歲，有一回寶玉開玩笑說：「你倒像我的兒子。」寶玉鬧著好玩的，小孩子嘛！哪曉得賈芸一聽這話，馬上要拜他作乾爹，不管三七二十一，拜個小孩子做乾爹。賈璉、鳳姐兩夫婦掌權的，本來他向賈璉拍馬逢迎，後來看看跟賈璉不管用，大權還是操在鳳姐手裏，他轉過來攀鳳姐，要給她送禮，又沒有錢，就去他舅舅卜世仁開的藥鋪那邊，想賒點什麼麝香冰片。喔唷，被那個卜世仁兩夫婦狠狠的熱嘲冷諷，那時候窮親戚要往上爬也很難的。他後來在賈府謀到了差事，管園子裏種花植草，碰到一個丫頭小紅，跟小紅之間有了一段情。小紅跟他一樣也是用心機往上爬的人，一對心機男女談戀愛也寫的滿好。後來小紅靠著一張嘴，姑姑奶奶哇拉哇拉講半天，口角很伶俐，被王鳳姐看上了，把她收攏過來，她爬上去了。所以曹雪芹寫各方面的 **character** 都傳神得很。

賈芸三不五時跑到寶玉這邊來，這回寫了一封帖子給寶玉，寶玉一看，非常不高興。因為賈政升了官，大家都在道喜，賈芸想拍寶玉的馬屁，就寫了這個帖子給他，裏面寫什麼書中沒明講，可是從這句話大概看得出來了。一三四七頁：賈芸趕著跑來說道：「叔叔樂不樂？叔叔的親事要再成了，不用說是兩層喜了。」他聽到寶玉講親的事，巴巴的也趕著給寶玉道喜。寶玉紅了臉，啐了一口道：「呸！沒趣兒的東西！還不快走呢。」

把他喝斥了一頓，馬屁拍到馬腿上去了。賈芸把臉紅了道：「這有什麼的，我看你老人家就不——」寶玉沉著臉道：「就不什麼？」趕走他！所以他想要攀緣也不那麼容易的。

看看一三五〇頁，黛玉生日到了，依照往例，賈母、王夫人、鳳姐這些長輩要替她做生日，薛姨媽也來了。這個時候，這幾個長輩其實已經暗地替寶玉、寶釵定下親了，薛姨媽也答應了這門親事，只有黛玉蒙在鼓裏。親戚來家裏替她慶生，擺下十幾桌酒席，你看啊：一回兒，只見鳳姐領著眾丫頭，都簇擁著林黛玉來了。黛玉略換了幾件新鮮衣服，打扮得宛如嫦娥下界，嫦娥兩個字大家注意，含羞帶笑的出來見了眾人。湘雲、李紋、李紈都讓他上首座，黛玉只是不肯。賈母笑道：「今日你坐了罷。」薛姨媽站起來問道：「今日林姑娘也有喜事麼？」賈母笑道：「是他的生日。」薛姨媽道：「咳，我倒忘了。」走過來說道：「恕我健忘，回來叫寶琴過來拜姐姐的壽。」黛玉笑說「不敢」。大家坐了。那黛玉留神一看，獨不見寶釵，便問道：「寶姐姐可好麼？為什麼不過來？」薛姨媽道：「他原該來的，只因無人看家，所以不來。」黛玉紅著臉微笑道：「姨媽那裏又添了大嫂子，怎麼倒用寶姐姐看起家來？大約是他怕人多熱鬧，懶待來罷。我倒怪想他的。」薛姨媽笑道：「難得你惦記他。他也常想你們姐妹們，過一天我叫他來，大家敘敘。」寶釵不來，為什麼？已經定她做媳婦了，定下的媳婦結婚前不好在男家露面的。在這個情形下，你是不是對黛玉更加同情，打扮得像嫦娥一樣，那些長輩們虛應故事，等於是敷衍她一番，薛姨媽講的話也是言不由衷啊！大家記得以前薛姨媽故意說，黛玉跟寶玉兩個人是一對啊什麼的，這下子她藉口說寶釵不能來，其實因為寶釵已經是未來的媳婦，在這個地方當然她不能再出面。這個時候黛玉的處境，你會感覺到雖然很熱鬧，大家給她十幾桌酒席，其實她非常孤獨，真的很 isolated，只有她一個人被蒙住。

演戲了，演了《蕊珠記》裏面的《冥升》，也是崑曲，講嫦娥奔月的故事。李商隱很有名的一句詩：「**嫦娥應悔偷靈藥，碧海青天夜夜心**」，嫦娥偷了靈藥，奔到月宮裏面去，一個人在廣寒宮，高處不勝寒。碧海青天夜夜心，宇宙性的寂寞，其實這個暗藏說，黛玉像嫦娥一樣，她也是碧海青天夜夜心，所以我講曹雪芹他這種小節不放過的。黛玉怎麼會如此寂寞，靈藥是什麼？對黛玉來講一個「情」字嘛！情，是黛玉一生想求的靈藥，得到靈藥的代價就是碧海青天夜夜心，黛玉的這種情別人不理解，這些人飲酒作樂，更顯得她的孤獨、寂寞、無助。她在夢裏面夢到她是個孤女，完全孤立無助，從這裏看起來，表面熱鬧已經不對了，前五、六十回，那時宴會的熱鬧是真的，這個時候變了，變調了。黛玉慢慢地淚盡人亡，嫦娥應悔偷靈藥，情在她生命中是信仰的追求，她在夢中要寶玉的情，要寶玉的心，那個細節背面已經暗示她走向殉情，為情而死。

正在這個生日宴的時候，薛家又發生事情了。我講了，不光是賈家往下走，薛家也是一件一件事情層出不窮。娶了個敗家精夏金桂，翻天覆地的把薛蟠鬧走了，薛蟠逃離這個老婆，到外面又闖禍又打死了人。大家還記得薛家怎麼到賈府來的？薛蟠為了搶英蓮，把人家定婚的馮家男子打死了，仗著賈家的勢力，官司就抹掉了，這一次又是人命關天，又要靠薛姨媽花錢打點營救。還好薛蟠有個堂弟薛蝌來了，這個堂弟跟薛蟠完全兩回事，很謹慎、很守規矩的一個人，幫著薛家跑來跑去處理事情。夏金桂來了就劈哩啪啦吵一頓，一三五二頁，他嚷道：「平常你們只管誇他們家裏打死了人，指賈家，一點事也沒有，就進京來了的，如今攛掇的真打死人了。平日裏只講有錢有勢有好親戚，這時候我看著也是唬的慌手慌腳的了。大爺明兒有個好歹兒不能回來時，你們各自幹你們的去了，撂下我一個人受罪！」說著，又大哭起來。這裏薛姨媽聽見，越發氣的發昏。拿這個媳婦一點辦法也沒有，寶釵拿她也沒辦法，這時候還要把薛家戳一下。薛蟠一再闖大禍，究竟是怎麼回事呢？

【第八十六回】受私賄老官翻案犢　寄閑情淑女解琴書

薛蟠怎麼會又打死人的？他避出去，走在途中，走著走著，看到個熟人。是什麼人呢？是蔣玉菡帶的戲班子。蔣玉菡現在年紀稍微大一點了，自己不上旦角了，帶起了一個戲班子。薛蟠本來就認得他，從前在馮紫英家跟寶玉一起喝酒應酬的嘛！蔣玉菡是一個伶人，長得漂亮，他們在途中又去吃飯喝酒敘舊，那個店裏面的酒保，就是跑堂的，看蔣玉菡長得好，就拿眼睛瞟他。人家看蔣玉菡也不行，這個薛蟠霸道，他就莫名其妙吃飛醋、生氣。薛蟠這個人本來就粗暴、驕橫，呆霸王嘛！官二代、富二代的毛病通通在他身上。偏偏第二天薛蟠又自己去喝，看見那個跑堂就叫他換酒，那個人來晚了一點，薛蟠就藉故罵他，那個人不依，薛蟠拿起酒碗要去砸他。那個人也是有點潑皮的，就說你砸、你砸、你砸啊，意思是你敢嗎？薛蟠拿起酒碗就給他「蹦」的砸下去，頭破血流，大概瓷器破了那種尖的東西戳到腦了，就砸死了。這下子闖禍了，當然被捉了起來。薛家急得不得了，又拿銀子又拿東西去打點，這邊反正鬧成一團。從這裏可知當時的官場黑暗，犯了案可以拿錢解決，而且官官相護。薛蟠這個案子比較嚴重，要花好多錢才搞得定，薛蝌幫著奔走，一時間還沒結果。

看看一三六二頁這個地方有個細節有意思。寶玉就告訴襲人，這個薛蟠因為怎樣出了什麼事情。襲人一聽，就說，你還講呢！薛大爺就是跟這些混賬混在一起，才鬧得人命關天，還提這個，還白操心！寶玉又說自己不鬧什麼，只是偶然想起提一提。襲人笑道：「並不是我多話。一個人知書達理，就該往上巴結才是……」我想非常 ironical，她最後嫁個混賬，就是這個蔣玉菡。我想有一點諷刺襲人這個人。

寶玉又來探望黛玉了，看黛玉拿了一本書，上面好多奇怪的字，寶玉看不懂，原來是琴譜。記譜有特別的方式，有些字其實是認那個譜。寶玉說：「從沒聽見你會撫琴。」琴就是情，琴跟情是通的。我想黛玉這個時候跟寶玉講了琴，是「以琴傳情」，自己的心事從琴裏面傳了出去。這是為下面很重要的一回做準備，下一回也是寫得非常好的一回。寶玉就問她，「怎麼你有本事藏著？」黛玉說：「我何嘗真會呢。前日身上略覺舒服，在大書架上翻書，看了一套琴譜，甚有雅趣……」黛玉在南邊接觸過一點中國人的古琴，她知道從前撫琴的時候，要焚香沐浴，心平氣靜，是一種修身養性的樂器。不要說別的，你聽了古琴那個「鏗」一聲，就有迴腸盪氣的感覺，對精神上有提昇的。古琴的高古韻味很特別。一三六三頁，黛玉就說：「書上說的師曠鼓琴能來風雷龍鳳，師曠是春秋時的盲樂師；孔聖人尚學琴於師襄，一操便知其為文王，孔子跟魯國樂官師襄學古琴；高山流水，得遇知音。講俞伯牙、鍾子期的故事。」看看這裏黛玉的反應，「說到這裏，眼皮兒微微一動，慢慢的低下頭去。」這個細節大家注意，黛玉唯一的知音、真正的知音，就是寶玉。她一生所追求的也是心靈上的知交，他們兩個之間的愛情，的確是一種昇華的感情，所以黛玉一提到這個，她相當敏感的。你看她「說到這裏，眼皮兒微微一動，慢慢的低下頭去。」我們看看這個「高山流水，得遇知音」的故事。《列子．湯問》：「伯牙善鼓琴，鍾子期善聽。伯牙鼓琴，志在高山，他彈的是高山，鍾子期曰：善哉！峨峨兮泰山。他一聽就知道，喔，你彈的是這山。志在流水，曰：善哉！洋洋乎若江河。」他都知道他在彈什麼。人之相交，貴在相知，我們一生中要找的最珍貴的友誼，最珍貴的愛情，就是知音啊！知道你，懂你。碰到一個人，你一彈琴，你講什麼，他懂啊！這不多的，很難的，很多人一輩子沒有知音，非常孤獨，有些人滿腹怨情，沒人懂他。寶玉那麼怪的一個人，那麼多奇特想法，黛玉懂。黛玉那麼怪的一個人，寶玉懂。他們兩個人互相懂高山流水。後來鍾子期死了，伯牙把琴摔了，不彈了，沒有知音，彈給誰聽呢？人有知音的時候，很想把自己滿腹心事講出來，若是那個人不出聲了，沒話講了，多因為找不到知音，沒有人懂，乾脆不講了。黛玉跟寶玉的愛情，的確是高山流水、得遇知音，寶玉在史湘雲、襲人面前講：「只有林妹妹懂我。」他們都勸他去考試什麼的，他一聽就說：「姑娘請別的姐妹屋裏坐坐，我這裏仔細污了你知經濟學問的。」襲人跟湘雲說：「你不知道，寶姑娘說幾句還被他講一頓。」襲人不懂他跟林姑娘之間的那種感情。林姑娘耍小性子戳他幾句，他反而湊過去獻殷勤，他說：「林妹妹要是不懂我，我早就不理她了，她懂我。」他們兩個交心的那一段，寫得很動人。

這裏寶玉聽黛玉講怎麼彈琴，興奮得不得了，說：「好妹妹你既明琴理，我們何不學起來。」一一三六三頁，黛玉道：「琴者，禁也。古人制下，原以治身，涵養性情，抑其淫蕩，去其奢侈。若要撫琴，必擇靜室高齋，或在層樓的上頭，在林石的裏面，或是山巔上，或是水涯上。再遇著那天地清和的時候，風清月朗，焚香靜坐，心不外想，氣血和平，才能與神合靈，與道合妙。所以古人說『知音難遇』。若無知音，寧可獨對著那清風明月，蒼松怪石，野猿老鶴，撫弄一番，以寄興趣，方為不負了這琴。」她講要怎麼整衣冠、擇場所，彈琴是一種心境儀式，她也想把自己的心聲彈出來給他聽。講著這個琴的時候，一個小丫頭捧著一小盆蘭花來了，說：「太太那邊有人送了四盆蘭花來，叫給二爺一盆，林姑娘一盆。」一三六四頁：黛玉看時，卻有幾枝雙朵兒的，心中忽然一動，也不知是喜是悲，便呆呆的呆看。那寶玉此時卻一心只在琴上，便說：「妹妹有了蘭花，就可以做《猗蘭操》了。」黛玉聽了，心裏反不舒服。黛玉非常敏感，蘭花來了，當然她自己是幽蘭一朵，雙頭蘭，一對蘭花，就好像另外那一朵是寶玉。《猗蘭操》是歌頌蘭花的古曲，譜一曲《猗蘭操》是何等的美滿。可是她又怎麼想呢？回到房中，看著花，想到「草木當春，花鮮葉茂，想我年紀尚小，便像三秋蒲柳。若是果能隨願，或者漸漸的好來，不然，只恐似那花柳殘春，怎禁得風催雨送。」想到那裏，不禁又滴下淚來。黛玉心中一直有一種恐懼，知道自己身體不好，吐血了嘛！三秋蒲柳，恐怕撐不住，她曉得，「一朝春盡紅顏老，花落人亡兩不知」。寶玉是個知音，對她那麼擔待，那麼愛護，可是自己身體不爭氣，沒有父母撐腰，這場婚姻哪裏能夠這麼容易啊！黛玉觸景生情，又傷心起來。

【第八十七回】感秋深撫琴悲往事 坐禪寂走火入邪魔

庚辰本回目「感秋深」，本來這後面四十回，它是從程甲本截過來的，因為庚辰本原抄本只有前八十回，截過來時恐怕弄錯了，程乙本是「感秋聲」，聲音的聲是對的。秋聲賦嘛！

這時候寶釵那邊打發一個人來瀟湘館，給黛玉送一封信，寶釵這封信寫得很好，文章很老練，你看：妹生辰不偶，家運多艱，姐妹伶仃，萱親衰邁。兼之猇聲狺語，旦暮無休。猇聲狺語，就是老虎叫狗叫，講那個夏金桂整天在家裏吼。更遭慘禍飛災，不啻驚風密雨。夜深輾側，愁緒何堪。屬在同心，能不為之愍惻乎？回憶海棠結社，序屬清秋，對菊持螯，同盟歡洽。猶記「孤標傲世偕誰隱，一樣花開為底遲」之句，未嘗不嘆冷節遺芳，如吾兩人也。感懷觸緒，聊賦四章，匪曰無故呻吟，亦長歌當哭之意耳。下面寫了一個賦體的歌吟。這封信還有這個歌，看了以後我覺得反應滿複雜的。寶釵這時候自己家裏面受了好多災難，哥哥又犯了殺人罪被關起來了，嫂嫂鬧得家宅不安，無一寧日，媽媽又生病，寶釵當然也希望找一個人訴訴衷懷。這些姐妹羣中最懂事理的除了黛玉之外，就是探春。可是探春跟寶釵也不是那麼近的，兩個人的個性差不多，很多地方不是互補的，是競爭性的，看她們兩個一起在治理這個家的時候就看得出來。找湘雲，湘雲是個沒心機的女孩子，很坦誠，但跟她訴苦她未必那麼懂。找黛玉嘛，當然 logicial 合邏輯的。可是別忘了，寶釵這時候已知道家裏把她許給寶玉了，她知道的，她大概也了解寶玉跟黛玉之間的感情。從前她滿顧念的，曉得他們兩個人的感情，她就退開的，不去惹他們兩個。所以在知道自己已許配給寶玉的時候，再寫這封信給蒙在鼓裏的黛玉，而且把她當作知音這麼寫，有人就說，寶釵心機太深，太虛偽了。如果她們以前是競爭者的話，那她已經勝利了，她現在寫這封信給黛玉動機是什麼，這也值得我們深究。曉得這些以後，再看她的訴苦，好像就不那麼動人了。她寫的那個四疊賦，當然寫的也很好：**憂心炳炳兮發我哀吟，吟復吟兮寄我知音。**她把黛玉當做知音。**黛玉看了，不勝傷感。又想：「寶姐姐不寄與別人，單寄與我，也是惺惺惜惺惺的意思。」**黛玉寫了回應她的詩賦，我們就感覺到，黛玉寫的句句是真話，寫她自己寫得非常恰當：**耿耿不寐兮銀河渺茫，羅衫怯怯兮風露涼。**講一個女孩子晚上睡不著，涼風吹的時候那種悽惶孤獨。黛玉在這幾回，也把寶釵當成知音，最後曉得，寶釵跟寶玉要結婚了，尤其一邊是「焚稿斷痴情」，一邊是「出閨成大禮」，這樣比較起來，就有一種相當諷刺的場面。

正在看信的時候，幾個女孩子，探春、湘雲、李紋、李綺來找黛玉了，大概也很久沒見面，來看她了，講著閒話，想起從前她們結詩社。黛玉就講了，寶姐姐自從搬出大觀園，真的奇怪，就不來了。**探春微笑道：「怎麼不來，橫豎要來的。」**這話裏有因，她就要變成賈家媳婦了，一定要過來的。這麼講著，一陣風過來，清香陣陣，大家都說，這什麼香啊？黛玉道：「好像木樨香。」木樨是桂花。探春就說：林姐姐說的總是南邊人的話，現在大九月裏，哪來的桂花？其實《紅樓夢》的本子是寫南京，曹雪芹故意把書裏的背景講到北京去，把它挪一挪、隱一隱。別忘了寫《紅樓夢》的時候，曹家是被抄家的，政治上有大禁忌。抄家的原因之一就是雍正和幾個兄弟在鬥，據說曹家跟裏邊的九王爺有來往，犯了雍正的大忌，因為這種政治上的因素，他寫東西很多是要隱晦的。曹家是江寧織造就在南京，在那邊幾十年了，但曹家的事一定要矇住，要避開。書裏頭黛玉是從南邊來，她覺得好像是南邊九月的桂花香。湘雲就講：「三姐姐，你也別說。你可記得『十里荷花，三秋桂子』？在南邊，正是晚桂開的時候了。你只沒有見過罷了，等你明日到南邊去的時候，你自然也就知道了。」九月，南邊晚桂還在開，「十里荷花，三秋桂子」是柳永很有名的一首詞，形容西湖的景致。探春笑道：「我有什麼事到南邊去？」其實後來探春就嫁到南邊去了，李紋李綺只抿著嘴兒笑。笑她，她們都知道了，探春是要嫁到南邊去的。黛玉道：「妹妹，這可說不齊。俗語說，『人是地行仙』，今日在這裏，明日就不知在那裏。譬如我，原是南邊人，怎麼到了這裏呢？」

東講西講講完後，黛玉把她們送走了，這下子又觸動心事了。一三七一頁：於是黛玉一面說著話兒，一面站在門口又與四人殷勤了幾句，便看著他們出院去了。進來坐著，看看已是林鳥歸山，夕陽西墜。因史湘雲說起南邊的話，便想著「父母若在，南邊的景致，春花秋月，水秀山明，二十四橋，六朝遺跡。不少下人伏侍，諸事可以任意，言語亦可不避。香車畫舫，紅杏青帘，惟我獨尊。今日寄人籬下，縱有許多照應，自己無處不要留心。不知前生作了什麼罪孽，今生這樣孤淒。真是李後主說的『此間日中只以眼淚洗面』矣！」一面思想，不知不覺神往那裏去了。都是因為那個夢來的。作了那個夢以後，黛玉心中一直不安，夢裏清清楚楚，真的是孤立無助，沒有父母撐腰，賈母的疼愛靠不住。想想從前在南邊，十里荷花，三秋桂子，水秀山明，在家裏有父母疼愛，惟我獨尊；現在寄人籬下，處處小心，自己又孤標傲世的這麼一個人，一想起來，心事重重。紫鵑陪著看黛玉又勞神了，說要叫廚房熬點粥。黛玉講，該你們自己去弄，不要麻煩人家。她想不能夠太擾了賈家。紫鵑道：「姑娘這話也是多想。姑娘是老太太的外孫女兒，又是老太太心坎兒上的。別人求其在姑娘眼前討好兒還不能呢，那裏有抱怨的。」又戳中她夢裏面的心事了。

到了晚上，秋風刮得更勁，引起黛玉心中悲秋的情緒，感秋聲來了，這段寫的很好。一三七二頁：這裏黛玉添了香，自己坐著。才要拿本書看，只聽得園內的風自西邊直透到東邊，穿過樹枝，都在那裏唏嚁嘩喇不住的響。一回兒，檐下的鐵馬也只管叮叮噹噹的亂敲起來。鐵馬就是檐上吊的叮叮咚咚那些東西。一時雪雁先吃完了，進來伺候。黛玉便問道：「天氣冷了，我前日叫你們把那些小毛兒衣服晾晾，可曾晾過沒有？」雪雁道：「都晾過了。」黛玉道：「你拿一件來我披披。」雪雁就去拿了個小包過來，打開給黛玉去揀。黛玉看裏邊有個絹包兒，打開一看，是寶玉送她的舊手帕。大家還記得嗎？寶玉被父親打得遍身鱗傷的時候，黛玉哭得兩個眼睛紅腫去看他，回來之後，寶玉晚上就叫晴雯拿了幾塊舊手帕去給黛玉，晴雯說你要送手帕拿新的去嘛！拿舊的，林姑娘又要不高興了。其實晴雯一說是舊手帕，黛玉立刻懂了。他用過的手帕，是他自己的一部分，這是贈送表記，感情上把他這個人給她了，等於互相交心了。黛玉非常感動，晚上不睡了，爬起來，點了燈，就寫了三首詩在舊手帕上面。這個時候她一看，自己題的詩，上面淚痕猶在，裏頭卻包著那剪破了的香囊扇袋並寶玉通靈玉上的穗子。往事都勾上心頭，現在加上那個夢，萬種愁緒通通勾上來了。手裏只拿著那兩方手帕，呆呆的看那舊詩。看了一回，不覺的簌簌淚下。看了這個東西，林姑娘真的是不可開交了，正是：失意人逢失意事，新啼痕間舊啼痕。

曹雪芹思維之細，這是我們每一點都要留意的。兩塊手帕，在這個小說裏當然象徵著很多意義，如果這是個戲劇的話，這兩塊手帕就是一個很重要的道具，不是隨便用的。俄國短篇小說寫得最好的 Chekhov 契訶夫，他說寫小說啊，如果第一頁的墻上面掛了一把手槍，你隔了兩三頁還沒寫到的話，你快點把它拿下來。他的意思是說，你來了這麼個細節，一定要用到它。曹雪芹這兩塊手帕，不但用，而且用得真好，第三十四回送手帕，現在第八十七回又出現了，最後林黛玉死之前，第九十七回的時候，黛玉曉得寶玉要跟寶釵結婚了，她的一切追尋到此為止，對於整個塵世做一個了斷，對寶玉這段情也做一個了斷，把自己的詩稿燒掉，詩是她的靈魂，燒掉！這時兩塊手帕又出來了，刺激更大了，她已經病得快死了，想撕掉那兩塊手帕，撕不動，把手帕往火裏面一扔，她燒掉，等於自焚，把她最濃的、寫在那手帕上的感情燒掉，所以這兩塊手帕用得不能再好，從開始定情到自焚，兩塊手帕的功用寫到頂了。這就是小說寫的好的地方。如果你空說黛玉怎麼傷心，講了個半天，不如兩塊手帕放入火裏面一燒，那個力量等於燒黛玉自己，燒她的心，兩塊手帕寫的都是她的心意，最重的情，在丟下去的一刻，黛玉不是一個弱女子，非常剛烈的，對於執著一生追求的情，破碎以後不惜殉情而死。他那個人物突然間 inflate，一下子長得很高很大，不是我們平常所見。《紅樓夢》裏有好幾個，鴛鴦發誓不嫁人，回頭用剪刀把頭髮「卡嚓」一剪；晴雯臨死把長指甲「嘎嚓」用牙咬斷，交付寶玉；尤三姐含淚還鴛鴦劍給柳湘蓮，反手用雌鋒脖上一劃；那一刻間，這個人物一下子長得很大。我覺得在某方面，是曹雪芹的 magic，他的這個手法，值得大家注意。這裏曹雪芹又伏下兩塊詩帕這筆，黛玉有所感傷心落淚，回頭看見案上寶釵的詩啟尚未收好，又拿出來瞧了兩遍，嘆道：「境遇不同，傷心則一。不免也賦四章，翻入琴譜，可彈可歌，明日寫出來寄去，以當和作。」黛玉也用了同樣的騷體——離騷的這種文體，寫下了一首賦，做為應和，回給寶釵。

寫到這個地方，這回後半，又做要緊的轉折，折到寶玉去看惜春跟妙玉下棋去了，他是多線進行的。寶玉到惜春這裏來，一聽有人講話，不是園子裏面的人，一看，惜春跟妙玉兩個人在下圍棋。妙玉是個帶髮修行的尼姑，在小說裏面是相當特殊的一個人，細想起來，在某方面她跟黛玉也很相似，且更是孤高傲世，個性孤僻極端，平常不輕易出櫳翠庵。她跟惜春下棋，因為兩個人同道，別人她不會假以顏色。惜春以後要當尼姑的，看起來是妙玉高一著，其實惜春比她更高。境界上來說，惜春到最後真的解脫了，她自己頓悟進了空門，妙玉雖然自稱「檻外人」，反而跨不過那一道門檻。這兩個人在下棋，在某方面也是兩個人命運的PK，看起來妙玉好像贏了，把惜春的棋圍起來了，其實她沒有把惜春圍住，她自己被圍了，被她自己的城垣，被她無法超越的限制圍住了。一三七五頁：寶玉進來，她們兩個下得非常專注都沒有察覺。寶玉在旁情不自禁，哈哈一笑，把兩個人都唬了一大跳。惜春道：「你這是怎麼說，進來也不言語，這麼使促狹唬人。你多早晚進來的？」寶玉道：「我頭裏就進來了，看著你們兩個爭這個『畸角兒』。」說著，一面與妙玉施禮，一面又笑問道：「妙公輕易不出禪關，今日何緣下凡一走？」他稱她「妙公」。其實這個地方，有些紅學家要印證說，寶玉跟妙玉之間有男女之情，說妙玉是壓抑自己，這個怪尼姑假撇清，其實心裏面很動心，好像對寶玉故意裝作這樣子。我的看法不是。我說過妙玉這個人會扶乩，她說得出人家的命運，偏偏自己的命運看不到，就像很多算命的人能算別人，卻算不到自己的命。按理講她跟寶玉的接觸不多，實際的接觸這回可能是第一次，不像黛玉、晴雯、襲人、寶釵、湘雲，都是很近距離接觸的，男女生情很自然。可是妙玉不是，書裏面見過他就是大家在櫳翠庵喝茶那次，還有賈母、劉姥姥都在，不可能兩個人之間生起男女之情，何況妙玉這麼高傲，一見一個男人就動情、動了俗心，我想大概不是。妙玉對寶玉是很特別，你記得喝茶的時候，劉姥姥用過的杯子，她把它丟掉，她很怕沾惹世俗塵埃。她知道自己業重，想努力修為，這麼一個鄉下老太婆喝過的杯子她都不敢碰，要隔絕掉，但是她把自己的一個綠玉杯拿給寶玉喝茶。寶玉生日的時候，她送去一個帖子賀他生日，自稱「檻外人」，意思是她跳出去了。後來寶玉問了邢岫烟以後，知道了妙玉的個性，就自稱「檻內人」，表示說我還在紅塵，我還在檻內。其實恰恰相反，我想妙玉知道寶玉不是平常人，他有佛心，最後修成的是他，惜春也是最後會修成的，這兩個人，是她不及的。我覺得妙玉跟寶玉的角色是一種反諷式的寫法，她非常羨慕寶玉，也看重他，因為知道這個人以後會修成的。這裏寶玉稱她「妙公」，把她當成個菩薩一樣尊敬，對這麼一個修行人，我想寶玉絕對不會在妙玉身上動男女之情的。你看他回個帖子都不敢自己魯莽下筆，還要去請教邢岫烟，才敢寫「檻內人」。櫳翠庵冬天有很多梅花，探春、李紈都不敢去問妙玉要，她脾氣古怪，不給就是不給，去要可能碰一鼻子灰。但是寶玉去了立刻折了來，他們就為此寫詩，說是觀音大士賞梅，把妙玉看成觀音大士了。這是寶玉心中對妙玉的尊敬，妙玉自己也很想修行的，可是事與願違。

這時寶玉就問：「何緣下凡？」下凡兩個字從寶玉口裏說出來就是捧她了，形容她出了櫳翠庵就是下凡。妙玉聽了，忽然把臉一紅，也不答言，低了頭自看那棋。寶玉自覺造次，連忙陪笑道：「倒是出家人比不得我們在家的俗人，頭一件心是靜的。靜則靈，靈則慧。」寶玉尚未說完，只見妙玉微微的把眼一抬，看了寶玉一眼，復又低下頭去，那臉上的顏色漸漸的紅暈起來。寶玉見他不理，只得訕訕的旁邊坐了。惜春還要下子，妙玉半日說道：「再下罷。」便起身理理衣裳，重新坐下，痴痴的問著寶玉道：「你從何處來？」寶玉巴不得這一聲，好解釋前頭的話，忽又想道：「或是妙玉的機鋒。」轉紅了臉答應不出來。妙玉微微一笑，自和惜春說話。惜春也笑道：「二哥哥，這什麼難答的，你沒的聽見人家常說的，『從來處來』麼。這也值得把臉紅了，見了生人的似的。」妙玉聽了這話，想起自家，心上一動，臉上一熱，必然也是紅的，倒覺不好意思起來。因站起來說道：「我來得久了，要回庵裏去了。」惜春知妙玉為人，也不深留，送出門口。妙玉笑道：「久已不來這裏，彎彎曲曲的，回去的路頭都要迷住了。」寶玉道：「這倒要我來指引指引何如？」妙玉道：「不敢，二爺前請。」這裏面也有兩個人很神祕的你來我去，我想這之間妙玉已經感覺得到不是很妙了。看看這個發展：於是二人別了惜春，離了蓼風軒，彎彎曲曲，走近瀟湘館，忽聽得叮咚之聲。你看鋪排得妙不妙！前面講黛玉看琴譜，寫了一個曲、一首歌詞，把它放下來停著，然後講這一段下棋，現在再引過去，講黛玉彈琴。這段寫的好，而且很重要。妙玉道：「那裏的琴聲？」寶玉道：「想必是林妹妹那裏撫琴呢。」妙玉道：「原來他也會這個，怎麼素日不聽見提起？」寶玉悉把黛玉的事述了一遍，寶玉就跟她講了一遍黛玉談琴譜的事情。因說：「咱們去看他。」妙玉道：「從古只有聽琴，再沒有『看琴』的。」她有她的怪，很高妙的道理。寶玉笑道：「我原說我是個俗人。」說著，二人走至瀟湘館外，在山子石坐著靜聽，甚覺音調清切。你看，場景非常美，秋天在園子裏面，走過樹林，在石頭上坐下來，聽那叮叮咚咚的古琴。我上次講過了，中國人從前彈琴的時候，還要焚香沐浴，有非常嚴肅莊重的儀式。聽琴的時候，心要靜下來，琴為心聲，你內心中的所思所感隨琴聲彈出去，琴聲跟你已經合為一體了。黛玉吟這首歌也是騷體，跟《離騷》很近的，非常古雅，是當時黛玉的心境。只聽得低吟道：風蕭蕭兮秋氣深，一來就把時序寫出來了。美人千里兮獨沉吟。講的是她自己，離開家鄉遠在千里外吟誦。望故鄉兮何處，前面不是講了她想家嘛，這個地方又講。倚欄杆兮涕沾襟。這個時候想家當然傷心掉淚。

秋天的傍晚，月亮起來了。歇了一回，聽得又吟道：山迢迢兮水長，照軒窗兮明月光。耿耿不寐兮銀河渺茫，羅衫怯怯兮風露涼。想想那畫面：黛玉本來就是羅衫怯怯，秋天的時候，這麼一個病美人，在窗子前面，月光照進來，她耿耿不寐，看天上的銀河，看天上的星星。有種涼颼颼的秋聲，不是秋天涼，是她心裏面涼，心裏感覺到的一種淒涼的聲音，淒涼的味道。又歇了一歇。妙玉道：「剛才『侵』字韻是第一疊，如今『陽』字韻是第二疊了。咱們再聽。」妙玉是行家，她聽了這個琴聲，越來越往上翻高。裏邊又吟道：子之遭兮不自由，予之遇兮多煩憂。之子與我兮心焉相投，思古人兮俾無尤。本來這首歌她是回答寶釵的，寶釵說把她當作知音。我再提醒大家，這時寶釵已經知道她要嫁給寶玉了，她寫這封信可能有幾個動機，一個的確是滿腹的煩悶，她也沒辦法向別人說，眾姐妹裏面，只有黛玉可以了解她，兩個人都是外來的親戚，她可以跟她吐露。再者也可能她心中有愧疚，明明曉得黛玉跟寶玉之間的感情，她還是答應了嫁給寶玉，所以讀者常常在這種地方批評寶釵，她把寶玉搶走了。但回頭想想，如果賈母、王夫人一起向薛姨媽提親了，那時候婚嫁是父母之命，媒妁之言，奉了父母之命，女孩子既不能說我不要嫁他，也不能說我要嫁他，都不能講的，何況她心中也喜歡寶玉啊！她比較含蓄，不太表露，因為黛玉跟寶玉兩小無猜，她有所顧忌，既然大人做主了，在某方面來說，寶釵是可以順水推舟的。大人決定了，她心中也願意，而且她也沒法跟賈母他們說，寶玉跟黛玉感情那麼好，所以她不嫁給他，那個時候沒法說的。答應嫁給寶玉以後，她的心裏恐怕也有負擔吧！所以寫信給黛玉訴苦。倒是黛玉一廂的把寶釵真的當作知己，所以她寫了「之子與我兮心焉相投」，我們兩個心相投，黛玉誤認寶釵是知音。但是這回寫得好的在這裏：那個聽琴的人才是知音。我們不覺得她是唱給寶釵聽的，在無意間，其實是唱給寶玉聽的。我想曹雪芹真了不起，他這麼設計，不光是唱給寶玉聽，還唱給妙玉聽，黛玉滿腹心事吐露出來，兩個聽琴的人也大有所感。

你看啊，妙玉道：「這又是一拍。何憂思之深也！」寶玉道：「我雖不懂得，但聽他音調，也覺得過悲了。」裏頭又調了一回弦。妙玉道：「君弦太高了，與無射律只怕不配呢。」妙玉懂琴，這個琴聲越來越高亢，弦子越調越高，跟那個律好像有所不配了。這時候裏邊又吟道：人生斯世兮如輕塵，天上人間兮感夙因。感夙因兮不可惙，素心如何天上月。人生在世，像輕塵一樣到處漂浮，天上人間無論在哪裏，都是前定的因緣，這種的因緣輪迴不可輟、不會停的，我的一片心，什麼時候能像月亮那麼純潔無瑕呢？妙玉聽了，呀然失色道：「如何忽作變徵之聲？音韵可裂金石矣。只是太過。」寶玉道：「太過便怎麼？」妙玉道：「恐不能持久。」正議論時，聽得君弦蹦的一聲斷了。妙玉站起來連忙就走。寶玉道：「怎麼樣？」妙玉道：「日後自知，你也不必多說。」竟自走了。弄得寶玉滿肚疑團，沒精打彩的歸至怡紅院中，不表。蹦！君弦斷了，弦斷人亡。這時候一方面是講黛玉的大限快到了，二方面妙玉本人馬上走火入魔，她的厄運也來了。所以妙玉一聽，知道這個音在另一方面也是在講她，應到她身上，所以突然變色，怎麼會有這種音出來？變質之音出來了。那個君弦蹦一聲斷掉，牽扯到兩個人，一個是黛玉，一個是妙玉。妙玉聽琴聽到了自己的命運，她懂這個的，所以趕緊離去了。

我說中國人的琴很神祕的，琴為心聲，黛玉無意之間把自己的命運、自己的心事，從琴裏面傳出去了。傳出去觸動兩個人，寶玉這時候還不太懂，要一步一步到最後，黛玉死了，自己玉丟了，他才慢慢懂得其實黛玉都是唱給他聽的。她跟他兩個人心念相投，的確是知音，可是，黛玉自知命運多舛，身體那麼壞，可能不久人世。「感夙因兮不可惙」，沒辦法的，這是前定的，我們兩個之間會崩離，所以那君弦「蹦」一聲斷掉。這一回牽涉到好幾個人，而且以琴聲詞賦這麼美、這麼抒情的方式表現出來，而且牽涉到未來的命運。這裏面深一層的境界，作者遊走其間，鋪排獨出心裁，在小說技巧上相當高明。

白天聽琴，君弦斷了，妙玉心中無限狐疑，倏忽知道自己的命運也受了牽連，她回到櫳翠庵去，晚上照常做功課。這一段寫妙玉打坐，一下子按捺不住，好多妄想來了，到處聽到聲音。修行的人大概都知道，所謂走火入魔，修到那個差的地方去了。佛家講克服的是心魔，魔在自心中。王維把心魔比做毒龍，好像一條馴服不了的毒龍在裏面絞一樣，要藉專注禪誦，把那個毒龍克制住。因為勾動了妙玉的塵思，她晚上打坐的時候，外面的妄想通通來了，而且還聽到房上兩隻貓叫春，各種的邪念，各種的東西現前。**那妙玉忽想起日間寶玉之言**，想到寶玉說「下凡」，自己是不是守不住了？妄念一生，**不覺一陣心跳耳熱。自己連忙收攝心神，走進禪房，仍到禪床上坐了。怎奈神不守舍，一時如萬馬奔馳，覺得禪床便恍蕩起來，身子已不在庵中。便有許多王孫公子要求娶他，又有些媒婆扯扯拽拽扶他上車，自己不肯去。一回兒又有盜賊劫他，持刀執棍的逼勒，只得哭喊求救。**妙玉這裏的走火入魔，暗示她後來的結果。她沒想到自己這麼嚴謹努力修持的人，最後是這樣的命運。所以佛門雖廣，也不是每個人都能修成正果。

我們看看妙玉第五回的判詩。別忘了，妙玉也是十二金釵之一，她雖然是一個次要角色，可是她在整個《紅樓夢》架構裏面，也有她重要的地位。「**氣質美如蘭，才華阜比仙，天生成孤癖人皆罕**。她這個人非常孤僻。**你道是啖肉食腥膻，視綺羅俗厭；卻不知太高人愈妒，過潔世同嫌**。修行的人自設太高，這個門檻反而過不去，過潔世同嫌。劉姥姥去過櫳翠庵，第二天寶玉還要叫幾個人來沖洗乾淨，一個俗人到她的地方，她都深怕沾染。可嘆這，青燈古殿人將老；辜負了，紅粉朱樓春色闌。到頭來，依舊是風塵骯髒違心願，好一似，無瑕白玉遭泥陷；又何須，王孫公子嘆無緣。」她最後的下場是被盜賊劫了去，因為不從，可能就被殺害了。命運老早已經注定了。她走火入魔，病了，醫生來看她，說：「幸虧打坐不久，魔還入得淺，可以有救。」寫了降伏心火的藥，吃了一劑，稍稍平復些。外面那些游頭浪子聽見了，便造作許多謠言說：「這樣年紀，那裏忍得住。況且又是很風流的人品，很乖覺的性靈，以後不知飛在誰手裏，便宜誰去呢。」外面流言沸沸，這麼一個本來身世很好的千金小姐，一生下來算命的講她的命運太舛，只好送她去修行，沒想到修行也不成。我說《紅樓夢》很重要的講得是人的命運，命運逃不過的。《紅樓夢》是宿命論，命運一生下來已經定了，無論你怎麼修，不一定過得了。

妙玉過不了關，另外一個惜春呢？有一天惜春聽到這件事情，她的丫頭彩屏講妙師父晚上中了邪了，「嘴裏亂嚷說強盜來搶他來了，到如今還沒好。姑娘你說這不是奇事嗎。」惜春聽了，默然無語。她懂的。惜春也是十二金釵之一，她在《紅樓夢》裏面占得篇幅也不多，是個 minor character，可是她非常有個性，非常奇特，她的一舉一動、一言一行，都顯出她老早就看穿了這個世界與紅塵，最後也解脫得最徹底。她想：「妙玉雖然潔淨，畢竟塵緣未斷。可惜我生在這種人家不便出家。我若出了家時，那有邪魔纏擾，一念不生，萬緣俱寂。」她可以做得到。想到這裏，驀與神會，若有所得，便口占一偈云：大造本無方，云何是應住。既從空中來，應向空中去。她說這個大千世界，本來就是紅塵假相，不值得留念的。你還到哪裏去呢？來的時候空空的，走的時候也應該空無一物。在佛家來說，這個「空」字就說明了一切，在她看來一切都是空的，世間都是一些幻象幻覺。寫完了以後，就命丫頭焚香，自己靜坐了一回，又翻開那棋譜來看看，若無其事，清清淡淡描寫就過去了。惜春是天生看清楚的人，七十四回她跟尤氏吵架，說：「我清清白白的一個人，為什麼教你們帶累壞了我。」一切割斷。惜春第五回的判詩〔虛花悟〕：將那三春看破，桃紅柳綠待如何？把這韶華打滅，覓那清淡天和。說什麼，天上天桃盛，雲中杏蕊多。到頭來，誰見把秋捱過？不管桃也好，杏也好，沒有人可以熬得過秋的，沒有一樣東西是永久不變的。則看那，白楊村裏人嗚咽，青楓林下鬼吟哦。有的人一下就死掉了。更兼著，連天衰草遮墳墓。這的是，昨貧今富人勞碌，春榮秋謝花折磨。似這般，生關死劫誰能躲？聞說道，西方寶樹喚婆娑，上結著長生果。惜春的判詩，她老早就看到了修行是她的道路，是她一生的命運所在，所以很小的時候對人世就有一種特別的了悟，別人還要經過多少的折騰，她本人沒有經過，可是她看到了，「天上天桃盛，雲中杏蕊多。到頭來，誰見把秋捱過？」她看得很清楚。

這一回裏面牽涉到惜春、妙玉、寶玉、黛玉、寶釵，寫他們個人的處境、個人的命運、個人的道路，都不一樣。這一回我覺得寫的很好，以琴傳情，以琴傳意，把它整個寓意寫出來了。

【第八十八回】博庭歡寶玉贊孤兒　正家法賈珍鞭悍僕

這一回又轉筆寫賈府家族的事情，前面有一個細節也很有意思。鴛鴦來找惜春。鴛鴦說：「因老太太明年八十一歲，九九八十一，是個暗九。要許願的，許下一場九晝夜的功德，發心要寫三千六百五十零一部《金剛經》，這已發出外面人寫了……老太太因《心經》是更要緊的，觀自在又是女菩薩，所以要幾個親丁奶奶姑娘們寫上三百六十五部。」惜春說：「別的我做不來，若要寫經，我最信心的。」她要來抄《心經》。《心經》是整部《大般若經》的最精髓的部分，尤其它的色空的理論：色不異空，空不異色，色即是空，空即是色，遠離顛倒夢想，把所有的幻象去掉，這也是引導惜春走向解脫的經文。我想曹雪芹精心安排這時候來這麼一段，讓惜春抄《心經》，非常合適。前面經過這麼大的折騰，黛玉彈琴斷弦，妙玉走火入魔，到這個時候平和下來，歸於寂靜。

寶玉放學去看老太太，賈母當然問他囉，這個賈代儒上課上得怎麼樣呢？寶玉、賈蘭、賈環，他們都在一起上課。寶玉就說賈環作對子作不上來，還要悄悄的求人家幫忙，送東西請槍手。賈母本來就討厭賈環，講：「求人替做了，就變著方法兒打點人。

這麼點子孩子就鬧鬼鬧神的，也不害臊，趕大了還不知是個什麼東西呢。」又問：「蘭小子呢，做上來了沒有？這該環兒替他了，他又比他小了。是不是？」寶玉笑道：「他倒沒有，卻是自己對的。」你看賈母的口氣：「我不信，不然就也是你鬧了鬼了。如今你還了得，『羊羣裏跑出駱駝來了，就只你大。』你又會做文章了。」寶玉笑道：「實在是他作的。師父還誇他明兒一定有大出息呢。老太太不信，就打發人叫了他來親自試試，老太太就知道了。」這裏寫了兩個人，一個是賈環　一個是賈蘭，兩個在《紅樓夢》裏都是 minor character，次要角色，賈環前面還有些反派戲，賈蘭篇幅很少，前面只知道賈蘭是李紈的兒子，很聰明、很乖、聽媽媽的話、很用功讀書的孩子，而且也能夠作詩題詞，相當敏捷有才，就這樣子，沒有多給他任何的敘述。在這個地方，曹雪芹讓賈蘭和李紈有一點角色。我說過，像李紈這個人物很難寫，她嫁給寶玉的哥哥叫賈珠，賈珠早亡，所以李紈很早就守寡。在那個時代，以賈府的孫媳婦這種身分，她也不可能再嫁，而且她有個兒子賈蘭了。所以她安分守己守這個兒子，進退都很本分。賈母、王夫人只可憐她早守寡而已，並不像鳳姐大權在握，優寵有加。按理講李紈是大媳婦，在賈府裏面應該要給她若干權的，她謙讓了，她不要，什麼都讓鳳姐做主。她不要並不是她愚笨，記不記得，有一次大家跟鳳姐開玩笑，她把鳳姐批了一頓，那個嘴角也很來得兩下，她並不是省油的燈。是她知道本分，不多言，不多語，該講的時候講，不該講的時候不出聲，平常除了教子以外，領著這些姐妹們做做針黹，她們要作詩起社，她也幫著做一個輔助的角色。所以她最難寫，寫得太淡了，就 flat 平掉了，要寫得突出起來，整個小說架構也用不著，這個人就是沒什麼個性中也很重要的放在那個地方。賈蘭這時還是個小孩子，沒什麼可寫的，可是別忘了，《紅樓夢》最後結束的時候，那個和尚、道士預言「蘭桂齊芳」，賈府被抄家了，衰下去了，最後還要復興，就靠一蘭一桂，蘭當然是賈蘭，後來也去考試中舉了，他是一根柱子，要頂起賈府的。另外一個桂，就是寶釵懷孕的那個孩子，也就是賈寶玉留下來的兒子賈桂，我們沒看到他出現，不過預言是靠這兩個人復興賈府。

賈蘭可以說是賈家的 inheritor 繼承人，在這個地方給他這麼幾下子，讓他顯顯才，也非常合適。因為也不宜多寫他，他也沒有那麼多的事情可以寫，這裏恰好適合，小小一段也相當動人。賈母道：「果然這麼著我才喜歡。我不過怕你撒謊。既是他做的，這孩子明兒大概還有一點兒出息。」因看著李紈，又想起賈珠來，想起大孫子來了。又說：「這也不枉你大哥哥死了，你大嫂子拉扯他一場。日後也替你大哥哥頂門壯戶。」說到這裏，不禁流下淚來。老太太想到大孫子了，有所感觸掉淚了。李紈聽了這話，卻也動心，只是賈母已經傷心，自己連忙忍住淚，不敢哭，因為賈母已經掉淚了，做媳婦的李紈只好勸她：「這是老祖宗的餘德，我們托著老祖宗的福罷咧。只要他應得了老祖宗的話，就是我們的造化了。老祖宗看著也喜歡，怎麼倒傷起心來呢。」勸老太太不要傷心，看他還有出息嘛，應該高興啊！因又回頭向寶玉道：「寶叔叔明兒別這麼誇他，他多大孩子，知道什麼。你不過是愛惜他的意思，他那裏懂得，一來二去，眼大心肥，那裏還能夠有長進呢。」不要誇他，早誇多了，他不知好歹。做媽媽的擔心，其實心裏面當然很高興囉！但要這麼講一下。你看看，賈母道：「你嫂子這也說的是。就只他還太小呢，也別逼樣緊了他。小孩子膽兒小，一時逼急了，弄出點子毛病來，書倒念不成，把你的工夫都白遭塌了。」賈母說到這裏，李紈卻忍不住撲簌簌掉下淚來，連忙擦了。寫的好！這時候才掉淚，忍不住了，老祖母這麼講，非常溫暖才掉淚了。好多人攻擊後面四十回說寫的不好，像這種地方其實寫的很好，賈母是個慈愛的長輩，講這種話也非常得體，說不要逼急了出什麼毛病，那不是白拉扯了一場。當然這話一講，勾起李紈經年累月守著這個孩子的辛酸，撲簌簌淚掉下來了。如果前面也稀哩嘩啦跟賈母一起哭，就寫壞了，這個時候才掉淚，大家對她一個寡母，拉大這麼個孩子，也同情起來，這就是寫得細緻的地方。《紅樓夢》寫這種中國人的人情世故的確動人。

後半回又講賈府的下層生活。周瑞是王夫人跟前滿得寵的一個傭人，周瑞有個乾兒子叫何三，不務正業，常喝醉酒亂來，那個鮑二也是個愛喝酒的廚子，這兩個人喝酒打起架來了。下面告到賈珍那裏，賈珍一生氣命令各打五十鞭子攆出去了。這一攆出去又是一個伏筆，後來這個何三勾搭起外面的人，趁著賈府辦喪事沒什麼人在家，盜了裏面好多金銀財物，把妙玉也搶走了。家奴也得罪不得的，賈府衰下去，這些事情通通出來了。一三九〇頁，賈璉把下人打架鬧事被賈珍攆出去告訴鳳姐聽了，你看鳳姐怎麼說：「事情雖不要緊，但這風俗兒斷不可長。此刻還算咱們家裏正旺的時候兒，其實已經不旺了，才會出這種事情。他們就敢打架。以後小輩兒們當了家，他們越發難制伏了。前年我在東府裏，親眼見過焦大吃的爛醉，躺在臺階子底下罵人，不管上上下下一混湯子的混罵。他雖是有過功的人，到底主子奴才的名分，也要存點體統才好。」大家還記得焦大罵什麼？他說「扒灰的扒灰，養小叔子的養小叔子」，指賈珍跟她的媳婦秦氏有一手，講鳳姐跟小叔子賈蓉有一手，他這麼暗示，當然鳳姐很氣囉！到賈家衰了被抄家以後，那個焦大又跑出來了，大哭大鬧要哭太爺去，哭太爺等於哭祖廟，他講這一族的興衰，給你們這些後輩的人通通敗掉。焦大這個人物真正出現只有兩次，開頭有他，最後有他，這地方又提他一提，要大家不要忘掉，到了最後再出現，那時候就有力量了。所以曹雪芹草蛇灰線，伏筆千里，好多 detail 他只提一下，以後都用得上。這裏鳳姐又說：「珍大奶奶不是我說是個老實頭，個個人都叫他養得無法無天的。如今又弄出一個什麼鮑二，這個有意思，你聽看看啊！我還聽見是你和珍大爺得用的人，為什麼今兒又打他呢？」賈璉聽了這話刺心，便覺訕訕的，拿話來支開，借有事，說著就走了。賈璉跟鮑二的老婆以前有過一腿的，鮑二家的不是被鳳姐打了，回去吊頸死了嗎？後來那個鮑二又娶了多渾蟲的寡婦多姑娘，之前多姑娘也是賈璉相好的，全跟他有關係。後來安排金屋藏嬌尤二姐，賈珍就叫鮑二兩夫婦去服侍尤二姐。王鳳姐講這個就「蹦」的給他一刺，鳳姐厲害，不饒他的，刺他一下。這也是《紅樓夢》周到的地方，這時候又來提醒前面的事。賈璉訕訕的不好意思跑掉了，自己忘掉了鮑二還跑來鳳姐面前講。

另外一個人又來了，賈芸來找鳳姐。他是賈府的窮親戚很會奉承，想謀一個職位也謀到了，園子裏面植花種樹都是他管，也算是個肥缺。他跟很伶俐的一個丫鬟小紅有那麼一段若有似無的感情，小紅把一個手帕故意丟了，賈芸拾去了，兩個人這麼牽勾著。小紅到了鳳姐這裏了，賈芸管種樹雖然有點油水，他覺得還不夠，聽到賈政又升官了，旁邊有很多工程的事情要發包出去，他想去弄點工作撈一把，就準備了一大堆東西跑來找鳳姐。你記得他以前給鳳姐送麝香冰片，去向開藥鋪的舅舅賒欠，被舅舅刮了一頓。他很想往上爬，又去認寶玉做乾爹，他比寶玉年紀還大，不倫不類的往上攀，在賈府裏面也並不那麼容易。這次他又來送東西，來的時候跟小紅很親密的講了一段話，等於把前面那個線又連起來了。然後一番甜言蜜語去請託鳳姐，想謀一個差，賺一筆錢。一三九二頁，他把東西送給鳳姐，鳳姐說官家的事幫不了，「我這是實在話，你自己回去想想就知道了。你的情意我已經領了，把東西快拿回去，是那裏弄來的，仍舊給人家送了去罷。」唉唷，這個好難聽，不知哪裏搞來的東西，看扁了他，你買不起的，哪裏弄來的，拿回去還給人家。這個很難堪的，你說賈芸怎麼下得了臺？正好那個巧姐抱進來了，巧姐在哭，鳳姐哄她。賈芸只好借著去哄巧姐遮掩一下，這是唯一他能做的，站在那裏不是很尷尬嗎？他去哄巧姐，偏偏這個小傢伙又不領情，看了他就大哭，這樣就哭出賈芸心裏的毛病來，他記恨在心裏了——鳳姐對他這麼不留情，連這個小傢伙也對他不友善。大家記得上一次賈環把那個牛黃弄翻了，巧姐生病等著用，他們就把賈環罵了一頓嗎？賈環出來恨恨的說：「等著我明兒還要那小丫頭子的命呢！」後來這幾個人果然聯手起來，賈芸、賈環，最要不得還有巧姐那個舅舅王仁，勾結著要把她賣出去。那時鳳姐死了，賈府倒了，他們這幾個人要把巧姐賣掉。所以這些都是鋪排，小細節不是沒用的。那個藥罐子翻一翻，巧姐看了他就哭，以後都用得上的。因為王熙鳳得罪的人太多，賈環不用說了，本來王熙鳳對賈芸還不錯，現在也不買賬了。所以在這個地方下一筆，都是為了鋪陳以後發生的事。

我想這幾回《紅樓夢》在收線了，前面那幾十回把那個網撒得好大，那些情節通通撒開鋪得很複雜，這個時候要收攏了，往哪裏收攏呢？賈府興衰嘛！我講了這是《紅樓夢》很重要的一條主線，前面的興寫夠了，繁華榮景寫夠了，這時候要寫衰了，把前面那麼大的網線一根一根收緊，這是不容易的，要想得很清楚，不能鬆，不能亂。後四十回很快嘩啦啦如大廈傾，但每個關節要接得非常有秩序，有它暗中的紋理。所以我說後面四十回寫的好在這些地方，如果真的不是曹雪芹寫的，是換一個人寫的，那個人的腦筋要跟曹雪芹一樣那麼縝密，才寫得出這些東西來。

【第八十九回】人亡物在公子填詞　蛇影杯弓顰卿絕粒

寶玉到私塾裏面去念書，天氣冷了，襲人就包了衣服叫書僮茗烟帶著。茗烟說：「二爺，天氣冷了，再添些衣服罷。」拿出來一看，寶玉痴掉了，原來是那件雀金裘。他說：「怎麼拿這一件來！是誰給你的？」茗烟道：「是裏頭姑娘們包出來的。」寶玉道：「我身上不大冷，且不穿呢，包上罷。」寶玉不想穿。茗烟道：「二爺穿上罷，著了涼，又是奴才的不是了。二爺只當疼奴才罷。」你看啊，寶玉無奈，只得穿上，呆呆的對著書坐著。代儒也只當他看書，不甚理會。這一句寫的好。自從晴雯死了以後，寶玉整個心情變了。大家都感覺到，他好像沒有真正的喜悅了，突然間懂得人生的哀愁。寫了〈芙蓉誄〉以後，他的心情沉下來了。穿了那個衣服，他呆呆地坐在那裏，大家可以想像，他睹物思人，想到從前他對晴雯的那種疼憐，身上又穿著晴雯病中拚死為他補的衣服，當然感慨萬千。

安排這一段，是作者高明的地方。晴雯死了，對寶玉、黛玉都是這麼重要的一個人，總歸要思念她一下吧！總不能作完〈芙蓉誄〉以後就再不講了。但好好沒來由的說他想起晴雯，這就沒有力量了，拿這件衣服出來再好不過。看到這件衣服，就想到縫衣服的那個人，因為愛惜晴雯，就愛惜這件衣服了。寶玉穿了之後，回到家裏面，也沒有像他平常那樣有說有笑，就和衣躺在炕上面。他心中很難受嘛！他本來不肯穿，穿上以後，他感覺又跟晴雯很近，就不肯脫了。襲人要寶玉用餐，寶玉不吃，襲人就說：「**那麼著你也該把這件衣服換下來了，那個東西那裏禁得住揉搓。**」寶玉不肯換下。襲人講：「**倒也不但是嬌嫩物兒，你瞧瞧那上頭的針線也不該這麼遭塌他呀。**」襲人跟晴雯，別忘了兩個人是相對的 rivals，襲人對晴雯未必有體貼的那種心，但襲人知道這樣講有效，等於戳到他了。寶玉聽了這話，**正碰在他心坎兒上，嘆了一口氣道：「那麼著，你就收起來給我包好了。我也總不穿他了！」**第一句話，我以後不穿了，太心痛了！給我包好了。包的時候，他還不要她們包，自己拿一個包袱，很仔細地把他包起來，等於把他跟晴雯的這一份情意，包到裏面去了。所以小說描寫一個人心裏面怎麼痛，有時候不用講，從他的動作，呆呆的坐那裏出神就夠了。他輕輕的一句話，嘆一口氣：「**我也總不穿他了。**」就可以感覺到他心中的哀痛，然後接了一個動作，用個包袱自己把他包起來。寶玉自己包那衣服的時候，襲人跟麝月兩個還互相擠著眼睛笑，她們不能體會，晴雯死了帶給寶玉的是一種很深沉的 sorrow。他對晴雯的感情沒有斷掉過，還常常想到她的，這個時候點這麼一下，用雀金裘再勾起對晴雯的思念，我覺得是很好的一個 strategy，一種策略，就等於黛玉看了兩塊手帕勾起舊情一樣，比直接寫他怎麼思念晴雯好得多，這就是作者高明的地方。

寶玉心裏面很愁悶的，第二天他要他們準備一個房間，他要在裏面靜一下。什麼房間呢，以前晴雯住過的房間。一四〇〇頁，他進去坐了一下，親自點了一炷香，當然就是祭晴雯了。寶玉拿了一幅泥金角花的粉紅箋出來，寫道，怡紅主人焚付晴姐知之，酌茗清香，庶幾來饗。他寫了一首詞，燒了以後給晴雯：隨身伴，獨自意綢繆。誰料風波平地起，頓教軀命即時休。孰與話輕柔？　東逝水，無復向西流。想像更無懷夢草，添衣還見翠雲裘。脈脈使人愁！懷夢草就是漢武帝思念李夫人的典故，看看注解就知道了。大家記得前面，寶玉寫了一篇〈芙蓉誄〉，寫得才思飛揚、好長的一個祭文。我再三提醒大家，〈芙蓉誄〉表面上講的是祭晴雯，事實上是祭黛玉，結束時黛玉突然從樹叢後走出來了，改了裏邊幾句話，變成寶玉對著黛玉說：「茜紗窗下，我本無緣；黃土壟中，卿何薄命。」林姑娘愀然變色，這等於是在祭悼黛玉。〈芙蓉誄〉整個是四言的賦，很大的一篇東西，祭黛玉是合適的，以他跟黛玉的關係，黛玉本身的才情，黛玉本來是株絳珠仙草，〈芙蓉誄〉非常合適她。這首小詞當然比不上〈芙蓉誄〉，卻有一種很親密、很親近的感受，用來祭晴雯倒是合適的，那個〈芙蓉誄〉給晴雯太隆重了一點，按理講，晴雯無法承受那麼大的一篇東西，那個是應該給黛玉的。黛玉死了以後，寶玉失掉靈性，而且他也結了婚，這種情況下不可能再寫一篇祭文來祭黛玉。他後來講，「我現在靈性也沒有了，玉也失掉了，從前我還能寫一篇祭文祭晴雯，林妹妹死了，我沒法寫這麼一篇東西來祭她了。」我說過晴雯跟黛玉之間是 mirror image 鏡像的關係，晴雯先死，慢慢就要講到黛玉之死了。

這幾回裏，很重要的一件事情，就是賈母已經定下寶釵做孫媳婦了，黛玉不知道，瀟湘館裏面的人不知道，其他人已經知道了，可憐黛玉還矇在鼓裏，疑神疑鬼，患得患失。因為寶玉、黛玉漸漸到了婚嫁的年齡，到了臨界點要做決定了，黛玉心裏有數，所以才作那個惡夢，果然惡夢後來是真實的。為什麼小說家要這樣鋪陳呢？其實就是要我們同情黛玉的遭遇，黛玉做為孤女的身世通通顯現出來了，從前宗法社會，家長替兒女做主很要緊的，沒有人替她撐腰、講話，所以在大觀園裏面她無依無助，而且她又非常孤傲的一個人，不肯露出自己的心事。她有她的自尊，對寶玉的情那麼專那麼強無法講出來，這種患得患失的心理我們也能理解，小說家就製造了好幾個懸疑，慢慢引導黛玉之死，那當然是全書裏面寫得最精采的篇章之一，在前面要鋪陳很多事情、很多小細節，最後的爆發力才會出來。

我提醒大家，寶玉跟黛玉開始的時候是兩個小孩子，鬧脾氣，鬥來鬥去，兩個人還睡在一床，講故事講笑話，是那種天真無邪、兩小無猜的親密。那時候因為兩個人年紀小嘛！所以大人們像賈母、王夫人也不以為意，沒有什麼顧忌的。他要睡她一個枕頭，兩個枕頭拿來，就並枕而眠，完全是非常天真的。到了後來年紀大一點，就很多顧忌了，慢慢他們之間，見面的時候反而覺得有一點冷淡，冷淡並不表示他們的情感冷淡，而是環境逼他們長大要守規矩，男女之間要有別了。他們兩個在一起不是男女這種情，是一種心靈之交，已經超越男女的私情，寶玉也幾次講：「黛玉是我的知音」，「林妹妹才了解我」，這一點黛玉也知道。可是他們處的社會環境是禮法、禮數很重的，有很多禮節、禮儀 rituals，你看他們過年過節、生日拜壽、生死儀式，很多規矩，都是一種 system，一種 institutionalization，一種制度化的東西，他們生活在這樣的規範裏。這兩個人其實是free spirits，他們的心靈是抽離、解脫這些羈羈絆絆的，這麼大的一個儒家宗法社會構成的秩序，他們也不得不守，所以兩個大了在一起的時候，就不像從前小時候那種無拘無礙、兩小無猜的情景和心境了。

一四〇一頁，寶玉又到瀟湘館來了，黛玉在抄經，寶玉就看看這個、看看那個，看到黛玉房裏寫了：「綠窗明月在，青史古人空。」月亮在窗外，永遠總會在那個地方，可是歷史上的人物，一個一個通通要消失的，以恆常來顯出無常，偶爾這麼一句話，其實都是在影射黛玉的命運。寶玉又看到新掛的「鬪寒圖」，裏邊兩句話：「青女素娥俱耐冷，月中霜裏鬪嬋娟。」這是李商隱的一首詩，青女是一個霜神，素娥就是嫦娥，前面已經把黛玉比作嫦娥，也是李商隱的詩：「嫦娥應悔偷靈藥，碧海青天夜夜心。」都是在暗示黛玉孤立無助的寂寞。這個時候，兩個人見面有意無意的生疏了，講話比較客氣了，黛玉也沒有一下子就跟他發脾氣，哭啊吵啊的，寶玉也沒有妹妹長妹妹短的去哄她了，兩個人漸漸疏淡了。這就是小說家厲害的地方，不知不覺在改變他們兩個的關係。非要這樣不可，過去的那種親密、那種無邪消失了。再過不了多久，寶玉連那塊玉都不見了，是這個紅塵，是這個制度，把寶玉壓得性靈都不見了，把他變成一個傻子。玉丟掉了，人痴傻掉了。這時，他們兩個人就講那天晚上彈琴，一四〇二頁，寶玉說：「我那一天從蓼風軒來聽見的，又恐怕打斷你的清韵，所以靜聽了一會就走了。我正要問你：前路是平韵，到末了兒忽轉了仄韵，是個什麼意思？」記得嗎？黛玉彈琴吟詩吟到「素心如何天上月」最後一句的時候，「蹦」一聲那個君弦斷掉了。所以他問黛玉：「怎麼一下子變音變成這樣？」黛玉道：「這是人心自然之音，做到那裏就到那裏，原沒有一定的。」這是心聲，彈琴啊，心怎麼走，音就怎麼走。琴斷人亡，各種的徵兆都指向黛玉這絳珠仙草要枯萎。寶玉道：「原來如此。可惜我不知音，枉聽了一會子。」原來是這樣，那可惜我不是知音。黛玉道：「古來知音人能有幾個？」黛玉脫口而出，古來知音沒幾個。寶玉聽了，又覺得出言冒失了，又怕寒了黛玉的心，坐了一坐，心裏像有許多話，卻再無可講的。黛玉因方才的話也是衝口而出，此時回想，覺得太冷淡些，也就無話。兩個人弄得冷淡了。寶玉一發打量黛玉設疑，遂訕訕的站起來說道：「妹妹坐著罷。我還要到三妹妹那裏瞧瞧去呢。」黛玉道：「你若是見了三妹妹，替我問候一聲罷。」寶玉答應著便出來了。其實黛玉當然是說，只有他們兩個人才是彼此的知音。其實黛玉彈琴，在某方面根本是彈給寶玉聽的，只有寶玉才懂，連妙玉那樣的一個人，也不確知原來黛玉彈的是命運。可是黛玉說不出口，因為顧忌，尤其因為那個惡夢，弄得她心裏七上八下，疑神疑鬼。這時候又出了一件事了。

探春的丫頭侍書，來瀟湘館坐了一下，就跟那個小丫頭雪雁，兩個人無意間這麼談起來，說寶二爺要定親了，兩個人嘰嘰咕咕隨便聊。黛玉人在屋裏聽到了。這是何等大事！怎麼一會兒寶玉定親了？什麼時候寶玉定親了呢？這一聽不得了，她又講不出來，又不好去問，她沒法問的啊！心裏面是疑疑惑惑，就想：寶玉要是定親的話，她生命的意義就沒有了。黛玉並不是說很想要嫁給寶玉，世俗的婚姻對他們兩個沒有意義的，他們兩個要的是彼此的心，所以作夢的時候，寶玉說：「你不信我的話，你就瞧瞧我的心。」「我拿我的心給你瞧。」剖開自己的胸膛，把心拽出來給她看。他們互相要的是一個心，心的結合。但是在宗法社會，男婚女嫁才是定了兩個人的關係，所以這個對黛玉來說當然很要緊。雖然他們倆要的是彼此的心，互相的知音，可是婚姻對黛玉來講，等於是在保護他們兩個這種關係，如果婚姻不是給了她，是給了別人的話，當然他們倆的關係就破裂了，就無法繼續維持了。這時，寶玉定親的話黛玉已聽得了七八分，如同將身撂在大海裏一般。思前想後，竟應了前日夢中之讖，千愁萬恨，堆上心來。左右打算，不如早些死了。她乾脆絕食了。一片疑心，竟成蛇影。一日竟是絕粒，粥也不喝，懨懨一息，垂斃殆盡。原本就病懨懨的，現在病得更危險了。

【第九十回】失綿衣貧女耐嗷嘈　送果品小郎驚叵測

黛玉絕食了，紫鵑著急得不得了，只得去告訴賈母，請了醫生來看也看不好，因為黛玉這次是心病。這天侍書又來了，雪雁就問：「你上次說寶玉定親到底怎麼樣啊？」侍書說：「那是講講罷了！」邢夫人他們那邊親戚跑來講親，要把女兒嫁給寶玉，那個家世賈母根本看不上，不可能的，怎麼會要呢？因為寶玉到論婚嫁的年紀了，各方都跑來說親，定親是還沒這回事。說完，侍書還撂了這麼一句話，一四一〇頁：又聽見二奶奶說，寶玉的事，老太太總是要親上作親的，憑誰來說親，橫豎不中用。親上加親，這句話又傳到黛玉的耳朵裏去了。我想這個 irony 就在這裏了。她一聽，喔，寶玉原來沒有定親，原來賈母是要親上加親的，那當然是我囉！比起寶釵，自己是姑表，比姨表又親一點。黛玉這樣一想，病就好了。所以作者故意這樣寫，讓我們看了黛玉可憐，疑神疑鬼、患得患失，東想西想的還以為親上加親的是她，非常 ironic，諷刺！不光是黛玉這麼想，連紫鵑、雪雁她們也以為是黛玉。紫鵑自我陶醉說：「病的倒不怪，就只好的奇怪。講黛玉。想來寶玉和姑娘必是姻緣，人家說的『好事多磨』，又說道『是姻緣棒打不回』。這樣看起來，人心天意，他們兩個竟是天配的了。再者，你想那一年我說了林姑娘要回南去，把寶玉沒急死了，鬧得家翻宅亂。如今一句話，又把這一個弄得死去活來。可不說的三生石上百年前結下的麼。」說著，兩個悄悄的抿著嘴笑了一回。記得第五十七回嗎？紫鵑故意去試探寶玉，說林姑娘要回蘇州去了，不在你們賈府了，唉唷！那個寶玉瘋掉了，又生病，又喊又鬧的。這一次一講到寶玉定親，黛玉也不得了了，你看他們兩個人的感情之深，在紫鵑看來是天作之合啊！

這個 episode，再對照看下面這一段，寫的好極了。紫鵑太了解他們兩個了，而且也試過他們兩個人了，兩個人的心都是非他莫屬、非她莫屬，可是在賈母、王夫人眼中怎麼看？前後兩段好像無意間對應著，不經意的一些事件，其實有非常重要的涵義在裏頭。邢夫人、王夫人她們也都知道黛玉病得奇怪，一下病，一下好，就來賈母房中講起黛玉的病，一四一二頁，賈母就說了：「我正要告訴你們，寶玉和林丫頭是從小兒在一處的，我只說小孩子們，怕什麼？以後時常聽得林丫頭忽然病，忽然好，都為有了些知覺了。所以我想他們若盡著擱在一塊兒，畢竟不成體統。你們怎麼說？」你看看老太太的態度，在她原先認為，小孩子沒有男女之情的。她所謂的小孩子就是 teenager，十幾歲的青少年，沒想到他們老早就有那個感情，在賈母眼裏不可以的。王夫人聽了，便呆了一呆，她根本知道的，襲人跟她講過，黛玉跟寶玉之間有感情。只得答應道：「林姑娘是個有心計兒的。至於寶玉，呆頭呆腦，不避嫌疑是有的，看起外面，卻還都是個小孩兒形象。此時若忽然或把那一個分出園外，不是倒露了什麼痕跡了麼。古來說的：『男大須婚，女大須嫁。』老太太想，倒是趕著把他們的事辦辦也罷了。」這是王夫人的看法。你看看賈母的反應。賈母皺了一皺眉，這個小節寫的好，皺一皺眉頭，很煩惱。賈母很少皺眉頭的，這是第一次。說道：「林丫頭的乖僻，雖也是他的好處，我的心裏不把林丫頭配他，也是為這點子。況且林丫頭這樣虛弱，恐不是有壽的。只有寶丫頭最妥。」心裏話講出來啦！賈母這個時候的態度、形象，跟黛玉夢中看的完全符合，夢中賈母選孫媳婦的時候，非常理性，不講感情，不講情面的，因為黛玉脾氣乖僻，乖僻做為一個詩人很好，做為媳婦，這種個性不是好的。下面還有一句，看她那麼虛弱，不是有壽的，誰要娶一個短命媳婦。從前人選媳婦還要壯壯的，還要看那個媳婦會不會生孩子，這些都是很理性、很現實的考慮，對照前面紫鵑講的那種兩小無猜，是強烈的對比。王夫人就講：「不但老太太這麼想，我們也是這樣。但林姑娘也得給他說了人家兒才好，不然女孩兒家長大了，那個沒有心事？倘或真與寶玉有些私心，若知道寶玉定下寶丫頭，那倒不成事了。」她們的看法，快點把寶玉跟寶釵的事定了，把林丫頭嫁出去，就了事。黛玉在夢裏，就是替她已經定了親，要把她嫁走了，這也是真的。賈母、王夫人她們最後的處置，在那個夢境中黛玉看清楚了。所以她臨死的時候講那句很哀怨的話，跟紫鵑說：「妹妹，我這裏並沒親人。我的身子是乾淨的，你好歹叫他們送我回去。」一四一三頁，她們商量著，賈母最後這麼說：「自然先給寶玉娶了親，然後給林丫頭說人家，再沒有先是外人後是自己的。況且林丫頭年紀到底比寶玉小兩歲。依你們這樣說，倒是寶玉定親的話不許叫他知道倒罷了。」這下子分開你我了，分開內外了，黛玉只是親戚了。不管老太太以前怎麼疼黛玉，還是有個比較，有個輕重。如果她們認為對寶玉是好的，為了寶玉的利益，可以犧牲黛玉，因為黛玉到底是外孫女，寶玉是孫子。以中國人的觀念，孫子當然要比外孫親，而且寶玉是男孩子，要繼承榮國府的，當然比黛玉重要，所以賈母這麼說也沒錯，她講出真心話就是了。這些事不准洩漏，怕寶玉跟黛玉兩個人有感情，吵出來不好。

這條線寫到這裏，寶玉、黛玉的情況很緊張的，先放在這裏了。作者一筆又盪開去寫薛家的幾個角色：夏金桂、丫鬟寶蟾、薛蟠的堂弟薛蝌及未婚妻邢岫烟。《紅樓夢》是千頭萬緒的一本書，每條線都要講得清清楚楚，如果腦筋不縝密，講了這頭漏了那頭，前後就串不起來了，所以很不容易。在八十回之前，已經把夏金桂、寶蟾這一對主僕寫得栩栩如生，曹雪芹下筆滿重的。夏金桂怎麼潑辣，怎麼鬧場，寶蟾也不是省油的燈，兩個都是不守規矩、淫蕩歹毒的心機角色。這回寫薛家則是迂迴一下，從邢岫烟開始。薛姨媽已經定下邢岫烟做姪媳婦，但家中出事，還未迎娶，邢岫烟仍寄住在賈府。之前邢岫烟也有一點戲，是個 minor character 次要角色。她是邢夫人的一個親戚，算是姪女兒，邢夫人這個人自私，不要說對邢岫烟，就是對她自己名下的女兒迎春，也非常冷淡。她錢抓得很緊，刻薄摳門，連邢岫烟每月的一點零用錢，她還要扣出來給岫烟父母去用，她自己就不必拿錢照顧兄嫂。邢岫烟住在大觀園裏當然不好受，她是個典型的窮親戚來依靠他們的。不過邢岫烟倒是一個很有分寸、有志向、有自尊的女孩子，她跟妙玉讀過書，氣質與眾不同。這次又讓她出現一下，生活滿艱苦的她丟了一件棉襖，對別人是小事，對她就必須找一找了。她的小丫頭也不過去問了賈府的一個老婆子，這一講不得了，「你說我們是賊啊！」這些傭人也不是省油的燈，邢岫烟是個軟柿子，欺負一下沒有關係，當然弄得非常尷尬。鳳姐剛好來，把那老婆子罵一頓，一看邢岫烟身上

邢岫烟

單單薄薄的幾件衣服，棉襖也丟掉了。雖然鳳姐很勢利，在某方面還是個很識大體的人，她還滿同情邢岫烟這麼一個女孩子，回去就整理幾件像樣的衣服，叫小紅拿去送給她。這個地方點出王熙鳳另一面的為人和個性。邢岫烟當然是很有自尊的人，她想我這個衣服丟了，你馬上送衣服來給我，怎麼能接受。這是有骨氣的窮親戚的心理，不願意讓人家施捨。鳳姐做得很好，她叫平兒再去，把衣服硬是送給邢岫烟，平兒說：「奶奶說，姑娘要不收這衣裳，不是嫌太舊，就是瞧不起我們奶奶。」話講到這個份上，邢岫烟不得不拿了。這就是《紅樓夢》裏面中國人的人情世故。這種小地方作者一筆都不放過，一件很小的事情，突顯了邢岫烟寄人籬下的處境。

從這個事又牽到薛蝌那邊去了。薛蝌當然覺得自己的未婚妻在賈府裏很受罪，他也很難受的，但因為薛蟠還在牢裏，一時間也不適合辦自己的婚事，沒辦法把邢岫烟接出來，他無能為力心中很不好過，所以寫了一首詩來抒發感慨：「蛟龍失水似枯魚，兩地情懷感索居。同在泥塗多受苦，不知何日向清虛。」……拿來夾在書裏。又想自己年紀可也不小了，家中又碰見這樣飛災橫禍，不知何日了局，致使幽閨弱質，弄得這般淒涼寂寞。薛蝌這個人跟薛蟠完全不同，長得又滿清俊的，他住在薛家幫著薛姨媽處理薛蟠的官司，沒想到竟被夏金桂、寶蟾這一對主僕看上了。這一回後半跟下一回講這一對主僕怎麼勾引薛蝌，寫的真好，我講前面那麼多人物差不多寫盡了，這時候又蹦出這一對主僕來。

這天呢，寶蟾就拿四碟果子、一壺酒，跑到薛蝌房裏去，薛蝌是單身一個人，有機可趁，不光是夏金桂動心，寶蟾也動心。進了房裏，寶蟾百般拿話來逗引他。薛蝌當然講了：「大奶奶費心。但是叫小丫頭們送來就完了，怎麼又勞動姐姐呢。」意思是當不起，客氣一下。你看寶蟾怎麼講：「好說。自家人，二爺何必說這些套話。再者我們大爺這件事，實在叫二爺操心，大奶奶久已要親自弄點什麼兒謝二爺，又怕別人多心。二爺是知道的，咱們家裏都是言合意不合，送點子東西沒要緊，倒沒的惹人七嘴八舌的講究。」故意講這些話來引逗他。薛蝌說：「果子留下罷，這個酒兒，姐姐只管拿回去。」寶蟾逗他，薛蝌有點不解風情，不為所動。寶蟾說：「別的我作得主，獨這一件事，我可不敢應。大奶奶的脾氣兒，二爺是知道的，我拿回去，不說二爺不喝，倒要說我不盡心了。」薛蝌沒法，只得把酒留下。你看，寶蟾方才要走，又到門口往外看看，回過頭來向著薛蝌一笑，又用手指著裏面說道：「他還只怕要來親自給你道乏呢。」薛蝌不知何意，反倒訕訕的起來。這個薛蝌到底年輕老實，被寶蟾一攪，心裏面七上八下，這對主僕怎麼有點鬼鬼祟祟的，弄得他很不安了。

【第九十一回】縱淫心寶蟾工設計　布疑陣寶玉妄談禪

薛蝌正在狐疑，不曉得人家安了什麼心的時候，窗戶外面「噗哧」的笑一聲，不曉得是誰，又像金桂，又像寶蟾。下面這段寫的好，一四二一頁：薛蝌此時被寶蟾鬼混了一陣，心中七上八下，竟不知是如何是可。真是沒有主意。聽見窗紙微響，細看時，又無動靜，自己反倒疑心起來，掩了懷，坐在燈前，呆呆的細想；又把那果子拿了一塊，翻來覆去的細看。拿了果子翻了兩下，沒主意。猛回頭，看見窗上紙濕了一塊，有人舔那個窗戶。走過來覷著眼看時，冷不防外面往裏一吹，外面那個寶蟾，從那個洞吹他一下，把薛蝌唬了一大跳。聽得吱吱的笑聲，薛蝌連忙把燈吹滅了，屏息而臥。當然他嚇到了，趕快把燈熄掉，不敢出聲了。只聽外面一個人說道：「二爺為什麼不喝酒吃果子，就睡了？」寶蟾的聲音，可見得這個丫頭在偷看。前面寫了好多丫頭，沒有一個像寶蟾這樣子的。《紅樓夢》裏的丫頭，有的很傲，有的脾氣壞，有的也許心事多，有的乾脆，有的這樣，有的那樣，但是獨獨沒有寶蟾這種特性：淫賤。那些丫頭再怎麼說，到底是大觀園的丫頭，賈府裏邊的丫頭，總有一種氣派。不像這個寶蟾鬼鬼祟祟，而且我想「淫賤」兩個字，對她們主僕兩個人都適用。

薛蝌

第二天剛到天明，你看又來了。早有人來扣門。薛蝌忙問是誰，外面也不答應。薛蝌只得起來，開了門看時，卻是寶蟾，攏著頭髮，掩著懷，穿一件片錦邊琵琶襟小緊身，上面繫一條松花綠半新的汗巾，下面並未穿裙，正露著石榴紅洒花夾褲，一雙新繡紅鞋。這個時候又是《紅樓夢》的作者的長處了，寫穿衣服，鞋子怎麼樣，褲子怎麼樣，一看寶蟾穿的這一身，明明就是來勾引人的樣子，這種地方寫的好。如果不寫這些小細節，寶蟾跑進來就不好看了。所以他把這個寫得很細，很鮮明的一個角色：早上叩門，鬼鬼祟祟，又跑進來了，也不講話，拿了那個酒就跑，穿著那一身其實很想勾引薛蝌，看看這幾招都不管用，後來就回去要跟夏金桂交差了。寶蟾當然知道夏金桂心裏面想什麼，想要勾引小叔子，她故意裝不曉得，然後看看夏金桂有什麼能耐。夏金桂也無計可施，因為薛蝌完全不理。薛蝌跟薛蟠兩種人，要是薛蟠的話，用不著勾搭，他自己動手了，薛蝌怎麼勾引他都沒用。這主僕倆的心思有意思的。這個夏金桂心中也想，讓寶蟾先去，她好跟著一起來。晚上先拿酒去勾一下，不動，第二天早上又去，也沒有消息，她下不了臺了，故意裝得不理她，一副惱的樣子跑出去，薛蝌反而有點不好意思了，以為她們兩個只是送酒來，沒有別的意思。

寶蟾回來，看看一四二三頁這主僕兩人的對話滿好玩的。只見金桂問道：「你拿東西去有人碰見麼？」寶蟾道：「沒有。」「二爺也沒問你什麼？」寶蟾道：「也沒有。」故意去逗那個夏金桂。金桂因一夜不曾睡著，也想不出一個法子來，只得回思道：「若作此事，別人可瞞，寶蟾如何能瞞？不如我分惠於他，他自然沒有不盡心的。

我又不能自去，少不得要他作腳，倒不如和他商量一個穩便主意。」自己想勾不好動手，乾脆跟寶蟾講明了分她一杯羹。因帶笑說道：「你看二爺到底是個怎麼樣的人？」問她。寶蟾道：「倒像個糊塗人。」這個對話有意思。金桂聽了笑道：「你如何說起爺們來了！」寶蟾也笑道：「他辜負奶奶的心，我就說得他。」對話對得好，這個寶蟾故意這麼講的。金桂道：「他怎麼辜負我的心？你倒得說說。」寶蟾道：「奶奶給他好東西吃，他倒不吃，這不是辜負奶奶的心麼。」說著，卻把眼溜著金桂一笑。一邊講，一邊眼睛看了她笑一下，我知道你心裏面想什麼。金桂道：「你別胡想。」還要做作一番，講她送東西給他是為了什麼大爺，什麼辛勞之類。寶蟾笑道：「奶奶別多心，我是跟奶奶的，還有兩個心麼。但是事情要密些，倘或聲張起來，不是頑的。」乾脆挑破她，我倒有個主意。奶奶商量了。你看看這個寶蟾心機也多的。寶蟾道：「奶奶要真瞧二爺好，兩個人下面奶想，那個耗子不偷油呢，他也不過怕事情不密，大家鬧出亂子來不好看。依我想，奶奶且別性急，時常在他身上不周不備的去處張羅張羅。他是個小叔子，又沒娶媳婦兒，奶奶就多盡點心兒和他貼個好兒，別人也說不出什麼來。過幾天他感奶奶的情，他自然要謝候奶奶。那時奶奶再備點東西兒在咱們屋裏，我幫著奶奶灌醉了他，怕跑了他？他要不應，咱們索性鬧起來，就說他調戲奶奶。他害怕，他自然得順著咱們的手兒。他再不應，他也不是人，咱們也不至白丟了臉面。奶奶想怎麼樣？」霸王硬上弓，不應的話把他抓了來，灌醉他。金桂聽了這話，兩顴早已紅暈了，笑罵道：「小蹄子，你倒偷過多少漢子的似的。」一聽起來像是偷過漢子的樣子，很有一套，該怎麼勾，該怎麼讓他就範，不行的話，吵起來，鬧起來，三部曲，一二三套招，後來這兩個人鬧出事情來了。筆這一盪開，就把薛家這個 drama 又寫出來了，滿完整的，一直到最後夏金桂想毒死香菱，把自己毒死了。薛家被鬧的，從此家運也敗了，薛蟠犯了案被抓起來，在牢裏要判刑了，薛家就拿銀子去塞啊，拿賈家去講情啊，想救回薛蟠一命，內外煎迫，薛家也是一塌糊塗。

這一回下半，寶玉又來探望黛玉了，這差不多是最後一次兩人相聚，再過不了多久，寶玉就丟掉他那個通靈玉了。最後一次講些知心話的時候，透過什麼呢？透過禪意，他們談禪。他們兩個人本來就是心靈相通的嘛！這個時候，寶玉也很疑惑，薛姨媽來到賈府走動，為什麼寶釵都不過來了。寶玉搞不清薛家現在的狀況。黛玉也疑惑，她也不懂為什麼。其實因為寶釵已經下聘了，未來的媳婦沒成婚之前是不可以到婆家去的，所以寶釵都不露面了。這一天，寶玉心裏面很煩，他之前想要去看寶釵，**「老太太不叫我去，太太也不叫我去，老爺又不叫我去，我如何敢去。」**他講：**「我想這個人生他做什麼！天地間沒有了我，倒也乾淨！」**覺得人生也沒意思了，人到底活在這個世界上幹什麼？生了我幹什麼？就是因為有了我，才有了一切的煩惱出來了，沒有了我，一切就寂滅了嘛！他們漸漸談到人生道理的禪來了。一四二八頁，黛玉就講了：**「原是有了我，便有了人；有了人，便有無數的煩惱生出來……」**她說比如像恐怖、顛倒、夢想，《心經》裏面不是講，遠離顛倒夢想嗎？黛玉當然是極為靈敏的，她知道人生這些道理的，但遇到她自己的事，她就看不清了，她為情所障。談禪的時候她是很理性、很清楚的。她說：**「你不過是看見姨媽沒精打彩，如何便疑到寶姐姐身上去？姨媽過來原為他的官司事情心緒不寧，那裏還來應酬你？都是你自己心上胡思亂想，鑽入魔道裏去了。」**薛姨媽以前都滿世故、滿湊趣的，她在的時候，也有很多歡樂的場面，現在家裏出事，當然她也無精打彩了。寶玉覺得很奇怪，薛姨媽對他不像以前親熱，黛玉就分析給他聽。寶玉一聽豁然開朗，說：「很是，很是。你的性靈比我竟強遠了，怨不得前年我生氣的時候，你和我說過幾句禪語，從前黛玉點醒他幾次的。我雖丈六金身，還借你一莖所化。」丈六金身是佛，我雖然成了佛，還是靠你的一莖蓮花來點化我。黛玉就跟他談禪了：「我便問你一句話，你如何回答？」寶玉盤著腿，合著手，閉著眼，噓著嘴道：「講來。」黛玉道：「寶姐姐和你好你怎麼樣？寶姐姐不和你好你怎麼樣？寶姐姐前兒和你好，如今不和你好你怎麼樣？今兒和你好，後來不和你好你怎麼樣？你和他好他偏不和你好你怎麼樣？你不和他好他偏要和你好你怎麼樣？」黛玉講這一連串大哉問的事情。寶玉呆了半晌，忽然大笑道：「任憑弱水三千，我只取一瓢飲。」弱水有三千里這麼長，我只取一瓢飲。我的心對你說，雖然弱水三千，我只取一瓢飲，我對你那個心，永遠會在那個地方，不管那個水有多長，我只對你唯一。黛玉講：「瓢之漂水奈何？」寶玉道：「非瓢漂水，水自流，瓢自漂耳！」黛玉道：「水止珠沉，奈何？」就是說萬一有什麼事情，萬一有什麼變化，珠沉下去，你怎麼辦呢？寶玉說：「禪心已作沾泥絮，莫向春風舞鷓鴣。」他說我的禪心已作了那沾泥絮，好像已經沾在地上死了，不會再像春風舞鷓鴣一樣，我對你是一片死心塌地的。在禪話底下的意思，寶玉無心的講給黛玉聽了。藉著禪的來往問答，他們倆最後的交心：弱水三千，我只取一瓢，就是這一瓢，就是為了你。這是他們兩個人的性靈之談，他聽她的琴也是，以前他們倆作詩，現在他們倆談禪，都是他們之間的心靈交會。談完了，他回去了，最後的一次相聚。

【第九十二回】評女傳巧姐慕賢良　玩母珠賈政參聚散

寶玉回到怡紅院，襲人問你們倆在談什麼啊？寶玉將談禪的話說了一遍。襲人聽了不舒服，說，作詩也好，怎麼又談起禪來。又不是和尚。寶玉說：「你不知道，我們有我們的禪機，別人是插不下嘴去的。」再講這句話，只有他們兩個人彼此能夠了解，別人不懂的。也因為別人不懂，黛玉跟寶玉終要走上離散的命運。

這一回筆又盪開了，寫巧姐。前面很少寫到巧姐的事情，雖然她也算大觀園裏面的十二金釵之一。巧姐是王熙鳳唯一的女兒，小名大姐兒，但她是很小的角色，年紀小，都隱在故事後面。這個地方寫巧姐可能是為了讓她也有戲，但巧姐的年紀有點問題，前面還是兩、三歲，怎麼一下子長大了，這成為前後比較明顯的不連貫。不管怎麼樣，這時巧姐在賈母跟前，也是很受寵的重孫女嘛！寶玉這個叔叔來了，就問了聲「妞妞好？」叫她妞妞，小孩子的暱稱。又問他認字了沒。巧姐兒說：「我跟李媽認了幾年字。」那個奶媽識字的。「那你都念了些什麼呢？」「念了《女孝經》。」寶玉說：「這很好啦！念完《女孝經》呢？」「念《列女傳》。」寶玉問：「認了多少字？」「認了三千多字。」這下子寶玉興致來了，開始給她講《列女傳》，漢朝的時候寫的歷代的女性的故事，給她講了一大串，什麼文王后妃、班昭、蔡文姬、謝道韞那些才女，又講了什麼樂昌公主破鏡重圓，花木蘭代父從軍，還有那些艷的，王昭君、西施，白居易的兩個妾：樊素、小蠻等等……寶玉當叔叔一下子跟巧姐了講一大堆。賈母說：「好了好了，別講了，哪記得了。」而且還講艷的，「不要教壞這個小女孩。」寶玉看巧姐滿靈的，給她一句評語：「**我瞧大妞妞這個小模樣兒，又有這個聰明兒，只怕將來比鳳姐姐還強呢，又比他認的字。**」一句評語，夠了！講那個巧姐口齒很伶俐，樣子大概也不錯，而且她又認得字。鳳姐不認得字就那麼厲害了，她的女兒認得字將來比她更強。

這段完了以後，插入一個短的 episode。我講曹雪芹心思細密，前面撒網，現在好多故事要收，這最後四十回很多地方收得很好。大家還記得司棋這個女孩子嗎？迎春的丫鬟，個性很烈的，砸過柳家的廚房，跟她的表兄潘又安在大觀園裏面幽會遺落繡春囊，造成大觀園自己查抄的大風波。後來抓住司棋的時候有個細節，她被查到並不驚慌，這個女孩子也很剛烈的，為什麼剛烈？因為愛情。她對潘又安一往情深，他們從小一起長大的，她是真正愛他的，所以被抓出來也不怕，抓就抓了，就是愛他，所以她被趕出去了。這個故事現在有後續。一四三七頁，潘又安回來了。發生事情後他因為害怕就逃走，現在回來了。司棋的母親很生氣，說你把我女兒弄壞了，弄出這場禍來，不准他們兩個人結婚。司棋說：「我跟定這個人了。我只恨當時為什麼他要逃跑，這種事情一起擔待啊！怎麼可以跑掉呢？但我就是要嫁他。」她母親說：「我就是不准你嫁。」司棋氣得一頭就撞牆自盡了。很烈的的女孩子！潘又安傻了。原來他外面發了財，回來就是要娶司棋，還來不及講。他想試試她，如果他還是窮，司棋願不願意嫁。哎呀，這真是命運作弄人。那個母親看他發了財，倒是見錢眼開，女兒死了也無所謂了。潘又安就交付錢財，說：「我去買棺盛殮他。」竟去買了兩口棺材來。一口棺材就夠了，怎麼買兩個口棺材來？結果是把司棋收殮以後，潘又安自己脖子一抹，也跟著去了。《紅樓夢》裏的羅密歐與茱麗葉，兩個人為情而死。這個結局，講中國古代的整個制度，對於他們認為的不軌之情是不容忍的，因而造成的悲劇。

下半回寫賈府來往的朋友馮紫英，他父親當過神武將軍，這個角色是個 minor character，很次要的人物，從他身上側面寫賈府的經濟狀況。一四三九頁，馮紫英來串門子，賈政在下棋，馮紫英就在旁邊看，觀棋無語是規矩，尤其是下彩的，不可以隨便講話。下彩就是下賭注的，你看賈政閒來無事就下圍棋，而且賭點小錢，是當時的家庭娛樂。賈政道：「多嘴也不妨，橫豎他輸了十來兩銀子，終久是不拿出來的。往後只好罰他做東便了。」詹光笑道：「這倒使得。」詹光是他們的清客之一，賈府裏邊常有幾個清客走動，就是來陪賈政娛樂的。馮紫英道：「老伯和詹公對下麼？」賈政笑道：「從前對下，他輸了；如今讓他兩個子兒，他又輸了。時常還要悔幾著，不叫他悔他就急了。」詹光也笑道：「沒有的事。」賈政道：「你試試瞧。」大家一面說笑，一面下完了。沒想到賈政還會講點笑話的，這種地方很難得，政老爺總是板了個臉說大道理，只有一、兩回表現難得的幽默感。有一次他娛樂賈母，講過一個怕老婆、替老婆洗腳的故事。所以我講曹雪芹寫一個人，不是寫單面的，寫好多面，在不經意的這麼一個小地方，給他來一下，這才是真實的人生。我想賈政雖然是儒家的、最正經八百的代表，他也有幽默感，就是孔夫子講那些話，有些也很幽默的。在這個地方將賈政寫得人性化，家裏面下棋開開玩笑，說你輸了還後悔哟！給他一個細節，豐富他的個性，把他對兒子、對王夫人那種很嚴肅的地方調和一下。

這個馮紫英拿了幾個寶貝東西來介紹給賈府，想做點生意。說是四種洋貨，可以做貢品。一件紫檀雕刻硝子石的圍屏，一個鐘表，都是大家具，又隨身帶了一個珠子叫做「母珠」，和薄如霧防蟲蚊的「鮫綃帳」，總之都是難得一見的寶貝，像那個珠子就要一萬兩銀子，幾件合起來一共要兩萬兩銀子。按理講，以賈府從前的家世和財富，買這種稀有之物拿來進貢或送人是很容易的，現在不一樣，買不起了。這一回就暴露出賈府的窘迫。賈府已經窮了，不光如此，大家還記得嗎？賈璉還向鴛鴦借當，拿老太太的東西去當了錢來應急。要應付的開銷很多，這裏幾千銀兩，那裏幾千銀兩，宮裏的太監跑來打秋風，或索或借，賈家已經空了。所以這個地方表面是寫馮紫英拿這些寶貝來找買家，其實是暴露賈家的經濟狀況。他拿來的那個母珠很奇特，可以把其他的小珠子吸過來。這個回目「玩母珠賈政參聚散」，這個賈政有時候也會冥冥中有些感應，有一回猜燈謎的時候，他突然間感覺到賈家那些年輕晚輩，講的都是不吉利的話，都是離散的、不到頭的。這個珠子，母珠在的時候，大珠小珠在一起，母珠拿走，小珠子也就散掉了。

接下來過沒多久，元妃病故，元妃一死，整個賈府的一根頂梁柱就折掉了。元妃在書中雖然是個 **minor character**，出現得不多，但賈府的大廈就靠她撐著。虎兔相逢大夢歸，虎年跟兔年相逢的時候，就是元妃大限的到來，整個家族命運也在那個時候改變了。

【第九十三回】甄家僕投靠賈家門　水月庵掀翻風月案

這一回有一個小節，對整部書的故事架構很有關係，作者在這種節骨眼的地方插進來，連結先前的伏筆和最後的結局，所以又把這個重要人物提起來。什麼人呢？蔣玉菡，在一四五〇頁這裏出現，這個很要緊。大家記得蔣玉菡原本在忠王府的戲班子裏，後來他出來自己組班了，可是他還到那些貴族王公家裏去演戲，娛樂那些觀眾。這次就是臨安伯——伯跟公、侯一樣，大概也是一個封爵位的府上，打發人來請賈家去看戲，本來是請賈政、賈赦，賈政臨時有事情出差去了，賈赦就帶上寶玉去看戲。到臨安伯家裏了，賈赦寶玉見了臨安伯，又與眾賓客都見過了禮。大家坐著說笑了一回。只見一個掌班的拿著一本戲單，一個牙笏，向上打了一個千兒，做了一個揖，說道：「求各位老爺賞戲。」請他們點戲了。先從尊位點起，挨至賈赦，也點了一齣。那人回頭見了寶玉，便不向別處去，竟搶步上來打個千兒道：「求二爺賞兩齣。」寶玉一見那人，面如傅粉，唇若塗朱，鮮潤如出水芙蕖，飄揚似臨風玉樹。原來不是別人，就是蔣玉菡。你看作者怎麼形容蔣玉菡，「鮮潤如出水芙蕖」，玉菡，就是玉芙蓉，水上芙蓉，就是蓮花、荷花。名字含了個「玉」字，這個人跟寶玉的關係就不平常了，黛玉、妙玉、蔣玉菡都有「玉」。蓮花在佛家又有再生、化身象徵性。另外一個男性角色對寶玉出世之緣很有啟示的是柳湘蓮，又是一朵蓮花。形容蔣玉菡不只用普通的玉樹臨風什麼的，而用出水芙蕖，這種句子很少拿來形容一個男性，所以他是帶有神話性的人物。

遇見蔣玉菡，寶玉十分驚喜。前日聽得他帶了小戲兒進京，也沒有到自己那裏。他當然不好再去賈府了，寶玉因為他的關係被打的。此時見了，又不好站起來，也不好表示很熟，不好意思站起來。只得笑道：「你多早晚來的？」這句話已經很親，用「你」字。蔣玉菡把手在自己身子上一指，笑道：「怎麼二爺不知道麼？」寶玉因眾人在坐，也難說話，只得胡亂點了一齣。蔣玉菡去了，便有幾個議論道：「此人是誰？」就有人說了：「他向來是唱小旦的，如今不肯唱小旦，年紀也大了，就在府裏掌班。頭裏也改過小生。他也攢了好幾個錢，家裏已經有兩三個鋪子，只是不肯放下本業，原舊領班。」有的人就講，這麼一個人，又有才又有貌，而且又有錢了，怎麼還不成家？有的就說，聽講是相了親還沒定下來。「他倒拿定一個主意，說是人生配偶關係一生一世的事，不是混鬧得的，不論尊卑貴賤，總要配的上他的才能。所以到如今還並沒娶親。」寶玉聽到就在想了：「不知日後誰家的女孩兒嫁他。要嫁著這樣的人材兒，也算是不辜負了。」然後就開始演戲了，也有崑腔，也有高腔，也有弋腔梆子腔，各種戲都有，不過崑腔崑曲是第一位的。

他們看一天的戲，從早上開始看，過了晌午，吃了飯以後賈赦要走了，臨安伯就留他說：「**天色尚早，聽見說蔣玉菡還有一齣《占花魁》，他們頂好的首戲。**」《占花魁》是明末清初李玉的作品，李玉是蘇州很有名的劇作家，寫了好幾本才子佳人的戲。這個《占花魁》的故事本來《三言》、《二拍》裏面早就有的，叫做〈賣油郎獨占花魁〉，本來是一篇小說，李玉把它改成了戲劇。講妓女王美娘是青樓最美、最頂尖的妓女，所以她被選為眾花魁首，她是花魁女。〈賣油郎獨占花魁〉是她跟賣油郎秦重的故事。秦重這個名字熟對嗎？寶玉很早以前跟秦可卿的弟弟秦鐘兩個人有一段情。秦鐘——情種，這是諧音，第五回太虛幻境裏面，《紅樓夢》頭一個曲子：**開闢鴻蒙，誰為情種？**整本書講的就是這些情種，寶玉是情種，黛玉也是情種，講這些人的故事。賣油郎是很卑微的，他挑了一個擔子賣油，走到妓院門口看到那個花魁女，開頭為美色所動，當然也很想去親近，但花魁女不隨便接客的，她是最高級的妓女，老鴇要很多銀子，才讓接近花魁女。這個賣油郎日思夜想，非常仰慕，他就開始攢錢，一個一個小錢攢，他攢了一年才攢夠那個銀子。他就到那個妓院去要點花魁女，老鴇見錢眼開了，反正不管他什麼人，有錢就好，就讓他等等吧，花魁女那天出去接客了。花魁女雖然很受眾人追捧，有時候碰到一些花花太歲也吃苦頭的，那天去接客回來，被客人灌醉了，賣油郎等了一個晚上，好不容易等到花魁女回來，卻醉醺醺的，老鴇就說你等了那麼久，今天還是回去算了。這個秦小官不肯，他看到花魁女醉成這個樣子，馬上一股憐惜之心就起來了，他晚上要陪她、服侍她。花魁女因為喝多了，半夜就吐了，秦小官那時候為了去見花魁女，穿了一身新的綢子衣服，花魁女一吐來不及，他用自己的新衣服一兜，吐出來的穢物把他整個衣服都毀了，他包起來不以為意。花魁女醒了，看秦小官不光是受吐，還服侍她喝熱茶，整夜照顧得無微不至。開始的時候秦小官當然因為美色所吸引，她是妓女嘛，他也是要去嫖她的，可是到了這個時候，他心中對這個女孩子開始憐香惜玉，不忍趁她醉了去欺負她，對她非常尊敬，非常憐惜，由色欲昇華成一種憐愛，一種 pity，一種 compassion，變成這麼一種感情，這故事好在這個地方。後來經過一些波折，花魁女被這個秦小官所感動，自己用積蓄贖身，嫁給了賣油郎秦重，所以〈賣油郎獨占花魁〉。

蔣玉菡要演這齣《占花魁》。「寶玉聽了，巴不得賈赦不走。於是賈赦又坐了一會。果然蔣玉菡扮著秦小官伏侍花魁醉後神情，把這一種憐香惜玉的意思，做得極情盡致。以後對飲對唱，纏綿繾綣。〈受吐〉在戲裏面是非常動人的一回，秦小官怎麼服侍花魁女，非常纏綿繾綣。寶玉這時不看花魁，只把兩隻眼睛獨射在秦小官身上。更加蔣玉菡聲音響亮，口齒清楚，按腔落板，寶玉的神魂都唱了進去了。直等這齣戲進場後，更知蔣玉菡極是情種，非尋常戲子可比。」這是關鍵性的幾句話。蔣玉菡在這齣戲裏面，表現出來的憐香惜玉的感情，正是賈寶玉這一生中，對女孩子所表現出來的最高的情意。他對晴雯，對黛玉，所顧念的不是她們的肉體色欲，對黛玉是整個的一種性靈，對晴雯是整個的一種憐惜，所以蔣玉菡在這齣戲裏，替他演出了這種感情。蔣玉菡是演員，替賈寶玉演出了這齣戲，賈寶玉在這個時候入了神，他自己跟他 identify，跟他認同了。大家記得嗎？寶玉初見蔣玉菡的時候，他們兩個互贈表記，蔣玉菡拿出紅的汗巾，是北靜王給他的，是女兒國的茜香羅，很名貴的。寶玉拿出一條松花綠的汗巾，原是花襲人的，在那個交換中，無形中寶玉已經替花襲人下了聘禮，替她找到最後的丈夫了。在所有女性裏面，寶玉跟花襲人的俗緣最深，他第一個發生肉體關係的就是花襲人，所以寶玉要出家的時候，最放心不下的就是花襲人，他要怎麼讓花襲人圓滿？就是替她找一個丈夫。那個丈夫蔣玉菡是跟他自己也有一段緣的，所以最後兩人的結合，等於完成了賈寶玉在世上的俗緣，這一塊也就沒有牽掛了。戲裏的花魁女在某方面來說，就是花襲人，襲人本來就姓花！最後蔣玉菡把花襲人娶走，等於把她救出去。那時候賈府已經敗了，寶玉當和尚去了，襲人前途茫茫，妾身未明，雖然王夫人默許她當寶玉的妾，但沒有正式明娶，她最後的結果，可能是嫁給一個小廝。隨便嫁出去不是襲人所願，這個蔣玉菡是賈寶玉親自聘的，等於賈寶玉一劈為二，他的肉身俗緣，一個在男的身上，一個在女的身上，這兩個人最後合了起來，他的俗緣才得圓滿。這部小說最後的地方很要緊的，小說的最後，往往是畫龍點睛的時候，寶玉的佛緣、仙緣，跟著一僧一道走了，歸到青埂峯去了，他的俗緣就在蔣玉菡跟花襲人的身上，留在塵世。

《紅樓夢》偉大的地方，就是它不偏於一邊，不是說出世的哲學或是誰得到最後的勝利，曹雪芹畫龍點睛一下，讓花襲人嫁給蔣玉菡，在入世紅塵中也得到俗緣的完滿結果，這才是整個中國人的哲學，出世入世，都有完滿的結局。所以蔣玉菡很重要，作者在這個地方又把他提出來，而且給他演這齣戲，我覺得很高明。《占花魁》暗指蔣玉菡以後對花襲人的憐香惜玉的感情，他會照顧她，所以寶玉才放心。我想這個時候不光是看一齣戲，這個戲在小說的整個架構裏頭，有很強的象徵意義，蔣玉菡這個人也是。從開始寶玉為蔣玉菡被父親狠狠責打，肉身受傷，到後來完成肉體的俗緣，一連起來，這個故事就完整了。所以蔣玉菡不是個普普通通的角色，給他取名字蔣玉菡，不是偶然；設定他是個演員，也不是偶然。他將替賈寶玉扮演在俗世中照顧花襲人的那個角色，所以在第五回太虛幻境，花襲人的判詩裏面老早講：「堪羨優伶有福，誰知公子無緣。」襲人最後嫁給一個優伶，她本來百般不肯嫁的，後來嫁過去一打開箱子，喔！這是前定。她的那一條綠汗巾，在蔣玉菡的箱子裏面，她自己的箱子裏面，有蔣玉菡那條紅汗巾，一紅一綠配成對了。我想這個小說的深刻也在這種地方，他講的不是表面的故事，深入到好幾層，講人性、命運、人生的哲學、生命的況味。

這一回的後半，我們看到賈府慢慢衰敗了，這裏面有兩件事情。一個就是甄府推薦包勇這個人給賈政。甄府跟賈府其實是 mirror image，互相投影的，甄府倒是一個虛的，賈府倒是一個實的。甄府那邊比賈府先被抄家，清朝常常有大官被抄家，甚至滿門抄斬，大禍臨頭。甄家先敗了，遣散家中奴僕，其中有個包勇，甄老爺就推薦過來。賈政那時候自己家裏面的人已經夠多了，但因為是甄府推薦來的，也不好不用，後來這包勇果然有用，那些強盜竊賊來搶賈府，他一個人很勇敢把他們打退。

另外一件事情講賈府的衰敗也是從內部腐化開始的。賈府盛的時候不光是自己有戲班子，還有自己的廟，為了元妃省親，特別去請了尼姑、女道士來為元妃念經，省親過了以後就安置在自己的家廟水月庵，任用了賈芹來管理。賈芹是一個遠房親戚，他管久了竟

智能

然跟她們勾搭起來，有人看不過去就公開貼出他的醜事和罪狀。一四五四頁：「西貝草斤年紀輕，水月庵裏管尼僧。一個男人多少女，窩娼聚賭是陶情。不肖子弟來辦事，榮國府內出新聞。」人家張貼出來，賈政看了氣死了，自己的子弟都管不好。賈政雖然很正直，可是他管人有點迂腐的，什麼都交給賈璉去管，原來賈璉跟這些人也都勾起來的，所以裏邊確實已經腐敗不堪。一四五五頁，有兩件事情有意思。且說水月庵中小女尼女道士等初到庵中，沙彌與道士原係老尼收管，日間教他些經懺。大家發現沒有，尼姑、道士放在一起的，這點我也很吃驚。那個賈芹一面勾女道士，一邊勾女尼姑，兩邊通通來，我覺得奇怪。後來研究了一下，明清時代常常佛道不分，我們製作的《玉簪記》那齣戲，裏面也是道姑、尼姑不分，那個道姑自稱貧尼，道觀裏面有佛像，還有佛家的儀式。所以水月庵有道姑、尼姑在一起，那些小伶人芳官、藥官幾個被趕出去了，有的出家了，芳官就到水月庵當尼姑，賈芹常到水月庵去搞七捻三，芳官很正派根本不理他，其他的就不一定了。道姑裏面有一個叫做鶴仙，尼姑裏面有個叫沁香，都長得很妖嬈，這兩個人跟賈芹勾搭上，在裏面喝酒行令，太不成話，當然給發現了，而且也顯得賈家的規矩敗壞了。賈府派了管家賴大去查，撞見賈芹正在裏頭喝酒取樂，才把這些尼姑、道姑通通拉到賈府，而且把這個賈芹狠狠訓斥了一頓。賈璉徇私，還教賈芹說你抵死不認，教他怎麼脫罪，自壞規矩加速賈家的傾頹。後來那些尼姑、女道士通通叫她們家裏領回去或散出去，小伶人趕出大觀園當小尼姑，現在又趕一次，她們命運多舛，最後不知所終。這些地方都指向賈府要垮了，要垮之前很多的跡象就出來了。下一回就講賈母賞花妖，海棠不該開的時候開了。接著寶玉失玉，元妃薨逝，事情一件件發生，走向衰敗的速度越來越快。

【第九十四回】宴海棠賈母賞花妖　失寶玉通靈知奇禍

七十回以前，《紅樓夢》鋪陳的節奏是緩慢的、往上堆的，過了七十多回以後，從大觀園自己抄家、晴雯死了以後，小說的整個 pace 步調越來越快，再往下一個接一個高潮，前面等於把一個大網撒出去，千絲萬縷各條的線索，這個時候都要收網了。所以後面四十回，很多人攻擊這樣那樣一大堆，我覺得那個線要逐一收攏就是了不得的功夫。這後四十回很多層面都顧到了，一點都不差，不光是不差，有的地方其實寫得非常好。我們很快就要講到九十七、九十八回的黛玉之死，可以說是這部小說極重要的兩回，在前面一直鋪陳，點點滴滴，許多徵兆，都指向黛玉之死，所以這兩回大家要好好細看。如果黛玉之死寫得不夠好、不夠精采，得不到讀者的同情，整本書就完了，可以說黛玉之死是小說家的一大考驗。講到那邊我會慢慢告訴大家，他寫的好的有幾個地方，小說家的功力，在那些地方才顯現出來。

這一回，繼續鋪陳賈府將要衰敗。我們中國人相信，一個家族、一個國家要衰敗的時候，會出現很多異兆。這時候怡紅院的海棠花，不按季節突然間開花了。海棠花季本是隔年三月，在十一月就開花了，好幾株本來都枯掉的也突然間復活開花。怡紅院裏面種的最多的是海棠，海棠花代表怡紅院的那個「紅」字，怡紅公子，寶玉喜歡紅色嘛！紅在中國表示生命力、熱情、喜氣，寶玉愛熱鬧，海棠花也就是怡紅院的 symbol。離怡紅院很近的是瀟湘館，以竹子為主，種了很多湘妃竹。怡紅快綠，一紅一綠對起來的。

海棠花開了，一四六四頁，紫鵑去看了以後回來說：「怡紅院裏的海棠本來萎了幾棵，也沒人去澆灌他。昨日寶玉走去，瞧見枝頭上好像有了骨朵兒似的。人都不信，沒有理他。忽然今日開得很好的海棠花，眾人詫異，都爭著去看。連老太太、太太都哄動了來瞧花兒呢……」賈府的人都去了，賈母、王夫人、邢夫人、李紈、探春，這些女眷都去了，也請黛玉去看。都說開得有點奇怪，可能是十月、十一月小陽春的天氣，有幾天特別溫暖花就開了。他們都往好的方面想，總要講一些吉兆的話，李紈就講：「老太太與太太說得都是。據我的糊塗想頭，必是寶玉有喜事來了，此花先來報信。」寶玉不是定親了嘛！所以這個喜事來了。這是講吉利話大家開心。唯獨探春，這個女孩子非常理性的，她看得很透，花開不得其時，有時並非吉兆，她尤其對家族的命運很憂心。探春雖不言語，她不講話，心內想：「此花必非好兆，大凡順者昌，逆者亡。草木知運，不時而發，必是妖孽。」探春心裏有數，可能賈府有奇禍來了，所以這個花不應時而開。世間萬物應該順勢而行，這是自然，枯萎的海棠無故開花，這是反自然，恐怕有非常之事。黛玉這個時候一直誤解了，以為那個親事是應在她身上。作者故意突顯黛玉被矇在鼓裏，其他的人都知道了，李紈講寶玉有喜事，指的是寶釵，黛玉心裏想著花開應到她自己，非常 ironic，滿可憐、滿悲哀的。你看她還說出一個故事來，講這是喜事。她說：「當初田家有荊樹一棵，三個弟兄因分了家，那荊樹便枯了。後來感動了他弟兄們仍舊歸在一處，那荊樹也就榮了。可知草木也隨人的。如今二哥哥認真念書，舅舅喜歡，那棵樹也就發了。」講一些吉利的話，賈母她們當然很高興囉。接著，賈府的老爺、少爺們，賈政、賈赦、賈蘭、賈環都來看了，倒是這一次賈赦看到花以後，撞頭撞腦的講了這麼一句話：「據我的主意，把他砍去，必是花妖作怪。」這一次他倒看準了。賈政說：「見怪不怪，其怪自敗。不用砍他，隨他去就是了。」賈母聽見，便說：「誰在這裏混說！人家有喜事好處，什麼怪不怪的。若有好事，你們享去；若是不好，我一個人當去。你們不許混說。」賈母擋了下來。又叫廚房備席大家賞花，叫寶玉、賈蘭、賈環他們三個人寫詩來歌頌這個花。這時平兒就拿了紅緞子來，說是王熙鳳送給寶玉的，裹在這個樹上面可以添加喜氣。其實鳳姐心裏也覺得有點怪怪的，一四六七頁，平兒私底下跟襲人說：「奶奶說，這花開得奇怪，叫你鉸塊紅綢子掛掛，便應在喜事上去了。以後也不必只管當作奇事混說。」鳳姐心裏面也有數了，不對，這花開得怪！果然這個枯海棠一開了以後，馬上兩件大事接著來了，一件是寶玉那塊玉丟掉了，一件是元妃薨逝。這兩件事對寶玉個人、對整個賈府都是致命的打擊。

寶玉那塊玉丟得倒也離奇。原本他自己在院中賞花，聽說賈母要來，就急匆匆換衣服要見賈母，他整個心思都在花上，換衣服時就把玉隨手放在炕桌，回來時，哎呀！那塊玉不見了。這從來沒有發生過。怡紅院裏面那些丫頭嚇壞了，尤其是襲人，若找不到，她最要負責任了。她到處找，找不到，就跟其他丫頭說：「頑呢到底有個頑法。把這件東西藏在那裏了？別真弄丟了，那可就大家活不成了。」麝月等都正色道：「這是那裏的話！頑是頑笑是笑，這個事非同兒戲，你可別混說。你自己昏了心了，想想罷，想想擱在那裏了。」真的不見了，把怡紅院找得翻過來，還是找不到。這是不得了的事！寶玉生下來嘴裏就含了這塊玉的，這聽起來像神話，其實有極高的 symbolic，象徵意義。那個玉對他來說，是他的靈魂，是他的心靈，剛剛生下來是塊最原始的璞玉，玲瓏剔透，完全沒有沾惹到紅塵的污染。意思也就是說，我們生下來，每個人嘴巴都含塊玉，本來的靈魂都是純潔的，在紅塵中為情，為欲，為各種的塵勞，慢慢污染了，失去它的光彩，所以《老子》說要歸真返璞，璞就是璞玉，返回原來的性靈，最開始的那種赤子之心。這塊玉丟了以後，寶玉傻掉了，瘋掉了，失去了性靈了。寶玉生在賈家，這麼一個宗法社會下禮法森嚴的大家庭，這塊玉根本不適合在那裏，所以寶玉等於是個大叛徒，儒家一切的標準他都不合。他對功名那麼淡，對人情世故那麼不拘，儒家重視的他都無所謂，他喜歡寫他的艷詩，喜歡跟女孩子混在一起，他完全不是那個規畫好的 system 裏面的人，他在裏面處處不合，所以人家覺得他怪物一個，講他瘋瘋傻傻，小丫頭也可以欺負他，沒有一點陽剛霸氣，也沒有階級之分，唯有黛玉了解他，是他心靈之交。他生在賈府這種家庭，就是有一條非常入世、追求功名利祿、維持儒家宗法系統的路要走，偏偏寶玉他傾向老莊這邊，喜歡魏晉名士那種不受禮俗拘束的生活。批評家說曹雪芹創造的賈寶玉是儒家最大的叛徒，代表了對當時主流價值觀的對抗。

這個時候，寶玉經歷了各種的刺激，各種的規矩，各種的桎梏，各種的困惑，他所追求的漸漸地薄弱、破滅，失掉那個玉，也就是他的靈性漸漸不見了。海棠花時枯時開是象徵意義，那個玉丟掉了也是象徵意義，從此寶玉漸漸傻掉了。這也是小說家的一種strategy，一種策略，如果寶玉不傻掉的話，他們如何能騙得了他把薛寶釵嫁給他？他不幹的啦！一定要跑去找林妹妹。所以只有在這種前提之下，《紅樓夢》衝擊最大的高潮能夠寫得下去。我覺得這是作者很高明的地方。明明是個神話，說他有塊玉，你相信了他出生嘴裏就銜了塊玉，所以那個玉丟掉了，你也覺得順理成章；丟掉以後變得傻掉了，你也不覺得奇怪。《紅樓夢》一開始就創造了神話世界跟現實世界，兩個世界並不衝突，一會兒上天，一會兒下地，一會兒跑去那個太虛幻境，一會兒回來賈府，卻覺得順理成章。那個玉丟了，你看襲人、麝月，全部都翻箱倒櫃的搜了，每個細節清清楚楚，寫得很好。在寫實的根基上，來發揮它那個神話的架構。如果光是神話，那就變成一個fantasy幻想，它不是的。我們看這部書，好像人生真的如此，有時候不覺得是在看小說，林黛玉、薛寶釵、賈寶玉，好像真有其人一樣。自從《紅樓夢》誕生以後，就產生兩派人馬，一派是擁護林黛玉的，一派擁護薛寶釵的，學者文人也互爭多年，好像真的有這麼兩個人，因為他寫的真，讓讀者believable可信。在寫實的層面，《紅樓夢》跟《金瓶梅》來比較的話，《金瓶梅》也非常寫實，但它超越不了紅塵滾滾的世界。《紅樓夢》它有昇華的境界，所以比較高。

玉不見了，到處找，什麼法子都用盡了還是找不著，她們心裏面不免懷疑是不是有人故意搗鬼，覺得最可能的是賈環。惡作劇嘛！賈環整天跟寶玉搗蛋。她們就跟平兒去試探一下，又不好直接講你是不是拿走了玉，平兒只是問他一聲說：「你二哥哥的玉丟了，你瞧見了沒有？」賈環就發飆了。「人家丟了東西，你怎麼又叫我來查問，疑我。我是犯過案的賊麼！」趙姨娘又跑來，哭著喊著說：「我把環兒帶了來……該殺該剮，隨你們罷。」王夫人講：「這是什麼時候了，你還來搗蛋。」這些小的 detail 很要緊的，這樣才可以製造一個氣氛，玉不見了是多麼的緊張。全賈府就只瞞著老太太，沒有人敢跟賈母講，下面簡直是亂成一團了。李紈甚至說：「我們也搜一搜吧。」探春說：「什麼不好學？學那不成材的辦法。」探春很恨那個搜索大觀園的手段。什麼方法都用上了，還跑去測字。拿了個「賞」字去測，上面一個「尚」，下面一個「貝」，他們東猜西猜，說是跑到當鋪去了，快去找。那個「尚」字其實是個和尚的尚，最後那個和尚出現才把玉拿回來。下一回，為了找玉，邢岫烟跑去請妙玉扶乩，妙玉扶乩的結果如何呢？下回分解。

【第九十五回】
因訛成實元妃薨逝　以假混真寶玉瘋顛

不好了！這一回元妃這個大柱子倒了。在這之前，賈府一直設法找那塊玉的下落，託邢岫烟去跟妙玉說，請她扶一個乩。妙玉脾氣很怪的，她說：「我與姑娘來往，為的是姑娘不是勢利場中的人。今日怎麼聽了那裏的謠言，過來纏我。況且我並不曉得什麼叫扶乩。」她不肯。邢岫烟求她，跟她講襲人她們幾個命快沒有了，你發個慈悲吧：「我也一時不忍，知你必是慈悲的。」求她半天，妙玉才鬆動了一點，好吧，扶乩試試。大家看過扶乩嗎？大概是準備 一個沙盤，扶乩的人拿一枝筆跟著沙盤搖，一下子有什麼附身了，筆就會自己在那個沙盤寫出字來，寫出一些謎語似的東西。扶乩的人就是會通靈的，乩童嘛！能夠通陰陽的，the other world，通另外那個世界。妙玉就替他扶了一乩。一看，寫什麼？噫！來無跡，去無蹤，青埂峯下倚古松。這塊玉怎麼來的、怎麼去的也不知道，突然間來到世界上。青埂峯，記得嗎？青埂，就是情根，那塊頑石曾經在青埂峯下很久，所以寶玉出家以後，那個石頭又回到青埂峯去了。欲追尋，山萬重，入我門來一笑逢。隔著萬重山看不到的，只要進了我的門就看到了。什麼門呢？佛門。寶玉當了和尚以後，那個玉會回來，最後歸真返璞，回到青埂峯下。邢岫烟就問怎麼解？妙玉當然知道，她懂的。

我說過，妙玉跟寶玉有一種很神祕的緣分，我不認為他們是普通的男女關係，應該是一種很奇特的因緣。妙玉知道寶玉以後會入佛門，會修成正果，這是她敬佩崇拜的一個人，她心裏也明白自己很難進去，所以她拚命修，過分的潔癖，到最後「依舊是風塵骯髒違心願」，佛門她進不去，但是她能夠知道，寶玉最後的命運是回到青埂峯，「入我門來一笑逢」。有些人把妙玉講成是個很做作的尼姑，明明心裏愛那個男人又假撇清。這樣就把妙玉想 low 掉了。我覺得妙玉的境界不至於如此，她替寶玉扶乩就知道他會進入空門。

拿了扶乩文以後，他們就亂猜一頓，黛玉道：「不知請的是誰！」岫烟說，是拐仙，李鐵拐，八仙之一，也是道家，也是佛家，那時候佛道不分。寶玉最後走的時候，一邊是和尚，一邊是道士，一佛一道把他帶走的。襲人一聽青埂峯下，想會不會是一個山石下面，就帶人到園子裏的每個石頭下面去翻，整個大觀園都翻遍了，什麼都沒找到。那塊玉丟了以後，寶玉慢慢就變傻了，愣愣的話也不講了。若沒有失玉這一段，後四十回就很難寫，前面那個網撒得那麼大，寶黛感情著墨那麼深，要如何轉彎、如何收線呢？這時，賈、薛、史、王四大家族，已經寫了薛家敗了，娶了個敗家精夏金桂，薛蟠坐了牢，薛家吵得一塌糊塗。接著王家也出事，王夫人家裏靠誰呢？靠她的弟弟王子騰是個大官，原本王子騰升了官，王夫人在寶玉失玉的打擊下存著希望，薛蟠的事也指望他到京得到赦免，哪曉得上任途中，走到一半忽得急病死掉了，王家也倒了。更嚴重的是，元妃——賈元春「虎兔相逢大夢歸」，在虎年兔年交接的時候病逝宮中。她入宮二十年，死的時候四十三歲，她當皇妃的二十年，是賈家最鼎盛的時候，皇親國戚嘛！皇妃那個位子撐在那裏，只要有元妃在，賈家保得住的，後來不至於抄家，皇帝多少要看元妃的面子，自己的皇妃娘家抄家，不好看。可是元妃一死，靠山沒了，危險了。那個花開的不得其時，一連串的奇禍就來了。

元妃死了大家也慌成一團，一四七九頁，一方面元妃死了，一方面寶玉越來越傻，愈來愈瘋癲，襲人沒辦法了，就想到黛玉是跟他最近的，而且黛玉的話他最聽，她就來求黛玉去給他開導開導。你看黛玉怎麼想呢？紫鵑雖即告訴黛玉，只因黛玉想著親事上頭一定是自己了，還在作夢，還在誤解這個事情。如今見了他，反覺不好意思：「若是他來呢，原是小時在一處的，也難不理他；若說我去找他，斷斷使不得。」所以黛玉不肯過來。自己跑去找他，不好意思。再看一四八〇頁，也滿有意思，看看寶釵怎麼反應。寶釵也知失玉，因薛姨媽那日應了寶玉的親事，回去便告訴了寶釵。薛姨媽還說：「雖是你姨媽說了，我還沒有應准，說等你哥哥回來再定，你願意不願意？」問她，下面很關鍵的。寶釵反正色的對母親道，臉一板說：「媽媽這話說錯了。女孩兒家的事情是父母做主的。如今我父親沒了，媽媽應該做主的，再不然問哥哥。怎麼問起我來？」這個寶釵最會講大道理的。從前兒女親事是父母定的，父母之命，媒妁之言。不光是父母，兄長也能替你定，就是不能自己選擇。女孩子心向著誰呢？父母比較體貼的也會徵詢一下，就算不徵詢，薛姨媽也很老於世故的，她心中早想過，自己的女兒當賈家的媳婦有什麼不好？嫁給賈寶玉，寶玉的人品和地位，求也求不到的嘛！那個時候賈府還沒倒，又是親上加親，而且寶玉對於寶釵也很敬重的，寶釵雖然不太表露，她也喜歡寶玉呀！可能不會像黛玉這樣熱愛寶玉，這位吃冷香丸的小姐不可能熱愛的，她很酷，很有節制，所以正色說為什麼來問我？你們決定的。但心裏面她當然願意的。所以薛姨媽更愛惜他，說他雖是從小嬌養慣的，卻也生來的貞靜，用「貞靜」兩個字。因此在他面前，反不提起寶玉了。寶釵自從聽此一說，把「寶玉」兩字自然更不提起了。如今雖然聽見失了玉，心裏也甚驚疑，倒不好問，只得聽旁人說去，竟像不與自己相干的。裝做沒這回事。黛玉與寶釵這兩個人不同的反應，寶釵她是知道的，很清楚、理性、冷靜的處理她自己的婚姻，不光是婚姻，她處理任何事情，都有一番道理，而且符合那個時候的社會規範。黛玉之所以吃大虧，原因是她父母雙亡了，她父母在的時候如果先提出來，也許賈家會慎重考慮，但現在，賈母心中已有定見了。

這個丟了玉的事情太大，只好向老太太報告了。賈母一聽就說：「這是何等大事，你們怎麼會這樣瞞著我，還瞞著二老爺，不能光是自己園裏面找，要公布出去貼告示，如果哪個找到的話有大賞。」果然一貼出去，就有人找來了，想發財嘛！弄了假玉去賈府邀功領賞。大家歡天喜地以為找到了，拿給寶玉，寶玉看也不看，一丟，冷笑一聲。那塊玉是他胎裏面帶來的，當然他最知道，拿來的是假的。賈璉他們就很生氣，居然有人敢來混、來騙，當然出去要找他算賬了。一四八四頁，賈母喝住道：「璉兒，拿了去給他，叫他去罷。那也是窮極了的人沒法兒了，所以見我們家有這樣事，他便想著賺幾個錢也是有的。如今白白的花了錢弄了這個東西，又叫咱們認出來了。依著我不要難為他，把這玉還他，說不是我們的，賞給他幾兩銀子。外頭的人知道了，才肯有信兒就送來呢，若是難為了這一個人，就有真的，人家也不敢拿來了。」這就是賈母的做人處事，老太太的風格。這個地方，反映了賈母的 style，那種寬容大度。大家記不記得之前有一回，賈母帶著王熙鳳等一家人，到自己的道觀去做法事，一進去的時候，有個剪蠟燭的小道士來不及躲這些女眷，嚇得到處跑，一下撞到王熙鳳，鳳姐迎頭就是一個耳光，小道士嚇得發抖。賈母看了說：「小門小戶的孩子，都是嬌生慣養的，那裏見的這個勢派。」「給他些錢買果子吃，別叫人難為他。」賈母跟王熙鳳比起來，她是儒家宗法 order 的領頭，坐在那個位子，有她的心胸、架式。她不是一個普通老太太，最後抄家的時候，她帶領應付整個家族的危機，這個老太太平常好像只顧著享樂，一旦有事情，她能頂住能承擔的能耐就出來了。我又要講了，後四十回的賈母，那個口氣、派頭，跟前面道觀裏講那一番話，對比起來就是一個人，consistent，一致的。我覺得很多地方，後四十回跟前八十回，其實是連貫的。如果是另外一個人續寫的話，可能這種地方的感覺沒有那麼合拍，可能寫不出賈母這番話來的。下一回，這整部書的高潮要來了。

【第九十六回】瞞消息鳳姐設奇謀 洩機關顰兒迷本性

賈寶玉的婚姻當然是《紅樓夢》書中的重中之重，這一回就講鳳姐如何設奇謀讓他娶了薛寶釵。在這之前，處理假玉，看看賈璉那個作威作福的樣子，跟賈母一比，就知道賈府富二代的落差了。一四八七頁：話說賈璉拿了那塊假玉忿忿走出，到了書房。那個人看見賈璉的氣色不好，心裏先發了虛了，連忙站起來迎著。剛要說話，只見賈璉冷笑道：「好大膽，我把你這個混賬東西！這裏是什麼地方兒，你敢來掉鬼！」回頭便問：「小廝們呢？」外頭轟雷一般幾個小廝齊聲答應。你看看這是賈府的架式，一聲「小廝們呢！」外面轟雷一般。賈璉道：「取繩子去捆起他來！等老爺回來問明了，把他送到衙門裏去。」眾小廝又一齊答應「預備著呢。」嘴裏雖如此，卻不動身。嚇嚇他而已。那人先自唬的手足無措，見這般勢派，知道難逃公道，只得跪下給賈璉碰頭，口口聲聲只叫：「老太爺別生氣。是我一時窮極無奈，才想出這個沒臉的營生來。那玉是我借錢做的，可憐！借錢做的。我也不敢要了，只得孝敬府裏的哥兒頑罷。」說完連連磕頭。賈璉罵：「你這個不知死活的東西！這府裏希罕你的那杇不了的浪東西！」賈璉那種對人的刻薄跟鳳姐都是一樣的，與賈母的寬厚恰成對比。我想也是作者故意寫這兩段放在前後。

前面講了，一家有難，六親通通遭殃，王夫人的弟弟王子騰升官赴任走到一半死掉了，寶玉一天比一天嚴重，越來越瘋傻，王夫人六神無主也要病倒了，怎麼辦呢？中國人相信沖喜，如果有病有災什麼的，辦個喜事沖一沖。尤其是寶釵不是有個和尚講過金玉姻緣嗎？她那一把金鎖，要找一個有玉的人才嫁的嘛！也許藉那把金鎖可以沖沖喜。賈母相信這個。這時賈政要外派出去做官了，她就跟他講了一番話，完全是賈母的口氣。一四八八頁，賈母叫他坐下來，說：「你不日就要赴任，我有多少話與你說，不知你聽不聽？」老太太故意的，我講的話你要不要聽呢？這是賈母的 style，她跟兒子講話的時候用這種口吻的。賈政忙站起來說道：「老太太有話只管吩咐，兒子怎敢不遵命呢。」賈母咽哽著說道：「我今年八十一歲的人了，你又要做外任去。偏有你大哥在家，你又不能告親老。你這一去了，我所疼的只有寶玉，偏偏的又病得糊塗，還不知道怎麼樣呢。我昨日叫賴升媳婦出去叫人給寶玉算算命，這先生算得好靈，說要娶了金命的人幫扶他，必要沖沖喜才好，不然只怕保不住。我知道你不信那些話，所以教你來商量。你的媳婦也在這裏，你們兩個也商量商量，還是要寶玉好呢，還是隨他去呢？」問他，賈母的口氣擠兌那個賈政，賈政看兒子瘋瘋癲癲的這個樣子，當然是不贊成他現在結婚的，賈母就擠得他這麼說了。賈政陪笑，陪笑哦！說道：「老太太當初疼兒子這麼疼的，難道做兒子的就不疼自己的兒子不成麼。只為寶玉不上進，所以時常恨他，也不過是恨鐵不成鋼的意思。老太太既要給他成家，這也是該當的，豈有逆著老太太不疼他的理。如今寶玉病著，兒子也是不放心。因老太太不叫他見我，所以兒子也不敢言語。我到底瞧瞧寶玉是個什麼病。」王夫人見賈政說著也有些眼圈兒紅，知道心裏是疼的。這一點賈政講的是他心裏話，不是我不疼兒子，其實我也是「恨鐵不成鋼」而已。寶玉病成這樣，他也心疼的，所以王夫人看他眼眶有點紅，這個小節這麼一點，就夠了！不過這個兒子太奇怪，父親完全不能理解倒是真的，父子倆之間一直到最後寶玉出家了才懂，喔，原來他是這麼一個人，那一下子父子之間的那種心中的和解，寫得很動人。所以這個地方已經有一點在鋪陳了。王夫人吩咐把寶玉扶出來，寶玉見了他父親，襲人叫他請安，他便請了個安。整個人傻了。賈政見他臉那麼瘦，目光沒有神，帶有瘋傻之狀，他就叫人扶了進去，他想：「自己也是望六的人了，如今又放外任，不知道幾年回來。倘或這孩子果然不好，一則年老無嗣，雖說有孫子，到底隔了一層；二則老太太最疼的是寶玉，若有差錯，可不是我的罪名更重了。」心裏面這麼想，瞧瞧王夫人一包眼淚，他就站起來講了很合情合理的一番話：「老太太這麼大年紀，想法兒疼孫子，做兒子的還敢違拗？老太太主意該怎麼便怎麼就是了。」請老太太你作主吧，總算是答應了。又問：「不曉得姨太太那邊，講清楚了沒有？」指薛姨媽那邊講定了嗎？賈母說：「你答應了我有辦法的。」元妃剛死，九個月內要服喪，在這個期間不好結婚的。但是賈母說，只是讓寶釵嫁過來借她那把金鎖沖沖喜而已，兩人並沒有圓房，圓房以後再說。只是做個儀式，一切從簡，不是大張旗鼓的搞，姨太太那邊我自去說明，沒有什麼大問題。你就放心去赴任吧！

好啦，大事決定了。一四九一頁，有個人最關切這個事情了，誰呢？襲人嘛！她之前不是還跑到黛玉那邊去打聽，故意說起做妾的香菱、尤二姐受虐，看看黛玉什麼反應。黛玉就說了，「但凡家庭之事，不是東風壓了西風，就是西風壓了東風。」襲人一聽這個林姑娘不好相與，本來她就曉得黛玉個性那麼孤僻、高傲，如果寶玉娶了她，於己不利。現在聽得清楚，選中寶釵了，心中大石放下了。她想：「**果然上頭的眼力不錯，這才配得是，我也造化。**」她做妾的最要緊是看那個正室，林姑娘當然不好弄，寶釵也不是不厲害，但是她很有節制，很講理，而且本來跟襲人處得也很好。不過，襲人了解，黛玉在寶玉的心中非比尋常，寶玉心中只有林姑娘一個人，現在定了寶釵，馬上要宣布了，襲人知道這個後果是怎樣，寶玉的反應一定是很激烈的，想借那把金鎖來沖沖喜，很可能喜沒沖到把命沖掉。這件事情她如果不跟王夫人好好講清楚了，萬一出了大事，這是要了兩條命，一個是林黛玉的，一個是賈寶玉的，她不是作孽了嗎？襲人左思右想十分不安，非講不可了，她只好到王夫人那邊去，跪在王夫人面前就說：「**這話奴才是不該說的，這會子因為沒有法兒了。**」她問王夫人：「**太太看去寶玉和寶姑娘好，還是和林姑娘好呢？**」王夫人當然拿平常的標準來看，說：「**他兩個因從小兒在一處，所以寶玉和林姑娘又好些。**」**襲人道**：「**不是好些。**」她就把他們兩個人的光景講清楚了。大家記不記得有一次，寶玉跟黛玉有陣子兩個人互相交心了，一個大夏天很大的太陽，在院子裏頭，寶玉說：「**你要了解我這個心，其實我都給了你。**」他還要講，黛玉說：「**有什麼可說的。你的話我早知道了。**」那個時候黛玉是真的知道，她叫寶玉別講了，就走了。寶玉一個人站在那裏，襲人跑來了，看他一個人在發呆，無意間吐出來了，說：「**好妹妹……我為你也弄了一身的病在這裏……只等你的病好了，只怕我的病才得好呢。**」他跟黛玉講，就是你不放心，才搞得一身的病，我對你的心你還不了解嗎？這等於是男女之間的互相傾訴，互相剖白，平常表面上兩個常吵架，那都是表面的，寶玉真正心裏面的話，講白了，他愛她，就這麼簡單。寶玉把這份心事講出來，襲人聽到了。所以這時候告訴了王夫人。王夫人一聽，這個事情倒有點麻煩了。一四九二頁，這時候賈母也在，說你們兩個鬼鬼祟祟講什麼啊？王夫人就趁便把這事情講給賈母聽。賈母聽了，半日沒言語。這個細節，這一句話滿要緊的。「半日沒言語」，賈母心中琢磨了，後來就嘆了一聲說：「別的事都好說。你注意看她講的話，林丫頭倒沒有什麼；若寶玉真是這樣，這可叫人作了難了。」所以我講林黛玉在賈母心中，雖不能說不疼她，但那是有限度的。比起來，當然寶玉要緊，一切以寶玉 priority，寶玉優先，這個事情寶玉那邊要緊，只要把寶玉哄了就好，林丫頭沒有什麼關係的。這事怎麼辦呢？鳳姐出主意了。鳳姐說：「依我想，這件事只有一個掉包兒的法子。」掉包，大家後來看到了。她說：「如今不管寶兄弟明白不明白，大家吵嚷起來，說是老爺做主，將林姑娘配了他了。」看他的反應怎麼樣，如果他不管，無所謂，就不用掉包了，如果他有些喜歡的意思，這個麻煩了，只好用偷天換日之計，把薛寶釵冒充林黛玉嫁給他。賈母講：「這麼著也好，可就只忒苦了寶丫頭了。」苦了她，要這樣子冒充。萬一吵出來，林丫頭怎麼辦呢？鳳姐講要保密，外面不准講。

計謀定下了，可是黛玉非知道不可，才有下面很要緊的這一段，當然寫的很好。怎麼知道的？一四九三頁：一日，黛玉早飯後帶著紫鵑到賈母這邊來，一則請安，二則也為自己散散悶。出了瀟湘館，走了幾步，忽然想起忘了手絹子來，因叫紫鵑回去取來，自己卻慢慢的走著等他。剛走到沁芳橋那邊山石背後，當日同寶玉葬花之處，這個地點選的好，當時跟寶玉一起葬花的地方，也是他們兩個人最親密的時候。忽聽一個人嗚嗚咽咽在那裏哭。黛玉煞住腳聽時，又聽不出是誰的聲音，也聽不出哭著叨叨的是些什麼話。心裏甚是疑惑，便慢慢的走去。及到了跟前，卻見一個濃眉大眼的丫頭在那裏哭呢。黛玉未見他時，還只疑府裏這些大丫頭有什麼說不出的心事，所以來這裏發洩發洩；及至見了這個丫頭，卻又好笑，因想到：這種蠢貨有什麼情種，自然是那屋裏作粗活的丫頭受了大女孩子的氣了，細瞧了一瞧，卻不認得。那丫頭她不認得哪來的，就濃眉大眼這麼一個丫頭。問她：「你好好的為什麼在這裏傷心？」丫頭說：「我就說錯了一句話，我姐姐也不犯就打我呀。」「你姐姐是那一個？」那個丫頭說是珍珠姐姐，珍珠是賈母的丫頭，哦，是賈母的丫頭。黛玉又問：「你叫什麼？」那丫頭道：「我叫傻大姐兒。」大家還記得傻大姐嗎？發現繡春囊的那個。我講曹雪芹是天才，找個傻丫頭去發現那個繡春囊，傻丫頭天真無邪，不懂男女之情，也沒有好壞正邪之分，看了只覺得兩個妖精打架，沒有任何的道德判斷。在這裏，傻丫頭又出現了，告訴黛玉一個晴天霹靂，一個致命的事情。為什麼選她？賈母那邊其他的丫頭都是懂事的，怎麼會講？只有傻丫頭她很天真，你看她怎麼講。黛玉問：「你姐姐為什麼打你？你說錯了什麼話了？」那丫頭道：「為什麼呢，就是為我們寶二爺娶寶姑娘的事情。」她當然完全不知道，寶二爺娶寶姑娘，對這個林黛玉就像一個榔槌一樣打過去。換了一個懂事的丫頭，她一定不會這麼講的，這個力量就在這裏。選這個傻丫頭，很天真，寶二爺要娶寶姑娘了，就這麼簡單，可是這個力量不得了。黛玉聽了這句話，如同一個疾雷，心頭亂跳。這個是黛玉一生中，也是整部書以來，她最大的一個心病，最忌諱的一件事情，那個打擊好像一個霹靂「哐啷」打下來，她心中亂跳，略定了定神，便叫了這丫頭「你跟了我這裏來。」那丫頭跟著黛玉到那畸角兒上葬桃花的去處，你看看葬花的地方，現在等於葬自己了，那裏背靜。黛玉因問道：「寶二爺娶寶姑娘，他為什麼打你呢？」傻大姐道：「我們老太太和太太二奶奶商量了，因為我們老爺要起身，說就趕著往姨太太商量把寶姑娘娶過來罷。頭一宗，給寶二爺沖什麼喜，第二宗——」說到這裏，又瞅著黛玉笑了一笑，傻丫頭啊，不懂事啊！才說道：「趕著辦了，還要給林姑娘說婆婆家呢。」這不要了黛玉的命嘛！黛玉在那個惡夢裏夢到的那些事、那些話，通通成真了。夢裏面不是給她說了婆家嗎？這個時候是真的了，對黛玉等於是個大的nightmare，一個大的惡夢，黛玉已經聽呆了。那個傻丫頭只管咕嚕咕嚕自己說：「我又不知道他們怎麼商量的，不叫人吵嚷，怕寶姑娘聽見害臊。我白和寶二爺屋裏的襲人姐姐說了一句：『咱們明兒更熱鬧了，又是寶姑娘，又是寶二奶奶，這可怎麼叫呢！』你想黛玉聽了什麼滋味啊！所以用那個傻丫頭放在這裏好得很，換一個就不對了，換一個講幾句就一定溜掉了嘛！不敢這麼講的。她不知道輕重厲害，如實的講出來，好像那個雷一直轟著黛玉。傻丫頭還搖頭擺首咕嚕咕嚕講：「林姑娘，你說我這話害著珍珠姐姐什麼了嗎，他走過來就打了我一個嘴巴，說我混說，不遵上頭的話，要攆出我去。我知道上頭為什麼不叫言語呢，你們又沒告訴我，就打我。」說著，又哭起來。她不曉得為什麼打她。這一段設計的好，那個力量大了。那黛玉此時心裏竟是油兒醬兒糖兒醋兒倒在一處的一般，甜苦酸鹹，竟說不上什麼味兒來了。心裏頭什麼滋味啊？五味雜陳通通有了。從頭到尾的最傷她的心事，這個時候真正是到頭來了。停了一會兒，顫巍巍的說道：「你別混說了。你再混說，叫人聽見又要打你了。你去罷。」說著，自己移身要回瀟湘館去。那身子竟有千百斤重的，兩隻腳卻像踩著棉花一般，早已軟了。只得一步一步慢慢的走將來。走了半天，還沒到沁芳橋畔。原來腳下軟了。走的慢，且又迷迷痴痴，信著腳從那邊繞過來，更添了兩箭地的路。這時剛到沁芳橋畔，卻又不知不覺的順著堤往回裏走起來。整個人迷糊了，在那邊轉來轉去。一下子那麼大的刺激，整個人愣掉了。

這時紫鵑拿了那個絹子來了，只見黛玉顏色雪白，身子恍恍蕩蕩的，眼睛也直直的，在那裏東轉西轉。黛玉一臉慘白，好像恍恍惚惚，身體搖搖蕩蕩的。又見一個丫頭往前頭走了，離的遠，也看不出是那一個來。心中驚疑不定，只得趕過來輕輕的問道：「姑娘怎麼又回去？是要往那裏去？」黛玉也只模糊聽見，隨口應道：「我問問寶玉去！」紫鵑聽了，摸不著頭腦，只得攙著他到賈母這邊來。黛玉走到賈母門口，心裏微覺明晰，回頭看見紫鵑攙著自己，便站住了問道：「你作什麼來的？」紫鵑陪笑道：「我找了絹子來了。頭裏見姑娘在橋那邊呢，我趕著過去問姑娘，姑娘沒理會。」黛玉笑道：「我打量你來瞧寶二爺來了呢，不然怎麼往這裏走呢。」紫鵑見他心裏迷惑，便知黛玉必是聽見那丫頭什麼話了，惟有點頭微笑而已。看看這個黛玉，迷糊了，等她見了寶玉不知道要講什麼話來，紫鵑很擔心，那一個已經是瘋瘋傻傻了，這一個又這樣恍恍惚惚，他兩個亂講些不大得體的話怎麼辦？寶玉現在已經被老太太接來她屋裏照顧了，賈母在那邊，紫鵑擔心又不敢違拗，只好把她攙進去。這時候黛玉不像先前那麼軟了，也不要紫鵑打簾子，自己把簾子一掀就進去了。賈母在裏面休息，只有襲人在那裏。襲人一看到黛玉這麼進來有點奇怪，當然要請她坐囉！黛玉笑著道：「寶二爺在家麼？」襲人不知底裏，剛要答言，只見紫鵑在黛玉身後和他努嘴兒，指著黛玉，又搖搖手兒。襲人不解何意，也不敢言語。黛玉卻也不理會，自己走進房來。看見寶玉在那裏坐著，也不起來讓坐，只瞅著嘻嘻的傻笑。那個已經傻掉了，平常看了黛玉馬上叫著林妹妹，不同了！嘻嘻傻笑在那裏。黛玉自己坐下，卻也瞅著寶玉笑。她自己也傻了。兩個人也不問好，也不說話，也無推讓，只管對著臉傻笑起來。襲人看見這番光景，心裏大不得主意，只是沒法兒。忽然聽著黛玉說道：「寶玉，你為什麼病了？」他從前不是講過嘛，他病了是為林姑娘病的。寶玉笑道：「我為林姑娘病了。」果然是，他以前講過了嘛！你的病好了，我的病才會好呢。所以問他：「寶玉你為什麼病了？」襲人跟紫鵑兩個嚇一大跳，怎麼講出這種話來了？趕快用話來把他們岔開，兩個不理，還在互相那麼傻笑。襲人看看這個黛玉，也迷惑的跟寶玉一樣了。她就回頭向秋紋講：「你和紫鵑姐姐送林姑娘去罷，你可別混說話。」那黛玉也就站起來，瞅著寶玉只管笑，只管點頭兒。紫鵑又催道：「姑娘回家去歇歇罷。」黛玉道：「可不是，我這就是回去的時候兒了。」說著，便回身笑著出來了，仍舊不用丫頭們攙扶，自己卻走得比往常飛快。紫鵑秋紋後面趕忙跟著走。黛玉出了賈母院門，只管一直走去。紫鵑連忙攙住叫道：「姑娘往這麼來。」黛玉仍是笑著隨了往瀟湘館來。離門口不遠，紫鵑道：「阿彌陀佛，可到了家了。」只這一句話沒說完，只見黛玉身子往前一栽，哇的一聲，一口血直吐出來。黛玉聽得寶玉要娶寶釵，這下子刺激非同小可，一下子昏迷，等於失去理智了。去問寶玉說：「你為什麼病了？」她根本是要問：「你為什麼跟寶釵結婚？」還是沒問出來，其實背底下是這句話。當然她自己也昏昏糊糊的了，到了家裏一摔下去，一口鮮血吐出來，這才明白一下子刺激糊塗了。吐了血出來，等於積在裏面多年的傷痛，一下子嘔出來了。當然她因為得了肺病，這也是她多年積下來的心事，積下來的痛，積下來的傷，這一刻通通吐出來了。我們往下看，很重要的兩回來了。

【第九十七回】林黛玉焚稿斷痴情　薛寶釵出閨成大禮

很重要的一回來了，大家要仔細看這一回，仔細看他的文字，仔細看他的布局，這邊是焚稿斷痴情，那邊是出閨成大禮。寫黛玉之死，作者非常會安排，黛玉把自己的詩稿，還有寶玉的那兩塊手帕——那上面有她的淚和她的詩，那個詩等於是給寶玉的自己的心聲，也是情詩，一起焚燒掉，燒詩稿，等於黛玉自焚，把自己燒掉了。我說過，詩是黛玉的靈魂，她不留在世上，也不留給寶玉，她自己焚稿斷痴情，把自己的感情化為灰燼。正在這同時，薛寶釵出閨成大禮，他寫這個強烈的對照，只見新人笑，哪聞舊人哭，對比得非常好。你想如果先寫黛玉死，然後再寫寶釵結婚，或是先寫寶釵結婚，後來黛玉死，都不對。同時間，那邊樂鼓悠揚細細的奏，這邊正是快要斷氣的一刻，更顯出黛玉這個孤女的無助、可憐。作者就是要讀者同情林黛玉，同情她孤苦無依、心碎片片，整個的斷情非常 powerful，而且合情合理，寫得非常成功。一本傑出的小說，一定有幾場非常有力量，可能是作者處心積慮安排、剪裁的。其實從黛玉葬花開始，就一直在鋪排她最後的結局，這後四十回寫黛玉之死，的確是前面的設計，在這裏實現了，發揮了它的力量。黛玉之死，一步一步安排很多徵兆，大家記得中秋夜她在聯詩的時候，最後一句：「冷月葬詩魂」，點出了最後焚燒詩魂。晴雯死了，寶玉寫了〈芙蓉誄〉祭悼，無意間對她講一句：「茜紗窗下，我本無緣。黃土壟中，卿何薄命。」注意，茜紗窗是黛玉住的瀟湘館的紗窗，祭晴雯變成了祭黛玉。到了聞秋聲撫琴的時候，「蹦」的那個君弦斷掉了，弦斷人亡。這一連串下來，都在 prepared 這一場，如果這一場接不上前面的鋪陳，那就失敗了，整部書就要大打折扣。

黛玉回到了瀟湘館，一口鮮血吐出來，吐了以後，她反而心裏明白了。一四九九頁：話說黛玉到瀟湘館門口，紫鵑說了一句話，更動了心，一時吐出血來，幾乎暈倒。虧了還同著秋紋，兩個人挽扶著黛玉到屋裏來。那時秋紋去後，紫鵑雪雁守著，見他漸漸蘇醒過來，問紫鵑道：「你們守著哭什麼？」紫鵑見他說話明白，倒放了心了，因說：「姑娘剛才打老太太那邊回來，身上覺著不大好，唬的我們沒了主意，所以哭了。」黛玉笑道：「我那裏就能夠死呢。」她已經完全放棄了，她曉得已經絕望了嘛！這一句話沒完，又喘成一處。原來黛玉因今日聽得寶玉寶釵的事情，這本是他數年的心病，一時急怒，所以迷惑了本性。及至回來吐了這一口血，心中卻漸漸的明白過來，把頭裏的事一字也不記得了。這會子見紫鵑哭，方模糊想起傻大姐的話來，此時反不傷心，惟求速死，以完此債。絕望了，她一生的追求落空了，而且是這種下場。賈府全部瞞著她，暗中進行寶玉的婚事，這時候她是孤女的孤單無助，充分的顯現出來。她想「惟求速死，以完此債」，什麼債呢？情債、淚債嘛！她要給他哭得眼淚乾枯了，淚盡人亡。這裏紫鵑雪雁只得守著，想要告訴人去，怕又像上次招得鳳姐兒說他們失驚打怪的。秋紋回去後就很慌張了，就把剛才的事情告訴賈母了。賈母說：「這還了得！」她知道了，馬上叫王夫人、鳳姐過來，說消息走漏了，這不是弄出為難的事情了？先去看看黛玉吧。所以賈母對她也不是完全不理的，並不是那麼狠心的，而是她心目中有個先後，有個輕重。所以賈母來看她了，見黛玉顏色如雪，並無一點血色，神氣昏沉，氣息微細。半日又咳嗽了一陣，丫頭遞了痰盒，吐出都是痰中帶血的。大家都慌了。只見黛玉微微睜眼，看見賈母在他旁邊，便喘吁吁的說道：「老太太，你白疼了我了！」很傷心的一句話。賈母聽了這個話也很難受，便說：「好孩子，你養著罷，不怕的。」黛玉微微一笑，把眼又閉上了。這裏寫得好！她其實完全絕望了，微微那一笑是已經不在乎了。她對自己的命運很清楚，惟求速死，以了此債嘛！所以微微一笑，把眼睛閉上。

賈府當然請個大夫來看，大夫說：這是鬱氣傷肝，用止血的藥看看吧。賈母看黛玉神氣不好，便出來告訴鳳姐等道：「我看這孩子的病，不是我咒他，只怕難好。你們也該替他預備預備，沖一沖。或者好了，豈不是大家省心。就是怎麼樣，也不至臨時忙亂。咱們家裏這兩天正有事呢。」非常理性的講這個話，看樣子是黛玉難好，怕是沒救了，應該替她準備後事，這邊還要忙婚事，怕這一來手忙腳亂，還是要先準備好。鳳姐兒答應了。賈母又問了紫鵑一回，到底不知是那個說的。賈母心裏只是納悶，因說：「孩子們從小兒在一處兒頑，好些是有的。如今大了懂的人事，就該要分別些，才是做女孩兒的本分，我才心裏疼他。若是他心裏有別的想頭，成了什麼人了呢！我可是白疼了他了。你們說了，我倒有些不放心。」在老一輩的心裏面，姑娘們要守規矩，不能亂動情的。小時候在一起玩玩就算了，真的認起真來，還胡思亂想的，那成什麼人了。表兄妹之間，寶釵雖然心中也喜歡寶玉，但她深藏不露，黛玉通通表現出來，在她們來講這是不行的。賈母又問了襲人黛玉剛才的狀況，說：「我方才看他卻還不至糊塗，這個理我就不明白了。咱們這種人家，別的事自然沒有的，這心病也是斷斷有不得的。林丫頭若不是這個病呢，我憑著花多少錢都使得。若是這個病，不但治不好，我也沒心腸了。」講白了嘛！黛玉這個時候對寶玉有這種心事是不可以的，女孩兒家大了要有點分別，婚姻長輩們說了算，小兒女的私情不在考慮之列。所以這是個強烈的對照，這本書一方面寫寶玉跟黛玉的感情，寫得極端的強烈，極端的浪漫，可以說是緣定三生、生死以之的感情。一方面寫宗法社會儒家這一套的規矩也不能破的，要讀者來判斷、選擇。所以《紅樓夢》對人生是全面觀照的，從哪一個人的角度來看也許都有理。從賈母來看，她講黛玉像病西施恐怕不長壽，娶媳婦要娶個健康的，她的想法有錯嗎？別忘了在那個時空背景之下，賈母不覺得自己做錯什麼事，但確實造成悲劇，從另外一個角度看，我們的同情心到賈寶玉、林黛玉身上去了，這就是作者設計安排的情境。

鳳姐就說，老太太你不要傷腦筋了，找醫生來看就是了。第二天鳳姐就來試一試寶玉了，這一段也寫得滿有意思，也很諷刺。鳳姐來了，說：「寶兄弟大喜，老爺已擇了吉日要給你娶親了。你喜歡不喜歡？」寶玉聽了，只管瞅著鳳姐笑，微微的點點頭兒。鳳姐試他，娶林妹妹過來好不好？寶玉卻大笑起來了。鳳姐看他也參不透他是明白是糊塗，就講：「老爺說你好了才給你娶林妹妹呢，若還是這麼傻，便不給你娶了。」寶玉忽然正色道：「我不傻，你才傻呢。」說著，便站起來說：「我去瞧瞧林妹妹，叫他放心。」鳳姐忙扶住了，說：「林妹妹早知道了。他如今要做新媳婦了，自然害羞，不肯見你的。」騙他。寶玉道：「娶過來他到底是見我不見？」現在不見，娶過來要見我嗎？鳳姐又好笑，又著忙，心裏想：「襲人的話不差。」提了林妹妹，雖然說了瘋話，但是他好像明白多了，她就講了，你再這麼瘋瘋癲癲，林妹妹就不見你了。寶玉說道：「我有一個心，前兒已交給林妹妹了。他要過來，橫豎給我帶來，還放在我肚子裏頭。」這句話滿有意思的。黛玉要的是什麼？寶玉的心嘛！那個惡夢裏面，不是寶玉把胸膛打開，把他的心掏出來給她了嗎？寶玉知道的。現在就要娶她了，來的時候帶回來給我吧，放回肚子裏面去。講的是傻話，其實滿悲哀的。他們兩個的確是互相交心，就這麼硬把他們拆散了。鳳姐一看，哎呀，這樣不行，只好偷天換日了。她就跟薛姨媽講，要委屈寶釵一下。已經到這個時候了，薛姨媽也沒辦法不答應。一五〇二頁，次日，薛姨媽回家將這邊的話細細的告訴了寶釵，還說：「我已經應承了。」寶釵始則低頭不語，後來便自垂淚。她有她的委屈的。按理講，以寶姑娘的個性，這種委屈本來不肯受的。可見寶釵到了節骨眼的時候，也是能屈能伸，忍辱負重，這麼大的委屈也肯了。婚事馬上要辦了，前面講一切從簡，再怎麼簡你看他們的妝奩還是不少。一五〇四頁：金珠首飾八十件，那是金線穿的金項圈。妝蟒緞子四十匹，各色綢緞一百二十匹，四季的衣服一百二十件，還有折羊酒的銀子……，這還是一點點哦！賈家娶媳婦本該是不得了的排場，因為國喪不敢張揚，算是草草了事了。

黛玉這一邊，每天給她看醫生吃藥，可是病得一日重一日，她根本自己放棄了。紫鵑還是要勸：「事情到了這個分兒，不得不說了。姑娘的心事，我們也都知道。至於意外之事是再沒有的。姑娘不信，只拿寶玉的身子說起，這樣大病，怎麼做得親呢。姑娘別聽瞎話，自己安心保重才好。」安慰她的話，黛玉當然知道，又是微微一笑，也不答言，又咳嗽數聲，吐出好些血來。心死了，都明白了，也不必多講了，微微一笑，笑得很淒涼。紫鵑看她一息奄奄，也勸不過來，就只好天天三四趟去告訴賈母。下面一句大家注意！鴛鴦測度賈母近日比前疼黛玉的心差了些，所以不常去回。況賈母這幾日的心都在寶釵寶玉身上，不見黛玉的信兒也不大提起，只請太醫調治罷了。一邊在準備婚事，一邊病重得快要死了。鴛鴦她揣測賈母對黛玉的心淡了一點，所以也就不大去報告了。從前賈母疼黛玉大家都捧著她，現在賈母疼她的心少了一點，大家也就冷淡了，這就是世態炎涼，《紅樓夢》裏面的人情世故。黛玉向來病著，自賈母起，直到姐妹們的下人，常來問候。今見賈府中上下人等都不過來，連一個問的人都沒有，睜開眼，只有紫鵑一人。自料萬無生理，她曉得自己必死無疑，已經被遺棄了嘛！她當然不知道寶玉已經瘋傻，給她們矇住了，她以為寶玉也隨著她們了，以為他變心了，所以她整個心死了，也放棄了自己，睜開眼睛只有紫鵑一個人，很痛心的幾句話說出來。因扎掙著向紫鵑說道：「妹妹，你是我最知心的，雖是老太太派你伏侍我這幾年，我拿你就當作我的親妹妹。」叫她妹妹，這個時候沒有人在旁邊了，只有紫鵑還是真正的在關心，真正的在服侍她。說到這裏，氣又接不上來。紫鵑聽了，一陣心酸，早哭得說不出話來。遲了半日，黛玉又一面喘一面說道：「紫鵑妹妹，我躺著不受用，你扶起我來靠著坐坐才好。」紫鵑道：「姑娘的身上不大好，起來又要抖摟著了。」黛玉聽了，閉上眼不言語了。一時又要起來。紫鵑沒法，只得同雪雁把他扶起，兩邊用軟枕靠住，自己卻倚在旁邊。掙扎著起來，做什麼？你看，黛玉那裏坐得住，下身自覺硌的疼，狠命的撐著，叫過雪雁來道：「我的詩本子。」說著又喘。雪雁料是要他前日所理的詩稿，因找來送到黛玉跟前。黛玉點點頭兒，又抬眼看那箱子。雪雁不解，只是發怔。黛玉氣的兩眼直瞪，又咳嗽起來，又吐了一口血。雪雁連忙回身取了水來，黛玉漱了，吐在盒內。紫鵑用絹子給他拭了嘴。黛玉便拿那絹子指著箱子，又喘成一處，說不上來，閉了眼。紫鵑道：「姑娘歪歪兒罷。」黛玉又搖搖頭兒。她要什麼？她要以前的那兩塊手帕，都講不出來了，黛玉已虛弱得不得了，一直在吐血。詩稿她拿來了，紫鵑料是要絹子，便叫雪雁開箱，拿出一塊白綾絹子來。黛玉瞧了，撂在一邊，使勁說道：「有字的。」要的是那個。紫鵑這才明白過來，要那塊題詩的舊帕，只得叫雪雁拿出來遞給黛玉。紫鵑勸道：「姑娘歇歇罷，何苦又勞神，等好了再瞧罷。」只見黛玉接到手裏，也不瞧詩，扎掙著伸出那隻手來狠命的撕那絹子，卻是只有打顫的分兒，那裏撕得動。這個詩稿，還有那兩塊手帕，都是她最 intimate，最私密的東西，也是她自己的一部分，她的心事都寫在詩裏頭。尤其那兩塊舊帕子，是寶玉給她的信物。我講過，一個了不起的小說家，他前面寫過什麼東西，後來一定用得著的，不是隨便寫的。當初寶玉被父親打了以後，叫晴雯去把這兩塊舊手帕送給黛玉。黛玉一看就明白了，等於是定情的表記，黛玉感動，所以她半夜爬起來，就一邊掉淚，一邊寫詩，寫了三首詩在帕子上，完全表現她為寶玉的交心而動情哭泣，現在這個對她來說已經死掉了，她要把它毀掉。紫鵑早已知他是恨寶玉，卻也不敢說破，只說：「姑娘何苦自己又生氣！」黛玉點點頭兒，掖在袖裏，便叫雪雁點燈。雪雁答應，連忙點上燈來。看看下面：黛玉瞧瞧，又閉了眼坐著，喘了一會子，又道：「籠上火盆。」紫鵑打諒他冷，因說道：「姑娘躺下，多蓋一件罷。那炭氣只怕躭不住。」黛玉又搖頭兒。雪雁只得籠上，擱在地下火盆架上。黛玉點頭，意思叫挪到炕上來。雪雁只得端上來，出去拿那張火盆炕桌。那黛玉卻又把身子欠起，紫鵑只得兩隻手來扶著他。黛玉這才將方才的絹子拿在手中，瞅著那火點點頭兒，往上一撂。焚稿斷痴情。紫鵑唬了一跳，欲要搶時，兩隻手卻不敢動。雪雁又出去拿火盆桌子，此時那絹子已經燒著了。紫鵑勸道：「姑娘這是怎麼說呢。」黛玉只作不聞，回手又把那詩稿拿起來，瞧了瞧又撂下了。紫鵑怕他也要燒，連忙將身倚住黛玉，騰出手來拿時，黛玉又早拾起，撂在火上。此時紫鵑卻夠不著，乾急。雪雁正拿進桌子來，看見黛玉一撂，不知何物，趕忙搶時，那紙沾火就著，如何能夠少待，早已烘烘的著了。雪雁也顧不得燒手，從火裏抓起來撂在地下亂踩，卻已燒得所餘無幾了。那黛玉把眼一閉，往後一仰，幾乎不曾把紫鵑壓倒。紫鵑連忙叫雪雁上來將黛玉扶著放倒，心裏突突的亂跳。

焚稿斷痴情，我講了那個手帕有用處，那麼早的時候出現的，中間大家還記得嗎？「感秋聲撫琴悲往事」那一回，她在翻舊東西的時候，又看到這兩塊手帕，很感觸他們小時候的那種很親近的感情，掉下淚來。等於又提醒讀者一下，這兩塊手帕的存在。這個時候發揮最大的力量了。這就是好小說，黛玉要表現她自己的那種決絕，怎麼表現呢？哭喊不出來，吐血也沒用了，這個時候就是焚稿，用火燒詩稿，也就是焚她自己，自殘，自焚，自己燒掉，一點不留，「我的情在這世界上通通不留」，這個時候你會覺得，黛玉不再是那麼柔弱，這樣一個弱柳扶風的女孩子，她要維持她的尊嚴，她對愛情那種dignity，她的愛情被這些人這樣子捉弄。愛情對她來說是神聖的，是唯一的，勝過生命的東西，她的愛情被踐踏，賈母、王夫人不了解她、唬弄她，怎麼寶玉也不出來為她辯護、說話，這世上再沒有人了解她這份情了，要把它燒掉、焚掉，她是決絕的，突然間你會感覺這個人物變大了，她的dimension，她的層次，不再光是柔弱無助，她掌握自己的命運了。自己焚掉稿，自己了掉這段情，黛玉的個性在這個地方一轉，寫的好！而且是用那兩塊手帕發揮作用。

這個時候，黛玉燒完了，病的狀況更緊急了。紫鵑看看不行了，她叫雪雁看住，她自己要去回賈母。到了那裏沒人理她，大家都說不知道，因為他們要瞞她嘛！不光是瞞黛玉，也要瞞紫鵑嘛！最後紫鵑的痛心，對於黛玉的哀悼，我想也就是作者設計了紫鵑這個人，她心中疼惜黛玉，她心中為黛玉不平，從紫鵑的角度來看，大家都避她避得像什麼一樣。她知道八九分，但這些人怎麼竟是這樣的狠毒冷淡。她想著黛玉這幾天也沒有人來看，「今日倒要看看寶玉是何形狀！看他見了我怎麼樣過的去！那一年我說了一句謊話他就急病了，今日竟公然做出這件事來！可知天下男子之心真真是冰寒雪冷，令人切齒的！」男人都靠不住。當然她錯怪寶玉了。這個時候她跑到怡紅院了，寶玉的一個小廝墨雨說：「姐姐在這裏做什麼？」紫鵑說：「我聽見寶二爺娶親，我要來看看熱鬧兒。」這個墨雨算是對她不錯了，就說，我們都講好了，只瞞著你們，不讓你們知道，今天晚上就要娶了。

晚上就要娶了，黛玉在那邊還不知是死是活，她趕快跑回去，有兩個小丫頭在探頭探腦，一看到紫鵑就急得很的叫她。果然，黛玉兩頰赤紅，大概肝火上升了，很不好，紫鵑就叫黛玉的奶媽來看看，那個王嬤嬤一見大哭，更沒有主意了。這時候紫鵑想起一個人來，這裏又寫得好。黛玉之死一定要很多角度來看這件事情，什麼人能看她呢？什麼人又是能夠立刻到她這裏來而又同情她的？李紈！她是個寡婦，從前的中國，寡婦不准參加婚禮的，視為不祥，所以李紈這天晚上應該會在家裏，就叫小丫頭去請她過來。李紈雖然是個 minor character，在重要的時候她的出現，也很要緊的，尤其是黛玉之死，從她的角度來看，又對黛玉多了一層同情。一五〇八頁，李紈正在那裏給賈蘭改詩，冒冒失失的見一個丫頭進來回說：「大奶奶，只怕林姑娘好不了，那裏都哭呢。」李紈聽了，嚇了一大跳，也不及問了，連忙站起身來便走，素雲碧月跟著，一頭走著，一頭落淚，她對黛玉還是很同情，也很愛惜的。想著：「姐妹在一處一場，更兼他那容貌才情真是寡二少雙，惟有青女素娥可以彷彿一二，竟這樣小小的年紀，就作了北邙鄉女！偏偏鳳姐想出一條偷梁換柱之計，自己也不好過瀟湘館來，竟未能少盡姐妹之情。真真可憐可嘆。」她也不好過來，過來了就怕洩漏了。這是鳳姐的計策，但她心中非常疼，這麼才貌雙全的一個女孩子，年紀輕輕就死了。一頭想著，已走到瀟湘館的門口。裏面卻又寂然無聲，李紈倒著起忙來，想來必是已死，都哭過了，那衣衾未知裝裹妥當了沒有？連忙三步兩步走進屋子來。裏間門口一個小丫頭已經看見，便說：「大奶奶來了。」紫鵑忙往外走，和李紈走了個對臉。李紈忙問「怎麼樣？」紫鵑欲說話時，惟有喉中哽咽的分兒，卻一字說不出。那眼淚一似斷線珍珠一般，只將一隻手回過去指著黛玉。這一段也寫的好，紫鵑哀傷得講不出話來了，直指那個黛玉。李紈看了紫鵑這般光景，更覺心酸，也不再問，連忙走過來。看時，那黛玉已不能言。李紈輕輕叫了兩聲，黛玉卻還微微的開眼，似有知識之狀，但只眼皮嘴唇微有動意，口內尚有出入之息，卻要一句話一點淚也沒有了。淚盡了。李紈回身見紫鵑不在跟前，便問雪雁。雪雁道：「他在外頭屋裏呢。」這段也寫的好。李紈連忙出來，只見紫鵑在外間空床上躺著，顏色青黃，閉了眼只管流淚，那鼻涕眼淚把一個砌花錦邊的褥子已濕了碗大的一片。李紈連忙喚他，那紫鵑才慢慢的睜開眼欠起身來。李紈道：「傻丫頭，這是什麼時候，且只顧哭你的！林姑娘的衣衾還不拿出來給他換上，還等多早晚呢。難道他個女孩兒家，你還叫他赤身露體精著來光著去嗎！」紫鵑聽了這句話，一發止不住痛哭起來。李紈一面也哭，一面著急，一面拭淚，一面拍著紫鵑的肩膀說：「好孩子，你把我的心都哭亂了，快著收拾他的東西罷，再遲一會子就了不得了。」紫鵑哭得棉被上面碗大的一塊淚的痕跡，她對黛玉是那種忠心耿耿的感情。李紈講這一番話也很動人的，一個女孩子家你叫她赤身來赤身去嗎？還不快點給她換上衣服，這時候是最悲哀的一刻了，李紈在這個時候，發揮了她這做大嫂子的身分，對黛玉的憐惜。她自己是個寡婦，曾經過這種生離死別，所以她在這個節骨眼的時候，要紫鵑快點準備後事，要給她好好的穿衣服、洗好身子，讓她平安的、乾乾淨淨的走掉。所以黛玉最後講：我的身子是乾淨的，你要把我送回到南邊去。意思是賈府這個地方是骯髒的，不要把我葬在這裏。她在〈葬花詞〉裏說，「質本潔來還潔去」，讓我這一生乾乾淨淨的來，乾乾淨淨的走，就是她最後留下的遺言。

在這個地方，可以看到黛玉死的時候，只有李紈，還有最後探春來看她，其他人都不來了，也不知道她死了。那邊鑼鼓喧天娶新媳婦，那邊的喜襯著這邊的悲。我覺得這個後四十回寫的很好，完全不輸於前八十回。有些很精采的地方，像這一回就寫得非常好。而且他的安排相當高明，這時候黛玉快死了，還沒有斷氣，讀者的期望就是看黛玉怎麼死的，一個比較普通的作家就快點寫到結局。他不是，這個時候急不來的，他寫到這裏一下子筆又盪開了，先去寫「薛寶釵出閨成大禮」，這樣兩邊就比較起來了。這邊如果一口氣寫到黛玉已經死了，那沒戲唱了嘛，這邊死了就結束了，後來寫不下去，他去寫那邊的對照，我們還有個懸疑，黛玉斷氣那刻是什麼景況。他把筆盪過去，寫了薛寶釵出閣，回頭再來寫「苦絳珠魂歸離恨天」。我想他要把黛玉的死寫得足，這種生離死別多少作家都寫過，為什麼有些作家寫得永遠不會忘記，像林黛玉「焚稿斷痴情」那一節，那個手帕往爐中一丟燒起來，很難忘記的。完全看怎麼 present，一樣的題目，一樣的情景，但是如何去寫它，如何去設計它，才是一個作家分出高下之處。

黛玉正是臨終，尖銳的對照著寶釵將行婚禮，好像電影的鏡頭一轉，要轉到那邊去了，那個 scene 怎麼轉呢？也很巧，這個時候，有兩個人來了。一個是平兒，很懂事也很能幹的鳳姐的左右手，她有相當的權力來處理事情的，她來了當然也很傷心得哭了一陣子。另外一個來的是林之孝家的，她是賈母、王夫人相當信賴的一個管事，她來傳話。她說：「剛才二奶奶和老太太商量了，那邊用紫鵑姑娘使喚使喚呢。」黛玉這裏死活不管，要把紫鵑調過去。記得這個寶玉怎麼成婚的嗎？誑他的，唬弄他的。乘著他糊塗的時候說是娶林妹妹，既然是娶林妹妹，當然侍奉林妹妹的丫頭是紫鵑，所以要把紫鵑調過去。你看紫鵑怎麼回應：「林奶奶，你先請罷。等著人死了我們自然是出去的，那裏用這麼……」當然心裏一股子氣，你們這些人怎麼那麼勢利，我怎麼能夠走得開？意思就是說黛玉還沒死呢，要我調開怎麼可能，講得也很決絕，等人死了我再過去吧！這是氣話，當然也不好這麼講，就說：「況且我們在這裏守著病人，身上也不潔淨。林姑娘還有氣兒呢，不時的叫我。」這個細節也很要緊的，這兩方對照起來，更顯得黛玉可憐。連下面的傭人也看出來了，那邊要緊。李紈就替紫鵑講話了，說這個紫鵑是林姑娘最親信的人，一下子恐怕離不開。林之孝家的頭裏聽了紫鵑的話，未免不受用，她是很得寵的管事媳婦，丫鬟按理不敢頂她嘴的。記不記得寶玉做生日，在怡紅院他們悄悄的準備喝酒慶祝的時候，林之孝家的跑來了，劈哩啪啦訓寶玉一頓，訓那些丫頭一頓。這個很仗勢的管事媳婦聽到這個話當然不受用，被李紈這番一說，卻也沒的說，又見紫鵑哭得淚人一般，只好瞅著他微微的笑。你看看那一副討厭的嘴臉，人家哭得這個樣子，她微微地笑了，說：「紫鵑姑娘這些閑話倒不要緊，只是他卻說得，我可怎麼回老太太呢。況且這話是告訴得二奶奶的嗎！」你這麼講我怎麼去回呀！這種緊張得很的地方，他有枝閒筆勾兩下，這就人情世故出來了。《紅樓夢》寫實的地方，把那個人情冷暖、世態炎涼通通寫出來，這就是《紅樓夢》寫實的根基。這時剛好平兒在，說：「這麼著罷，就叫雪姑娘去罷。」即使這樣，那個林之孝家的還要為難她一下，這是你講的喔，你的主意我不負責。李紈就講了：「是了。你這麼大年紀，連這麼點子事還不耽呢。」那林之孝家的說：「不是不耽，頭一宗這件事老太太和二奶奶辦的，我們都不能很明白；再者又有大奶奶和平姑娘呢。」的確，這次就是鳳姐下令不可以隨便洩漏，他們的確也是不敢亂來，鳳姐講什麼聽什麼。另外一方面，林之孝家的對黛玉的死好像沒看見，為什麼？賈母講了話嘛！連鴛鴦都看著賈母這一陣子對黛玉疼她的心比較淡了，牆倒眾人推，如果是以前，林之孝家的趕著來看望了，現在連黛玉快死了也沒一點表示。這種對比之下，平兒是真心的，李紈當然也是真心的。

藉著雪雁去寶釵跟寶玉成婚那邊，就把筆自然地盪到那邊去了，鏡頭一轉，從淒涼、緊張、哭成一團的這邊，轉到鑼鼓敲打喜樂悠揚的那邊，一時大轎從大門進來，家裏細樂迎出去，十二對宮燈，排著進來，倒也新鮮雅致。儐相請了新人出轎。那邊新人出來了，喜事來了，一喜一悲，這樣的寫法非常高明。有人說應該等到黛玉死了以後，寶玉再跟寶釵結婚，意思是以寶釵的個性，不可能裝成黛玉來嫁。邏輯上這是講得通，那就沒有drama，等黛玉死了去娶寶釵，戲劇沒有了。我想以戲劇性高潮來說，這樣子的安排是最好的，最dramatic。至於寶釵肯這樣做，我們慢慢再來推敲。雪雁過去了。雪雁年紀小，大概十三、四歲的小丫鬟，當然心裏面想：「平常寶玉跟我們姑娘親親熱熱的，現在看他到底怎麼樣。」她們也都不知道寶玉是被唬弄上去的，寶玉看不見蓋頭裏是寶釵，他以為娶的是黛玉，高興得手舞足蹈，這個雪雁看了更氣。寶玉想怎麼紫鵑沒有來，再一想，雪雁是黛玉南邊帶來的，現在來陪嫁倒也講的通，他這麼自我解釋一番。一五一二頁，終於要揭那個蓋頭了，從前的婚姻揭曉的時候就靠那麼一下，一下就定了終生，如果蓋頭一揭開不喜歡，那個婚姻完了，一輩子完了，所以那一下很要緊。開頭寶玉本來想去揭開，後來一想對林妹妹不可造次，得慢慢的，賈母她們在旁邊緊張得不得了，把賈母急出一身冷汗。他一揭開的時候，雪雁就被趕走了，鶯兒上來了，鶯兒是寶釵的丫鬟。寶玉一看，怎麼是寶釵在裏面啊？只見他盛妝艷服……真是荷粉露垂，杏花烟潤了。寶釵也是個美人嘛！她的美是另外一種，也不輸於黛玉。這個大美人坐在那個地方，可是寶玉糊塗了。明明娶的是黛玉啊，怎麼會是寶釵來了呢？他問襲人說：「這不是做夢麼？」襲人說：「老爺作主娶的是寶姑娘。」越聽越糊塗了。丟了玉以後，本來他就糊里糊塗，靈魂已經丟掉了，失去了靈性。聽說要娶黛玉，他高興了一陣子稍為好些，怎麼寶釵跑來了，這個更加糊塗了，病更發得厲害了。

寫到這裏，又按下不表了。這是一段，寶釵跟寶玉的婚事，在這個地方，以寶玉糊塗昏睡過去為止。第二天賈政要離家赴任了，他升了官，要到外面去做官了。按從前的規矩，兒子要一路送過去的。因為寶玉病成這個樣子，賈母說：「你叫他送呢，我即刻去叫他；你若疼他，我就叫人帶了他來，你見見，叫他給你磕頭就算了。」這又是賈母的口氣了。寫到這裏，我們已經有很多懸念了。黛玉怎麼死我們很想知道，寶玉跟寶釵成了婚，怎麼個反應我們也很想知道，作者故意又插進了賈政要去上任，把那個筆調通通緩下來，寫了些瑣碎的事情。前面緊得不得了，中間把它 slow down，把它緩下來，然後下一回再起高潮。

【第九十八回】苦絳珠魂歸離恨天 病神瑛淚灑相思地

娶了寶釵，寶玉很糊塗，刺激更大了嘛！林妹妹到哪去了？他的病更加沉重，起都起不來了，一天重於一天，很多醫生來看都沒用。他娶的怎麼是寶釵？寶玉心中不是沒有知覺的，這個知覺是因為黛玉的關係。他有時候糊塗，有時候片刻清醒的。清醒時看見房中只有襲人，就拉了襲人說：「寶姐姐怎麼來的？我記得老爺給我娶了林妹妹過來，怎麼被寶姐姐趕了去了？」他講的是小孩子話，當然也是真話囉！「他為什麼霸占住在這裏？」這種話都講明了。他對寶釵是敬愛，敬愛中又加了一點敬畏，他怕她的。寶釵這個女孩子可能什麼人都會怕她，動不動講一大堆道理出來，她太正派了，太有道理，太有邏輯，誰也講不過她，寶玉對她跟對黛玉完全兩回事。寶玉並不討厭寶釵，但是他對她不是跟黛玉那種情，完全不一樣的。寶玉心裏困惑，他講：「我要說呢，又恐怕得罪了他。」你看，怕她的嘛！對寶釵還是有幾分敬畏的。他不曉得林黛玉已經死了，他說：「你們聽見林妹妹哭得怎麼樣了？」襲人不敢講黛玉死了，說她在生病。寶玉說：「我瞧瞧他去。」說著就要起來，可是身體虛弱動不了，就哭了。他講的這個內心話有意思，一五一八頁：「我要死了！我有一句心裏的話，只求你回明老太太：橫豎林妹妹也是要死的，我如今也不能保。兩處兩個病人都要死的，死了越發難張羅。不如騰一處空房子，趁早將我同林妹妹兩個抬在那裏，活著也好一處醫治伏侍，死了也好一處停放。你依我這話，不枉了幾年的情分。」講出來了，他對黛玉死也要同穴，兩個人在一起死，是這麼深的感情。襲人聽了當然也很傷心，但也無法勸他。寶釵來了，又是一番大道理：「你放著病不保養，何苦說這些不吉利的話。老太太才安慰了些，你又生出事來。老太太一生疼你一個，如今八十多歲的人了，雖不圖你的封誥，將來你成了人，老太太也看著樂一天，也不枉了老人家的苦心。太太更是不必說了，一生的心血精神，撫養了你這一個兒子，若是半途死了，太太將來怎麼樣呢。我雖是命薄，也不至於此。據此三件看來，你便要死，那天也不容你死的，所以你是不得死的。只管安穩著，養個四五天後，風邪散了，太和正氣一足，自然這些邪病都沒有了。」講的也對，也是實情，你死了，上有祖母，還有母親，還有我，怎麼辦？她完全從儒家宗法社會那一套來講，寶玉講的完全是他跟黛玉兩個人的愛情，情字，理字，這兩段對話尖銳的對比。寶玉聽了，竟是無言可答。寶玉講不過她，半晌，嘻嘻笑的跟她鬧：「你是好些時不和我說話了，這會子說這些大道理的話給誰聽？」乾脆跟她耍賴，撒嬌起來。寶釵聽了這話就說：「實告訴你說罷，那兩日你不知人事的時候，林妹妹已經亡故了。」乾脆下猛藥，你最擔心的林妹妹已經死了。你看寶玉的反應，寶玉忽然坐起來，大聲詫異道：「果真死了嗎？」寶釵道：「果真死了。豈有紅口白舌咒人死的呢。老太太、太太知道你姐妹和睦，你聽見他死了自然你也要死，所以不肯告訴你。」寶玉昏過去了，就魂遊起來，像是作夢一樣，看到黛玉好像成仙了。

寶釵是極端理性的一個人，她曉得寶玉之所以瘋傻，他的心病就是因為黛玉，乾脆給他一個shock，告訴他，她死了，讓他一下子斷掉，除去這個心病，他才可能好過來。別人沒有那麼大的膽量這麼做的，本來王夫人還怪她魯莽，鶯兒也說你太急了，寶釵不管別人怎麼說，她曉得怎麼醫治寶玉。這就是薛寶釵，極端理性，極能夠處事的一個人。作為賈寶玉的妻子，以後她要擔大任的。別忘了和尚給她什麼東西，一把金鎖，金子是最重的，等於掛在脖子上的枷鎖一樣那麼沉重的東西，她要扛起來，以後賈府還要重新興盛的，要由這個戴金鎖的媳婦、吃冷香丸的女人，以最高的理性把頹下去的賈府撐起來。情在寶釵是放在第二位的，理在前面，她的情是rationalized，已經理性化過後的情感，不能說她無情，她「任是無情也動人」嘛！曹雪芹寫人物有各種不同的類型，他也不偏哪一個，告訴你人生有這麼多的現象，你自己去看，都是真實的。

寶釵給寶玉一針扎下去，讓他醒來，寶玉的心病才能醫治。她們背底下都說她那麼性急，一五二〇頁，寶釵道：「你知道什麼好歹，橫豎有我呢。」那寶釵任人誹謗，並不介意，只窺察寶玉心病，暗下針砭。好像給他針灸一樣，慢慢的醫治他。寶玉漸覺神志安定，雖一時想起黛玉，尚有糊塗。更有襲人緩緩的將「老爺選定的寶姑娘為人和厚；嫌林姑娘秉性古怪，原恐早夭；老太太恐你不知好歹，病中著急，所以叫雪雁過來哄你」的話時常勸解。寶玉終是心酸落淚。用這些話相勸，寶玉當然是心酸落淚，但是呢，欲待尋死，又想著夢中之言，又恐老太太、太太生氣，又不能撩開。又想黛玉已死，寶釵又是第一等人物，方信金石姻緣有定，老早就說金玉良緣嘛！自己也解了好些。寶釵看來不妨大事，於是自己心也安了。寶玉心漸放寬，慢慢恢復了。寶釵也常勸慰「養身要緊，你我既為夫婦，豈在一時」。那寶玉心裏雖不順遂，無奈日裏賈母王夫人及薛姨媽等輪流相伴，夜間寶釵獨去安寢，賈母又派人伏侍，只得安心靜養。又見寶釵舉動溫柔，也就漸漸的將愛慕黛玉的心腸略移在寶釵身上。略移，這個「略」字用得好，不是全盤過來，稍稍的移一點到寶釵身上。沒辦法，黛玉死了嘛！寶釵已經娶來作太太了，而且是個好太太，他本來也很喜歡寶釵，這時愛黛玉的心慢慢略移過來，此是後話。作者用字遣詞，寫的每一筆都不是隨便的，輕重都有份量。

寶釵跟寶玉的婚事寫完了，一直到寶玉知道黛玉死為止，這整個交代了，也合情合理。鏡頭又一轉，回到瀟湘館，就是黛玉最後走的那一刻了。一五二一頁：卻說寶玉成家的那一日，黛玉白日已昏暈過去，卻心頭口中一絲微氣不斷，把個李紈和紫鵑哭的死去活來。到了晚間，黛玉卻又緩過來了，微微睜開眼，似有要水要湯的光景。此時雪雁已去，只有紫鵑和李紈在旁。紫鵑便端了一盞桂圓湯和的梨汁，用小銀匙灌了兩三匙。給她最後補了一點。黛玉閉著眼靜養了一會子，覺得心裏似明似暗的。這個時候所謂的迴光返照，人死之前，有這麼一刻，是比較清楚的時候。李紈看到黛玉迴光返照了，可能還會有一陣子，所以就回到她自己的稻香村去理理事情再來。作者故意讓李紈離開，只剩了紫鵑跟黛玉，她最後的遺言交代給紫鵑，這是很教人傷心的一段話。這裏黛玉睜開眼一看，只有紫鵑和奶媽並幾個小丫頭在那裏，便一手攥了紫鵑的手，使著勁說道：「我是不中用的人了。你伏侍我幾年，我原指望咱們兩個總在一處，她跟紫鵑的感情很好的，紫鵑也赤膽忠心的來服侍林姑娘，不想我……」，沒想到自己不爭氣要走了。說著，又喘了一會子，閉了眼歇著。紫鵑見他攥著不肯鬆手，自己也不敢挪動，看他的光景比早半天好些，只當還可以回轉，聽了這話，又寒了半截。半天，黛玉又說道：「妹妹，叫她妹妹，這很有意思的，跟下面一句話很有關係。我這裏並沒親人。我的身子是乾淨的，你好歹叫他們送我回去。」「我這裏並沒親人」，這一句話講完了她心中的怨，她沒有說這個不好、那個不好，通通不必講。妹妹，你才是我妹妹！人最後死的一刻，可能世界上只有一個人在旁邊，是最親的這麼一個人，其他的人都不算數。「我的身子是乾淨的」，這個地方是骯髒的，千萬不要把我埋在這裏，送我回去，我的身子不要在這裏，我這裏並沒親人。黛玉完全講絕了，講到底了。說到這裏，又閉了眼不言語了。那手卻漸漸緊了，喘成一處，只是出氣大入氣小，已經促疾的很了。

黛玉〈葬花吟〉裏面有一句詩，寫那些落花，不讓那些落花沾到污染，所以把它葬起來讓它乾淨離去，她說「質本潔來還潔去，不教污淖陷渠溝」，講那個花也講她自己。本來我這個人是乾淨的、純潔的，我不要到那個泥淖裏邊被污染。現在賈府她看作是一攤泥淖，她被這些人欺負了，她那樣高潔的感情被奚落了，所以她說我這裏並沒親人，送我回去，我的身體是乾乾淨淨的。這就是林黛玉，「孤標傲世偕誰隱，一樣花開為底遲？」也就是這個時候她讓人尊敬的地方，最後維持她的 dignity，她的尊嚴。死了，也不葬在這裏，離開賈府，要葬回她自己蘇州的老家。黛玉從蘇州來到這邊，事實上她在賈府裏頭一直不安心，不認為是安身立命之所，總覺得她是一個 outsider，不是賈府的一部分。

她的疑慮也是對的，她是個外孫女，不是賈姓的這一家，也不屬於宗法社會家庭真正的主幹。在賈府中有地位，是賈母對她一時的愛寵，賈母要選孫媳婦的時候，對她的愛寵當然就有偏差了。到底寶玉是孫子，孫子的婚禮在中國人的大家族，是不得了的一件事，這一次也因為寶玉生病，已經算是草草了事，即使這樣，對老太太來說還是最重要的。所以她講了「我這裏並沒親人」，她覺得是被賈府的人遺棄了。事實也如此，只剩下一個寡婦李紈來看她，最後才是探春，其他人都不來了。因為那邊在成大禮了，強烈的對比下，的確是沒有親人。

紫鵑看黛玉恐怕馬上要斷氣了，就請李紈趕快來，這時候探春也來了，探春很有正義感，她來陪黛玉也很合適。紫鵑見了，忙悄悄的說道：「三姑娘，瞧瞧林姑娘罷。」說著，淚如雨下。探春過來，摸了摸黛玉的手已經涼了，連目光也都散了。探春紫鵑正哭著叫人端水來給黛玉擦洗，李紈趕忙進來了。三個人才見了，不及說話，剛擦著，猛聽黛玉直聲叫道：「寶玉，寶玉，你好……」還沒講完，斷氣了。她最後怨的是寶玉，你怎麼可以這樣對待我們兩個那樣的情？過去的山盟海誓怎麼一旦就沒有了？她當然不知道，寶玉是被唬弄去成婚的，她以為寶玉最後也放棄她了，當然一腔的怨恨，滿懷著怨氣，走了。你看，說到「好」字，便渾身冷汗，不作聲了。紫鵑等急忙扶住，那汗愈出，身子便漸漸的冷了。探春李紈叫人亂著攏頭穿衣，只見黛玉兩眼一翻，嗚呼，香魂一縷隨風散，愁緒三更入夢遙！黛玉斷氣了。下面這一段雖然是短短的，寫的好。黛玉死了以後非常的淒涼，當時黛玉氣絕，正是寶玉娶寶釵的這個時辰。紫鵑等都大哭起來。李紈探春想他素日的可疼，今日更加可憐，也便傷心痛哭。因瀟湘館離新房子甚遠，所以那邊並沒聽見。一時大家痛哭了一陣，只聽得遠遠一陣音樂之聲，側耳一聽，卻又沒有了。探春李紈走出院外再聽時，惟有竹梢風動，月影移墻，好不淒涼冷淡！這時候的寫景，淡淡的幾句，那邊隱隱的好像有音樂，那音樂就是寶玉跟寶釵成婚了，遠遠的傳來。竹梢風動，這是瀟湘館嘛！有湘竹。有一次寶玉到瀟湘館的時候，看到竹子很茂盛，鳳尾細細，像那個鳳的尾巴，聲音好像龍吟。那是誇大的講，其實就是竹子在響。這時候，竹子在響，探春、李紈聽來是一股淒涼之音。那邊是成婚的音樂，這邊是死後的淒涼，用對稱的手法，寫得 fully dramatized，完全戲劇化。我覺得黛玉之死寫得很精采，把這條線撐起來了。如果是一個手低一點的作家，寫得很誇大或者寫得不夠，就糟了！曹雪芹用各種側面的人物、側面的場景來襯，用這麼幾句非常到位的對話，把這一幕點出來，也把黛玉的個性寫出來。到最後看出黛玉有非常剛烈、決絕的一面，林黛玉這個人物，最後給她一個 conclusion，最後一個總結，寫得非常好。

黛玉在寶玉跟寶釵成婚當天就死掉了，王熙鳳最後來看了。鳳姐在賈府裏面就是一個執事的人，賈母選定了寶釵，她唯一的任務就是把這場婚禮弄成功，所以不管她施了什麼計，在邏輯上她也很合理，不這樣做的話，這個婚事成不了，當然這樣做也覺得對不起黛玉。她就自己到園子裏面來，到了瀟湘館內，也不免哭了一場。她就問李紈跟探春黛玉的後事，說你們兩個做得很好，還是你們兩個人可憐她些。我那邊還要去打招呼，那個冤家，指寶玉，還麻煩得很，我不去回老太太也不行，回了又怕老太太一下子受不了。她去那邊，緩緩地跟賈母講了。賈母王夫人聽得都唬了一大跳。賈母眼淚交流說道：「是我弄壞了他了。但只是這個丫頭也忒傻氣！」講了話，賈母哭起來了，她的淚、她的難過是真的，便要到園裏去哭他一場，又惦記著寶玉，兩頭難顧。外孫女兒死了當然很心痛，可是這個孫子瘋瘋傻傻的，也很著急，顧哪一頭呢？她們都勸老太太身子要緊，只好叫王夫人代她去吧。老太太就說了：「你替我告訴他的陰靈，告訴黛玉聽：『並不是我忍心不來送你，只為有個親疏。講真話了，有個親疏。你是我的外孫女兒，是親的了，若與寶玉比起來，可是寶玉比你更親些。講了心裏話。倘寶玉有些不好，我怎麼見他父親呢。』」說著，又哭起來。賈母也有她的難處。我想《紅樓夢》就是好在這種地方，從哪一種角度來看都在情理之中。《紅樓夢》的悲劇不是說哪一個壞人，哪一個好人，是人生必然的這麼一種情形下，合情合理的發生的。跟希臘悲劇完全不一樣，希臘悲劇是講天神震怒、人神衝突，好多亂倫在裏頭。《紅樓夢》是人生常態，到最後了大家都知道，原來人生是佛家說的鏡花水月，一切歸於空字，紅樓一夢，再多的繁榮，再多的情，到最後都歸於寂滅。

黛玉死了，寶釵原不知，一天問起林妹妹的病，不知道好了些沒有？賈母就流淚告訴她說：「我的兒，我告訴你，你可別告訴寶玉。都是因你林妹妹，才叫你受了多少委屈。」她講就是在你結婚那天沒了。你看寶釵的反應。一五二四頁：寶釵把臉飛紅了，賈母這樣講，她不好意思了。想到黛玉之死，又不免落下淚來。寶釵忍辱負重，可以這麼講，她肯裝成黛玉就這麼成婚了，寶釵這個人在節骨眼的時候，什麼都可以忍得下去的。按她的理性，這個婚是不得不結的，上面選定了，下面也定了，這個定就是她自己願意嫁給寶玉，如果嫁給一個莫名其妙的像是薛蟠那樣的人，當然就難點頭。她原本喜歡寶玉，為了寶玉，為了婚事，她願意委屈求全。

寶玉聽到黛玉死了，從昏厥中蘇醒，他要悼黛玉，要到瀟湘館去大哭一場。這一次，賈母、王夫人都陪著去的，寶玉再傷心，他對黛玉的死有再多的痛，這麼多人在旁邊，他的哭怎麼能盡情？作者在這裏先給他哭一陣子，等於這麼多人一起在哭。一五二四頁：寶玉一到，想起未病之先來到這裏，今日屋在人亡，不禁嚎啕大哭。想起從前何等親密，今日死別，怎不更加傷感。眾人原恐寶玉病後過哀，都來解勸，寶玉已經哭得死去活來，大家攙扶歇息。其餘隨來的，如寶釵，俱極痛哭。獨是寶玉必要叫紫鵑來見，問明姑娘臨死有何話說。紫鵑本來深恨寶玉，見如此，心裏已回過來些，又見賈母王夫人都在這裏，不敢洒落寶玉，便將林姑娘怎麼復病，怎麼燒毀帕子，焚化詩稿，並將臨死說的話，一一的都告訴了。寶玉又哭得氣噎喉乾。探春趁便又將黛玉臨終囑咐帶柩回南的話也說了一遍。賈母王夫人又哭起來。多虧鳳姐能言勸慰，略略止些，便請賈母等回去。寶玉那裏肯捨，無奈賈母逼著，只得勉強回房。這個地方先寫一段，這個時候他不可能一個人來的，他要來哭靈，一羣人也來哭靈，再怎麼傷心，都沒法把他心中最深的表達出來，所以在寫的時候，雖然講他哭得死去活來，也是泛泛幾筆，他留到後來第一百零八回「強歡笑蘅蕪慶生辰，死纏綿瀟湘聞鬼哭」的時候，寶玉才一個人又到大觀園裏面去，故意到那個瀟湘館，他聽到裏面有人哭，好像是黛玉，可能也是他的幻覺，寶玉一邊叫一邊痛哭，那才叫 heartbreak，那時才寫得叫人痛心，寶玉的傷心在那個地方，哭的時候叫了幾聲林妹妹，心碎腸斷，那時才寫出真痛心。所以他的哭靈有層次的，這時候賈母、王夫人大家都在哭，寶釵也在哭，寶玉怎麼能夠表現他最哀痛的情？總是一個人的時候，才能夠對黛玉講一些私心話。等到一百零八回再寫一次，他整個的 scheme，寫作方案是有層次有計畫的，這是小說的鋪陳。所以《紅樓夢》伏筆伏得最好，伏到後面，又來了！

黛玉死了是這本書的大高潮，我們回到第五回太虛幻境的《紅樓夢》十二支曲子，等於是對金陵十二釵的輓歌。第一首〔終身誤〕，講寶玉、黛玉、寶釵三個人的關係和命運。**都道是金玉良姻，俺只念木石前盟**。雖然是金玉良姻，寶玉心中最戀的還是木石前盟，就是絳珠仙草和神瑛侍者緣定在靈河畔的前世盟言。**空對著，山中高士晶瑩雪；**雖然是對著薛寶釵，雪就是薛。**終不忘，世外仙姝寂寞林**。還是忘不了黛玉。**嘆人間，美中不足今方信**。人生的美中不足現在信了。**縱然是齊眉舉案，到底意難平**。雖然寶玉跟寶釵是一段美滿姻緣，像梁鴻、孟光夫婦間舉案齊眉、相敬如賓，可是心中還是有遺憾的。第二首〔枉凝眉〕，講的是寶玉跟黛玉之間的緣分。**一個是閬苑仙葩，一個是美玉無瑕**。指絳珠仙草、神瑛侍者。**若說沒奇緣，今生偏又遇著他；**若沒有奇緣怎麼偏偏又遇他呢？**若說有奇緣，如何心事終虛話？**如果有奇緣，最後又是一場虛話。**一個枉自嗟呀，一個空勞牽掛。一個是水中月，一個是鏡中花**。他們兩個那一段情終是鏡花水月。**想眼中能有多少淚珠兒，怎禁得秋流到冬，春流到夏！**這是哀悼他們兩人之間以淚還情、淚盡就人亡了，這眼淚哪禁得起流那麼多啊！第五回的時候那兩首輓歌，哀輓寶黛之間的愛情如水中月、鏡中花，最後還是一場空。

【第九十九回】守官箴惡奴同破例 閱邸報老舅自擔驚

這部小說的寫法真有意思，前兩三回寫得那麼樣驚濤駭浪，接下來筆一盪開，立刻寫非常瑣碎、非常寫實的事情。我想這也是作者的策略，前面已經那麼強了，總要讓人家喘一口氣，不能說下面嘩啦嘩啦好多事情馬上來。中間插一個賈政去做官，情節上也是早就安排的。二老爺賈政為人非常溫良恭儉讓，但是他很迂腐，不適合官場文化，官場的那種奸險也不適合他。寫政老爺做官，一方面是講賈政個人操守的廉潔，一方面也對照清乾隆時代官場暗底下的腐敗，非常寫實的一個小的 episode。

承續著上一回賈母跟薛姨媽提起黛玉的事，賈母總覺得很過意不去，講寶釵受了委屈。她說：「我看寶丫頭也不是多心的人，不比的我那外孫女兒的脾氣。」她還要講一句，「所以他不得長壽。」正好鳳姐進來了，薛姨媽道：「我和老太太說起你林妹妹來，所以傷心。」這回一開始，鳳姐說，那我講個笑話吧。平日鳳姐最會逗老太太開心，你看林黛玉剛死，這一邊又說說笑笑了，那些老太太們還是 business as usual，死掉的人就死掉了，活著的人還是過照常的生活，人生就是這樣啊！一五二七頁：鳳姐拿手比著道：

「一個這麼坐著，一個這麼站著。一個這麼扭過去，一個這麼轉過來。一個又……」說到這裏，賈母已經大笑起來，說道：「你好生說罷，倒不是他們兩口兒，你倒把人慪的受不得了。」她在學什麼？學寶玉跟寶釵兩個人囉！寶玉略把對黛玉的心挪到寶釵身上去，客觀的來講，娶了這麼一個媳婦，也是很幸運的。寶玉內心中雖然掛著林妹妹，但他也很怕傷寶釵的心，寶玉本來就是很溫柔體貼的一個人。王熙鳳就學他們兩個人在閨房中的情景。薛姨媽也笑道：「你往下直說罷，不用比了。」鳳姐才說道：「剛才我到寶兄弟屋裏，我看見好幾個人笑。我只道是誰，巴著窗戶眼兒一瞧，原來寶妹妹坐在炕沿上，寶兄弟站在地下。寶兄弟拉著寶妹妹的袖子，口口聲聲只叫：『寶姐姐，你為什麼不會說話了？你這麼說一句話，我的病包管全好。』聽起來也是寶玉的口吻。寶妹妹卻扭著頭只管躲。寶兄弟卻作了一個揖，上前又拉寶妹妹的衣服。寶妹妹急得一扯，寶兄弟自然病後是腳軟的，索性一撲，撲在寶妹妹身上了。寶妹妹急得紅了臉，說道：『你越發比先不尊重了。』」說到這裏，賈母和薛姨媽都笑起來。鳳姐又道：「寶兄弟便立起身來笑道：『虧了跌了這一交，好容易才跌出你的話來了。』」兩個人新婚燕爾，我想這也是寶玉跟寶釵在一起可能的場景。薛姨媽這個老太太可不是省油的燈，也很會刺人的，你看薛姨媽笑道：「這是寶丫頭古怪。這有什麼的，既作了兩口兒，說說笑笑的怕什麼。他沒見他璉二哥和你。」意思是她應該學學你跟賈璉，夫妻兩個人調情，讓他們向你學學就好了。這下子鳳姐紅了臉，笑道：「這是怎麼說呢，我饒說笑話給姑媽解悶兒，姑媽反倒拿我打起卦來了。」我來講笑話給你解悶，怎麼反說到我身上來了。這裏面就講了，寶玉愛黛玉的心，慢慢的也挪一點到寶釵身上去了，兩個人成了夫婦了嘛！但這並不表示寶玉就安於這個婚姻，要不然他最後不會出家。其實他是慢慢的看破，現在還有點糊塗，後來他夢中再回到太虛幻境，看懂了每個人的命運的時候，突然間悟了，原來一切都前定，原來人生的命運是這樣子的，跟黛玉的木石前盟，也是這樣子的。所以現在表面上寶玉好像跟現實妥協了，其實沒有，等他再一次醒悟，他才真正的悟道，當然黛玉之死，是他最後的一個大的刺激。

賈母怕寶玉再到大觀園裏看到了瀟湘館傷心，就不讓他進去了。黛玉死了以後，大觀園幾乎荒廢了，看看那些親戚姐妹，薛寶琴已經回到薛姨媽那邊，史湘雲也回家了，因為訂下出嫁的日子，所以不常來了，只有寶玉娶親的那一日來吃喜酒，感覺大家都已長大，各自嫁娶，再不像從前那樣隨性談笑。邢岫烟本來住在迎春那裏，迎春出嫁走了，邢岫烟嫁給薛蝌也搬出大觀園，李家姐妹也不好再住到裏面，所以一下子大觀園人去樓空，煙消雲散。大觀園極盛的時候，這些女孩子等於是百花齊放，李紋、李綺姐妹，寶琴、邢岫烟，再加上三春，寶釵、黛玉，連香菱都搬進來，護花使者就是賈寶玉，現在這些花一朵朵凋零離散了。所以大觀園的興衰，也是賈府的興衰，很快賈府抄家就要來了。

賈政新官赴任，他不曉得到外面做官，都要去賄賂那些地方官員的，不賄賂他們，什麼都做不通。而且賈政帶了自己的人去，他一是一、二是二，自己清廉也不准下面撈，什麼都要按規矩來，水清無魚，帶去的那些人看看沒有油水，有的就跑掉了。不跑的，像李十兒就拿了雞毛當令箭，藉著他那個牌子，在外面作威作福、營私結黨，害得賈政還被參一本，講他不是做官的料。清朝乾隆時代官場已經很腐敗了，和珅貪污貪掉了國庫的一半，大小官員無人不貪，寫賈政的遭遇，也就是當時的實況，他寫得非常得心應手。大小說家無所不能，什麼都能寫得有模有樣，你不要看這種寫實，也不容易，裏面還牽涉得滿複雜的。倒是有一個細節，賈政做官的時候，另外一個官員，寫了一封文謅謅的求親信給他，對象是賈府三姑娘探春。這位叫周瓊的官調到海疆去，海疆就是海邊，很遠的了，所以探春的結局是遠嫁。大家還記得探春作燈謎：「階下兒童仰面時，清明妝點最堪宜。游絲一斷渾無力，莫向東風怨別離。」謎底是風箏，她遠嫁出去了，就像那個風箏飛走了。雖然遠嫁，探春的結局算是最好的。當然那個時候遠嫁出去總是很遺憾，所謂遠嫁就是很難回來的，所以都不願意自己的女兒遠嫁。

這一回還有一個細節，賈政看奏摺，哎呀！薛蟠被判了死刑。雖然薛家花了好多錢去買通官府，最後還是定了秋斬，薛家也倒大楣了，賈政還是要想辦法替他開脫死罪。前面的高峯寫完，這個地方又變成平原，寫這些很平緩、很瑣碎、很現實的東西，小說需要這種寫實的根基，節奏在這個時候不能太緊，盪開來，鬆一鬆，下到底，再翻上去，寫到賈府被抄家，另外一個高潮起來。最後這四十回，我想也是跌宕起伏，很多人攻擊它，我現在替他一一辯來，大家一起來做個公平的判斷。

【第一百回】破好事香菱結深恨 悲遠嫁寶玉感離情

賈府興衰是《紅樓夢》很重要的一條線，由盛入衰之間，黛玉之死當然是一個高峯，另外一個高峯就是賈府被抄家，在抄家之前一連串的徵兆已經出來了。很重要一點元妃死了，頂梁柱倒了，沒有這個背後的支持，這幾回下來已是山雨欲來風滿樓。賈政外放出去做官，做得膽戰心驚，他清廉自持，卻時常被參奏，朝中無人，這都是不利的因素。六親同命，薛家也敗象畢露，娶錯了媳婦，翻墻倒轍，薛蟠受不了跑出去，又殺人闖大禍，被判了死刑。這一回，在寫賈府整個垮了之前，先把薛家交代了，這種鋪排很有心的，否則賈府一抄家，嘩啦嘩啦那個筆調快得不得了，來不及寫薛家的事情。所以這幾回是寫薛家之敗，敗到夏金桂自己毒死自己為止。

薛寶釵委屈求全的嫁了，嫁了以後回娘家，薛姨媽看到自己的寶貝女兒，嫁過去本來應該是風風光光的，可是寶玉病得時而痴傻，女兒這樣嫁也很委屈的。我再提醒大家，寶釵嫁的不是賈寶玉，嫁的是整個賈府，賈府的責任她要扛起來的，所以私人的愛情放在次要。一直以來許多讀者說寶釵「藏奸」，搶了黛玉的最愛，對她有很多偏見。當然，以黛玉來講，情是她的信仰，是她的追求，是她的宗教，最後殉情而死，得到同情。寶釵則是在整個宗法社會、儒家架構中的一個角色，她的一切也是合情合理的，做為一個媳婦一個妻子，她也愛寶玉，但她不會被所謂的 passion 那種激情動搖理性，你看她的講話，她的看法，她的行為都是循這條路子，即使受了很多委屈，她要做好那個位子。寶釵回來娘家，跟薛姨媽母女之間就有了很親密的一些對話，講心事、講家事，這個時候是無所不談的。不要看這麼平實的一段，這才是《紅樓夢》厲害的地方，母女講的家常話，正是《紅樓夢》寫實的功夫。黛玉之死那種標高激情的寫法，是一種寫法，那是需要的，但一降下來回到了日常生活，這種平平的寫法也是要緊的，這是個底子。

寶釵回來了，一看到娘家搗得七零八落，當然心裏也很難受，就安慰母親，講哥哥外頭做這些事真是不足取，你已經是盡了心、花了錢，為這個官司到處託人，繼續弄下去怎麼辦呢？一五四〇頁：**哥哥的這樣行為，不是兒子，竟是個冤家對頭。媽媽再不明白，明哭到夜，夜哭到明，又受嫂子的氣。**這是寶釵懂事的地方，她不在母親身邊，看看這樣子，哪裏放得下心？看看下面一句：**他雖說是傻，也不肯叫我回去。**他，指寶玉，嫁了人了，這種親暱的口氣。這時候講出心裏話來了，他，傻了！可是還算懂事，我回來陪陪媽媽，他沒有說叫我趕快回去，讓我在這兒陪陪你。家裏面各種事情，寶釵也感覺暴風雨要來了。賈政赴外任，他做過京官了，馬馬虎虎躲在家裏面就算了，外放出去各種情形複雜，下面的人貪贓枉法他也管不住，經常被人家參。又說起薛蟠打死人的事已送刑部，之前受薛姨媽之託，曾託過知縣，真的請旨革審起來，恐受牽連。所以**前兒老爺打發人回來**

說，看見京報唬的了不得，所以才叫人來打點的。寶釵就講了，媽媽你要看開些，我們家裏這樣子，賬也要算一算，欠人家的錢該還就還，家裏用的該省就省。薛姨媽就哭起來，這才跟她說，薛家敗得不成話了。為了薛蟠不曉得花了多少銀子，幾萬兩銀子花出去了。他們原本開當鋪的，當鋪也賣掉了好幾間，房子也折掉了，現在窮了。本來薛家靠的就是有錢，記得嗎？薛蟠第一次打死人的時候，多少兩銀子一塞，就把人家嘴巴封住了。薛姨媽進到大觀園，那時候也是一個很雍容的老太太，家裏面有錢，跟王夫人說，要我來這邊長住呢，一切我自己出，不要你們出半分，這樣才長久。表示自己不是窮親戚，不是來依靠賈家的，她自己家裏富貴，陪著賈母平起平坐，她們很禮遇她。薛姨媽很通世故，有點幽默感，其實也很有心機，這麼一個老太太現在弄得狼狽不堪，一方面兒子被判死刑，一方面媳婦鬧得天翻地覆。母女倆的對話就講了家常真正的生活了，薛家的情形不妙，已經垮下來了。寶釵又說，哥哥的事情是瞞著寶玉的。薛姨媽不等說完，便說：「好姑娘，你可別告訴他。下面一句話，他為一個林姑娘幾乎沒要了命，如今才好了些。要是他急出個原故來，不但你添一層煩惱，我越發沒了依靠了。」寶釵道：「我也是這麼想，所以總沒告訴他。」薛姨媽知道寶玉跟黛玉兩個人的感情的，這句話透露出來了。提親的時候薛姨媽也得裝糊塗，按下不表，裝得不知道這回事，現在講出來了。我們看書要看這種地方，《紅樓夢》常常不經意的一句話，其實背後大有文章，可見母女倆都很清楚的。

正在談家裏面的事，一五四一頁：只聽見金桂跑來外間屋裏哭喊道：「我的命是不要的了！男人呢，已經是沒有活的分兒了。咱們如今索性鬧一鬧，大伙兒到法場上去拚一拚。」薛姨媽已經有各種煩惱，還跑出這個媳婦來，這個婆婆要拿她怎麼辦。說著，便將頭往隔斷板上亂撞，不光是大喊大叫，還付諸行動，撞的披頭散髮。你看看，薛家也是大戶人家嘛！娶了一個媳婦進來搞得這個樣子，這麼不顧顏面，氣得薛姨媽白瞪著兩隻眼，一句話也說不出來。罵都罵不出來呢！白瞪眼。寶釵實在看不下去，只好跟她講好話了，講得嫂子長、嫂子短來勸她。你看夏金桂怎麼回嘴：「姑奶奶，如今你是比不得頭裏的了。你兩口兒好好的過日子，我是個單身人兒，要臉做什麼！」說著，便要跑到街上回娘家去。不顧顏面！如果這場光是寫母女倆講講，那就平掉了，這場的意義在哪裏呢？薛家的各種煩惱嘛！添出這麼一個敗家精，那個煩惱，幾句話幾個動作就出來了。又喊又鬧又撞頭，披頭散髮跑去街上亂喊，連寶釵這個常常用理可以制住人的，講一番大道理誰也駁不了的，碰到夏金桂也沒辦法。夏金桂什麼人，根本不吃這一套，什麼宗法禮法她全不管。所以《紅樓夢》裏有各種人等，賈家拚命的要維持住那個 social order，那整個社會也是如此，有時候跑出一些人來，通通衝撞掉，不僅不守森嚴的禮教，還非常對立與誇張。跑出個夏金桂，把薛寶琴這樣下了聘猶待字閨中、很可愛的一個大姑娘，嚇得躲起來。薛姨媽的這個姪女兒住在這裏，哪裏見過這種陣仗？這個潑婦不光是潑，潑而淫，她講叫她守活寡不行，看上了薛蟠的堂弟薛蝌，薛蝌長得不錯又老實，也是薛家唯一的年輕男人。夏金桂臉也不顧了，乾脆去勾引小叔，勾引不到就去拉拉扯扯，拉進房中算數。

一五四二頁：若是薛蝌在家，他便抹粉施脂，描眉畫鬢，奇情異致的打扮收拾起來，不時打從薛蝌住房前過，或故意咳嗽一聲，或明知薛蝌在屋，特問房裏何人。有時遇見薛蝌，他便妖妖喬喬、嬌嬌痴痴的問寒問熱，忽喜忽嗔。丫頭們看見，都趕忙躲開。他自己也不覺得，只是一意一心要弄得薛蝌感情時，好行寶蟾之計。那薛蝌卻只躲著；有時遇見，也不敢不周旋一二，只怕他撒潑放刁的意思。更加金桂一則為色迷心，越瞧越愛，越想越幻，那裏還看得出薛蝌的真假來。這個夏金桂已經是半瘋狀態了，薛蝌嚇得只有到處躲她。沒想到金桂又施故技，剛好給香菱看見。香菱是很好的一個女孩子，平素也幫忙薛蝌收拾一下他的生活起居，夏金桂看到吃起飛醋來。這天薛蝌到外面應酬喝了點酒，給夏金桂知道了，她想，我的酒你不喝，外面的酒你喝，不行！一五四三頁：這金桂初時原要假意發作薛蝌兩句，無奈一見他兩頰微紅，雙眸帶澀，別有一種謹愿可憐之意，看看這個男人也有點害羞的樣子，正合她意，想勾引他，就說：「這麼說，你的酒是硬強著才肯喝的呢。」薛蝌道：「我那裏喝得來。」金桂道：「不喝也好，強如像你哥哥喝出亂子來，明兒娶了你們奶奶兒，像我這樣守活寡受孤單呢！」講一些完全不得體的話。說到這裏，兩個眼已經乜斜了，兩腮上也覺紅暈了。薛蝌見這話越發邪僻了，打算著要走。金桂也看出來了，那裏容得，早已走過來一把拉住。薛蝌急了道：「嫂子放尊重些。」說著渾身亂顫。把他嚇得發抖。類似這段的描寫之前也有過，還記得寶玉去探望晴雯嗎？晴雯病得快死了，寶玉去看她，就給她那個表兄吳貴的老婆，非常不規矩的燈姑娘看見了，把寶玉一把逮住，兩個腿把他夾起來，那種的粗俗動作，現在這個金桂還有一比。金桂索性老著臉道：「你只管進來，我和你說一句要緊的話。」正鬧著，忽聽背後一個人叫道：「奶奶，香菱來了！」把金桂唬了一跳，回頭瞧時，卻是寶蟾掀著簾子看他二人的光景，寶蟾表面把風，實則偷窺。一抬頭見香菱從那邊來了，趕忙知會金桂。金桂這一驚不小，手已鬆了。薛蝌得便脫身跑了。那香菱正走著，原不理會，忽聽寶蟾一嚷，才瞧見金桂在那裏拉住薛蝌往裏死拽。香菱卻唬的心頭亂跳，自己連忙轉身回去。香菱嚇得趕緊走避，之前被金桂陷害撞破薛蟠與寶蟾，挨了一頓，又遇上這種事。這裏金桂早已連嚇帶氣，呆呆的瞅著薛蝌去了。怔了半天，恨了一聲，自己掃興歸房，從此把香菱恨入骨髓。這就種下毒害香菱的因。大家如果看過《金瓶梅》，夏金桂倒很有幾分潘金蓮的味道。《紅樓夢》主要寫的是貴族，《金瓶梅》裏面寫的是中下層。夏金桂自己犯賤，她的出身本來也是不錯的，一個商人家庭，沒什麼家教就是了。《紅樓夢》也受《金瓶梅》的影響，尤其在女性描寫方面，繼承了《金瓶梅》的傳統，不過把境界提高了。

薛家很明顯一塌糊塗，敗象畢露了。賈家死的死、散的散，大觀園裏的重要人物，晴雯、黛玉都死了，迎春嫁走了，現在輪到探春，遠嫁到海疆那邊去，雖然夫家做官，結果算是比較好的，可到底還是散掉了。寶玉心裏面當然很不捨，這個地方有個小節，補一筆趙姨娘的態度。趙姨娘是個很不懂事的女人，探春是她親生的女兒，一五四五頁：卻說趙姨娘聽見探春這事，反歡喜起來，她想，平常在家瞧不起我，遠嫁，嫁得好，走吧！心裏說道：「我這個丫頭在家忒瞧不起我，我何從還是個娘，比他的丫頭還不濟。」探春對她的丫頭還比對我好，有她在，不讓我出頭，走了也好，倒乾淨，想她孝敬我，不可能！這個媽心裏頭還想，迎春嫁了不是挨丈夫虐待嗎？我這個丫頭嫁過去，最好也像她一樣挨整。趙姨娘心裏面很氣探春不把她當娘，這對母女的關係真的很有意思。客觀的講，不管趙姨娘怎麼不可愛，再怎麼說還是母親，可是探春理性到完全不顧這層關係，趙姨娘當然也不會了解探春。你看，一面想著，一面跑到探春那邊與他道喜說：「姑娘，你是要高飛的人了，到了姑爺那邊自然比家裏還好。想來你也是願意的。便是養了你一場，並沒有借你的光兒。就是我有七分不好，也有三分的好，總不要一去了把我擱在腦杓子後頭。」探春這個媽是她的一個十字架，經常狠狠的給她搗蛋一下，探春極要強，她本來是庶出，在宗法社會裏地位要差一大截的，她完全靠自己的本事和修為，想辦法爭取在家庭中的地位。探春是成功的，她的兄弟賈環就不行。她個人做得很正，受到家庭中的重視，所以她要跟不懂事的娘劃清界線。

探春要出嫁了，寶玉非常傷心，傷心的不光是她要離開，而是大觀園散掉了。一五四六頁，他說：「這日子過不得了！我姐妹們都一個一個的散了！林妹妹是成了仙去了。因為他做了一個夢，夢到林黛玉好像是變成仙子。大姐姐呢已經死了，這也罷了，沒天天在一塊。二姐姐呢，碰著了一個混賬不堪的東西。三妹妹又要遠嫁，總不得見的了。史妹妹又不知要到那裏去。薛妹妹是有了人家的，講寶琴。這些姐姐妹妹，難道一個都不留在家裏，單留我做什麼！」沒意思了，他本來希望那些女孩子都圍著他，她們的眼淚都給他，為他哭成一條河，他漂在裏頭過下去。現在這些女孩子都走光了，他覺得沒意思了。本來是個護花使者，要把大觀園裏面的花通通護住，現在通通凋零了、離散了。我說過，大觀園的時間春夏秋冬是轉動的，裏面的人本來都是一些 teenagers，無憂無慮的一羣青少年，等於是在一個伊甸園裏面一樣，時間把他們推到長大了，變成 adulthood，成年了，煩惱來了，婚姻、愛情、前途、金錢，什麼都來了，往日的 innocence，天真無邪沒有了，這也是必然的。寶玉希望永遠不散，那是他的夢，當然是不可能的。寶釵、襲人都來勸，都來說道理。寶玉說：「我也知道。為什麼散的這麼早呢？等我化了灰的時候再散也不遲。」寶玉永遠做一個天真的夢，希望時間停留在從前大觀園裏歡樂的情景，但有時間存在，大觀園也必然成壞空。記得嗎？秦氏死了以後，那個魂不是去見鳳姐給了她兩句話：「三春去後諸芳盡，各自須尋各自門」。賈府的三春散的散了，死的死了，各自去尋各自的地方了。

【第一百一回】大觀園月夜感幽魂　散花寺神籤驚異兆

這一回寫大觀園的衰敗，各種異兆出來了，鬼魂也出來了。賈府最有權勢、最能發號施令、最風光一時的大掌家王熙鳳，這個時候也走下坡了，竟在大觀園裏遇見鬼。大觀園從仙境變成鬼域了。一五四九頁：卻說鳳姐回至房中，見賈璉尚未回來，便分派那管辦探春行裝奩事的一干人。那天已有黃昏以後，因忽然想起探春來，要瞧瞧他去，便叫豐兒與兩個丫頭跟著，頭裏一個丫頭打著燈籠。走出門來，見月光已上，照耀如水。鳳姐便命打燈籠的「回去罷。」用不著燈籠了，叫她回去。因而走至茶房窗下，聽見裏面有人嘁嘁喳喳的，又似哭，又似笑，又似議論什麼的。鳳姐知道不過是家下婆子們又不知搬什麼是非，心內大不受用，便命小紅進去，裝做無心的樣子細細打聽著，用話套出原委來。鳳姐管事的，下面人嘀嘀咕咕不容許的，去聽聽看，就把這幾個丫鬟差遣走了。小紅答應著去了。鳳姐只帶著豐兒來至園門前，門尚未關，只虛虛的掩著。於是主僕二人方推門進去，只見園中月色比著外面更覺明朗，滿地下重重樹影，杳無人聲，甚是淒涼寂靜。用淒涼兩個字了。剛欲往秋爽齋這條路來，只聽唿的一聲風過，吹的那樹枝上落葉滿園中唰喇喇的作響，枝梢上吱嘍嘍發哨，將那些寒鴉宿鳥都驚飛起來。你想想看，走過那個園中，那個月色明朗照著滿地的樹影，風聲喲啦喲啦作響，把那些晚上棲在樹上的鳥一下子給驚走了。先把這個 scene 鋪排好。

鳳姐吃了酒，被風一吹，只覺身上發噤起來。那豐兒也把頭一縮說：「好冷！」鳳姐也撐不住，便叫豐兒：「快回去把那件銀鼠坎肩兒拿來，我在三姑娘那裏等著。」豐兒巴不得一聲，也要回去穿衣裳來，答應了一聲，回頭就跑了。看這裏啊！鳳姐剛舉步走了不遠，只覺身後咈咈哧哧，似有聞嗅之聲，好像什麼東西來聞她、來嗅她，不覺頭髮森然豎了起來。由不得回頭一看，只見黑油油一個東西在後面伸著鼻子聞他呢，那兩隻眼睛恰似燈光一般。鳳姐嚇的魂不附體，不覺失聲的咳了一聲，卻是一隻大狗。先寫狗。那狗抽頭回身，拖著一個掃帚尾巴，一氣跑上大土山上方站住了，回身猶向鳳姐拱爪兒。滿陰森可怕的這種樣子。鳳姐兒此時心跳神移，急急的向秋爽齋來。已將來至門口，方轉過山子，只見迎面有一個人影兒一恍。鳳姐心中疑惑，心裏想著必是那一房裏的丫頭，便問：「是誰？」問了兩聲，並沒有人出來，已經嚇得神魂飄蕩。恍恍惚惚的似乎背後有人說道：「嬸娘連我也不認得了！」鳳姐忙回頭一看，只見這人形容俊俏，衣履風流，十分眼熟，只是想不起是那房那屋裏的媳婦來。只聽那人又說道：「嬸娘只管享榮華受富貴的心盛，把我那年說的立萬年永遠之基都付於東洋大海了。」鳳姐聽說，低頭尋思，總想不起。那人冷笑道：「嬸娘那時怎樣疼我了，如今就忘在九霄雲外了。」鳳姐聽了，此時方想起來是賈蓉的先妻秦氏，便說道：「嗳呀！你是死了的人哪，怎麼跑到這裏來了呢！」啐了一口，方轉回身，腳下不防一塊石頭絆了一跤，猶如夢醒一般，渾身汗如雨下。這段寫的好吧！鳳姐兒見鬼了。一方面又是秦氏鬼魂警告她說，我們賈家已經興盛了百年了，當時提醒你趕快辦義學、開宗祠立點根基，不然恐怕應了樹倒猢猻散的那句話。秦氏說當年跟你講了你沒聽，果然現在賈府快要垮了。二方面見了鬼不是好事，鳳姐也要見閻王去了。

大觀園本來花團錦簇，一片繁榮，現在變成一個鬼域，這個徵兆不妙，鳳姐何等聰明的一個人，她自己曉得不對了。豐兒拿了衣服來以後，她不講這件事情，因為她要面子，不願落人褒貶。就說：「我才到那裏，他們都睡了。咱們回去罷。」回去以後當然睡不著囉，碰了這麼一個怪事。第二天一早，平兒就說，你昨夜沒睡好，我來替你搥一搥，你打個盹吧！鳳姐沒說話就表示可以啦，平兒就爬到炕上去給她輕輕搥幾下。鳳姐剛要睡著，聽到巧姐兒在旁邊哭，平兒就罵那個奶媽：「李媽，你到底是怎麼著？姐兒哭了，你到底拍著他些。你也忒好睡了。」訓了那個李媽一頓。那邊李媽從夢中驚醒，聽得平兒如此說，心中沒好氣，這些奶媽也不是省油的燈，嘴巴也很歹毒的。只得狠命拍了幾下，口裏嘟嘟噥噥的罵道：「真真的小短命鬼兒，放著屍不挺，三更半夜嚎你娘的喪！」一毒咒她娘，咒那個鳳姐。這下子兩邊就對起來了，那邊碰見鬼了，這邊又給人家咒，曹雪芹就想得出這種細節的地方，我想別人不大想得出來的，他用一個奶媽這樣沒知識的人，講了這種話出來。其實是半夜三更小孩子哭嘛！就罵哭你娘的喪。你看，好壞啊。一面說，一面咬牙便向那孩子身上擰了一把。掐她一下。那孩子哇的一聲大哭起來了。我們現在不是報紙上也看到保母虐待小孩子，打他、戳他、弄他啊，奶媽掐那個巧姐兒，鳳姐聽見，說：「了不得！你聽聽，他該挫磨孩子了。你過去把那黑心的養漢老婆下死勁的打他幾下子，把妞妞抱過來。」鳳姐一聽小孩子更哭了，一定是那個奶媽幹的。平兒就說，算了算了，不要去跟她們計較。鳳姐這下講出心裏話來了，她曉得自己的氣數到了。鳳姐聽了，半日不言語，長嘆一聲說道：「你瞧瞧，這會子不是我十旺八旺的呢！明兒我要是死了，剩下這小孽障，還不知怎麼樣呢！」她想萬一她早死，最記掛的當然就是巧姐兒囉。平兒笑道：「奶奶這怎麼說！大五更的，何苦來呢！」大五更，中國人很犯忌的，半夜三更天快亮的時候，講這種不吉祥的話。鳳姐到底心中有數了，冷笑道：「你那裏知道，我是早已明白了。我也不久了。雖然活了二十五歲，人家沒見的也見了，沒吃的也吃了，也算全了。所有世上有的也都有了。氣也算賭盡了，強也算爭足了，就是壽字兒上頭缺一點兒，也罷了。」講自己一生什麼都有過，享盡了的；什麼好強也爭過，滿足得很；就是個壽字上面少一點，她曉得好好的碰到鬼，鬼就來要命的，大不祥。講出這段話就很像鳳姐，別人講不出這樣子的話。平兒是最護著她的，而且鳳姐從來不講這種喪氣話的，平兒聽說，由不的滾下淚來。怎麼會講這個呢？忍不住掉淚了。鳳姐笑道：「你這會子不用假慈悲，我死了你們只有歡喜的。你們一心一計和和氣氣的，省得我是你們眼裏的刺似的。只有一件，你們知好歹只疼我那孩子就是了。」鳳姐故意講反話，說我死了你應該高興啊。其實是說，萬一我死了，你要善待我那個女兒，等於託孤了。的確，後來鳳姐死了以後，只有平兒盡了責任，維護著巧姐，否則巧姐差點被賣出去。平兒聽說這話，越發哭的淚人似的。鳳姐笑道：「別扯你娘的臊了，那裏就死了呢。哭的那麼痛！我不死還叫你哭死了呢。」完全是王鳳姐的口吻。平兒聽說，連忙止住哭，道：「奶奶說得這麼傷心。」一面說，一面又捶，半日不言語，鳳姐又朦朧睡去。這段寫的好，寫出鳳姐的個性。的確，她知道了，賈府敗象畢露，自己遇見鬼。《紅樓夢》的十二支曲子、十二首輓歌，講鳳姐的判詩裏面有這麼兩句：「忽喇喇似大廈傾，昏慘慘似燈將盡」，正是形容這個時候，整個小說的pace，速度也將加快。

鳳姐剛剛睡一下子，五更嘛，還早。賈璉很早就出去辦事，辦得不順，早上回來在生氣，平兒倒茶給他，茶碗也摔了，把鳳姐驚醒，嚇得出一身冷汗。當年鳳姐的氣勢記得嗎？何等了得，現在衰下去了，又病，又碰見鬼，賈璉這時候對她不是那麼順從了。一五五二頁，鳳姐問他一句：「你怎麼就回來了？」賈璉不理她，不出聲。又問一次，賈璉就大聲喊了：「你不要我回來，叫我死在外頭罷！」這種話，賈璉從前不敢講的。鳳姐氣衰了，看到賈璉這麼生氣，就陪好話了：「這又是何苦來呢！常時我見你不像今兒回來的快，問你一聲，也沒什麼生氣的。」賈璉哇啦哇啦講在外面受了什麼氣。這個比較複雜，他是替王家——鳳姐的娘家在跑腿，鳳姐有個哥哥叫王仁，意思是忘仁，這個哥哥不是東西，後來要把巧姐賣掉的就是他。鳳姐的舅舅，做大官的王子騰死在赴任途中了嘛，王仁假借了名目趁機斂財，去刮了人家一筆，還自己在家裏面設宴。賈璉替他跑腿跑得氣死了，回來說他倒在那邊享受，還斂財，講了一大堆。鳳姐聽了當然不舒服，自己娘家的人嘛，鳳姐那麼好面子，自己哥哥這樣很丟臉。她說：「憑他怎麼樣，到底是你的親大舅兒。」是你大舅子，而且這件事，死的大太爺王子騰家裏都會感激你的，「罷了，沒什麼說的，我們家的事，少不得我低三下四的求你了，省的帶累別人受氣，背地裏罵我。」說著，眼淚早流下來。這在鳳姐是很不平常的，在賈璉面前，她頭一次這樣的低聲下氣。她就起來了，挽了頭髮，披了衣服。一五五五頁，平兒就講了：「奶奶這麼早起來做什麼，那一天奶奶不是起來有一定的時候兒呢。爺也不知是那裏的邪火，拿著我們出氣。何苦來呢，奶奶也算替爺掙夠了，那一點兒不是奶奶擋頭陣。不是我說，爺把現成兒的也不知吃了多少，這會子替奶奶辦了一點子事，又關會著好幾層兒呢，就是這麼拿糖作醋的起來，也不怕人家寒心。況且這也不單是奶奶的事呀。我們起遲了，原該爺生氣，左右到底是奴才呀。奶奶跟前盡著身子累的成了個病包兒了，這是何苦來呢。」說著，自己的眼圈兒也紅了。平兒護主，這一番話替鳳姐把賈璉塞住了。所以他們妻妾的關係很有意思的。按理講，平兒是鳳姐的 rival，是她的競爭者才對。可是鳳姐也需要一個ally，一個盟友，當她的幫手。從前的妻妾不一定都打架的，處得好的話可以同一陣線一起對付那個男人，如果利害相同的話。這個時候平兒就出來講了這番話，很合乎平兒的個性。平兒會講話的，她跟在王熙鳳身邊那麼久，當然也學了幾招。那賈璉本是一肚子悶氣，那裏見得這一對嬌妻美妾又尖利又柔情的話呢，便笑道：「夠了，算了罷。他一個人就夠使的了，不用你幫著。左右我是外人，多早晚我死了，你們就清淨了。」鳳姐道：「你也別說那個話，誰知道誰怎麼樣呢。你不死我還死呢，早死一天早心淨。」她心裏面有陰影了，一直講自己死。

鳳姐遇見了鬼，心中當然很不舒服。可是她也得撐起精神來打點，因為寶釵是新來的媳婦，她要去關心他們，看看倆口子表面上還恩愛，就向賈母報告。之後，她就提了一個人，大家記得柳五兒嗎？廚房柳家的女兒，本來老早就要進大觀園派到寶玉的怡紅院，後來大觀園搜查，這件事就擱下來了。寶玉很想柳五兒進來，因為這個女孩子眉眼間有點像晴雯，但是講不出口，王夫人把那些她認為是狐狸精的，連芳官、四兒稍微有點樣子的都趕走，不過王夫人現在講了，王夫人講了，已經結了婚，有寶釵、襲人在旁邊，就不怕這些狐狸精勾壞寶玉了，答應讓五兒進來。下面有一回寫寶玉錯認五兒是晴雯，一段移情戲寫得挺好。寶玉心中掛來掛去兩個人，一個是晴雯，一個是黛玉，這兩個人的死，對他是很大的失落，所以五兒進來，有了一點補償。

大觀園遇鬼的事王熙鳳誰也沒說，倒是有個寺廟的姑子，例行的會來跟賈母請安、化緣，這天又來說他們的散花菩薩怎麼靈驗。本來鳳姐什麼都不信，是很自信的一個人，因為遇到所謂不潔之物，心中有點疑惑，聽那個尼姑講來講去，心動了，就跑到散花寺抽了一籤。她抽到第三十三籤上上大吉，是個上上籤。充滿反諷的巧合，籤上寫著：「**王熙鳳衣錦還鄉**」，還點出她的名字。鳳姐大吃一驚說：「**古人也有叫王熙鳳的麼？**」姑子說有漢朝王熙鳳求官的故事。周瑞家的也說，之前說書人李先兒說過這一段。籤詩寫的是：「**去國離鄉二十年，於今衣錦返家園。蜂採百花成蜜後，為誰辛苦為誰甜！**」本來講衣錦還鄉是好事，這個倒是講了鳳姐辛苦半天白忙一場。解籤的當然都講大喜，將來回南京故鄉省親也是衣錦還鄉。其實第五回太虛幻境的冊子裏面，鳳姐的判詩有一句「**哭向金陵事更哀**」，本來講的「一從二令三人木」是個「休」字，王熙鳳是被賈璉休掉回去金陵，因為她闖了大禍，抄家的時候，她放高利貸給抄出來了。可是後來改成鳳姐病死。這時別人都講是個好籤，寶釵去看了籤回來，說：「據我看，這『衣錦還鄉』四字裏頭還有原故，後來再瞧罷了。」寶玉說：「你又多疑了，妄解聖意。『衣錦還鄉』四字從古至今都知道是好的，今兒你又偏生看出緣故來了。」寶釵知道這個衣錦還鄉可能是講王熙鳳要死了，死了回去，也是衣錦還鄉。所以這是一個倒過來的不吉的籤。跟前面遇鬼互相對照，總之好多徵兆出現，大觀園變調了。寫大觀園怎麼頹廢，都是為一百零五回「錦衣軍查抄寧國府」做準備，前面衰了，地基都動搖了，最後忽喇喇似大廈傾，那個房子「匡噹」一下垮下來。

【第一百二回】寧國府骨肉病災祲　大觀園符水驅妖孽

這一回，王夫人跟寶釵有一段對話，看起來好像是平常交代點事情，這段對話寫的好。從前寶釵還沒做媳婦的時候，王夫人對她來講是姨媽，跟姪女兒講話是客氣的，都喊她「寶丫頭、寶丫頭」帶著疼的口氣。這個時候是媳婦了，很多家務事的責任交到她身上了。一五六三頁：話說王夫人打發人來喚寶釵，寶釵連忙過來，請了安。王夫人道：「你三妹妹如今要出嫁了，只得你們作嫂子的大家開導開導他，也是你們姐妹之情。況且他也是個明白孩子，我看你們兩個也很合的來。只是我聽見說寶玉聽見他三妹妹出門子，哭的了不的，你也該勸勸他。如今我的身子是十病九痛的，你二嫂子也是三日好兩日不好。你還心地明白些，諸事也別說只管吞著不肯得罪人，將來這一番家事，都是你的擔子。」這下講明了，寶釵嫁的是賈府，以後這整個擔子她要挑起來，王夫人知道自己不行了，鳳姐三天兩頭病著，日後這個重擔都落在寶釵身上，所以她講話的語氣變了。寫小說這種地方要緊，而且很 subtle，身分變了，所以跟她說話的口氣也變了。這就是作者心思縝密的地方，如果這時候講話還是把她當作寶姑娘，就不對了。王夫人又講：「還有一件事，你二嫂子昨兒帶了柳家媳婦的丫頭來，說補在你們屋裏。」寶釵道：「今兒平兒才帶過來，說是太太和二奶奶的主意。」王夫人道：「是吻，你二嫂子和我說，我想也沒要緊，不便駁他的回。只是一件，我見那孩子眉眼兒上頭也不是個很安頓的。起先為寶玉房裏的丫頭狐狸似的，我攆了幾個，那時候你也知道，不然你怎麼搬回家去了呢。如今有你，自然不比先前了。我告訴你，不過留點神兒就是了。你們屋裏就是襲人那孩子還可以使得。」完全是交代家事的口吻，而且也很有分寸。當時我趕她們走，因為怕她們帶壞了寶玉，現在有你撐在那裏，不敢出什麼事啦，所以柳五兒可以進來。合情合理的交代了一番。

大觀園衰敗了，不光是鳳姐見了鬼，進去的人通通見鬼，變成鬼域了。大家的感受不一樣，鳳姐進去的時候是淒涼，尤氏也遇上了。一五六四頁，先前眾姐妹們都住在大觀園中，後來賈妃薨後，也不修葺。到了寶玉娶親，林黛玉一死，史湘雲回去，寶琴在家住著，園中人少，況兼天氣寒冷，李紈姐妹、探春、惜春等俱挪回舊所。通通走掉，一個兩個的搬出去了。到了花朝月夕，依舊相約頑耍。如今探春一去，寶玉病後不出屋門，益發沒有高興的人了。所以園中寂寞，只有幾家看園的人住著，沒人了，只有幾個老婆子住在那裏守著。那日尤氏過來送探春起身，因天晚省得套車，便從前年在園裏開通寧府的那個便門裏走過去了。覺得淒涼滿目。尤氏不是個很敏感的人，有點笨拙，她也感覺到了。其實她的身分很要緊，她是寧國府賈珍的太太，賈珍是寧國公的繼承人，她是封誥的夫人。尤氏這天經過大觀園的時候，臺榭依然，女墻一帶都種作園地一般，心中悵然如有所失。臺榭依然還在那裏，可是人呢？女墻就是矮的墻，那一帶讓老婆子種點菜好有收益，都變成了菜園子。尤氏回去後，便有些身上發熱，扎掙一兩天，竟躺倒了。日間的發燒猶可，夜裏身熱異常，便譫語綿綿。胡言亂語了。賈珍連忙請了大夫看視。說感冒起的，如今纏經，入了足陽明胃經，所以譫語不清，如有所見，有了大穢即可身安。尤氏服了兩劑，並不稍減，更加發起狂來。她不是病了，是中邪了，遇到不乾淨的東西。太醫來了醫不好，求神問卦東搞西搞，又找什麼毛半仙來捉鬼、驅鬼，後來不光是尤氏，連賈珍、賈蓉通通一個個也病了，非常不妙。

外面就傳大觀園裏面很多妖怪，越講越神，賈赦就帶人進去驅妖。有個年輕的家丁膽子小，聽到「呼」一聲，其實是野鷄飛過去，五色斑斕的，就嚇得不得了，亂講一頓，一五六八頁：「親眼看見一個黃臉紅鬚綠衣青裳一個妖怪走到樹林子後頭山窟窿裏去了。」賈赦聽了，便也有些膽怯，問道：「你們都看見麼？」有幾個推順水船兒的回說：「怎麼沒瞧見，因老爺在頭裏，不敢驚動罷了。」賈赦害怕了，不敢繼續，就回去了。你看，鬼也來了，妖怪也來了，病的病，驚的驚，大觀園不吉祥了。前五十回，寫盛況的時候，大觀園是個洞天福地，四季花開，鶯飛草長，生氣勃勃，連冬天的下雪都是暖的，現在滿目蕭索，一片淒涼，請了道士法師驅邪作法。不論妖怪其實是大野鷄，大狗也好，大觀園讓人覺得恐怖了。

在前面七十五回的時候，中秋夜已經有徵兆了。記得嗎？寧國府賈珍他們提早一天晚上賞月，突然聽到祭拜祖宗的祠堂裏面一聲長嘆，窗戶「呀」地一聲響，那些都是warning。後來賈母在水邊賞月，月色淒切，一聲笛音，她聽了淒涼，無端端的突然間傷感起來。賈母知道月滿則虧，賈府的運到了最盛的時候就往下走了，越走越快，一步一步垮下去。這時的大觀園已經非常不堪，剩下斷井頹垣。衰敗淒涼的景色也影響他們的心情，好像都感覺大禍將臨，自己先遇鬼，自己先驅妖。到一百零五回抄家，賈府的氣數將盡。

【第一百三回】施毒計金桂自焚身 昧真禪雨村空遇舊

這一回講夏金桂的死，是薛家故事的總結。王夫人正在跟賈璉談打點賈政調回來的事，薛家一個老婆子慌慌張張跑來說，不得了，不得了！亂喊一通，說快請爺們來幫忙。王夫人聽得莫名其妙，問究竟怎麼回事？原來夏金桂死了。你看王夫人的反應，「這種女人死，死了罷咧，也值得大驚小怪的！」夏金桂怎麼死了呢，她本來想毒死香菱，叫丫鬟寶蟾做兩碗湯，要跟香菱一起喝，香菱那碗她偷偷下了砒霜。哪曉得寶蟾因為妒忌香菱，心想她憑什麼喝這個好湯，就在其中一碗放一把鹽進去，本來想那碗湯要給香菱喝的，哪曉得放在金桂這邊了，她怕金桂罵，就乘著不注意把兩碗湯調了一下，冥冥中夏金桂反而喝了有毒的湯，毒死了。娘家人來看當然鬧得不可開交，一定要追究。沒想到寶蟾一言二語就說漏了嘴。說出夏金桂覺得她守活寡，在家裏面看到薛蝌，長得很好，又是很靦腆謹慎的老實人，就想勾引他。勾來勾去沒勾上，本來有一次把他一把拽住要拉進去硬上弓，香菱剛好經過撞見了，這下子金桂臉上下不來，她的好事又被香菱撞掉了，一下子起了毒心，要把她毒死。這一回寫得有點 melodrama 通俗劇的樣子，不過不這樣子也不能收場。

第五回的時候，太虛幻境金陵十二釵副冊的第一個就是香菱的命運：「根並荷花一莖香，平生遭際實堪傷。自從兩地生孤木，致使香魂返故鄉。」按那個判詩來講，香菱的遭遇很坎坷，「自從兩地生孤木」，不就是桂花的「桂」字嗎？兩地，兩個土字；生孤木，左邊一個木字邊；碰到夏金桂，「致使香魂返故鄉」。按前面這個判詩，是金桂把香菱磨死了。這後四十回，我一直說，很可能是曹雪芹的未定稿，後來人修訂的，這部小說的確前後有些 inconsistence，前後的結果對不起來，香菱的結局就是其中之一。不過要說香菱活活的被夏金桂磨死，然後夏金桂還在薛家繼續勾引人，好像很難收尾，你給夏金桂怎麼樣一個下場呢？反正她明目張膽要偷人了，婆婆也拿她沒辦法，如果香菱再給她磨死了的話，更肆無忌憚怎麼辦？薛府的故事講不完了。所以這麼兜過來，讓夏金桂自己毒死，故事才好收場。仔細看一看，雖然是 melodrama，但安排也合情合理，重點是怎麼把寶蟾的話逼出來，寫出來有相當的戲劇性。而且這個時候的步調很快，好像車子爬到山頂後下山，速度嘩啦嘩啦越來越快。有些紅學家攻擊後四十回文字不如前八十回豐富，我的看法不同。他要寫賈府的衰，文字的 style 跟前面應該不太一樣。前面是精雕細琢，慢慢地一步步累積起來，後面嘩啦啦的垮，整個速度動得快，文字的風格當然不同。前面是姹紫嫣紅開遍，紅紅綠綠顏色非常豐富，那是盛的時候；衰了以後，當然繽紛的顏色沒有了，都是灰色、褐色、咖啡色，秋冬枯褐的顏色了。所以在文字上有一點大家可以比較，雖然人物的口氣沒變，這就是最難的。後面的寶釵講話、薛姨媽講話，跟前面對得起來，雖然後面講的都是傷心的話，可是口氣還是一樣，這對小說質的連貫性頂要緊的。

這回下半部倒有意思，有人會覺得怎麼跑出這麼一個小節來。一五八二頁講了賈雨村這個人物。《紅樓夢》一開場就是他，另外一個開場的人物是甄士隱，一個假，一個真，很多紅學家也考證出來，賈雨村是「假語村言」，甄士隱是「真事隱去」，所以一假一真，兩個象徵性的人物。賈雨村入世，可能是當時中國社會非常典型的考科舉想做官的文人，當年所有年輕的讀書人最高的理想，就是求取功名利祿，不只清朝，其實歷代都如此。做官以後，在官場起起伏伏往上爬，這個賈雨村，賈府對他很多恩典的，後來賈府被抄家的時候，他不光是不幫，還踹一腳，也參一本。他為求名得利，不惜踩著人家的背，借著人家的光，得意失勢兩種嘴臉。這一類人是在滾滾紅塵裏求名利的芸芸大眾，也是 **Everyman**，從前中國社會許多人都是如此。所以賈雨村是一個代表性的入世的俗人。

甄士隱，本是一個小康之家的員外，小有財富，有妻有女，女兒就是香菱，本來叫做英蓮。這麼一個非常典型的很理想的生活，突然間，女兒被人牙子拐走了，一把火把他的財產也燒掉，從幸福中無預警地滾下來，人生的苦難來了。這一上一下、一榮一枯就是佛家說的無常，應在甄士隱身上。後來他就碰到一個道士唱那首〈好了歌〉，他說：「你滿口說些什麼？只聽見些『好』『了』『好』『了』。」道士說：「你若聽見『好』『了』二字，還算你明白。可知世上萬般，好便是了，了便是好。若不了，便不好；若要好，須是了。」甄士隱就悟了，原來人生是這樣子，便出家成為道士。〈好了歌〉是《紅樓夢》的序曲、主題歌，指向了最後賈府的興衰。一個書生、一個道士的相逢，也就是入世的儒家哲學與出世的佛道哲學，兩種不同的人生態度在書中第一次的相逢。兩個人各走各的路，賈雨村走他求仕求官的路，甄士隱悟道出家成了道士，第一回就講這個故事，〈好了歌〉就出來了，是非常 symbolic 象徵性，是《紅樓夢》神話架構的開始。那個跛腳的道士跑出來唱了〈好了歌〉，等於是希臘悲劇一上來時的合唱，唱天神的命運、人物的命運。《紅樓夢》也是一開始的時候唱個曲子，講這整個的主題。有意思的是，現在一百零三回了，突然間又出來了，這個書生和道士又碰到了，看起來好像是不經意的一個小的 episode，這麼一個細節，其實它的涵義甚深。這裏提醒讀者，因為小說的最後，兩個人又要遇見，那時候就曉得，中國人的兩種基本人生哲學，入世的，出世的，個人選個人的，個人走個人的，但這兩個合起來，中國人的人生，中國的社會，才能夠圓滿。一陰一陽才是一個圓，所以它這個架構是很嚴謹的。

看看這一儒一道又一次的出現，一五八二頁：且說賈雨村陞了京兆府尹兼管稅務。這是個肥缺啊！賈雨村往上爬，爬到這個地方去了，管稅的肥缺。一日出都查勘開墾地畝，路過知機縣，到了急流津。別忘了他取名字都有涵義的，我們說急流勇退，急流津是個渡口。正要渡過彼岸，彼岸兩個字也有很深的涵義，每個人都要往彼岸走，渡過去嘛，有的人渡到一半沉下去，有的人永遠到不了彼岸。因待人夫，暫且停轎。只見村旁有一座小廟，墻壁坍頹，露出幾株古松，倒也蒼老。雨村下轎，閑步進廟，但見廟內神像金身脫落，殿宇歪斜，旁有斷碣，字迹模糊，也看不明白。意欲行至後殿，只見一翠柏下蔭著一間茅廬，廬中有一個道士合眼打坐。雨村走近看時，面貌甚熟，想著倒像在那裏見來的，他把他忘掉了，他自己追求名利時把故友忘掉了。一時再想不出來。從人便欲吆喝。做官的嘛，手下就吆喝了。雨村止住，徐步向前叫一聲：「老道。」那道士雙眼微啟，微微的笑道：「貴官何事？」雨村便道：「本府出都查勘事件，路過此地，見老道靜修自得，想來道行深通，意欲冒昧請教。」那道人說：「來自有地，去自有方。」講一句非常富禪意的話。雨村知是有些來歷的，便長揖請問：「老道從何處修來，在此結廬？此廟何名？廟中共有幾人？或欲真修，豈無名山；或欲結緣，何不通衢？」那道人道：「葫蘆尚可安身，何必名山結舍。廟名久隱，斷碣猶存。形影相隨，何須修募。豈似那『玉在匵中求善價，釵於奩內待時飛』之輩耶！」兩個人你來我往，頗有禪機。一個講你哪裏來，一個講有什麼要緊，他說你為什麼不好好在那個名山或通衢，老道說用不著，這裏不需修葺，什麼都不需要。哪裏像那個「玉在匵中求善價，釵於奩內待時飛」之輩？大家可能不記得了，這是賈雨村住在葫蘆廟窮途潦倒的時候寫下的一首言志詩，他很有抱負，很有野心，說自己是一塊玉，一寶釵，在這裏待價而沽，待時而飛，追求飛黃騰達。當時甄士隱看到這首詩，覺得賈雨村有這樣的抱負，幫助他五十兩銀子，讓他去考試，這時他把從前的恩也忘掉了。正講著，雨村原是個穎悟人，初聽見「葫蘆」兩字，葫蘆就是在葫蘆廟，後聞「玉釵」一對，忽然想起甄士隱的事來。重復將那道士端詳一回，見他容貌依然，便屏退從人，問道：「君家莫非甄老先生麼？」那道人從容笑道：「什麼真，什麼假！要知道真即是假，假即是真。」他已經悟道了。「假作真時真亦假，無為有處有還無」，這是太虛幻境裏的一副對子。賈雨村一聽真（甄）、假（賈）二字，就曉得是他了，馬上換了一副面孔，非常謙卑，問他怎麼渡這個急流津，問他人生命運。道人站起來就講：「我於蒲團之外，不知天地間尚有何物。適才尊官所言，貧道一概不解。」道不同不相為謀，雖然甄士隱想點醒他，其實你這一切以後都是靠不住的，但賈雨村熱中名利，這時候根本聽不進，也就走了。走了以後，到下一回又想去找，發現破廟燒掉了，他想想也就算了。這是出世跟入世、佛道跟儒家，又一次的對話。

小說家寫到這裏，來這麼一段話，再度提醒整部《紅樓夢》的哲學架構、神話架構。我們看小說，看到夏金桂毒死自己之類內容，越看越現實，看到紅塵滾滾裏面的瑣瑣碎碎，所以他又這麼提起來，告訴讀者還有上面一層。這是兩層架構，下面一層非常紮實的寫實，就寫眼前的事情，但一到某個地方，又馬上把整個境界提昇，是象徵性、哲學性、形而上的架構。雖然是短短一段，看到甄士隱，不光是甄士隱本身，同時指向了下面寶玉出家，寶玉的徹悟，也就是悟了〈好了歌〉裏面的涵義。甄士隱是這部書裏第一個悟道出家的人，最後一個當然就是賈寶玉，惜春、紫鵑一個個進入空門，也有另外一羣人，留在紅塵。所以《紅樓夢》有兩個世界，這兩個世界相生相剋、相輔相成，就是中國的人生哲學完滿的一個圓，也是《紅樓夢》豐富、博大的地方。這一回，結束夏金桂的戲，讓一儒一道、一賈一甄再次出現，都是為了鋪陳最後的結局做準備。

【第一百四回】醉金剛小鰍生大浪　痴公子餘痛觸前情

在賈府抄家之前，許多該講該交代的，通通都要講完，要不然來不及寫了。一抄家以後簡直是兵荒馬亂，之前好多要收攏的線索，通通要帶過，所以這一回先緩一緩，寫醉金剛倪二這個人物。記得倪二嗎？之前賈芸要去向鳳姐謀職想買點麝香、冰片之類的香料藥材送去討好鳳姐，但口袋沒錢，跑到舅舅卜世仁（不是人）的藥鋪去賒，被舅舅諷刺、痛罵一頓，那段寫得叫人難忘。曹雪芹自己經歷過世態炎涼，《紅樓夢》寫這種小人物的勢利往往寫得入木三分。賈芸賒借不成反而被舅舅臭罵一頓，當然就坐不住要走了，那個舅舅嘴上隨便講講：「吃了飯再走吧！」舅媽馬上說：「我們米都沒有，這樣吧，快到隔壁去借。」兩夫婦一唱一搭，賈芸趕緊落荒而逃。從舅舅那裏受了一肚子氣之後，在街上碰巧遇到倪二，倪二是個地方上的潑皮流氓，但是很有義氣，就借他錢，讓他買了東西去奉承鳳姐，謀得了一個職位。就是這個倪二，他喝醉酒衝撞了賈雨村，被抓起來打一頓又關起來。當然倪二家裏就求賈芸向賈府講一聲，說說情。賈芸心想倪二幫助過他，對來求情的人，當然就說他在賈家總有一點面子，可以幫忙，但實際上他根本講不上話。賈芸這個角色雖然是個 minor character，看看他就知道窮親戚的窘態，因為要往上爬，受夠了罪。另外一個窮親戚邢岫烟，也是受夠了罪，不過邢岫烟的修養好，不說，不表現出來。寫這種世態炎涼的東西，其實也就是反映當時社會生存的實況，瑣瑣碎碎、點點滴滴，就是人生。你說賈芸窮，鳳姐富，賈芸為了謀個小差事還要借錢送禮給鳳姐，還要送她看得入眼的，這種事情，現在還在發生，沒變的是人性，社會 system 就是如此。

下面後半回，賈政降調回京，回家了。見了寶玉果然比起身之時臉面豐滿，倒覺安靜，並不知他心裏糊塗，所以心甚喜歡，不以降調為念。賈政因賈府受世襲，有義務為國事操勞，其實並不喜歡當官。又見寶釵沉厚更勝先時，蘭兒文雅俊秀，便喜形於色。獨見環兒仍是先前，究不甚鍾愛。歇息了半天，忽然想起「為何今日短了一人？」王夫人知是想著黛玉。賈政在外地不知黛玉已死。寶玉聽賈政問起黛玉，便暗裏傷心，等賈政命他回去，一路上已滴了好些眼淚。寶玉雖然娶了寶釵，到底意難平，心中掛來掛去的還是世外仙姝寂寞林的絳珠仙草林黛玉。這裏「餘痛觸前情」，他講了一段滿痛心的話。自從黛玉死了以後，紫鵑就撥過來服侍寶玉了，可是紫鵑都不理他，寶玉心中愧疚，很想要在紫鵑面前示好，想詳問紫鵑黛玉臨終的種種，紫鵑都一直不理，他也很難受。下面第一百十三回的時候，紫鵑會講一段話，很動人的。現在，寶玉跟襲人說去把紫鵑請來，我有話問她。襲人說，不是二奶奶去叫，她不來的。我去叫她，她總是有氣不理我，而且現在半夜三更了，明兒再說吧。紫鵑忠於林姑娘，對寶玉不假以顏色。寶釵倒很明理，不僅不怪她，還認為她很忠心，不去勉強她。一五九二頁：寶玉叫襲人去請紫鵑，說：「我所以央你去說明白了才好。」襲人道：「叫我說什麼？」寶玉道：「你還不知道我的心也不知道他的心麼？都為的是林姑娘。襲人知道的，都是為了林姑娘啊，她心中咽了氣。你說我並不是負心的，我如今叫你們弄成了一個負心人了！」說著這話，便瞧瞧裏頭，用手一指說：「他是我本不願意的，不敢講，悄悄的指一下，講寶釵嘛！都是老太太他們捉弄的，好端端把一個林妹妹弄死了。就是他死，也該叫我見見，說個明白，他自己死了也不怨我。你是聽見三姑娘他們說的，臨死恨怨我。那紫鵑為他姑娘，也恨得我了不得。你想我是無情的人麼？晴雯到底是個丫頭，也沒有什麼大好處，他死了，我老實告訴你罷，我還做個祭文去祭他。那時林姑娘還親眼見的。如今林姑娘死了，莫非倒不如晴雯麼，死了連祭都不能祭一祭。林姑娘死了還有知的，他想起來不要更怨我麼！」他吐露心事了，不是我願意的，我變那個負心人，心中很痛的。晴雯是個丫鬟，那個時候，還寫那麼長的一篇祭文祭她。現在，都還沒有作一篇祭文祭黛玉。襲人道：「你要祭便祭去，要我們做什麼？」寶玉道：「我自從好了起來就想要作一首祭文的，不知道我如今一點靈機都沒有了。若祭別人，胡亂卻使得；若是他斷斷俗俚不得一點兒的。」靈機沒有了，失去了玉，魂都沒有了，現在寫不出祭文了。他其實不必寫了，那篇〈芙蓉誄〉就是為了祭黛玉寫的，那麼一篇傷心欲絕的祭文，講是祭晴雯，其實也是祭黛玉。「茜紗窗下，我本無緣；黃土壟中，卿何薄命。」這幾句話就已經講盡了。

【第一百五回】錦衣軍查抄寧國府　驄馬使彈劾平安州

前面許多重重疊疊的細節，都指向「查抄寧國府」。這一回這麼重要，篇幅卻不長，比其他很多回都短，可是寫得非常緊湊，整個來龍去脈，各種 detail，氣氛的營造，嘩啦啦的推出去拉進來。實際上怎麼抄家，如果自身沒有經歷過，很難寫出來。就像元妃省親那一回，皇妃出宮的架式和派頭，如果不是像曹家本身這種皇親國戚，恐怕也很難寫得出來。當然《紅樓夢》並非完全的自傳小說，有些紅學家考證曹家，將現實人物一個個對號，找出哪一個是寫誰，我想這不是 autobiographical 自傳，有些也是附會、猜測，不過曹家的身世和背景，讓曹雪芹可能自己經歷了某些場景。

看曹家要從曹雪芹的曾祖父曹璽開始。曹璽的妻子孫氏是康熙的乳母，曹璽的兒子曹寅是康熙的奶兄弟，從小伴嬉伴讀。從前皇子要念書，總要有幾個小傢伙跟在旁邊，所以曹雪芹的祖父曹寅是跟康熙一起長大的，你看有多親。後來康熙就讓曹璽、曹寅先後出任江寧織造，任務就是替皇室、皇親國戚貴族準備他們一年的服裝。皇家的衣飾不得了，綾羅綢緞都是最好最精緻的，所以這個官是個肥缺。表面上這種職位官階不高，但實際上康熙是要用他自己的人做江南的耳目。從現在故宮的文獻來看，裏面有不少曹寅寫給康熙的奏摺，原來他常向康熙打小報告的，這個官如何，那個官怎樣，康熙非常信任曹寅，看他們兩個人的奏摺往來，就知道康熙多麼寵愛曹家。曹寅生病了，康熙急得不得了，叫人快送自己御用的藥。康熙六次下江南，四次由曹家接待，《紅樓夢》裏面寫接待元妃，是接待一個皇帝的妃子，就要為她蓋個大觀園，為她買個戲班子，為她蓋一座廟……若皇帝本人親駕，那個排場花費簡直說不清了。接待康熙一次還罷了，竟接待四次，當然，一定是喜歡他們才會屢次去。康熙皇帝很念舊，還寫匾額給孫氏奶媽，很有人情味。皇帝回去了，曹府算算用了多少錢，一定虧空得一塌糊塗，康熙皇帝也悄悄的給他們補起來。羊毛出在羊身上，接待皇帝用掉的錢，皇帝拿錢再補上去，所以在康熙時代對他們優禮有加。曹家兩個女兒，都嫁給了鐵帽子王，當上嫡福晉，的確是皇親國戚，身世顯赫。做了六十年的江寧織造，很多人由各方面參他，康熙皇帝一律替他擋掉，非常恩寵，也享盡富貴榮華。

不光是曹家本身，他那些七親八戚也有做大官的，跟江寧織造幾乎平等的蘇州織造，是曹寅的表親李煦，在《紅樓夢》裏似真似假的隱射了甄家，有個甄寶玉的甄家。甄家在書中也被抄家。李煦在蘇州當織造，一樣是個肥缺，他們兩家親戚你抬我，我抬你，你幫我，我幫你，官官相護，整個江南都是他們的網絡。隨時可以打小報告給康熙，誰敢不聽話？曹家，誰得罪得起？他悄悄的奏你一下不得了。那個奏摺在史景遷（**Jonathan Spence**）寫的《曹寅與康熙》可以看到，如果大家感興趣，可以看看他把曹寅給康熙的奏摺寫成一本書。史景遷是耶魯有名的歷史學家，專門研究康熙跟曹寅的關係。曹家的親戚通婚也牽涉很廣，大詞人納蘭性德的爸爸是宰相納蘭明珠，明珠就娶了曹家的女兒。大將軍年羹堯的妹妹是雍正的年妃，年羹堯跟曹家也是親戚關係。曹寅在朝幾十年，這麼受聖寵，那些人不去攀他嗎？曹家的兒女，權貴搶著結親，壯大勢力，這麼一來關係網撒得好大，有危險啊！中國以前家族的牽涉株連這麼廣就危險。康熙總會年老壽終，他那些皇子、貝勒們鬥得你死我活，正史的記載也是如此，大家都想奪嫡。太子、八皇子、九皇子、十二皇子、四皇子，大家爭奪皇位，你一個陣營，我一個陣營，曹家靠錯邊了，沒有靠到四皇子胤禛，也就是當上皇帝的雍正，反而靠了他的兄弟，後來被關進牢裏的皇子。康熙一死，雍正上來，第一個就要清理政敵，先把前朝清算一頓。雍正元年，把蘇州織造李煦革掉，雍正六年輪到曹家，先革曹頫的職，那時曹頫還很年輕。曹頫是不是曹雪芹的父親，有不同的說法，有人說是曹顒，有人說是曹頫，不管怎樣，曹雪芹大概十來歲的時候，曹家被抄家，理由是虧空。那時候抄家很恐怖的，男丁流放，或斬或殺。流放通常是到遠方苦寒瘴癘之地，像《紅樓夢》這一回裏流放賈赦、賈珍，要到海疆，要到彝站服苦役。男丁死的死，徙的徙，女丁通通變成奴婢，這很可怕的，整個抄了以後，家裏下面的那些人通通都抓走了，也沒生活的錢糧，只好靠榮國府分一點點給他們日用。真實中曹家在江南的產業抄個精光，他們在北京還有十幾間房子，整個北遷後不夠住，去了以後大概又經過了一些災難，後來曹雪芹住在西郊，寫《紅樓夢》的時候已經非常潦倒。所以他年紀雖輕，是很清楚的經過這一場翻天覆地的大災難，所以這場抄家寫起來栩栩如生。這一回也寫的好。

我說這後四十回，第一，黛玉之死一定要寫的好，寫得不好這本書就會垮掉。他過關了，黛玉之死寫得非常好。第二，賈府抄家也要寫的好，這是個爆發性的情節。他的頁數不多，寫得相當簡要，但是你看他怎麼布局。賈政本來外放嘛，好不容易又回來當京官了，王夫人鬆口氣說，當京官算了，到外面去，這些下面的人東搞西搞。王夫人看那些下屬的女人媳婦，一個個穿金戴銀，可想而知她們的丈夫怎麼在外面搞錢的。心想「不要害死了我們老爺，他回來算了。」回來以後，大家都想跟賈政設宴慶祝，正若無其事的設宴時就來抄家了。從前抄家是完全不會預先知道的，說來就來了。要是預先知道，很可能財產就悄悄先運走或隱匿了，所以抄家完全是突擊式的。一五九七頁：話說賈政正在那裏設宴請酒，忽見賴大急忙走上榮禧堂來回賈政道：「有錦衣府堂官趙老爺帶領好幾位司官說來拜望。奴才要取職名來回，趙老爺說：『我們至好，不用的。』一面就下車來走進來了。請老爺同爺們快接去。」什麼人來？錦衣衛。這個明朝設立的錦衣衛，清朝也承續下來。錦衣衛等於現在的情治機關、警備總部，去抓人了。賈政聽了，心想：「趙老爺並無來往，怎麼也來？」哎呀，這老趙跟我沒有來往的，錦衣衛怎麼來了？心想一定不妙了，現在請客，請他進來不好，不請他進來也不好。這時賈璉說：「叔叔快去罷，再想一回，人都進來了。」以前那種大家大宅院，是好幾進的，一進二進三進四進，然後才升堂入室。正說著，人進來了，馬上家人來報：「趙老爺已進二門了。」你看這個形容：賈政等搶步接去，只見趙堂官滿臉笑容，這個笑很可怕。並不說什麼，一逕走上廳來。不講話，笑嘻嘻地上廳來。後面跟著五六位司官，也有認得的，也有不認得的，但是總不答話。不講話，不出聲，上來了。賈政很納悶，心裏也有點慌了，怎麼回事啊？那些親友也看到這情況，眾親友也有認得趙堂官的，其間當官的認得這趙老爺是錦衣衛，見他仰著臉不大理人，樣子很倨傲，到了賈府頭一抬，不理人，臉上笑咪咪的，只拉著賈政的手，笑著說了幾句寒溫的話。眾人看見來頭不好，也有躲進裏間屋裏的，也有垂手侍立的。不妙了，大家看到想躲都躲不及。正在慌張，西平王爺到。因為賈府是皇親國戚，要抄家的那個領頭職位要很高，像王爺這樣子的人來才行。西平王一到，趙堂官就說：「王爺已到，隨來各位老爺就該帶領府役把守前後門。」抄家動手了，眾官應了出去。

賈政知道不好了，抄家了。西平王、北靜王，這幾個王爺之前跟賈府都很有關係，婚喪喜慶都有酬酢往來，所以對賈府還算客氣。把賈政扶起來，笑嘻嘻地講：「無事不敢輕造，有奉旨交辦事件，要赦老接旨。如今滿堂中筵席未散，想有親友在此未便，且請眾位府上親友各散，獨留本宅的人聽候。」好了，要宣旨了，你們親友請先撤散。那些人聽了，一溜煙一個個跑了。這賈府有事了，趕緊溜掉。王爺一來，趙堂官臉變了，不笑了，說：「請爺宣旨意，就好動手。」這些番役卻撩衣勒臂，專等旨意。摩拳擦掌要動手了，那很可怕的，一來就抄，從頭到尾什麼都抄光。你看，先抄賈赦的家產，賈赦是榮國公，先查他的，講他什麼罪呢？「賈赦交通外官，依勢凌弱，辜負朕恩，有忝祖德，著革去世職。欽此。」這個不得了，第一，他們那個 title 榮國公好多代了，從賈代善世世代代相傳下來，那個世襲之職很要緊的，公侯伯爵，封這個「公」字是很高的位子，只在王爺下面，王下面就是公了。這個世職革掉了，還說他交通外官，跟其他的官勾結，那是不得了的罪名。其實講穿了，在現實世界中，曹家之所以抄家，就是他們跟那些皇子走得太近，新皇帝說是勾結，成羣結黨是很忌諱的，一定要清算掉。你看，趙堂官一疊聲叫：「拿下賈赦，其餘皆看守。」賈赦抓走。男丁這邊賈赦、賈政、賈璉、賈珍、賈蓉、賈薔、賈芝、賈蘭通通在場，寶玉躲在裏頭沒出來。趙堂官即叫他的家人：「傳齊司員，帶同番役，分頭按房抄查登賬。」這就抄了，抄了要登記。因為他們沒有分家，賈赦的要抄，寧國府賈珍他們的一起抄，連賈璉的也通通抄。西平王聽了，也不言語。趙堂官便說：「賈璉賈赦兩處須得奴才帶領去查抄才好。」西平王便說：「不必忙，先傳信後宅，且請內眷迴避，再查不遲。」趙堂官想快動手，要狠狠的搞一頓，西平王護住他們，一直拖延。但總得去查了，一查查出什麼東西來？「東跨所抄出兩箱房地契又一箱借票，卻都是違例取利的。」賈璉那邊抄出來，王熙鳳放高利貸的借票，又是非法的攬訟。王熙鳳好不容易一點一點累積起來，現在抄個精光。而且那時候這是不可以的，犯規的，賈府這種公侯家，怎麼能去放高利貸。老趙便說：「好個重利盤剝！很該全抄！」趙堂官要徹底抄，正在劍拔弩張的時候，北靜王來了。在書裏，北靜王可以說是個象徵性的人物，在幾個王爺裏面，北靜王跟賈府最近，賈寶玉跟他特別有緣。這個關鍵時候，北靜王好像天神，突然降下來救他們。很多紅學家考證說，北靜王是影射福臨王，也是清朝一個王。不管怎麼樣，北靜王這個時候來了，就說：「奉旨意：『著錦衣官惟提賈赦質審，餘交西平王遵旨查辦。欽此。』」等於是救了他們，他把那個趙堂官趕走了。他跟西平王說，全靠王爺在這個地方，要不然糟糕了，賈府要被屠了。即使這樣，因為抄出了很多違禁的東西，王爺也沒辦法迴護他們，還是得依法處理。

抄家到賈府內院又是何等景況？外面賈政在外廳請客，突然間錦衣衛來抄家，裏面賈母正在宴請這些內眷，一六〇〇頁，又見平兒披頭散髮拉著巧姐，賈璉那邊被抄了嘛，平兒哭啼啼的來說：「不好了，我正與姐兒吃飯，只見來旺被人拴著進來說：『姑娘快快傳進去，請太太們迴避，外面王爺就進來查抄家產。』我聽了著忙，正要進房拿要緊東西，被一夥人渾推渾趕出來的。咱們這裏該穿該帶的快快收拾。」外面殺進來了，這一夥人要來抄家了，大家快點迴避，該穿該帶的趕緊拿了走人。邢、王夫人聽了嚇壞了，鳳姐怎麼反應呢？獨見鳳姐先前圓睜兩眼聽著，後來便一仰身栽到地下死了。昏死過去了。為什麼？她曉得糟了，她闖禍了，抄到她家裏面，高利貸的事弄出來了。賈璉見鳳姐昏過去，哭著亂叫，虧平兒將鳳姐喚醒，扶著進去一看，只見箱開櫃破，物件搶得半空。抄出來的物件，來看這個單子有意思。一六〇一頁：「赤金首飾共一百二十三件，珠寶俱全。珍珠十三掛、淡金盤二件、金碗二對、金搶碗二個、金匙四十把、銀大碗八十個、銀盤二十個、三鑲金象牙筋二把、鍍金執壺四把、鍍金折盂三對、茶托二件、銀碟七十六件、銀酒杯三十六個。黑狐皮十八張、青狐六張、貂皮三十六張、黃狐三十張、猞猁猻皮十二張、麻葉皮三張、洋灰皮六十張、灰狐腿皮四十張、醬色羊皮二十張、猢狸皮二張、黃狐腿二把、小白狐皮二十塊、洋呢三十度、畢嘰二十三度、姑絨十二度、香鼠筒子十件、豆鼠皮四方、天鵝絨一卷、梅鹿皮一方、雲狐筒子二件、貉崽皮一卷、鴨皮七把、灰鼠一百六十張、獾子皮八張、虎皮六張、海豹三張、海龍十六張、灰色羊四十把、黑色羊皮六十三張、元狐帽沿十副、倭刀帽沿十二副、貂帽沿二副、小狐皮十六張、江貉皮二張、獺子皮二張、貓皮三十五張、倭股十二度、綢緞一百三十卷、紗綾一百八十一卷、羽線縐三十二卷、氆氌三十卷、妝蟒緞八卷、葛布三捆、各色布三捆、各色皮衣一百三十二件、棉夾單紗絹衣三百四十件。玉玩三十二件、帶頭九副、銅錫等物五百餘件、鐘表十八件、朝珠九掛、各色妝蟒三十四件、上用蟒緞迎手靠背三分、宮妝衣裙八套、脂玉圈帶一條、黃緞十二卷。潮銀五千二百兩、赤金五十兩、錢七千吊。」一切動用傢伙攢釘登記，以及榮國賜第，俱一一開列，其房地契紙、家人文書，亦俱封裹。你看看這些東西，金銀珠寶、古玩首飾、綾羅綢緞、狐皮貂皮，一下搶得精光。我們來對照一下，大家還記得有一次過年的時候，他們在鄉下的莊主烏進孝要貢上來米多少千石、炭多少千斤，什麼鹿啊、獐啊一大堆東西也有個長長的單子嗎？對照一下，那時候是進來，這下是出去，通通搜刮一空。他們平常冬天坐席都是毛皮的，王熙鳳出來的時候穿一身絲緞皮草，現在通通拔走了。

這一章也不是隨便寫的，要寫出那麼多東西通通抄掉，賈府內眷驚嚇哭喊亂成一團。這裏突然間有一個人又出現了，這是寫的好、巧妙安排的地方。什麼人呢？焦大。焦大是賈珍寧國府裏的老僕，還記得他第一次出現在什麼地方？第七回，鳳姐到寧國府去赴宴打牌，晚上散了以後跟著寶玉、秦鐘他們一起回車，賈蓉就叫焦大送一下。焦大八十多歲了，他就發牢騷，這種差事也要我來，咕嚕咕嚕地囉嗦，賈蓉就罵了他一頓。焦大想：「蓉哥兒，你來罵我啊，我是跟著太爺的人。」太爺就是賈代化，賈府以軍功起家，賈代化他們那個時候出去打仗的。焦大隨身服侍，有一回打仗被圍了，焦大就拿自己的水省了給賈代化喝，自己喝馬尿，他是個義僕、忠僕。現在看到這輩不肖子孫不尊重他，就開罵了，罵賈珍，罵賈蓉，扒灰的扒灰，養小叔的養小叔。暗刺賈珍跟媳婦秦氏有一段，鳳姐跟賈蓉有曖昧。曹雪芹從不直接說賈府已經怎麼腐敗，卻借著這些老僕人像焦大、賴嬤嬤的口說出來。他們都看不慣賈府那些子孫驕奢淫佚，賈赦是榮國公，賈珍是寧國公，他們兩個都有 title、有世職的，這兩個人的行為連傭人、老僕人都看不慣。賈府撐不住的。那時候講的現在再出現，千里伏筆，非常 effective，有力量。抄家的人要抓焦大，焦大見問，便號天蹈地的哭道：「我天天勸，這些不長進的爺們，倒拿我當作冤家！連爺還不知道焦大跟著太爺受的苦！今朝弄到這個田地！珍大爺蓉哥兒都叫什麼王爺拿了去了，裏頭女主兒們都被什麼府裏衙役搶得披頭散髮擱在一處空房裏，那些不成材料的狗男女卻像猪狗似的攔起來了。他講那些不成材的年輕僕人，自己倚老賣老嘛，看不過這些人的作為。所有的都抄出來擱著，木器釘得破爛，磁器打得粉碎。他們還要把我拴起來。我活了八九十歲，只有跟著太爺捆人的，那裏倒叫人捆起來！我便說我是西府裏，就跑出來。那些人不依，押到這裏，不想這裏也是那麼著。我如今也不要命了，和那些人拚了罷！」說著撞頭。這段用一個老僕人的口，講了賈家衰敗至此，這樣子寫，比直寫賈家如何如何敗了要有力得多。賈政聽了這些話，心如刀絞，說：「完了，完了！不料我們一敗塗地如此！」賈政這句話，也就囊括所有——一敗塗地。

賈政在家裏，要叫人外頭打聽究竟怎麼回事，怎麼一下子會弄到這步田地，下一步如何。外面的人都進不來，封鎖了，只靠薛蝌是自己的親戚，讓他去打聽。原來有御史參奏了，參賈珍「引誘世家子弟賭博，這款還輕；」賈敬死了，他們不是在家裏面賭博嗎？

那還好。「又還拉出一個姓張的來。只怕連都察院都有不是，為的是姓張的曾告過的。」這一大款是「強占良民妻女為妾，因其女不從，凌逼致死。」講尤二姐、尤三姐啊。雖然後來查明了，尤二姐是嫁給了賈璉，說她是自己自殺的，這個尤三姐也是自己自殺的，並不是他們逼的，但不管怎麼樣，私自埋葬，死了不報，反而犯了大罪，這也是其中之一。還有一個姓張的，記得嗎？就是尤二姐以前聘定的張華，後來退聘了的，通通給拉出來了。賈赦是什麼罪？記得嗎？喜歡人家石呆子幾十把古董扇子，買不來，叫賈雨村去訛告他一狀，把人家的扇子沒收過來，那石呆子一氣之下自殺了，這也是大罪，也給翻出來了。平常賈府做的一些事情，賈赦做的，賈珍做的，賈璉做的，通通算總帳了。王鳳姐放高利貸，也算上一大樁。墻倒眾人推，賈府倒了，大家都在參他們。主要是元妃死後賈家沒靠山了。賈府就等於印證了曹家的歷史，康熙死了，曹家沒有靠山了，所以曹家被抄家。賈家被抄家，這是必然的。當年受恩寵，過的驕奢淫佚的生活，一定得罪好多人，官場上的險惡，這個時候通通現出來，抄掉了，忽喇喇似大廈傾。

賈府被抄家，應了秦氏的鬼魂講的「樹倒猢猻散」，賈家已經興盛了一百年，從賈代善、賈代化以武功封爵，建立了榮寧二府，加上元春入宮，變成皇妃，聲勢之顯赫，恩寵之隆重，興盛百年。整個大家族，上上下下連傭人有幾百人，一旦抄家，連物帶人，通通沒收，奴僕也是財產。賈府興衰是《紅樓夢》很重要的一條線，前面七十回講賈府的興盛，下足了筆寫那個盛況，寫滿園春色大觀園，可是表面繁榮之下，暗潮洶湧，抄家絕不是突然來的，當時早有徵象了。經濟、倫理、人道……很多方面已經腐蝕，陰暗的一面伏在繁華下，根基已經鬆了，最後大地震來的時候整個大廈傾倒。這一回筆墨並不長，卻好像千軍萬馬而來，把賈家抄掉了，震垮了。對照清朝的歷史，即使在康熙乾隆盛世，甚至於前面順治的時候，也是不得了的血腥。多少王公貴戚突然被抄家，被監禁，革職，殺頭，那些通俗劇譬如《雍正王朝》等等，都有歷史根據。前面也說了曹家的身世是八旗下面的漢人包衣，屬於正白旗，曹家有很多親戚是皇親國戚，人際網也是不得了的。比如那時很有名的宰相明珠，有六個女兒，一個兒子，六個女兒都嫁給王公貴族，也有紅學家說，《紅樓夢》是講明珠家的身世，後來明珠也曾被革職，所以抄家在當時牽涉複雜的政治，抄得也很頻繁。這一回寫得非常 realistic 真實，我想曹雪芹深有所感。大家要是去了解曹家的歷史、曹雪芹的歷史，就會發現他本身留下的資料很少，身世成謎，所以很多人甚至懷疑《紅樓夢》的作者是不是曹雪芹，不管怎麼樣，現在大概已經成定論了。曹雪芹有兩個最要好的朋友，一個叫敦敏，一個叫敦誠，從他們往來的詩及書信裏面，看出這兩個人也是滿清的貴族，他們的祖先叫做阿濟格，是個皇子貝勒，也被抄了家、革了職的，所以非常了解曹雪芹的心理，也非常懂《紅樓夢》。抄家對這些人不稀奇，當時做官本來就很危險，一下子被參奏，一下子被羅織，你自己也許是個清官，但手下靠不住啊，手下貪污算在你頭上，得罪了哪一個人以後，御史參一本，皇帝不體恤，就可能大禍臨頭。

曹雪芹寫這部書也有政治考慮，他被抄過家，所以格外敏感，很多實際的人事時地，都要隱晦，不敢寫得很清楚。抄了家當然對曹雪芹、對曹家是個大災禍，但可能也造就了一個偉大的小說家，不抄家還活在那個錦繡世界，未必對人生體驗那麼深刻，未必對世事的興衰枯榮那麼深有所感，所以我說這是他寫自己的「往事回憶錄」，至少是半自傳semi-autobiographical，但無意間也就寫出了乾隆時代傳統文化的最高峯，之後就往下走了。乾隆的盛世也就埋下了清朝衰亡的種子，看看和珅被抄家，抄出來的銀子等同國庫，乾隆盛世的表面，底下早就暗伏著整個清朝的衰亡。可能中國的文化也到了果子熟透要掉的時候了。overripe，爛熟了，可以講我們的文化已經過熟了，再下去就是墜落。十九世紀西方的侵略，直接搗毀本身已在衰退期的一切，我覺得無意間，作者憑著他的敏感、前瞻，下意識的寫出在他時代前面的感受，由心而生的興衰感，這是《紅樓夢》特別有價值的地方。

【第一百六回】王熙鳳致禍抱羞慚　賈太君禱天消禍患

這一回我們要注意看，賈母這個八十多歲的老太太，怎麼對付賈家最大的一次危機。賈母是賈家的頭，平常我們看她風花雪月，享盡人生富貴，其實那只是其中一面。賈家危機來了，老太太處變不驚，應付這一場災難，維持賈府最後的，以及她做為一家之主的尊嚴。

賈政知道賈母受到驚嚇，當然嚇壞了，趕緊跑進去看望。賈赦、賈珍通通給抓走了，家裏面能夠處理情勢、撐得起的，只有賈政一個人了。可是這個二老爺驚慌失措，不是能應付大危機的人，家裏面虧空，家庫空虛了他都搞不清楚。他守的是自己個人的原則，撐不住整個家族，他不如賈母。對於母親，他當然是非常非常歉疚，你看這段話也滿動人的：「兒子們不肖，招了禍來累老太太受驚。若老太太寬慰些，兒子們尚可在外料理；若是老太太有什麼不自在，兒子們的罪孽更重了。」賈母道：「我活了八十多歲，自作女孩兒起到你父親手裏，都托著祖宗的福，從沒有聽見過那些事。如今到老了，見你們倘或受罪，叫我心裏過得去麼！倒不如合上眼隨你們去罷了。」說著，又哭。賈母講了，我這一生看到興盛的時候，享盡了榮華，現在賈家衰了，看你們受這個罪，心中更難受。」老太太不僅不怪哪個子姪，還覺得自己對祖宗、對這樣的景況有所虧欠，所以後來她跪地禱天，十分動人。

抄家對賈府當然是嚴重的災難，不僅抄掉了財物、資產，他們原本有兩個世襲的爵位，賈赦革去了榮國公，賈珍革去了寧國公，這種尊榮一夕失去，瞬間抄得連僕人、丫鬟通通入官，通通發配遣散。邢夫人、尤氏那邊只好靠賈母派幾個丫頭去服侍，什麼都沒有了。賈璉、王熙鳳家裏也被抄掉，這夫婦倆好不容易斂起來的家財，化為烏有。王熙鳳是榮國府的大掌家，因為受賈母的寵愛，王夫人的信任，又是親上加親嫁過來的，而且她本人精明強幹，在榮寧二府裏威風八面，沒有人敢不服。但她有一個弱點，就是愛財，不僅她，世間多數人都愛財，她已經榮華富貴什麼都有了，還是挖空心思斂財。不過，她當這個家也很難，賈府開銷這麼大，東貼西補還靠她。記得嗎？賈璉、鳳姐夫婦倆為了應付周轉，還要向賈母借當，悄悄地把賈母的金銀器物拿出去當了，撐起面子和闊綽架子。公侯之間生日喜喪往來，動輒幾千兩銀子；宮裏的太監也來打秋風，來了什麼夏公公，這個那個公公，一來又是幾百兩銀子，弄得他們也常虧空。鳳姐當家想從中搞點私房錢，她發府中的月錢，要發餉的時候她晚幾天，拿去放高利貸，賺了利息再發出去，這是有點犯規，不能算貪污，只是手段不太好。清朝的法律放高利貸是犯法的，尤其像賈家那種地位，那些放貸的冊子被抄出來，成了犯法最大的證據。大家還記得嗎？秦氏死的時候賈府內眷到鐵檻寺，鳳姐又去包攬人家的訟案，撈了幾百兩銀子。鳳姐貪財，當然賈璉知道，夫婦一個鼻孔出氣，弄來的私房錢也有七、八萬兩銀子，這下抄得精光。鳳姐很痛心、很羞愧，多年來她在榮國府裏面聲勢這麼高，抄家以後她也是犯了罪的人之一，當然羞愧得不得了。抄了家以後賈政叫賈璉來問，原來賈府早已寅吃卯糧家庫空虛了。賈政不是當家的人，懵然不覺，聽了大吃一驚，說是怎麼回事，讓賈璉去做的事情一敗塗地，政老爺簡直手足無措。一六一〇頁：賈政嘆氣連連的想道：「我祖父勤勞王事，立下功勛，得了兩個世職，如今兩房犯事都革去了。我瞧這些子侄沒一個長進的。老天啊，老天啊！我賈家何至一敗如此！我雖蒙聖恩格外垂慈，給還家產，那兩處食用自應歸並一處，叫我一人那裏支撐的住。方才璉兒所說更加詫異，說不但庫上無銀，而且尚有虧空，這幾年竟是虛名在外。只恨我自己為什麼糊塗若此。倘或我珠兒在世，尚有膀臂；大兒子是賈珠死得早。寶玉雖大，更是無用之物。寶玉不是這個行當的人，他以後要做和尚還管這些？塵世中的煩惱不是他能夠承擔的。」想到那裏，不覺淚滿衣襟。又想：「老太太偌大年紀，兒子們並沒有自能奉養一日，反累他嚇得死去活來。種種罪孽，叫我委之何人！」這個時候政老爺好可憐，他自己沒有犯法，最正直清廉的人，但是他的那些兄弟子姪都混入了，他也一點辦法都沒有。在這大禍來臨的時候，拿他跟賈母一比，母親比兒子不知強了多少倍。

賈家敗了，那些親戚走的走、躲的躲，深怕被沾惹，又怕他們來借錢。最不像話的是賈赦的女婿、迎春的丈夫孫紹祖，他虐待了迎春還不算，聽到丈人被抄家了，不但不來照應，反而忙著來要銀子，說是賈赦欠他的錢。這種女婿，讓賈家墻倒眾人推的困境與尷尬，通通湧上來了。人生是這樣子，興盛的時候大家都來襯托你，都來逢迎你，一旦敗的時候就看出來了，雪裏送炭的少，錦上添花的多。曹雪芹一定親身經歷過這一類的事情，所以才寫得那麼詳細，寫得那麼深，這就是《紅樓夢》的人情世故。我們再看看賈母，通常處順境容易，遇到逆境的時候才能夠評估一個人內在的力量。老太太看到祖宗職位都革掉了，一六一四頁：現在子孫在監質審，賈赦、賈珍關到到錦衣府牢裏面去了。邢夫人尤氏等日夜啼哭，當然囉！鳳姐病在垂危，雖有寶玉寶釵在側，只可解勸，不能分憂，所以日夜不寧，思前想後，眼淚不乾。下面這一段「賈太君禱天消禍患」寫得很好：一日傍晚，叫寶玉回去，自己扎掙坐起，叫鴛鴦等各處佛堂上香，又命自己院內焚起斗香，用拐拄著出到院中。你看看，一個八十歲的老太太，拄了個枴杖，她要去跪了向天祈禱，這等於從前皇帝在國家有大災難的時候，下罪己詔，向天祈禱。賈府遭了那麼大的災難，賈母是賈府裏頭最高的那個位子，是輩分最高的一個人，她這個時候拄了枴杖來罪己禱天。琥珀知是老太太拜佛，鋪下大紅短毡拜墊。賈母上香跪下磕了好些頭，念了一回佛，含淚祝告天地道：「皇天菩薩在上，我賈門史氏，虔誠禱告，求菩薩慈悲。我賈門數世以來，不敢行凶霸道。我幫夫助子，雖不能為善，亦不敢作惡。必是後輩兒孫驕侈暴佚，暴殄天物，以致合府抄檢。現在兒孫監禁，自然凶多吉少，皆由我一人罪孽，不教兒孫，所以至此。我今即求皇天保佑：在監逢凶化吉，有病的早早安身。總有合家罪孽，情願一人承當，只求饒恕兒孫。若皇天見憐，念我虔誠，早早賜我一死，寬免兒孫之罪。」默默說到此，不禁傷心，嗚嗚咽咽的哭泣起來。我們看看這一幕，老太太在拜菩薩，等於是祈求上天，讓召致這麼大災禍的罪，自己來擔當，求上天放過這些子孫，這很動人的。下面我們可以看到，賈母這個人多麼明快，她把自己的儲蓄、自己的嫁妝全部拿出來，從頭分給自己的人，一清二楚。所以賈母這個人非凡，大難來時一點也不糊塗。

賈母祈禱完了，王夫人帶了寶玉、寶釵過來請晚安，一見到賈母悲傷，三人也大哭起來。這一段也寫得有意義：寶釵更有一層苦楚：想哥哥也在外監，將來要處決，不知可減緩否；翁姑雖然無事，眼見家業蕭條；寶玉依然瘋傻，毫無志氣。想到後來終身，更比賈母王夫人哭得更痛。各人有各人的心事，曹雪芹真是寫實貼切，寶釵想這些事情也很合情合理，自己的家一敗塗地，好不容易嫁到賈府來，賈府也敗掉了，嫁給這個瘋瘋傻傻的寶玉，將來如何是好？想想自己的前途當然很痛心。寶玉見寶釵如此大慟，他亦有一番悲戚。想的是老太太年老不得安，老爺太太見此光景不免悲傷，眾姐妹風流雲散，一日少似一日。追想在園中吟詩起社，何等熱鬧，自從林妹妹一死，我鬱悶到今，又有寶姐姐過來，未便時常悲切。見他憂兄思母，日夜難得笑容，今見他悲哀欲絕，心裏更加不忍，竟嚎啕大哭。這個時候趁機大哭一頓，哭自己的心事。鴛鴦、彩雲、鶯兒、襲人見他們如此，也各有所思，便也嗚咽起來。餘者丫頭們看得傷心，也便陪哭，竟無人解慰。滿屋中哭聲驚天動地，將外頭上夜婆子嚇慌，急報於賈政知道。那賈政正在書房納悶，聽見賈母的人來報，心中著忙，飛奔進內。遠遠聽得哭聲甚眾，打諒老太太不好，急得魂魄俱喪，疾忙進來，只見坐著悲啼，神魂方定。說是「老太太傷心，你們該勸解，怎麼的齊打夥兒哭起來了。」眾人聽得賈政聲氣，急忙止哭，大家對面發怔。我看你、你看我，怎麼哭成這個樣子。賈政上前安慰了老太太，又說了眾人幾句。各自心想道：「我們原恐老太太悲傷，故來勸解，怎麼忘情大家痛哭起來。」這一回寫了賈府的一片哭聲。大家記得嗎？

劉姥姥進大觀園那一回，「史太君兩宴大觀園，金鴛鴦三宣牙牌令」，劉姥姥不是講，「老劉，老劉，食量大似如牛，吃一個老母猪不抬頭」，大家笑得有的噴茶，有的揉腸子，你也笑，我也笑，寫得笑聲布滿整個大觀園，那時候一片笑聲，這時候一片哭聲，一笑一哭對照賈府的盛與衰。這時大家痛哭，各有心事，所以哭成一團。

賈母對天祈禱，王熙鳳非常羞愧，賈璉也很慘，官職革掉了，財產也抄掉了，而且還擔了好大的責任，被賈政訓了一頓，滿肚子的牢騷。一六一二頁：且說賈璉打聽得父兄之事不很妥，無法可施，只得回到家中。平兒守著鳳姐哭泣，鳳姐可憐太羞愧了，根本不敢出去，已經不敢見人了。秋桐在耳房中抱怨鳳姐。這個地方來了一筆，免得讀者忘記還有個秋桐，還有個 trouble maker 製造麻煩的在那邊。賈璉走近旁邊，見鳳姐奄奄一息，就有多少怨言，一時也說不出來。鳳姐放高利貸被抄出來，想要抱怨鳳姐，他也講不出來了。你看下面這一句寫的，平兒哭道：「如今事已如此，東西已去不能復來。奶奶這樣，還得再請個大夫調治調治才好。」鳳姐病成這個樣子，該請個大夫囉。賈璉啐道：「我的性命還不保，我還管他麼！」這下子一摀打過去，厲害了，打到鳳姐了。當年鳳姐吃這一套嗎？一定馬上跳起來。現在的鳳姐氣餒了，你看鳳姐怎麼答。鳳姐聽見，睜眼一瞧，雖不言語，那眼淚流個不盡。無話可講，只有掉淚的分。見賈璉出去，便與平兒道：「你別不達事務了，到了這樣田地，你還顧我做什麼。我巴不得今兒就死才好。只要你能夠眼裏有我，我死之後，你扶養大了巧姐兒，我在陰司裏也感激你的。」鳳姐簡直是處境 desperate，危急成這樣了。平兒聽了，放聲大哭。鳳姐道：「你也是聰明人。他們雖沒有來說我，他必抱怨我。雖說事是外頭鬧的，我若不貪財，她自己承認了，自己後悔了，如今也沒有我的事，不但是枉費心計，掙了一輩子的強，如今落在人後頭。我只恨用人不當，恍惚聽得那邊珍大爺的事說是強占良民妻子為妾，不從逼死，有個姓張的在裏頭，你想想還有誰，若是這件事審出來，咱們二爺是脫不了的，我那時怎樣見人。我要即時就死，又躭不起吞金服毒的。你倒還要請大夫，可不是你為顧我反倒害了我了麼。」平兒愈聽愈慘，想來實在難處，恐鳳姐自尋短見，只得緊緊守著。以前多麼赫赫有勢的王熙鳳，落到這個地步。鳳姐的下場還有更慘的在後面呢。作為《紅樓夢》裏的一個小說人物，王熙鳳可能是寫得最多姿多彩、最完整、最多面、最寫實的一個。曹雪芹在她的身上花的筆墨很多，不論是前面還是後面，都是下重彩的，看得格外印象鮮明。

【第一百七回】散餘資賈母明大義　復世職政老沐天恩

清代抄家起來很可怕的，沒入家產不說，男丁全部流放邊地，女的為奴為婢，連那些家僕、丫鬟都拿去賣掉。賈府因為皇帝還眷念元妃的恩情，放他們一馬，所以像賈璉、賈蓉，都放回來了，北靜王這些人都替他們講話，總算保住一點元氣。邢夫人本來是很不可愛的一個人，這時候也滿可憐的，抄家抄得精光，丈夫賈赦獲罪，曹雪芹寫的時候各個地方都顧到，一六二〇頁，邢夫人想著「家產一空，丈夫年老遠出，膝下雖有璉兒，又是素來順他二叔的，如今是都靠著二叔，他兩口子更是順著那邊去了。獨我一人孤苦伶仃，怎麼好。」這寫得很辛酸。丈夫發放到遠處，想著兒子靠不住，西瓜偎大邊，看賈政那邊沒有抄掉，兒子自然更靠過去了。尤氏又有尤氏的想頭，她本來獨掌寧府的家計，府中除了賈珍，也算惟她為尊，按理講，尤氏是寧國公世職的命婦，有封誥的，雖然她個性比較柔弱，不像王熙鳳這麼逞強，可是她在寧府也很得勢，又跟賈珍兩個人感情很好，如今抄掉了寧國府，依往榮府居住，雖然老太太疼愛，終是依人門下，又帶了偕鸞、佩鳳兩個姨娘，賈蓉夫婦又是不能興家立業的人，一大羣人食指浩繁怎麼辦？下面又是非常寫實的。又想著：「二妹妹三妹妹俱是璉二叔鬧的，如今他們倒安然無事，依舊夫婦完聚，只留我們幾人，怎生度日！」想到這裏，痛哭起來。突然又寫了一筆，尤二姐、尤三姐是尤氏的妹妹，尤二姐嫁給賈璉，東搞西搞兩個人都死了，現在他們夫婦倒沒事，他的丈夫賈珍反而被充軍了。曹雪芹的人情世故表現在這種地方，這個時候人的心理。她也曉得賈母本來就偏心，偏賈政那邊，這下子邢夫人、尤氏的處境可想而知。

賈府敗到這個地步，家庫空虛已久，他們都是瞞著賈母的，偷偷的把賈母那些金銀器拿出去當，撐著虛架子，賈母不是很清楚，這個時候才暴露了出來。一六二一頁，老太太就問賈政，我們情形怎麼樣，還剩多少庫銀子。他就回了：「若老太太不問，兒子也不敢說。如今老太太既問到這裏，現在璉兒也在這裏，昨日兒子已查了，舊庫的銀子早已虛空，沒有了，空掉了，不但用盡，外頭還有虧空。還欠債。現今大哥這件事若不花銀托人，雖說主上寬恩，只怕他們爺兒兩個也不大好。就是這項銀子尚無打算。東省的地畝早已寅年吃了卯年的租兒了，他們靠什麼？賈府的經濟來源，很重要一點是靠他們鄉下有很多的土地收租，這個時候已經寅吃卯糧，一時也算不轉來，只好盡所有的蒙聖恩沒有動的衣服首飾折變了給大哥珍兒作盤費罷了。過日的事只可再打算。」你看看，只好當衣服、當首飾，來給這兩個被罰充軍的人做盤纏，賈府的情形尷尬到這種地步。賈母聽了，又急得眼淚直淌，說道：「怎麼著，咱們家到了這樣田地了麼！我雖沒有經過，我想起我家向日比這裏還強十倍，也是擺了幾年虛架子，沒有出這樣事已經塌下來了，不消一二年就完了。據你說起來，咱們竟一兩年就不能支了。」賈母這個史家，也老早敗掉了，場面那麼大很難撐的，除非他們像曹家得了康熙的恩寵，暗暗給他們補虧空的銀子，幾萬兩幾萬兩的補給他們，才撐了六十年。撐到最後，雍正上來還是抄了家。所以撐起來那種架式實在是不容易。賈政說：「若是這兩個世俸不動，這個世職若沒有被革掉，外頭還有些挪移。外面還肯借你。如今無可指稱，誰肯接濟。」沒有人來接濟了，墻倒眾人推，說著，也淚流滿面。親戚呢，他說以前用過我們的那些親戚，現在也窮了。六親同命，薛家也倒了，王家也倒了，通通窮下來了。

賈母看了兒子、姪孫被革掉世職，要流放外面，當然心裏很難過，這個時候「散餘資賈母明大義」，她把自己陪嫁的、幾十年的東西，通通翻出來。賈母非常明快，她分得非常仔細，這個老太太腦筋很清楚。一六二二頁：卻說賈母叫邢王二夫人同了鴛鴦等，開箱倒籠，將做媳婦到如今積攢的東西都拿出來，六十年積攢的老本通通拿出來，把賈赦、賈政、賈珍通通叫來，一一的分派說：「這裏現有的銀子，交賈赦三千兩，你拿二千兩去做你的盤費使用，留一千給大太太另用。給邢夫人，這邊解決了。這三千給珍兒，還有三千兩給賈珍，你只許拿一千去，留下二千交你媳婦過日子。仍舊各自度日，給尤氏過日子，反正房子住在一起的。賈母又說將來惜春的親事，我來包辦。她對鳳姐到底還是疼愛的，說：只可憐鳳丫頭操心了一輩子，如今弄得精光，也給他三千兩，叫他自己收著，不許叫璉兒用。賈璉用了，又弄出去了。如今他還病得神昏氣喪，叫平兒來拿去。這是你祖父留下來的衣服，還有我少年穿的衣服首飾，如今我用不著。男的呢，叫大老爺、珍兒、璉兒、蓉兒拿去分了；祖先留下來的衣服也分掉。女的呢，叫大太太、珍兒媳婦、鳳丫頭拿了分去。你看，她還記得這個：這五百兩銀子交給璉兒，明年將林丫頭的棺材送回南去。」這個賈母，心思真是周到，她還記得林黛玉交代的，把我的棺柩送回到我的故鄉。賈母心中對黛玉當然也疼愛，而且有點愧疚。分派定了，又叫賈政道：「你說現在還該著人的使用，這是少不得的。你叫拿這金子變賣償還。欠了債，還掉！這是他們鬧掉了我的，你也是我的兒子，我並不偏向。寶玉已經成了家，我剩下這些金銀等物，大約還值幾千兩銀子，這是都給寶玉的了。寶玉到底是她的心頭肉，最後的金銀給寶玉。珠兒媳婦向來孝順我，蘭兒也好，我也分給他們些。這便是我的事情完了。」全部分得清清楚楚，非常公平，非常周到，而且一絲不藏，所有東西通通拿出來救濟家難。

賈政看了母親這樣明斷處理，心中更難過了，跪下來哭了：「老太太這麼大年紀，兒孫們沒點孝順，承受老祖宗這樣恩典，叫兒孫們更無地自容了！」媽媽這麼大年紀，還要操那麼大的心，自己這些子姪們弄得家破人亡。賈母道：「別瞎說，若不鬧出這個亂兒，我還收著呢。不給你們用的，你看老太太這個人滿幽默。只是現在家人過多，只有二老爺是當差的，留幾個人就夠了。賈府裏面幾百人抄家抄掉了，趁這機會調整節省下來。你就吩咐管事的，將人叫齊了，他分派妥當。各家有人便就罷了。如果抄掉了，還不是通通抄光的，該分配的分配，該賞的賞。如今雖說咱們這房子不入官，你到底把這園子交了才好。」他們這個大觀園的園子那麼大，賈母說還是交回官去。賈政果然要把大觀園也交出去的，皇帝憐恤他們說，財產不必再交出來了。賈母到底是個理家的人，非常明理。一六二四頁，賈母道：「但願這樣才好，我死了也好見祖宗。你們別打諒我是享得富貴受不得貧窮的人哪，一個人受貧窮當然難，會享富貴也不容易，回頭想想，賈母是多麼能夠享受富貴的一個老太太，從前賈家盛的時候，她跟孫子、孫女兒們一起吟詩作賦，一起歡樂，哪裏她都去參加，吃螃蟹、烤鹿肉她也去軋一腳，這老太太很會享受生活、享受她的榮華富貴。她的享受也非常有詩意，非常得體。這時候貧窮了，她也有另外一種看法，趁這個時機，通通減掉，節約度日。不過這幾年看看你們轟轟烈烈，我落得都不管，說說笑笑養身子罷了，那知道家運一敗直到這樣！若說外頭好看裏頭空虛，是我早知道的了，只是『居移氣，養移體』，一時下不得臺來。受富貴受慣了，這個面子下不來。如今借此正好收斂，守住這個門頭，不然叫人笑話你。你還不知，只打諒我知道窮了便著急得要死，我心裏是想著祖宗莫大的功勛，無一日不指望你們比祖宗還強，能夠守住也就罷了。誰知他們爺兒兩個做些什麼勾當！講賈赦跟賈珍他們敗掉了。」這番話相當動人。賈母不是個普通人，她什麼都知道，有時候她裝糊塗、裝不知道，她心裏面清楚得很，家裏頭哪個怎麼樣，她通通知道。不過她溺愛寶玉、偏愛鳳姐，寶玉是她的孫子，鳳姐會奉承她，人總有特別愛的人嘛！賈母寫的好，非常通人情，非常真實的一個人。寫老太太，尤其五四以來，三十年代偏左的這些作家，好像一寫到大家庭裏上層生活的奢靡腐敗，都是有譴責性的，非常 judgmental，往往人就不真實了，加上了作者的偏見。曹雪芹的心胸包容很大，所以《紅樓夢》有它的寬度厚度，因為在作者眼裏眾生平等，人有人的優點，人也有人的缺點，他都不隱瞞，通通寫出來，寫得如此真實，看起來好像真有這個人一樣。

賈母作為大家長的睿智與承擔完全顯現，尤其在子姪犯錯遭難的緊急時刻。鳳姐的丫鬟豐兒來說，鳳姐又病得昏厥過去，賈母就跟王夫人一起來看她了。一六二四頁：鳳姐正在氣厥。平兒哭得眼紅，聽見賈母帶著王夫人、寶玉、寶釵過來，疾忙出來迎接。馬上迎過來了。賈母揭開帳子看看，鳳姐開眼瞧著，只見賈母進來，滿心慚愧。從前哄著老太太哄了那麼久，逗得老太太樂得不得了，老太太那麼樣倚重她，那麼看得起她，讓她當榮國府的大掌家，現在搞成這個樣子，當然非常慚愧。原本以為賈母氣她、惱她，不疼她了，是死活由她的，現在看到賈母親自來看她，心裏面已經寬鬆一點，想要起來行禮。賈母說：你不要動。鳳姐含淚道：「我從小兒過來，老太太、太太怎麼樣疼我。那知我福氣薄，叫神鬼支使的失魂落魄，不但不能夠在老太太跟前盡點孝心，公婆前討個好，還是這樣把我當人，叫我幫著料理家務，被我鬧的七顛八倒，我還有什麼臉兒見老太太、太太呢！今日老太太、太太親自過來，我更當不起了，恐怕該活三天的又折上兩天去了。」說著，悲咽。這段話講得很辛酸，很發自內心的了。以鳳姐那麼高傲的一個人，這個時候也認錯認罪。賈母道：「那些事原是外頭鬧起來的，與你什麼相干。還要安慰她、替她辯護。就是你的東西被人拿去，這也算不了什麼呀。我帶了好些東西給你，來哄她了。下面這一句程乙本是：你瞧瞧。這個口氣好像來逗她似的，有一種親切：你瞧瞧，我帶了好東西給你，帶了三千兩銀子來給你了。庚辰本：任你自便。這個太文了，不親切了。就這一句話差得很遠。寫小說對話要活，這是《紅樓夢》最強的地方。」說著，叫人拿上來給他瞧瞧。鳳姐本是貪得無厭的人，如今被抄盡淨，本是愁苦，又恐人埋怨，正是幾不欲生的時候，今兒賈母仍舊疼他，王夫人也沒嗔怪，過來安慰他，又想賈璉無事，心下安放好些。三千兩銀子要緊的，鳳姐抄得精光，現在有了三千兩銀子有點底氣了，心寬了一點。這是講賈母、鳳姐兩個人的關係，賈母對她還是相當疼憐。

抄家對賈府是天翻地覆的大事，尤其兩個世職被革掉打擊不小，以後如果不復職的話，賈家就真的衰光了，皇帝想想還是顧念了元妃的舊情，把一個世襲的榮國公還給了賈家，賈赦革掉的讓賈政繼承，至少賈家的一支還可能有復興的希望。賈政當然誠惶誠恐的謝恩，想想自己的哥哥被革掉了，內心中也是很過意不去，不管怎麼樣，到底是還給了賈府。有意思的是，本來兩個世職革掉了，親戚朋友跑得精光，現在一聽賈政復職，通通又跑回來了。曹雪芹寫這些，正因為他太懂得世態炎涼了。曹家本來也抄得精光，後來雍正放他們一馬，北京的一些房子又還給他們，所以曹家在北京還可以過日子。後來大概抄了一次，曹雪芹就潦倒到只能吃粥了，連他死後的喪葬都靠兩個朋友敦敏、敦誠打點。在潦倒中才想到過去的繁榮，我想他也是想到從前吃過這麼好的東西，茄子要拿多少鷄來炒，想到穿的、住的講究，把過去的盛，過去的衰，都化為追憶似水年華，他寫得很起勁，寫得興高采烈，《紅樓夢》好看就在這種地方。

【第一百八回】
強歡笑蘅蕪慶生辰　死纏綿瀟湘聞鬼哭

這一回史湘雲回來了，來賈府探望賈母。賈府抄家的時候，她剛好出嫁到夫家，已經很久沒有出現，原本最活潑、豪爽、有她的地方就有歡笑的這麼一個女孩子，這時候再來，整個環境變了，她也無形中變了。《紅樓夢》後四十回，不管怎麼再寫熱鬧事，整個 tone，整個調子好像再也歡笑不起來。所以「強歡笑蘅蕪慶生辰」，都是勉強的了。雖然還了一個榮國公世職，盛時已過，只是撐在那個地方，史湘雲回來以後，她說怎麼大家都變了。湘雲道：「我從小兒在這裏長大的，這裏那些人的脾氣我都知道的。這一回來了，竟都改了樣子了。我打量我隔了好些時沒來，他們生疏我。我細想起來，竟不是的，就是見了我，瞧他們的意思原要像先前一樣的熱鬧，不知道怎麼，說說就傷心起來了。我所以坐坐就到老太太這裏來了。」還有什麼話好講呢？通通沒有好事了嘛。以湘雲這麼一個天真活潑的女孩子，她也深深感受到賈家的衰敗。

賈母很疼史湘雲，她就講了，我來讓你們熱鬧熱鬧吧。賈母從前常常自己拿錢出來給她們做生日，史湘雲想到寶釵過兩天就生日了，既然賈母提議熱鬧一下，乾脆給她作個生日吧。賈母說：你不提，我竟忘了。寶釵委委屈屈嫁過來，也沒給她好好辦個婚禮，一下子就抄了家，就趁機給她做個生日熱鬧一下吧。這一邊講賈母就有了一些評語，我覺得滿要緊的。一六三三頁：「大凡一個人，有也罷沒也罷，總要受得富貴耐得貧賤才好。你寶姐姐生來是個大方的人，頭裏他家這樣好，他也一點兒不驕傲，後來他家壞了事，他也是舒舒坦坦的。如今在我家裏，寶玉待他好，他也是那樣安頓；一時待他不好，不見他有什麼煩惱。我看這孩子倒是個有福氣的。寶釵修養好，所以賈家才選她做媳婦，她的理性、理智，是所有人不及的。後來寶玉出家，大家哭得死去活來，她也哭，王夫人看她哭也不失其端莊。她自己家裏面敗了，她也有一套；賈家敗了，她也是撐在那個地方，大難的時候屹立不動，最後賈家果真靠她承擔了。賈母又講了林黛玉：你林姐姐那是個最小性兒又多心的，所以到底不長命。鳳丫頭也見過些事，很不該略見些風波就改了樣子，他若這樣沒見識，也就是小器了。」這幾個人講下來，鳳姐到底也不如寶釵，雖然從前那麼厲害，挨了一下就垮下來，賈母心中有數的。她疼憐鳳姐是一回事，對鳳姐的看法也是一回事，她對鳳姐的評語是小器了一點，不夠雍容大方。老太太就叫鴛鴦拿一百銀子出來，交給外面預備兩天飯，又把薛姨媽也請來，把李紈那兩個親戚李紋、李綺通通請來，又請來寶琴，還想恢復從前大觀園宴會，再聚一回。老太太想要齊全，乾脆把邢夫人跟尤氏也請來。看看一六三五頁，我覺得這也是曹雪芹的人情世故，賈母為著齊全叫人請去，邢夫人、尤氏、惜春等聽見老太太叫，不敢不來，心內也十分不願意，想著家業零敗，偏又高興給寶釵做生日，到底老太太偏心，便來了也是無精打彩的。這個反應的 detail 不忘記一筆，大家喝酒吃飯話來講去，總之氣氛不對，歡樂不起來，怎麼辦呢？賈母就著急了，從前兩宴大觀園的時候，寶玉生日的時候，大家聚在一起多麼快樂，現在勉強聚在一起，怎麼也提不起勁兒來。一六三六頁：寶玉都知道的，輕輕的告訴賈母道：「話是沒有什麼說的，再說就說到不好的上頭來了。不如老太太出個主意，叫他們行個令兒罷。」還有什麼好講的呢，一講就講到傷心的地方去，家業敗成這個樣子，還講什麼呢？行酒令吧。一行酒令，又要鴛鴦來擲骰子，「金鴛鴦三宣牙牌令」的時候，多麼風光，多麼開心，拿那一幕來比一比，前面的盛寫到頂了，顯出後面的衰，不管是行令、喝酒，都歡樂不起來了。

鴛鴦砸出去紅綠對開的骰子，說這是「十二金釵」，寶玉一聽，他夢裏面不是十二金釵嗎？當然想起林黛玉了，他就悄悄藉故離席，往大觀園裏走去。園子已經封掉了、荒廢掉了，他是趁機溜進去的。一六三九頁：寶玉進得園來，只見滿目淒涼，那些花木枯萎，更有幾處亭館，彩色久經剝落，遠遠望見一叢修竹，倒還茂盛。修竹，又戳眼了，又戳心了，那是什麼地方？瀟湘館，林黛玉生前住的地方。那竹子還是很綠，別的通通荒蕪掉了。他走到這裏，襲人急得不得了，要把他扯到別的地方去，寶玉只往瀟湘館那邊走。襲人見他往前急走，只得趕上，見寶玉站著，似有所見，如有所聞，便道：「你聽什麼？」寶玉道：「瀟湘館倒有人住著麼？」襲人道：「大約沒有人罷。」寶玉道：「我明明聽見有人在內啼哭，怎麼沒有人！」聽到裏面有哭聲，林黛玉的鬼魂在哭了。也許他心裏面幻覺出來在哭了。襲人道：「你是疑心。素常你到這裏，常聽見林姑娘傷心，所以如今還是那樣。」寶玉不信，還要聽去。婆子們趕上說道：「二爺快回去罷。天已晚了，別處我們還敢走走，只是這裏路又隱僻，又聽得人說這裏林姑娘死後常聽見有哭聲，所以人都不敢走的。」寶玉襲人聽說，都吃了一驚。寶玉道：「可不是。」說著，便滴下淚來，說：「林妹妹，林妹妹！好好兒的是我害了你了！你別怨我，只是父母作主，並不是我負心。」愈說愈痛，便大哭起來。記得嗎？林姑娘死後，寶玉第一次到瀟湘館去祭她，因為很多人都去，賈母、王夫人通通在，他雖然哭了，不算數的，這個時候才是「死纏綿瀟湘聞鬼哭」，寶玉哭得傷心，寶玉哭靈真正是在這個地方。《紅樓夢》寫的好，在先前那個地方留下伏筆，到這裏才真正寫寶玉傷心，因為走到瀟湘館旁邊，想到了從前。瀟湘館的窗戶是紅的茜紗，記得嗎？是賈母選的，「茜紗窗下，我本無緣；黃土壟中，卿何薄命。」寶玉到了這個地方，登時大哭起來，這個時候是真正傷心，絕頂傷心，他當然沒有忘記黛玉，黛玉之死對他是最大的打擊。「病神瑛淚灑相思地」到「死纏綿瀟湘聞鬼哭」，兩個對照起來回看寶黛之間這一段情，寶玉心中一直掛念的，還是那株絳珠仙草，跟他三生緣定的林黛玉。

【第一百九回】
候芳魂五兒承錯愛　還孽債迎女返真元

寶玉到瀟湘館哭了林黛玉之後，一心一意還在黛玉身上，他想黛玉死了這麼久，怎麼還沒有到他的夢裏來？他想到夢裏去會他的林妹妹，又想寶釵在旁邊，林妹妹也不肯來啊！所以他想辦法藉口到外面去睡，想也許能夠夢中相會一下。寶釵是多麼聰明的人，好吧，那你就睡到外邊去吧。睡了一晚，還是不來，林妹妹不那麼容易來的，賭氣了嘛。寶玉就感慨了，自己念了一遍「**悠悠生死別經年，魂魄不曾來入夢**」，這兩句大家都知道，是白居易〈長恨歌〉裏面唐明皇思念楊貴妃，天寶之亂平定以後，唐明皇退位成太上皇，老了，回到宮裏面，對貴妃無窮無盡的思念，感嘆一直沒有夢到她。寶釵聽了當然也不是滋味，你跑到外面去作夢，我卻一夜反側沒有睡著，**聽寶玉在外邊念這兩句，便接口道：「這句又說莽撞了。如若林妹妹在時，又該生氣了。」**寶釵刺他一下。寶玉本來就有點怕寶釵的，因為心中一直想著林妹妹，更是有點內疚，反而不好意思了。可是他還不死心，還想在外面多睡幾天等待黛玉入夢，不肯搬進去。這就出現了一個人物柳五兒，就是這段寫的「候芳魂五兒承錯愛」。

後四十回，因為寫的是賈府敗落下來，筆法好像急流，嘩啦嘩啦很快，事件一個接一個寫下來，比較沒有像前面那些舒緩、細緻、刻畫感情的段落，這一回寫跟五兒的互動，細緻的情感又回來了。柳五兒是誰？大家記得嗎？很早在還沒有抄大觀園之前，有一個廚娘柳家的，專門為這些少爺小姐做飯，柳五兒是她的女兒。當時那些下人的女兒們，最想爬上去的職位就是擠進怡紅院當寶玉的丫頭。怡紅院裏那些伶牙俐齒的丫鬟一大堆，從襲人、晴雯、麝月、秋紋，還有碧痕、小紅、芳官……等等。小紅爬不上去另闢途徑，轉到鳳姐那兒去了，果然很得寵。既然怡紅院是 first preference，攀附的首選，柳家的拚命想把女兒弄上去。有什麼捷徑呢？柳五兒跟怡紅院的芳官是好朋友，芳官這個小伶人很得寶玉寵，柳五兒希望她在寶玉面前說一些好話。當然，要進怡紅院，第一要漂亮，怡紅院裏面沒有醜丫頭的，個個如花似玉，柳五兒也長得好，不是一般的漂亮，很像晴雯，既然像晴雯，眉眼間就像黛玉了。這一點，是她最大的優勢。曹雪芹描寫人物不是單一的，譬如林黛玉好像一個星座裏的主星，她旁邊有好多衛星，黛玉、晴雯、齡官、柳五兒，這一串在某方面是一個 type，有那麼多分身，合起來整個是一個型，但異中有同、同中有異，人物刻畫有一種複雜性 complexity。黛玉是靈的化身，是個感性的人物，從她演繹下來有一羣。另外像薛寶釵，她是理性的型，那又是另一串，襲人、麝月都是一個型。所以很重要很基本的兩個 type，兩種典型，每個人又有不同的反射、折射。雖然人物那麼多，各有自己的 individuality 特性，所以《紅樓夢》裏面角色成羣成串，每個都寫得讓人不會忘記，這是最成功的地方。

前面寫柳五兒只是幾筆，到最後了，還有個回馬槍，寶玉對女孩子的憐香惜玉，落在五兒身上了，這段寫得非常細緻。一六四九頁：寶玉在外面想作夢，不肯進去，越要睡越睡不著，見麝月、五兒兩個人在那裏打鋪，「忽然想起那年襲人不在家時晴雯麝月兩個人伏侍，夜間麝月出去，晴雯要唬他，因為沒穿衣服著了涼，後來還是從這個病上死的。想到這裏，一心移在晴雯身上去了。」寶玉對晴雯在丫鬟裏頭是情有獨鍾的，他對晴雯也跟對黛玉類似，是心靈、性情上的溝通。晴雯沒有受過教育，不會作詩吟詞，可是她的個性也觸中了寶玉，有種互通的感受。在女性裏面，寶玉跟襲人發生過肉體關係，跟寶釵發生過肉體關係，跟最愛的黛玉沒有，跟晴雯也沒有。晴雯調皮，大冷天沒加衣服跑出去，想嚇唬麝月，著了涼，後來生病死了。寶玉想到從前，想到晴雯，忽又想起鳳姐說五兒給晴雯脫了個影兒，因又將想晴雯的心腸移在五兒身上。移情作用，移到五兒身上，自己假裝睡著，偷偷的看那五兒，越瞧越像晴雯，不覺呆性復發。他悄悄地看，又恢復了男孩子的天真。本來寶玉痴傻了，玉丟掉，整個靈魂丟掉了，這時看見有個像晴雯的女孩子，又觸動他的心事。聽了聽，裏間已無聲息，知是睡了。卻見麝月也睡著了，便故意叫了麝月兩聲，卻不答應。五兒聽見寶玉喚人，便問道：「二爺要什麼？」寶玉道：「我要漱漱口。」五兒見麝月已睡，只得起來重新剪了蠟花，倒了一鍾茶來，一手托著漱盂。卻因趕忙起來的，身上只穿著一件桃紅綾子小襖兒，鬆鬆的挽著一個鬢兒。寶玉看時，居然晴雯復生。忽又想起晴雯說的「早知擔個虛名，也就打個正經主意了」，晴雯最後的遺言，我擔了虛名，講我是狐狸精，我並沒有勾引你啊，結果我死得這麼冤枉，早知道這樣子，我就打主意了。晴雯心中也是愛寶玉的。想到這麼一句，不覺呆呆的呆看，也不接茶。把五兒當作晴雯了。

那五兒自從芳官去後，也無心進來了。後來聽見鳳姐叫他進來伏侍寶玉，竟比寶玉盼他進來的心還急。不想進來以後，見寶釵襲人一般尊貴穩重，看著心裏實在敬慕；又見寶玉瘋瘋傻傻，不似先前風致；又聽見王夫人為女孩子們和寶玉玩笑都攆了：所以把這件事擱在心上，倒無一毫的兒女私情了。進來了，看看寶釵、襲人都正正經經，而且王夫人那麼雷厲風行的趕人，她自己也知道謹慎。最重要的是寶玉病了，從前待女孩子的那種體貼不見了，所以她也很失望。她本來想憑著姿色，可能在寶玉面前也能親近親近，可是寶玉變了。怎奈這位呆爺今晚把他當作晴雯，只管愛惜起來。這就是「候芳魂五兒承錯愛」，她以為是對她有了什麼意思了，其實他心中想的是晴雯。那五兒早已羞得兩頰紅潮，又不敢大聲說話，只得輕輕的說道：「二爺漱口啊。」寶玉笑著接了茶在手中，也不知道漱了沒有，便笑嘻嘻的問道：「你和晴雯姐姐好不是啊？」五兒聽了摸不著頭腦，便道：「都是姐妹，也沒有什麼不好的。」寶玉又悄悄的問道：「晴雯病重了我看他去，不是你也去了麼？」五兒微微笑著點頭兒。寶玉道：「你聽見他說什麼了沒有？」五兒搖著頭兒道：「沒有。」寶玉已經忘神，便把五兒的手一拉。五兒急得紅了臉，心裏亂跳，便悄悄說道：「二爺有什麼話只管說，別拉拉扯扯的。」寶玉才放了手，說道：「他和我說來著，『早知擔了個虛名，也就打正經主意了。』你怎麼沒聽見麼？」他講這個話，五兒不曉得這個呆爺是調戲她呢？還是怎麼呢？弄得有一點不知所措了。五兒聽了這話明明是輕薄自己的意思，又不敢怎麼樣，便說道：「那是他自己沒臉，這也是我們女孩兒家說得的嗎。」她只好這麼講了囉。寶玉講那個話，倒是一片真心。寶玉是天真的，不是來調戲她，聽了五兒這麼講，寶玉就不高興了。寶玉著急道：「你怎麼也是這麼個道學先生！我看你長的和他一模一樣，我才肯和你說這個話，你怎麼倒拿這些話來遭塌他！」對寶玉來說這話是真心話，你這麼講她，一副假道學的樣子嘛！此時五兒心中也不知寶玉是怎麼個意思，便說道：「夜深了，二爺也睡罷，別緊著坐著，看涼著。剛才奶奶和襲人姐姐怎麼囑咐了？」寶玉道：「我不涼。」說到這裏，忽然想起五兒沒穿著大衣服，就怕他也像晴雯著了涼，便說道：「你為什麼不穿上衣服就過來！」五兒道：「爺叫的緊，那裏有盡著穿衣裳的空兒。要知道說這半天話兒時，我也穿上了。」寶玉聽了，連忙把自己蓋的一件月白綾子綿襖兒揭起來遞給五兒，叫他披上。原來的那個寶玉又回來了，對女孩兒那體貼憐惜，這種小地方動人。所以我想這一段又恢復從前寫寶玉對女孩子那種很細膩的刻畫了。不過這一次比較悲哀，這段是說「承錯愛」，他心中想著死去的那個人，是移情作用，移到這個女孩子身上，他並不是真的對這個女孩子產生了愛，他因為愛屋及烏，因為她像晴雯，像晴雯再進一步就像黛玉了嘛，想的還是黛玉，難忘的還是林姑娘。

五兒不敢穿寶玉的衣裳，一下子這麼受寵她也覺得莫名其妙，害怕得自己穿了衣服要走了。她就又問他說：「二爺今晚不是要養神呢嗎？」寶玉笑道：「實告訴你罷，什麼是養神，我倒是要遇仙的意思。」五兒聽了，越發動了疑心，便問道：「遇什麼仙？」寶玉道：「你要知道，這話長著呢。你挨著我來坐下，我告訴你。」遇什麼仙？芙蓉仙子啊！還記得晴雯死了不是變成芙蓉仙子了嗎？他叫她坐下來，來來來，坐在我旁邊。五兒紅了臉，不好意思，從來沒有這麼受寵嘛！她笑道：「你在那裏躺著，我怎麼坐呢。」寶玉躺著，叫她坐在旁邊，非常 intimate，非常親密的動作。寶玉道：「這個何妨。這怕什麼。那一年冷天，也是你麝月姐姐和你晴雯姐姐頑，我怕凍著他，還把他攬在被裏渥著呢。記得那一次，晴雯在外面冷了，他趕快把她的兩隻冰冷的手握住，到他被窩裏面去溫暖她。寶玉這種動作都很天真的，他不是吃她們豆腐或調戲女孩子，他真的疼憐晴雯，冷了嘛，凍得痛。這有什麼的！大凡一個人總不要酸文假醋才好。」五兒聽了，句句都是寶玉調戲之意，可憐的五兒不曉得怎麼對付這個呆爺。那知這位呆爺卻是實心實意的話兒。五兒此時走開不好，站著不好，坐下不好，倒沒了主意了，這個時候他已經結婚了，而且有嬌妻美妾，怎麼還來調戲我呢？因微微的笑著道：「你別混說了，看人家聽見這是什麼意思。怨不得人家說你專在女孩兒身上用工夫。你自己放著二奶奶和襲人姐姐都是仙人兒似的，只愛和別人胡纏。明兒再說這些話，我回了二奶奶，看你什麼臉見人。」只好故意這麼講這一番話，她說那兩個仙人兒似的。寶玉不是不愛她們，但不是那種愛。

五兒害怕了，第二天也心懷鬼胎似的，以為被聽見了。寶釵問：「你聽見二爺睡夢中和人說話來著麼？」寶釵讓他在外面睡了幾天，也沒有夢到什麼人，寶釵就刺他幾句，寶玉心裏面也就不好意思，內疚了，這時候哪裏還有強嘴的分兒，只好搬進去了。一六五三頁：一則寶玉負愧，欲安慰寶釵之心；二則寶釵恐寶玉思鬱成疾，不如假以詞色，使得稍覺親近，以為移花接木之計。於是當晚襲人果然挪出去。寶玉因心中愧悔，寶釵欲攏絡寶玉之心，自過門至今日，方才如魚得水，恩愛纏綿，所謂二五之精妙合而凝的了。此是後話。這個時候寶釵跟寶玉才圓房。所以我說寶釵嫁給寶玉，事實上是嫁給了賈府，嫁給了儒家宗法社會那個體系，做為儒家賦予應有責任的妻子。寶玉做為丈夫，也是這樣的態度。他們兩人的圓房，也因為要行夫妻之禮。寶玉跟襲人很早就有了一次肉體的關係，這個時候跟寶釵也發生了肉體的關係。他跟林黛玉曾經同床共枕在一起長大，寶玉從來沒有對林黛玉的肉體有任何邪念，我們也好像看不見林黛玉是有肉體的一個人，她就像一團靈氣凝成的。現在講起來最大的遺憾是林黛玉跟賈寶玉沒有成婚，但也無法想像林黛玉嫁給賈寶玉，嵌進了儒家社會的體系做妻子，然後生了一堆兒女吧。她跟寶玉的關係那麼親近，兩個人心靈上的契合幾乎是合而為一，但婚姻第一個要件就是肉體的結合，靈與靈沒法結合，像寶玉跟黛玉之間的這種關係，無法成為夫婦的。有些小說，比如西方很有名的、**Emily Bronte** 寫的《咆哮山莊》（*Wuthering Heights*），大概很多人都看過，或是看過 **William Wyler, Laurence Olivier** 的那個老電影，那裏面有兩個男女主角，**Heathcliff** 和 **Catherine**，他們從小一起長大，**Heathcliff** 是一個野孩子，給 **Catherine** 的爸爸撿回來的，他等於是 **natural force**，一種自然力量。**Catherine**有兩面，一面她也是野性的，也是關於原始的力量。他們兩個人從小就非常要好，非常 **intimate, Catherine** 甚至這麼說：**I am Heathcliff**，我就是 **Heathcliff**，後來她沒嫁給他，她嫁給另外一個來自仕紳階級家庭，很優雅的男孩子，**Heathcliff** 當然就傷心失望來報復，最後兩個人變成鬼魂再合在一起。有時候我們覺得很奇怪，兩個非常要好的男女，太過於知心，太過於心靈方面的交好，他們反而不能成婚。因為婚姻要肉體的契合，賈寶玉跟林黛玉沒有肉體關係，他跟襲人很早的時候有，到最後，他肉身上的俗緣最掛記的就是襲人，最後他出家，留給襲人的是一個丈夫蔣玉菡，他留給寶釵的是一個兒子，來繼承儒家的系統，所以在世上的俗緣已了，可以離開了。

這時候他跟寶釵圓了房，賈母突然生病了。八十三歲的老人經過這麼大的波折、刺激，生病也是非常自然的，醫生來了都治不好。一六五五頁一個小節也有意思，誰來探病呢？突然間神來之筆，妙玉又出現了。寶玉說過，妙公不親自下凡的。這個時候她出現到凡塵來，我們才真正在作者筆下看到妙玉的形象。只見妙玉頭帶妙常髻，梳著一個女道士的髮髻。身上穿一件月白素綢襖兒，外罩一件水田青緞鑲邊長背心，拴著秋香色的絲絛，腰下繫一條淡墨畫的白綾裙，手執麈尾念珠，跟著一個侍兒，飄飄拽拽的走來。你看這個形象，沒有說妙玉的容貌怎麼樣，你會感覺這一定是非常脫俗、非常美的一個道姑，壞就壞在她的美色，引起了強盜的覬覦，這個時候來這麼一筆，預告她要遭劫，「到頭來，依舊是風塵骯髒違心願」。所以我說這個後四十回一定是曹雪芹寫的，如果是一個續書的人，不可能這個時候還想到為妙玉來這麼一招，而且幾筆淡墨，把這個道姑形容得這麼美。有道理的，因為她有這個美色，外人著了相了，所以她要遭劫，甚至還墮入風塵裏面去。這個時候這一筆，就夠了。

賈府真是七零八落，老太太生病了，可憐那二姑娘迎春，活活的被孫紹祖磨得快死了，娘家被抄家這時候根本顧不到她，老太太生病了還顧不及，本來他們瞞著賈母，不告訴她，老人家病的時候，耳朵反而更靈，聽出來了。一六五六頁，一句話滿悲涼的，賈母說：「迎丫頭要死了麼？」王夫人就說「沒有」，想瞞她。賈母道：「瞧我的大夫就好，快請了去。」賈母便悲傷起來，說是：「我三個孫女兒，一個享盡了福死了，三丫頭遠嫁不得見面；迎丫頭雖苦，或者熬出來，不打量他年輕輕兒的就要死了。留著我這麼大年紀的人活著做什麼！」老太太三個孫女兒，都沒有好結果。探春算是好的，但嫁到海疆那麼遠也看不見，迎春一個好好的姑娘，活活給磨死。賈母病重，他們都不敢去回，「可憐一位如花似月之女，結褵年餘，不料被孫家揉搓以致身亡。又值賈母病篤，眾人不便離開，竟容孫家草草完結。」隨隨便便葬掉了這麼一個賈府的千金，落得這種下場。忽喇喇似大廈傾，賈府這屋子要倒的時候，嘩啦嘩啦搖動得越來越厲害了。

【第一百十回】史太君壽終歸地府 王鳳姐力詘失人心

小說裏頭最靠功力的地方，就是寫生離死別，要寫這種最emotional、感情最強烈的場景，寫得好不容易。情緒、情感要強烈到什麼地步？怎麼樣子來寫它？處處要恰到好處。晴雯之死寫的好，黛玉之死寫的好。我們看到晴雯死之前，把自己的長指甲「喀擦」咬斷，留給寶玉，等於說我的身體生的時候不能跟你，死的時候留給你。咬斷，寫的好！那一回講過，庚辰本寫剪斷，剪刀剪斷就不好了，要「喀擦」咬斷，那就帶勁了。黛玉死的時候，她最後焚稿斷痴情，把兩塊有著情思淚痕的手帕，往火盆裏面一丟燒起來，情緒很高漲的安排。賈母之死又不一樣了，要寫得恰如她的身分。賈母是何許人，老太太生前雍容大度，氣派非凡，死的時候也要有派頭。怎麼寫法？賈母快死之前迴光返照，要留給家裏最後幾句話。一六六一頁：卻說賈母坐起說道：「我到你們家已經六十多年了。從年輕的時候到老來，福也享盡了。自你們老爺起，兒子孫子也都算是好的了。老太太很寬容，雖然這些子孫有不肖的地方，不肖到抄了家，最後老太太對他們說還算好的。就是寶玉呢，我疼了他一場。」說到那裏，拿眼滿地下瞅著。王夫人便推寶玉走到床前。賈母從被窩裏伸出手來拉著寶玉道：「我的兒，你要爭氣才好！」就這一句話，放不下心。寶玉嘴裏答應，心裏一酸，那眼淚便要流下來，又不敢哭，只得站著，老太太最疼的就是寶玉，明明知道這個孫子不合乎當時儒家社會正常的一切規範，老太太心中還是疼他，對他百般的寵愛。還記得寶玉被打的時候老太太去擋，那一幕也很動人。聽賈母說道：「我想再見一個重孫子我就安心了。」她希望寶玉能夠生一個孩子，她再有一個重孫子，就更安心了。我的蘭兒在那裏呢？」現在唯一的重孫是賈蘭，李紈也推賈蘭上去。賈母放了寶玉，拉著賈蘭道：「你母親是要孝順的，將來你成了人，也叫你母親風光風光。」每句話都語重心長。賈蘭的媽媽李紈守了一輩子寡，就指望這個兒子，所以賈母講以後所有的一切都在你身上，你對媽媽要孝順讓她風光風光。賈母很了解，李紈一輩子吃了不少苦。「鳳丫頭呢？」鳳姐本來站在賈母旁邊，趕忙走到眼前說：「在這裏呢。」賈母道：「我的兒，你是太聰明了，一句話，你太精了，機關算盡太聰明，反算了卿卿性命就在講王熙鳳。將來修修福罷。賈母每句話都有因的，我也沒有修什麼，不過心實吃虧，那些吃齋念佛的事我也不大幹，就是舊年叫人寫了些《金剛經》送送人，不知送完了沒有？」鳳姐道：「沒有呢。」賈母道：「早該施捨完了才好。我們大老爺和珍兒是在外頭樂了，賈母死的時候，他們被流放了，沒得來送終，故意這麼講他們在外面樂了。最可惡的是史丫頭沒良心，怎麼總不來瞧我。」大家知道，史湘雲雖然開頭說嫁得很好，那個先生突然得了癆病，史湘雲走不開了。鴛鴦等明知其故，都不言語。她們不想讓賈母擔心，都不言語。賈母又瞧了一瞧寶釵，嘆了口氣，沒話講了，可憐這個孫媳婦。只見臉上發紅。賈政知是迴光返照，即忙進上參湯。賈母的牙關已經緊了，合了一回眼，又睜著滿屋裏瞧了一瞧。王夫人寶釵上去輕輕扶著，邢夫人鳳姐等便忙穿衣，地下婆子們已將床安設停當，鋪了被褥，聽見賈母喉間略一響動，臉變笑容，竟是去了，享年八十三歲。賈母的最後寫得有條有理、不卑不亢，跟晴雯、黛玉完全是兩種場景，兩種不同的人生嘛！賈母是享盡了福壽終正寢，榮華富貴一生，兒孫滿堂，所以她走的時候臉變笑容，算是對人生沒有什麼遺憾的走了。

賈母過世了，按理講賈府的喪禮應該是最轟轟烈烈的一次。大家還記得一開始秦可卿死的時候，賈府正當極盛，秦氏不過是寧國府的孫媳婦，喪禮的排場非常鋪張，各個王親公侯來弔喪，那時尤氏生病，請王熙鳳去辦理，鳳姐當時威風八面，調動下面那些僕人，有條不紊。那邊的總管就講，西府璉二奶奶來了，「那是個有名的烈貨，臉酸心硬，一時惱了，不認人的。」果然鳳姐去的時候雷厲風行，有一次一個僕人睡迷了遲到，害怕向鳳姐求饒，鳳姐說「明兒他也睡迷了，後兒我也睡迷了，將來都沒了人了。本來要饒你，只是我頭一次寬了，下次人就難管，不如現開發的好。」臉一變，拉出去打二十板子。鳳姐得賈母的寵，賈珍又把大權給她，用錢也不是問題，那個喪禮辦得奢侈盛大。現在賈母死了，今非昔比，處處見肘。為什麼？第一，抄家了不敢那麼囂張；第二，的確賈府家庫空了，沒錢了。巧婦難為無米之炊，鳳姐那麼能幹也使不上勁來。

這一回徹徹底底把賈府的窘迫寫得淋漓盡致。要錢沒錢，要人沒人，這個時候邢夫人來管，邢夫人本來就很摳錢的人，自己又被抄了家，賈母給她點銀子，那還不捏得死死的。賈政很迂腐，他講喪禮還是節省一點好，說「喪與其易，寧戚」，喪禮鋪張，還不如表現真情的哀痛。邢夫人得了這句話，這可好了，哭幾聲最好，銀子不要花了。可是來賈府弔喪的親戚還是很多，別忘了賈政又恢復了榮國公的 title，恢復了職位，如果兩個職位都丟掉了，恐怕來弔喪的人就很少，抄家了劃清界線還來不及。一看恢復了職位，表示皇帝的恩寵還沒有完全斷絕，弔喪的來了很多，怎麼辦呢？場面雖然沒有從前那麼大，可是連最基本的場面，鳳姐就已經顧不到了。鴛鴦這時候就來求鳳姐了，鴛鴦當然非常忠心於賈母，她說老太太做人這麼一輩子，再怎麼樣，一定要讓她風風光光的走，說著給鳳姐磕頭，鳳姐說：「快起來。」其實鳳姐有口難言，她也很想辦好啊，但這個時候由不得她，連賈璉到外面去拿銀子也兜不回來。鴛鴦就講，如果沒有銀子，我們還剩了一些錢，就通通捐出去用吧。一六六四頁，她說：「不是我著急，為的是大太太是不管事的，老爺是怕招搖的，若是二奶奶心裏也是老爺的想頭，說抄過家的人家喪事還是這麼好，將來又要抄起來，也就不顧起老太太來，怎麼處！在我呢是個丫頭，好歹礙不著，到底是這裏的聲名。」鳳姐道：「我知道了，你只管放心，有我呢！」鴛鴦才走。鳳姐想：「鴛鴦這東西好古怪！不知打了什麼主意，論理老太太身上本該體面些。」她想鴛鴦怎麼跑來講這些話，鴛鴦很識大體的一個丫頭，現在反而來拱著她、擠著她，她也很想做好啊。她這就去問下面的人，銀子哪裏去了。先是問賈璉，我們還有多少銀子拿出來。賈璉就講，「誰見過銀子！我聽見咱們太太聽見了二老爺的話，極力的攛掇二太太和二老爺，說這是好主意。說這個喪與其易，寧戚，喪禮不要鋪張，叫我怎麼著！現在外頭棚杠上要支幾百銀子，這會子還沒有發出來。幾百銀子都拿不出來。我要去，他們都說有，先叫外頭辦了回來再算。他說，前面不給，先辦了回來再說。下面這些傭人，有的滿有錢的，賈府裏面東摳西摳也摳得出來，有點錢的跑光了，深怕主人問他們拿錢出來，現在按冊去叫，有的說生病了，有人跑回到莊子裏面去了。墻倒眾人推，樹倒猢猻散，老得走不動的老弱殘兵還剩下幾個。說那些躲掉的只有賺錢的能耐，還有賠錢的本事麼！」鳳姐聽了，呆了半天，說道：「這還辦什麼！」這點錢都拿不出來，怎麼辦？鳳姐曉得大事不妙。中國人向來弔喪的時候一定要吃飯的，連吃飯這種最基本的都招呼不了，窘迫到這個地步。鳳姐就跑去跟鴛鴦打主意了，問老太太還剩下什麼東西。鴛鴦說，那年你們當的是什麼東西啊，還沒去贖回來，金銀東西都被你們當光了。這真是desperate，危急得很。鳳姐說，你不要給我金銀的，普通一點的那些傢伙。拿出來當當也可以啊。鴛鴦講了，普通的傢伙，你看看大太太房裏用的是什麼東西啊，還不都是老太太的那些東西。什麼都沒有了，沒辦法了，鳳姐又跑去找王夫人的丫頭彩雲，動王夫人的主意。到這個地步，鳳姐也慌了手腳，一六六五頁，鴛鴦見鳳姐這樣慌張，心想：「他頭裏作事何等爽利周到，如今怎麼掣肘的這個樣兒。我看這兩三天連一點頭腦都沒有，不是老太太白疼了他了嗎！」

邢夫人知道這事情之後，她曉得賈璉、鳳姐他們都是手大腳大用錢用得快，她揑住錢不給。王夫人說我們現在雖然不行，但外面的體面還是要的。沒有錢又要體面，鳳姐也有講不出的苦處來，邢夫人在旁邊還講風涼話。說：「論理該是我們做媳婦的操心，本不是孫子媳婦的事。但是我們動不得身，所以托你的，你是打不得撒手的。」鳳姐紫漲了臉，那時候又不好在婆婆面前抱怨，不便去講這些東西的。鳳姐沒辦法了，去求那些辦事媳婦。回頭想想，從前她威風八面的時候，下面什麼林之孝家的、周瑞家的、吳新登家的，哪個不怕鳳姐啊，鳳姐一聲令下，這些管家媳婦們通通辦事。現在她去求她們了。他說：「大娘嬸子們可憐我罷！我上頭捱了好些說，為的是你們不齊截，叫人笑話。明兒你們豁出些辛苦來罷。」你看，鳳姐沒辦法了，求她們這些管事媳婦用心一點。那管事媳婦也有她們的苦處，說：「奶奶辦事不是今兒個一遭兒了，我們敢違拗嗎。只是這回的事上頭過於累贅。只說打發這頓飯罷，有的在這裏吃，有的要在家裏吃，請了那位太太，又是那位奶奶不來。諸如此類，那得齊全。還求奶奶勸勸那些姑娘們不要挑飭就好了。」這個時候沒錢了，什麼都辦不好。鳳姐講，這些小姐丫頭們你還不好去得罪。老太太跟太太跟前的丫頭是不好弄的。那些人講：「從前奶奶在東府裏還是署事，要打要罵，怎麼這樣鋒利，誰敢不依。如今這些姑娘們都壓不住了？」鳳姐是今昔之嘆，從前是從前哪，現在是一點辦法都沒有了。最後她說：「好大娘們！求她們了，明兒且幫我一天，等我把姑娘們鬧明白了再說罷咧。」鳳姐威風沒有了，倒了。抄家的時候自己有份，那時候已經心虛，矮了半截，這下子老太太過世，她的靠山沒有了。從前鳳姐之所以威風八面，老太太是她的靠山啊！老太太上面講一句，下面誰敢違抗，連她的婆婆邢夫人也壓不住她，王夫人就不必講了，老太太在上面撐她的腰嘛。現在，沒人撐了，鳳姐沒轍了。

喪事辦得不像樣子，到底他們還是皇親國戚，連日王妃誥命也來的不少，錢轉不開，招待草草了事，實在不像話，連鴛鴦都看不過去。這個時候，又讓李紈出頭來解決，而且非常得體。李紈常常在最節骨眼的時候出來說幾句話，充分顯示她這個人很賢慧、很仁慈、很識大體、很守分寸。這個角色不好寫，因為她平平的，沒什麼大起大落，可是寫得總是恰如其分。還記得林姑娘死的時候嗎？沒有人去，因為都跑到寶釵婚禮去了。李紈是寡婦不便去喜事，所以去探望黛玉，最後時刻對黛玉非常憐惜，充分表現了她的人性。李紈這時李紈看鳳姐捉襟見肘，簡直是辦不下來，她曉得她的難處。按理講，她們是妯娌，她還是大媳婦，對鳳姐應該有一點嫉妒跟仇視的，但她沒有，還替鳳姐講話，講得很好。她講，一六六八頁，她就把自己下面那些人招來解釋一頓，希望至少這幾個人去幫鳳姐。她講「俗語說的，『牡丹雖好，全仗綠葉扶持』，太太們不虧了鳳丫頭，那些人還幫著嗎！若是三姑娘在家還好，如今只有他幾個自己的人瞎張羅，面前背後的也抱怨說是一個錢摸不著，臉面也不能剩一點兒。想到了如果探春在的話，還可以壓得住場子，探春不在了，老太太又死了，李紈看出她的苦處來了。老爺是一味的盡孝，庶務上頭不大明白。這樣的一件大事，不撒散幾個錢就辦的開了嗎！可憐鳳丫頭鬧了幾年，不想在老太太的事上，只怕保不住臉了。」鳳姐是多麼要強的一個人，在賈府裏面多麼有面子、有風采，偏偏最後在老太太的事上倒了，顏面盡失。她就叫那些人來了，說：「你們別看著人家的樣兒，也遭塌起璉二奶奶來。別打量什麼穿孝守靈就算了大事了，不過混過幾天就是了。看見那些人張羅不開，便插個手兒也未為不可。這也是公事，大家都該出力的。」那些素服李紈的人都答應著說：「大奶奶說得很是，我們也不敢那麼著。」都服她嘛，李紈以德服人。她們說鴛鴦到處講鳳姐的壞話，這倒奇怪了。聽得鴛鴦那邊很抱怨。李紈也告訴鴛鴦，璉二奶奶並不是在老太太事上不用心，只是銀子都不在她手上，巧媳婦做無米之炊，沒辦法。她講，鴛鴦奇怪，怎麼不像從前了。後來鴛鴦的確不對了，吊頸自殺。李紈說：「那時候有老太太疼他倒沒有作過什麼威福，如今老太太死了，沒有了仗腰子的了，我看他倒有些氣質不大好了。」怎麼搞的，鴛鴦很大度、很聽話的一個丫頭，怎麼也變了。李紈先前還替她發愁，還好這個時候賈赦在外面，要是在家，一定把她抓來做妾。賈赦之前放過話：「逃不出我的手掌。」所以李紈這時候顯現她賢慧的一面。

這一回的最後，一六七〇頁，史湘雲曉得送殯不能不來，雖然夫婿病了，她還是來了。她滿腹心事，想起賈母素日疼他；又想到自己命苦，剛配了一個才貌雙全的男人，性情又好，偏偏的得了冤孽症候，不過捱日子罷了。於是更加悲痛，直哭了半夜。各個人哭各個人的心事。這個寫的好，不光是哭賈母，也哭自己，借他人的靈堂哭自己的悲傷。寶玉瞅著也不勝悲傷，又不好上前去勸，見他淡妝素服，不敷脂粉，更比未出嫁的時候猶勝幾分。轉念又看寶琴等淡素裝飾，自有一種天生丰韵。獨有寶釵渾身孝服，那知道比尋常穿顏色時更有一番雅致。他還有這種想法，賈寶玉就是賈寶玉。心裏想道：「所以千紅萬紫終讓梅花為魁，殊不知並非為梅花開的早，竟是『潔白清香』四字是不可及的了。但只這時候若有林妹妹也是這樣打扮，又想起來了，又不知怎樣的丰韵了！」想到這裏，不覺的心酸起來，那淚珠便直滾滾的下來了，趁著賈母的事，不妨放聲大哭。各哭各的心事，集體的悲傷，賈府到了這個時候，真的是一片悲聲。

鳳姐已經累得支撐不住了，她本來就在生病，只能敷衍了過去，這個時候一個小丫頭不懂事，跑來說：「二奶奶在這裏呢，怪不得大太太說，裏頭人多照應不過來，二奶奶是躲著受用去了。」這是轉述邢夫人的話。邢夫人素來討厭這個媳婦，趁這個時候踏她幾腳，從前那麼囂張，這時候來講講她。鳳姐聽了這話，一口氣撞上來，往下一咽，眼淚直流，只覺得眼前一黑，嗓子裏一甜，便噴出鮮紅的血來，身子站不住，就蹲倒在地。鳳姐氣得吐血了，多少的委屈，扛多少的事，被小丫頭這麼來踐踏兩下。可憐的鳳姐，當年的威風哪裏去了，落到這個地步。鳳姐倒了，這個那個都來踩一腳，眾人都來推，鳳姐的命運也走到最後了。

【第一百十一回】鴛鴦女殉主登太虛　狗彘奴欺天招夥盜

鳳姐累得氣得吐血了，不多久鴛鴦上吊了，然後賈府遭盜，通通來了，禍不單行。鳳姐吐血病倒的事丫鬟去告訴邢夫人、王夫人聽了，邢夫人還以為鳳姐偷懶，淡淡地說：「叫他歇著去罷。」淡筆來這麼一下，這是寫得好的地方。你看王鳳姐落到這個地步，丫鬟戳她一下，婆婆戳她一下，鴛鴦捅她一下，鳳姐全無招架之力。鳳姐本來是賈府中頭一等得意人，出場時大家還記得嗎？頭戴鳳冠，一身穿得像神仙人物似的那樣出來，一聲叫場「我來遲了！」那種派頭少有，現在完全顛倒過來了，世態炎涼嘗盡，弄到這種境地。所以前面要寫得極盛，後面才顯出極衰，如果鳳姐前面沒有那種威風，後面寫成這個樣子，反差就不夠大了。現在前後對照，的確令人嘆息。

辭靈的時候大家都痛哭，鴛鴦當然最傷心了。只見鴛鴦已哭的昏暈過去了，大家扶住捶鬧了一陣才醒過來，便說「老太太疼我一場我跟了去」的話。大家本來以為她是傷心過頭講的話，哪曉得她真的上吊了。一六七四頁，我們看看鴛鴦這個人，她是眾丫頭之首，也是賈母在的時候大觀園裏頭一位得意人，連鳳姐都要對她這輩分的丫鬟讓幾分，不敢有疾言，不要說其他人了。邢夫人要把鴛鴦弄去給賈赦做妾，鴛鴦不假以顏色，邢夫人也不敢怎麼樣。鴛鴦有她的地位，有她的個性，也是賈母倚重的人。鳳姐就叫邢夫人不要替賈赦去做這事了，她說老太太沒有鴛鴦在，飯都吃不下去的。鴛鴦敢答應賈璉把賈母那些金銀器拿出去借當，她在賈母那兒是能做主並獲得信任的。大家都記得「金鴛鴦三宣牙牌令」那種氣勢吧，「史太君兩宴大觀園」，那個時候金鴛鴦多麼的風光。她不肯做賈赦的妾，表現得正義凜然，賈赦就懷疑自古嫦娥愛少年，說她可能看上賈璉，也可能看上寶玉，賈赦說不管看上哪一個，別想逃得出他的手掌。鴛鴦就在賈母面前跪下來，說：「不要說寶玉，就是寶金、寶天王我也不嫁，什麼人我都不嫁。」她那時候講，老太太死了我就跟著去，她拿一把剪刀，回頭就把頭髮「卡嚓」一剪。她要出家，逼她的話就遁入空門，當尼姑去。多麼剛烈、有正氣的一個女孩子。

這時候，鴛鴦哭了一場，想到「自己跟著老太太一輩子，身子也沒有著落。雖然當時這麼受寵，到底是個丫鬟，最後的結局不會太好，除非趁著主子在的時候選定了人嫁出去，要不然隨隨便便把她配給小子、配給傭人，也可能賈赦回來抓了去當小妾。如今大老爺雖不在家，大太太的這樣行為我也瞧不上。瞧不起邢夫人，拿我當妾，休想！老爺是不管事的人，賈政不管事的，以後便亂世為王起來了，我們這些人不是要叫他們掇弄了麼。誰收在屋子裏，誰配小子，我是受不得這樣折磨的，倒不如死了乾淨。讓我給他們這麼隨便掇弄，我不受這個折磨。這鴛鴦本來是很受寵，而且很剛烈的一個人，她想倒不如死了乾淨些。但是一時怎麼樣的個死法呢？」一面想，一面走回老太太的套間屋內。剛跨進門，只見燈光慘淡，隱隱有個女人拿著汗巾子好似要上吊的樣子。鬼魂又來了。鴛鴦也不驚怕，心裏想道：「這一個是誰？和我的心事一樣，倒比我走在頭裏了。」便問道：「你是誰？咱們兩個人是一樣的心，要死一塊兒死。」那個人也不答言。鴛鴦走到跟前一看，並不是這屋子的丫頭。仔細一看，覺得冷氣侵人時就不見了。鬼魂一下不見了。鴛鴦呆了一呆，退出在炕沿上坐下，細細一想道：「哦，是了，這是東府裏的小蓉大奶奶啊！秦氏。他早死了的了，怎麼到這裏來？必是來叫我來了。他怎麼又上吊呢？」怎麼這個時候出現，怎麼又上吊了？是了，一定是教我法子來的。鴛鴦這麼一想，邪侵入骨，便站起來，一面哭，一面開了妝匣，取出那年絞的一綹頭髮，揣在懷裏，鴛鴦那時候絞了一綹頭髮，她自己留著的。如果有這麼一個續述者，思想這麼細緻，那他的才華絕不下於曹雪芹，可能還要超過他。把人家的東西拿來續寫，把放出去的線索收回來，寫得這麼細緻、周到，這個時候還要讓大家想想鴛鴦絞髮的那種剛烈勁兒，太周到了。鴛鴦把頭髮揣在懷裏，就在身上解下一條汗巾，按著秦氏方才比的地方拴上。自己又哭了一回，聽見外頭人客散去，恐有人進來，急忙關上屋門，然後端了一個腳凳自己站上，把汗巾拴上扣兒套在咽喉，便把腳凳蹬開。可憐咽喉氣絕，香魂出竅，正無投奔，只見秦氏隱隱在前。來了，這個有意思。秦氏怎麼死的？我們所知是病死的。怎麼上吊了呢？這個就是《紅樓夢》一個大疑問的地方。秦氏之死有個回目叫做「秦可卿淫喪天香樓」，講賈珍跟秦氏有個affair，兩個人有染，正在入港的時候給一個丫鬟撞見，秦氏羞愧之下自己吊頸死了。本來有這麼一個說法的，後來脂硯齋評說這事情太露骨了，可能秦氏跟賈珍這事影射了他們那個表親家，蘇州織造李煦跟他媳婦的事情，所以脂硯齋說這個不好講的，曹雪芹就改了情節，寫成秦可卿是病死的。可是他這個地方沒有改，又露餡了。可能原來寫的時候秦氏是吊頸的，所以鬼魂回來教鴛鴦吊頸。

不管怎麼樣，鴛鴦死的時候，秦氏的魂魄就把她引到太虛幻境去了。太虛幻境不是有個痴情司什麼的，這些痴魂怨鬼下到人世間，最後一個一個都回來歸檔了，鴛鴦也去了。本來秦氏是管風月的，現在要讓鴛鴦來管。鴛鴦說我是最無情的，怎麼要我來管呢？那個秦氏的鬼魂說：「不然，你看就知道。」她在太虛幻境不是秦氏了，是引導寶玉的那個兼美，警幻仙姑的妹妹。她說：「你還不知道呢。世人都把那淫欲之事當作『情』字，所以作出傷風敗化的事來，還自謂風月多情，無關緊要。不知『情』之一字，喜怒哀樂未發之時便是個性，喜怒哀樂已發便是情了。至於你我這個情，正是未發之情，就如那花的含苞一樣，欲待發泄出來，這情就不為真情了。」鴛鴦的魂聽了點頭會意。這是說鴛鴦這個人無情勝有情。情，在曹雪芹筆下不是肌膚之親為情，所以他講賈寶玉這個人是最淫的一個人，為什麼？他說他意淫。這心中想到的東西最有情的，就是意淫，是天下第一淫人。所以曹雪芹有他非常特殊的看法。

賈府去送賈母的靈柩，家裏就發生事情了。怎麼回事呢？那個周瑞家的一個乾兒子叫何三，跟鮑二喝酒打架，就被賈珍打了一頓趕走了，懷恨在心，就跟一夥盜賊趁著送殯的時候家裏人少，跑進去偷盜搶劫。賈府其他的都抄掉了，老太太的那些金銀還沒有發出去，他們一夥盜賊跑來洗劫。這時候鳳姐病了在家守著，尤氏因為不喜歡惜春就要她看家，惜春就請了妙玉來陪她下棋。這下糟了，會扶乩的妙玉沒有算到這局棋引發的連帶事件，決定了她最後的命運。

【第一百十二回】活冤孽妙尼遭大劫　死讎仇趙妾赴冥曹

賈府忙著賈母的喪事，盜賊看有機可乘，進來偷盜搶劫，一看有個絕色美女，而且還是帶髮修行的尼姑，起了淫心，搶走了東西又回頭，把妙玉也搶走了。「到頭來依然是風塵骯髒違心願……又何須，王孫公子嘆無緣」，這就是妙玉最後的下場。當然她不會依從盜賊，最後還是被殺害了。回想妙玉這個人物，在《紅樓夢》裏真的很特殊。她跟寶玉有一種很神祕的溝通，她只親近兩個人，一個是寶玉，一個是惜春，一個當和尚，一個當尼姑，這兩個人最後完成了他們自己的旅程和解脫，妙玉沒有。妙玉親近他們，唯一看得上和尊崇的就是這兩個人。妙玉看得到人家的命運，她看到了這兩個人最後修成，而她自己不行。她多麼努力，摒棄一切塵世上的骯髒，有時候甚至做得非常過分，她因為害怕，潔癖到我們看了荒謬的地步。劉姥姥到櫳翠庵去喝一杯茶，那個杯子還要丟掉。劉姥姥跟賈母他們來過庵裏，第二天她要拿幾桶水來洗地。劉姥姥什麼人？一身的泥土氣，但從某方面來看，她是個土地婆，代表了土地的某種生命力，但妙玉通通拒絕，怕沾惹塵埃，可是她自己的結局非常 ironic，非常諷刺，反而被盜賊搶走。修為的時候最怕的是什麼？六塵——色、聲、香、味、觸、法，常常來引誘我們，經過眼、耳、鼻、舌、身、意六根來誘惑。為什麼又叫「六賊」，因為會來偷光我們的內在清淨。妙玉六根未淨，所以招來賊，是真的盜賊，其實她心中的賊更厲害，第八十七回「感秋深撫琴悲往事」，她聽琴弦「蹦」的一聲斷了，心驚肉跳，回去以後走火入魔。妙玉要走修行的路太艱難，到最後還是撐不住，被賊搶去了，下場可以想見。這一夥強盜後來變成海盜，強拉她去，她那麼孤傲，不從，後來據傳聞被強盜殺死。妙玉等於是寶玉的一面鏡子，寶玉也是妙玉的一面鏡子，寶玉經過九九八十一劫，一步一步走上修行道路，最後入了空門。妙玉老早自稱「檻外人」，寶玉回覆她送的生日帖自稱「檻內人」，謙稱自己還在紅塵。妙玉自以為脫了紅塵，哪曉得恰恰相反，那一步鐵欄杆，她從來沒有踏出去過，倒是寶玉最後跨出去了。

這一回寫妙玉被劫，外面的盜賊進來搶走她，她自己也是走火入魔、六賊入侵。另外一個有心修行的人最後成功了，就是四姑娘惜春。惜春聽到妙玉被劫，且偏偏是尤氏要她在家看屋子的時候發生這種事，非常羞愧懊惱。她自己想一想，真的沒意思了，大姐姐元春病故，二姐姐迎春磨死了；史湘雲嫁得好好的，先生又得了癆病；三姐姐探春遠嫁走了，她想這些都是命定。開頭她本來還羨慕妙玉如閒雲野鶴，無拘無束，「我能學她就造化不小了。」但她是世家之女，怎能遂意？賈府這一連串的事故紛紛擾擾，她素日又跟嫂子尤氏不和，本來就有遁入空門的想法，這個時候更加篤定了，就先把自己的頭髮一絞，丫頭在旁苦勸，拉不住，一時間就絞掉一半了。頭髮是三千煩惱絲，出家的人第一步就把頭髮剃光。別忘了，妙玉是帶髮修行的，惜春卻要把三千煩惱絲剪掉。妙玉遭劫，最重要的原因是「色」，長得美，如果她是一個醜尼姑，恐怕賊也不搶她了，因為她長得美，賊看見了，而且帶髮修行像個美女嘛。六賊，色占頭一個，大劫難逃了。

《紅樓夢》十二支曲子的輓詩裏，講了妙玉和惜春，我們再來看一次。

〔世難容〕氣質美如蘭，才華阜比仙，美嘛，不光如此，而且妙玉的詩才很高。天生成孤癖人皆罕。這個人太過孤僻。你道是啖肉食腥膻，視綺羅俗厭；卻不知太高人愈妒，過潔世同嫌。太高太潔的人，是為天嫉天妒。可嘆這，青燈古殿人將老；辜負了，紅粉朱樓春色闌。到頭來，依舊是風塵骯髒違心願，這是她的結果。好一似，無瑕白玉遭泥陷；可憐好好的一塊美玉，妙玉。又何須，王孫公子嘆無緣。這是書裏一開始就講的神祕不可知的命運。寶玉到了太虛幻境看到這些冊子，寫了這些人的命運，那個時候他不懂。其實不懂最好，事先懂得自己的命運，知道一生前定，做任何事情都會走這條路子，最愛最親的人也必定是那個結果，就失去走下去的動力了。後來寶玉又到太虛幻境，看到所有哀傷的結局都早有前定，你說他怎能不悟道出家？

惜春的輓詩與妙玉是個對照，一個是「到頭來依舊是風塵骯髒違心願」，一個是「西方寶樹喚婆娑，上結著長生果」，兩個人不同的道路，不同的結果。

〔虛花悟〕將那三春看破，老早就看破。桃紅柳綠待如何？滿園繁華又怎麼樣呢？把這韶華打滅，覓那清淡天和。惜春看得開、看得穿，所以她看到林黛玉吐血生病了，淡淡的一句：林姐姐把什麼事都看得那麼認真，難怪這樣。她比她們都看得透。說什麼，天上夭桃盛，雲中杏蕊多。到頭來，誰把秋捱過？不管你多麼的興盛，開得桃紅柳綠，沒有一個捱得過秋，秋天來了，全部凋零。最後的結果，則看那，白楊村裏人嗚咽，青楓林下鬼吟哦。更兼著，連天衰草遮墳墓。這的是，昨貧今富人勞碌，春榮秋謝花折磨。似這般，生關死劫誰能躲？聞道說，西方寶樹喚婆娑，上結著長生果。她最後出家求道，達到她的願望。紅塵裏面這許多紛擾，她早已經撤開了。她跟妙玉不一樣，也不像寶玉是經過許許多多的情劫。世界上的煩惱和痛苦都來自情字，她老早就割斷了。「可憐繡戶侯門女，獨臥青燈古佛旁」，最後她出家了，她看到世間俗緣的痛苦糾纏，老早斬斷。惜春是解脫最徹底的一個。

【第一百十三回】

懺宿冤鳳姐托村嫗　釋舊憾情婢感痴郎

這一回的發展，不僅趙姨娘得了暴病，王熙鳳的生命也走到了盡頭。這時候鳳姐病了，且羞於見人，以前做過的一些太過分的事情，通通浮上心頭。趙姨娘在鐵檻寺內怪病發作，見人少了，更加混說起來，唬得眾人都恨，就有兩個女人攙著。趙姨娘雙膝跪在地下，說一回，哭一回，有時爬在地下叫饒，說：「打殺我了！紅鬍子的老爺，我再不敢了。」有一時雙手合著，也是叫疼。眼睛突出，嘴裏鮮血直流，頭髮披散，人人害怕，不敢近前。那時又將天晚，趙姨娘的聲音只管喑啞起來了，居然鬼嚎一般。到了這個地步。後來死了，也沒人哭她，除了她自己的兒子賈環哭了這麼一下，王夫人他們在鐵檻寺看完了賈母的靈柩，理都不理，走了。在這個地方，大作家一筆下去，如同千金之重。趙姨娘這個人的確不可愛，做了很多顛倒的事，講話也不識大體，可是我們沒有想到她死得這樣淒厲，雖然也其來有自。這時候有一個人突然出現了，這個人本來我們都對她沒有印象的，誰？周姨娘。賈政有兩個小老婆，周姨娘是另外一個，完全沒有聲音，不出頭的一個人，這個時候派上用場了。一六九七頁，賈環聽到母親死了，然後大哭起來。眾人只顧賈環，誰料理趙姨娘。賈環要緊，他也是個公子少爺啊。你看，這裏這麼一筆，只有周姨娘心裏苦楚，想到：「做偏房側室的下場頭不過如此！況他還有兒子的，我將來死起來還不知怎樣呢！」於是反哭的悲切。一句話，寫出對周姨娘的同情，也打動了讀者對趙姨娘的憐憫。在曹雪芹筆下，不管是最高貴的，最粗鄙的，最嬌寵的，最卑微的，都是眾生，這門課開頭的時候，我引了一首在絲路上張掖一個古廟的對聯，上聯是：「天地同流眼底羣生皆赤子」。在成佛成道者看來，不管你是誰，眾生皆赤子一律平等。下聯是：「千古一夢人間幾度續黃粱」。不管時間多長，古今都像大夢一場，都是幾度黃粱夢境。前面寫的是空間，後面寫的是時間。在曹雪芹筆下，不管是高的低的，他都以大悲之心，看眾生之苦，這本書最了不得的，也是這種地方。他自己當然也經過了許多挫折，對人生有所了悟，所以才能心生大悲。這一筆就把境界轉過來了，如果沒有這一筆，趙姨娘真的就是讓她死得那麼悽慘去吧。有這一筆，佛家眾生平等的思想就在這裏。

趙姨娘的死鳳姐聽說了，有人講「璉二奶奶只怕也好不了，怎麼說璉二奶奶告的呢。」趙姨娘意識不清時講鳳姐在陰司告她，平兒一聽當然很著急，看看王夫人、邢夫人都不理，不來看鳳姐，連賈璉對她也這麼淡薄。鳳姐此時只求速死，快點了結生命吧！這麼好強的人落到這個地步，也很不堪。心裏一想，邪魔悉至。這麼一想就中邪了，又看見鬼魂來找她，誰呢?她害死的尤二姐。只見尤二姐從房後走來，漸近床前說：「姐姐，許久的不見了。做妹妹的想念的很，好恐怖喔，你想想看，突然間尤二姐跑來說：好久不見。要見不能，如今好容易進來見見姐姐。姐姐的心機也用盡了，咱們的二爺糊塗，也不領姐姐的情，反倒怨姐姐作事過於苛刻，把他的前程去了，叫他如今見不得人。我替姐姐氣不平。」鳳姐恍惚說道：「我如今也後悔我的心忒窄了，妹妹不念舊惡，還來瞧我。」自己自言自語講了起來。這可能真的鬼來，也可能心理作祟，一個人要死了，心中的許許多多歉疚都來了。平兒說道：「奶奶說什麼？」鳳姐即刻醒來，想起尤二姐已經死了，怎麼會跑來？一定來索命的。她心裏當然很害怕，又不出聲，她好強，不肯跟平兒講。這時候什麼人來了？構想的真是好，這個地方劉姥姥出現了，給大家激起了多大的反差。我們想想，劉姥姥第一次見鳳姐的時候是什麼情況，鳳姐穿著一身綾羅綢緞和皮裘，坐在炕上，冬天嘛，拿了一個手爐，用一根銀的簪子，在慢慢撥那個灰。劉姥姥被請進來，鳳姐頭也不抬，講那些話很有意思。鳳姐故意說，我年紀輕，這些七親八戚我也照顧不到。劉姥姥就說，你們瘦死的駱駝比馬還大，你拔根毛比我們腰還粗。鳳姐聽得倒也很好笑，曉得她是窮親戚來要錢的。劉姥姥也帶了一些地裏產的瓜果蔬菜來，好吧，鳳姐就跟平兒講，賞她二十兩銀子，還要加一句，這本來是給我的丫頭做衣服的，你先拿去。那種高傲、氣焰之盛，對窮親戚瞧不起的態度，跟下面一對比，你看差別多大。

劉姥姥來了，平兒本來說正病著不要見人吧。鳳姐一聽說，趕緊請她來。她心中害怕，有個老人家來陪她講講話也好。劉姥姥這回帶了孫女青兒一起來。一六九九頁：只見平兒同劉姥姥帶了一個小女孩兒進來，說：「我們姑奶奶在那裏？」平兒引到炕邊，劉姥姥便說：「請姑奶奶安。」鳳姐睜眼一看，不覺一陣傷心，說：「姥姥你好？怎麼這時候才來？你瞧你外孫女兒也長的這麼大了。」劉姥姥看著鳳姐骨瘦如柴，神情恍惚，心裏也就悲慘起來，說：「我的奶奶，怎麼這幾個月不見，就病到這個分兒。我糊塗的要死，怎

麼不早來請姑奶奶的安！」你看這與當年，是多麼大的對比。這個時候，賈府衰掉了，賈母也死了，王熙鳳從前那麼風光，現在是骨瘦如柴。「**我的奶奶，怎麼這幾個月不見，就病到這個分兒。**」劉姥姥這句話是憐惜她，從另外一個角度來看，更覺得賈府下場的淒涼。這個時候作者讓劉姥姥再進來，從她的眼光看到賈府的衰落。以劉姥姥的觀點來看，tone 完全不一樣了。劉姥姥這麼一個鄉下老太婆，她也參加過賈府的盛宴，在那場合耍寶，弄得大家一片歡笑。賈府最盛的時候她看到了，現在衰到這個地步，劉姥姥再來看，也勾動她的今昔之比，這時候她的出現，特別 effective。

劉姥姥就講了，我們鄉下人不看病的，病了就去廟裏頭求一求就好了。這句話倒戳中了鳳姐的心事，鳳姐她見鬼了嘛，鬼就來索命了，所以要劉姥姥趕快替她去菩薩前面求一求。鳳姐這麼厲害的人物，到了這個時候，也要求劉姥姥幫她了。後來劉姥姥真的救了她的女兒巧姐，劉姥姥像個土地婆，到了最關鍵、最危急的時刻突然出現，很神奇地救人一把，土地婆不都這樣子嗎？這時候巧姐來了，本來劉姥姥要走的，巧姐來鳳姐叫她不要走，叫她看看巧姐。別忘了巧姐的名字是劉姥姥取的，她不是農曆七月七號乞巧節生的嗎，劉姥姥說就叫她巧姐，這個巧字以後逢凶化吉。

其實，這一回寫的是鳳姐託孤，她怕自己走了，巧姐可能難保，她自己心裏有數，得罪這麼多人，死了以後一定很多人要來算計她的女兒。怎麼辦，託誰呢？外面的人都託不了，自己的哥哥王仁也靠不住，連賈璉都這個樣子了，誰能讓她託孤？劉姥姥剛好在這裏，也許等於是巧姐的親外婆了。巧姐兒道：「前年你來，我還合你要隔年的蟈蟈兒，你也沒有給我。」劉姥姥說：「若說蟈蟈兒，我們屯裏多得很，只是不到我們那裏去若去了，要一車也容易。」鳳姐道：「不然你帶了他去罷。」劉姥姥笑道：「姑娘這樣千金貴體，綾羅裹大了的，吃的是好東西，到了我們那裏，我拿什麼哄他頑，拿什麼給他吃呢？」接著又笑著說：「那麼著，我給姑娘做個媒罷。我們那裏雖說是屯鄉裏，也有大財主人家。」鳳姐認真說：「你說去，我願意就給。」劉姥姥道：「這是頑話兒罷咧。」劉姥姥走的時候，鳳姐真的要她去拜拜，去求神，因為心中有鬼，還從腕上脫了一個金鐲子下來給劉姥姥說：「求你替我禱告，要用供獻的銀錢我有。」劉姥姥說用不著這個，我會替你去上香許願就是了。鳳姐怕被冤魂糾纏，叫她快點去，而且留下她那個外孫女青兒跟巧姐玩耍。鳳姐知道籠絡劉姥姥了，當年對劉姥姥那種態度，現在反過來要劉姥姥幫她。所以這個時候劉姥姥來，下了一個伏筆，也充分襯托出鳳姐的處境多麼危急、悲慘，沒有人理她了。鳳姐的處境，反映了賈府的處境，賈府裏最得意的人，落到這個地步，賈府的聲勢也就一落千丈了。

下半回寫得也很細緻、動人，講寶玉跟紫鵑兩個人。紫鵑本來是老太太跟前用的丫鬟，林黛玉來了以後，老太太特別讓她過去服侍黛玉，黛玉那麼孤傲的人，她兩個倒相處的好。尤其到最後黛玉完全被孤立的時候，視紫鵑為知己，臨終拉她的手叫她妹妹，講唯一的親人就是紫鵑。紫鵑對林姑娘一向忠心，寶玉就這樣結婚了，紫鵑很替林姑娘抱不平。後來把她撥給寶玉當丫頭，她一直不假以顏色，不跟寶玉講話。薛寶釵到底是大度、會做人，不但不怪她不禮貌，還讚賞她忠心舊主。寶玉心中耿耿於懷，很想跟紫鵑講一些心裏話，他滿腹的冤屈沒有人講，襲人也不大要聽。襲人跟黛玉本來就不合，黛玉之死的悲痛，當然也不好跟寶釵講，跟誰吐露心聲啊，沒人聽他的，沒人了解他，最懂他的應該是紫鵑，偏偏紫鵑不理他。

這一天晚上趁著有個機會，寶玉就悄悄地到紫鵑那邊去了。一七〇五頁：那紫鵑的下房也就在西廂裏間。寶玉悄悄的走到窗下，只見裏面尚有燈光，便用舌頭舔破窗紙往裏一瞧，見紫鵑獨自挑燈，又不是做什麼，呆呆的坐著。看看這個 image，我想紫鵑自從黛玉死後，日夜思念，更想著自己身無著落，撥到寶玉這邊來，一定格格不入。她一個人孤燈獨挑，呆呆地坐著，這個景象相當的寂寞。寶玉便輕輕的叫道：「紫鵑姐姐還沒有睡麼？」紫鵑聽了唬了一跳，怔怔的半日才說：「是誰？」寶玉道：「是我。」紫鵑聽著，似乎是寶玉的聲音，便問：「是寶二爺麼？」寶玉在外輕輕的答應了一聲。輕輕的，這些形容詞都不是隨便的，寶玉對她完全是一種覺得很對不起的態度，對黛玉一份歉疚之心，所以對紫鵑也是這種心情，說話不敢大聲，輕輕地跟她講。紫鵑問道：「你來做什麼？」寶玉道：「我有一句心裏的話要和你說說，你開了門，我到你屋裏坐坐。」紫鵑停了一會兒說道：「二爺有什麼話，天晚了，請回罷，明日再說罷。」不要他進去，不要聽他講，心裏面還是一股怨氣。寶玉聽了，寒了半截。自己還要進去，恐紫鵑未必開門，欲要回去，這一肚子的隱情，越發被紫鵑這一句話勾起。寶玉滿腹辛酸，紫鵑也誤解他，他向誰去訴呢。無奈，說道：「我也沒有多餘的話，只問你一句。」講一句好不好，央求她。紫鵑道：「既是一句，就請說。」還是硬梆梆的，聲音很冷。講吧，就一句話。寶玉半日反不言語。紫鵑在屋裏不見寶玉言語，知他素有痴病，恐怕一時實在搶白了他，勾起他的舊病倒也不好了，這個時候叫他講，寶玉反而講不出來了。紫鵑一聽又不講了，曉得他有痴病，身體不好，再對他這樣怕勾起他的病來。因站起來細聽了一聽，又問道：「是走了，還是傻站著呢？有什麼又不說，盡著在這裏慪人。已經慪死了一個，難道還要慪死一個麼！這是何苦來呢！」你又不講話，又傻站在那個地方，有一個已經給你氣死了，又來氣第二個嗎？她心中很為黛玉不平的。記得嗎？黛玉臨死的時候，叫著：「寶玉，寶玉，你好……」，下面半句話還講不出來就斷氣了，黛玉走的時候怨他的、不甘心的。說著，也從寶玉舔破之處往外一張，見寶玉在那裏呆聽。紫鵑不便再說，回身剪了剪燭花。忽聽寶玉嘆了一聲道：「紫鵑姐姐，你從來不是這樣鐵心石腸，怎麼近來連一句好好兒的話都不和我說了？我固然是個濁物，不配你們理我；但只我有什麼不是，只望姐姐說明了，那怕姐姐一輩子不理我，我死了倒作個明白鬼呀！」當年跟紫鵑她們也是這樣子講話的。紫鵑聽了，冷笑道：「二爺就是這個話呀，還有什麼？若就是這個話呢，我們姑娘在時我也跟著聽俗了！不是嗎？整天你跟黛玉講的都是這些話嘛。若是我們有什麼不好處呢，我是太太派來的，二爺倒是回太太去，左右我們丫頭們更算不得什麼了。」說到這裏，那聲兒便哽咽起來，說著又醒鼻涕，講講，紫鵑自己傷心，忍不住哭了。寶玉在外知他傷心哭了，便急的跺腳道：「這是怎麼說，我的事情你在這裏幾個月還有什麼不知道的。就便別人不肯替我告訴你，難道你還不叫我說，叫我憋死了不成！」說著，也嗚咽起來了。也哭了。滿肚子想說，不是我願意的，是他們趁著我糊里糊塗，稀哩呼嚕的唬弄就娶了寶釵了。是不是，「死纏綿瀟湘聞鬼哭」，他不這麼哭著：「林妹妹，林妹妹，好好兒的是我害了你了！」他心中當然非常過意不去，紫鵑這個丫鬟也就代表了黛玉。紫鵑這麼傷心起來，他更加傷心了。

寶玉周邊一大群丫鬟，他哭了兩下沒多久，麝月來了，這個小妮子嘴巴也不饒人的。寶玉正在這裏傷心，忽聽背後一個人接言道：「你叫誰替你說呢？誰是誰的什麼？自己得罪了人自己央及呀，人家賞臉不賞在人家，何苦來拿我們這些沒要緊的墊喘兒呢。」麝月這個丫頭也來戳兩句，寶玉當然臉上不好意思了。麝月又說：「到底是怎麼著？一個陪不是，一個人又不理。你倒是快快的央及呀。噯，我們紫鵑姐姐也就太狠心了，外頭這麼怪冷的，人家央及了這半天，總連個活動氣兒也沒有。」諷刺他，他正在傷心得要命的時候諷刺他，沒辦法了，只好跟了麝月走了。一面走他一面說：「罷了，罷了！我今生今世也難剖白這個心了！惟有老天知道罷了！」說到這裏，那眼淚也不知從何處來的，滔滔不斷了。麝月道：「二爺，依我勸你死了心罷。白陪眼淚也可惜了兒的。」又諷刺他幾句。進去以後，寶釵睡覺了，他曉得寶釵是裝睡的，不理他。寶玉結了婚了，有妻有妾，丫鬟伶牙利嘴，他的處境也很艱難。好不容易對紫鵑告白了兩三句，又被押走了。這裏紫鵑被寶玉一招，越發心裏難受，直直的哭了一夜。思前想後：「寶玉的事，明知他病中不能明白，所以眾人弄鬼弄神的辦成了。後來寶玉明白了，舊病復發，常時哭想，並非忘情負義之徒。今日這種柔情，一發叫人難受，只可憐我們林姑娘真真是無福消受他。如此看來，人生緣分都有一定，在那未到頭時，大家都是痴心妄想。乃至無可如何，那糊塗的也

麝月

就不理會了，那情深義重的也不過臨風對月，洒淚悲啼。可憐那死的倒未必知道，這活的真真是苦惱傷心，無休無了。算來竟不如草木石頭，無知無覺，倒也心中乾淨！」想到此處，倒把一片酸熱之心一時冰冷了。紫鵑也有所了悟，人生一切前定，勉強不得。死了的人未必知道，這活著的真正苦惱傷心，不如草木無情，倒也免除了這些痛苦。所有攪擾都是一個情字來的，她酸熱之心一時冰冷了，到最後紫鵑出家，她也看破了。黛玉跟寶玉的痛苦，正是一個情字不得解脫。

《紅樓夢》裏面有好幾個人遁入空門，紫鵑是一個，惜春是一個，寶玉是最重要的一個，再往前數，還有那幾個小伶人、柳湘蓮、甄士隱，每個人對人生各有不同的體驗，各人有各人的了悟。不是說做和尚、做尼姑就一定悟道，只是人走到那個地步，多少已經體會到悲歡離合、生死無常，紫鵑也由此有了這種想法。寶玉對紫鵑的態度語氣，都跟前面很連貫的，我說後四十回寫的好在這種地方。不容易寫的，寶玉跟紫鵑這中間的一段對話，以及她後來對人生的感悟，寫得細膩而動人。

【第一百十四回】王熙鳳歷幻返金陵　甄應嘉蒙恩還玉闕

王熙鳳死了，臨終前她嘴裏說些胡話，要船要轎的，說要到金陵歸入冊子去。別人不懂啊，想她鬧著要回金陵去，應該是她原本金陵人，從南京那邊過來的，所以她要回金陵，回到自己故鄉去。大家記得前面，王熙鳳不是在院子裏遇見秦氏的鬼魂，秦可卿跟她講，嬸娘享受榮華富貴，把我當年一番話都忘掉了。王熙鳳聽了心中很不安，就到散花寺求籤，籤詩說：「王熙鳳衣錦還鄉」，王熙鳳名字跟她一模一樣，是個男的歷史人物。那時候大家講，這是個好籤，都恭喜王熙鳳。寶釵到底看得深，她一聽就跟寶玉講，這幾個字可能還有些深意在裏頭。寶玉說衣錦還鄉是好事，偏偏你又看出什麼來了。寶釵不講話了。現在鳳姐死了，講了回金陵之類的話，寶釵才說當時看那個籤裏面有玄機，你們不信，現在是這樣子了。

鳳姐就這麼無聲無息死了，草草了事，曾是賈府最得寵的人，生前那麼風光，死的時候也就是這樣收場，寶玉跟寶釵兩個到那邊去大哭一場，一看只有零零散散幾個人來弔唁，實在不成樣子。賈母的喪禮已經辦得不成體統了，現在她自己死了，更糟糕，賈璉錢也湊不出來，真是窘迫。當年鳳姐放高利貸，攢了那麼多銀子、金子，被抄得精光，空忙一場。這個時候，鳳姐的哥哥王仁還跑來踢一腳，這個不懂事的舅子向來只會來要錢撈好處，現在還講一些不中聽的話，加劇了場面的尷尬，一七一一頁，王仁來了，說：「我妹妹在你家辛辛苦苦當了好幾年家，也沒有什麼錯處，你們家該認真的發送發送才是。怎麼這時候諸事還沒有齊備！」訓這個妹夫賈璉。賈璉已經焦頭爛額了，舅子還跑來訓他，賈璉本與王仁不睦，見他說些混賬話，知他不懂的什麼，也不大理他。王仁便叫了他外甥女兒巧姐過來，欺負小女孩，欺負鳳姐的女兒年幼不懂事。鳳姐心裏面早有數了，女兒落在親戚手裏恐不保，所以才託孤劉姥姥。你看他怎麼說：「你娘在時，本來辦事不周到，只知道一味的奉承老太太，把我們的人都不大看在眼裏。王仁整天想著要錢，不給他，就得罪他了。他講，外甥女兒，你也大了，看見我曾經沾染過你們沒有！他不是不想沾染，是不理他。當初鳳姐在的時候，不給他得好處。如今你娘死了，諸事要聽著舅舅的話。娘親舅大，你娘死了，要聽我的話了。你母親娘家的親戚就是我和你二舅舅了。他們王家也敗落了，最重要的一個人王子騰，王夫人的弟弟，升了高官，赴任半路得病死了，王家也塌掉。另外一個二舅舅也是不管事的，只會花天酒地，這兩甥舅，都是一塌糊塗的人。你父親的為人我也早知道的了，只有重別人，那年什麼尤姨娘死了，我雖不在京，聽見人說花了好些銀子。如今你娘死了，你父親倒是這樣的將就辦去嗎！你也不快些勸勸你父親。」尤二姐也沒有好好辦，亂講一頓。

下面更加欺人了。巧姐道：「我父親巴不得要好看，只是如今比不得從前了。現在手裏沒錢，所以諸事省些是有的。」王仁道：「你的東西還少麼！」這舅舅真混賬，還想著要外甥女兒的東西。巧姐兒道：「舊年抄去，何嘗還了呢。」王仁道：「你也這樣說。我聽見老太太又給了好些東西，你該拿出來。」老太太給是給了，還沒分出來的時候，又被強盜搶了好多走。巧姐聽了，不敢回言，只氣得哽噎難鳴的哭起來了。平兒生氣說道：「舅老爺有話，等我們二爺進來再說，姑娘這麼點年紀，他懂的什麼。」王仁道：「你們是巴不得二奶奶死了，你們就好為王了。我並不要什麼，好看些也是你們的臉面。」說著，賭氣坐著。巧姐滿懷的不舒服，心想：「我父親並不是沒情，我媽媽在時舅舅不知拿了多少東西去，如今說得這樣乾淨。」他跑來要，鳳姐給他一點，不過給的不夠就是了。於是便不大瞧得起他舅舅了。豈知王仁心裏想來，他妹妹不知攢積了多少，雖說抄了家，那屋裏的銀子還怕少嗎！還是想要錢。「必是怕我來纏他們，所以也幫著這麼說，這小東西兒也是不中用的。」從此王仁也嫌了巧姐兒了。他也討厭這個巧姐了，以後要把巧姐賣掉的就是這個王仁。

屋漏偏逢大雨，鳳姐的喪事已經搞不過來，又跑出個不懂事的舅爺東吵西吵。平兒出來了，平兒是個性情很平和的人，所以當年尤二姐被活活折磨的時候，她對尤二姐是暗中維護的，王鳳姐叫丫頭給尤二姐吃餿東西，磨死她，平兒悄悄地做點能吃的給尤二姐，幫她一把，平兒這個人賢慧，常常在小地方表現出來。她看到賈璉捉襟見肘，非常窘迫，就勸賈璉：「二爺也別過於傷了自己的身子。」賈璉道：「什麼身子，現在日用的錢都沒有，這件事怎麼辦！偏有個糊塗行子又在這裏蠻纏，你想有什麼法兒！」平兒道：「二爺也不用著急，若說沒錢使喚，我還有些東西舊年幸虧沒有抄去，在裏頭。二爺要就拿去當著使喚罷。」你看，賈璉的妾，鳳姐平常給她點私房錢，手上還有一些首飾這類東西，這個時候拿出來，一方面她是對鳳姐的忠心，一方面也替賈璉分憂，平兒的善良常在緊要地方顯出來。平兒對鳳姐可以說是忠僕，也是妻妾的關係，曹雪芹寫得很有人情，不是一味寫妻妾之間的你爭我奪。大陸有一個小說，蘇童寫的〈妻妾成羣〉，張藝謀拍成電影《大紅燈籠高高掛》，妻妾間鬥得你死我活。那狀況可能也有，但不盡然。《紅樓夢》有很多面向，王鳳姐整死尤二姐是一面，平兒在中間給人性的溫暖又是另一面，把複雜性、全面性表達得跟其他不一樣。賈璉聽了，心想難得這樣，便笑道：「這樣更好，省得我各處張羅。等我銀子弄到手了還你。」平兒道：「我的也是奶奶給的，什麼還不還，只要這件事辦的好看些就是了。」賈璉心裏倒著實感激他，便將平兒的東西拿了去當錢使用，諸凡事情便與平兒商量。秋桐吃醋了，那個丫頭她想爬上來，常說：「平兒沒有了奶奶，他要上去了。我是老爺的人，他怎麼就越過我去了呢。」不識好歹，賈璉更討厭她了。最後，大家都知道，平兒到底因為救了巧姐，跟巧姐共患難，賈璉感激她，把她扶了正。這是《紅樓夢》裏極少數得到好下場的例子，實因她為人純善、處事得體，幾乎沒有缺點。王熙鳳就是心機太深太多，反而不得好結果。「機關算盡太聰明」這句話在她身上更能體會了。賈母死的時候不是跟她講嗎，「你是太聰明了，將來修修福罷。」人太聰明難免有些地方就要損了，人笨一點，可能上天還給點福來照顧，中國人普遍是這麼想的。再看看王熙鳳那首判詩：機關算盡太聰明，反算了卿卿性命。生前心已碎，死後性空靈。家富人寧，終有個家亡人散各奔騰。枉費了，意懸懸半世心；好一似，蕩悠悠三更夢。忽喇喇似大廈傾，昏慘慘似燈將盡。呀！一場歡喜忽悲辛。嘆人世，終難定！王熙鳳的一生，為誰辛苦為誰忙，這不是她那個籤上面寫的嘛！忙了一輩子，最後這個下場。所以嘆人世，終難定。

下面後半回講甄家。甄家有個甄寶玉，長得跟賈寶玉一模一樣。開頭的時候賈寶玉還夢過他，「這個人跟我一樣」。這個甄家比賈府早抄家，甄家開始被抄的時候，還有幾百兩銀子悄悄的放在賈府。後來賈母說：「這銀子快點還給人家吧，不要說我們抄了把人家的銀子也抄掉了，還給甄家吧。」探春很早就敏感到他們要抄家，因為當時甄家先被抄掉了。在《紅樓夢》裏面，甄家好像是賈府的親戚；在現實中，也有人考據過，曹家自己被抄了，他們那些親戚也有好多被抄。書裏的甄家有點像蘇州織造李煦家，曹家是江寧織造在南京，蘇州織造跟他們很近。當年曹家的七親八戚那個網很大，年羹堯也是親戚，通通捱過抄家惡夢。小說中甄家先被抄了，現在又復職，江南那個甄應嘉老爺進京來，看到賈寶玉也愣住，世上竟有如此相像的人。這裏為甄賈（真假）寶玉的相見先做個引子。

【第一百十五回】惑偏私惜春矢素志　證同類寶玉失相知

惜春鬧著要出家，先是自己把頭髮絞了一半，這時候她講了，櫳翠庵妙玉被劫走了，不如把它整一整讓我去啊。她自己原來的丫頭、傭人，因為寧國府抄家通通弄走了，彩屏是王夫人撥給她使喚的，用得不順心，常罩不住，惜春更覺得在家裏不好過，越發地鬧著出家。這天，地藏庵的一個尼姑來了，三姑六婆有時也是很壞事的，在《紅樓夢》裏面，有些是好尼姑，有些就是會挑唆的。還記得水月庵那幾個姑子嗎？聽見賈府要把小戲子放出去了，就來把她們拐走當傭人，芳官等兩三個女孩，倒是自己願意的，跟那姑子出家去了。這個姑子來看惜春，就講妙玉的壞話。她問惜春道：「前兒聽見說櫳翠庵的妙師父怎麼跟了人去了？」惜春道：「那裏的話！說這個話的人隄防著割舌頭。人家遭了強盜搶去，怎麼還說這樣的壞話。」那姑子道：「妙師父的為人怪僻，只怕是假惺惺罷。在姑娘面前我們也不好說的。那裏像我們這些粗夯人，只知道諷經念佛，給人家懺悔，也為著自己修個善果。」這種俗尼姑不會了解妙玉，跟惜春講了一些世俗的善，惜春倒認真了，問她要怎麼修，有什麼菩薩……等等。惜春被那姑子一番話說得合在機上，也顧不得丫頭們在這裏，便將尤氏待他怎樣，前兒看家的事說了一遍。並將頭髮指給他瞧道：「你打諒我是什麼沒主意戀火坑的人麼？早有這樣的心，只是想不出道兒來。」那姑子聽了，假作驚慌道：「姑娘再別說這個話！珍大奶奶聽見還要罵殺我們，攆出庵去呢！姑娘這樣人品，這樣人家，將來配個好姑爺，享一輩子的榮華富貴。」惜春不等說完，便紅了臉說：「珍大奶奶攆得你，我就攆不得麼？」那姑子知是真心，便索性激他一激，說道：「姑娘別怪我們說錯了話，太太奶奶們那裏就依得姑娘的性子呢？那時鬧出沒意思來倒不好。我們倒是為姑娘的話。」惜春道：「這也瞧罷咧。」彩屏等聽這話頭不好，兩個人怎麼講起出家來了，本來就鬧個不停了，趕快把那個尼姑打發走吧。便使個眼色兒給姑子叫他走。那姑子會意，本來心裏也害怕，不敢挑逗，便告辭出去。惜春也不留他，便冷笑道：「打諒天下就是你們一個地藏庵麼！」那姑子也不敢答言去了。彩屏當然就要負責任的囉，馬上把這個話告訴尤氏聽：「四姑娘絞頭髮的念頭還沒有息呢。他這幾天不是病，竟是怨命。奶奶隄防些，別鬧出事來，那會子歸罪我們身上。」尤氏其實不了解惜春，尤氏是世俗中人，怎麼會了解惜春要出家的心意，她怎麼想呢？尤氏道：「他那裏是為要出家，他為的是大爺不在家，安心和我過不去，也只好由他罷了。」她以為惜春藉此跟她吵架，整她。

《紅樓夢》裏面，有一羣人是俗人，有一羣是看破紅塵的人，各種不同的眾生相，曹雪芹寫的也是眾生相。下半回，賈寶玉、甄寶玉見面了，很奇特，兩人長得一模一樣，賈寶玉以為必是遇上相知，跟他談起來了。哪曉得這個甄寶玉，講來講去要進京、要做官，完全那套迂腐不堪的東西，賈寶玉越聽越不是滋味，原來也是個祿蠹。賈寶玉的價值觀完全不按儒家系統的 social order，那個社會秩序對他來說枷鎖綁在身上。他是神瑛侍者下凡，是個謫仙，等於是一個仙人放逐到紅塵來，當然格格不入。現在跑出一個看似跟他一樣，其實完全不同的甄寶玉，那是他的另外一面鏡子。所以《紅樓夢》「假作真時真亦假，無為有處有還無」，到底什麼是真？什麼是假？他叫做賈寶玉——假寶玉，另外有一面可能才是真的，所以叫甄寶玉——真寶玉，曹雪芹叫讀者去想，哪個價值是個假寶玉，哪個價值是個真寶玉。賈蘭那個孩子在旁邊，一聽到甄寶玉講的那套跟他爺爺賈政講的一樣，也附和那麼幾句。賈寶玉想，這個小傢伙怎麼也這樣假文假酸起來了。倒是紫鵑有個痴想法，她一聽那些丫鬟說這個甄寶玉跟賈寶玉長得一模一樣，跑去看，生了個痴念頭：哎呀，要是我們林姑娘還在，這個甄寶玉娶她也還不錯。林黛玉絕對不會喜歡甄寶玉的。甄寶玉是賈寶玉的另外一個 possibility 可能性，也是賈政他們拚命地想塑造的，但絕不是林黛玉喜歡的。這兩個人好像是 mirror image，好像照個鏡子，鏡子裏看起來是一模一樣，內容則完全不同。所以《紅樓夢》有各種象徵層面，實在是複雜得不得了的一本書。

甄寶玉那完全世俗的一套，寶玉非常失望，他自己失了玉以後，失魂落魄，那塊玉是他天生帶來的，等於是他的魂，玉丟了，魂失了。黛玉死了，心也死了。記得嗎？在夢裏面黛玉把他的心拿走了。黛玉問他要心，寶玉自己把那個心揪揪揪的拽出來給她，好可怕的一個惡夢，黛玉把那個心拿走了。黛玉死了以後，寶玉失去心，剩下軀殼，漸漸就萎縮了，一天比一天病得沉下去。家裏面當然著急得不得了，看看沒救了。這樣的事情已發生過一次，那回被馬道婆所害，寶玉昏迷了，靠誰救？有個癩頭和尚進來，把他的玉拿來這麼念念，馬上有救了。寶玉銜那塊玉到塵世來，很深一層的象徵意義就是頑石歷劫，它也是一種寓言，我們每個人都是一塊頑石，掉到紅塵來慢慢被污染，漸漸性靈都失掉了，佛家講的貪嗔痴這些東西和七情六欲，蒙蔽了靈性，所以那個和尚來把它淨化了一次。這一回寶玉失掉玉，病得越來越沉重，賈府束手無策，這個時候又聽到和尚在叫：「**要命拿銀子來！**」本來他們看他是個瘋和尚，後來賈政一想，上次也是個和尚醫好的，趕緊請進來吧。癩頭和尚就把那個玉還給了寶玉，一下子魂返過來了。癩頭和尚瘋瘋癲癲的講，快點拿一萬兩銀子出來。第一次的時候，一萬兩銀子賈府一掏就出來了，這時候抄光了，一萬兩銀子都湊不出來。寶釵說，拿我的頭面去折賣了。弄到要把媳婦的首飾賣了，才湊得出一萬兩銀子。寶玉倒是慢慢醒過來了，他的那些丫鬟興奮得不得了，麝月一時忘情就說：「**真是寶貝，才看見了一會兒就好了。虧的當初沒有砸破。**」一講沒有砸破，寶玉「蹦」的往後倒，又昏死過去。這次不是普通昏迷，他的靈魂出竅了。

【第一百十六回】得通靈幻境悟仙緣　送慈柩故鄉全孝道

這一回「得通靈幻境悟仙緣」要跟第五回「遊幻境指迷十二釵」對照著看，賈寶玉又進入太虛幻境了，這次去，跟頭一次不一樣，他看金陵十二釵的那些正冊副冊，看懂了命運的判詩。他懂了，麻煩了，又喜又悲，又笑又哭，他都懂了。

麝月闖了禍，急得王夫人等哭喊不止，麝月一邊哭，心裏面打算好了，寶玉要是活不回來，她也尋死吧。麝月在整部書裏是個次要又次要的人物，她等於是襲人的extension，補足了襲人那一塊的這麼一個角色。她的場面不多，但關鍵的時候出現這麼兩下。寶玉當然沒有死，靈魂出竅了，又回到太虛幻境去了。《紅樓夢》很有意思的是它架構中很重要的篇章，用以探討人的命運。第五回的時候，寶玉看到那麼多人的命運判詩，那時候還好不懂，命運就這麼在眼前演出，很快就過了。命運在人生中，是很令人敬畏的，最捉摸不定，誰也不知道自己的命以後怎麼樣歸結。有些通靈的能通別人的靈，自己的命運未必知道，妙玉扶乩知道別人的命運，她自己會被強盜搶走，她算不出來。

西方的小說、戲劇也常觸及命運，人生下來好像都是綁著眼睛，非常盲目的活著，誰也不知道自己最後會怎樣，看不見以後的命運。二十多歲不知道四十歲、六十歲、七十歲是什麼樣子，算命也未必算得準，不知道的，uncertain 不確定的東西當然很令人敬畏，但有時候知道了更可怕，知道你身邊的人一個個是怎麼樣的下場，下場好的也許你高興一點，下場不好的怎麼辦？你沒辦法救，命定了。每個人走的路都定了。這一次寶玉再回到太虛幻境，遠遠看那個牌坊，依稀記得以前來過，但這次不同的是，那些他身邊認識的人，黛玉、晴雯、鴛鴦、鳳姐、尤三姐都歸到太虛幻境了，他看到她們的魂，或者說她們都變成仙子，到太虛幻境歸檔了。一七三二頁，他又看到這個大牌坊，跟第五回對照，太虛幻境的對聯也會改的，現在與頭一次比起來，寶玉的心境不一樣了，若說是歷劫，也差不多到最後了，寶玉像唐玄奘一樣，要歷九九八十一劫，才能夠修成正果，這時候也歷了好多劫了。他丟了玉以後，身上已經有種說不出的哀傷悲涼，從前怡紅公子天真未鑿，無憂無慮，這時候歷經生關死劫，已經有了滄桑感，所以他看到的不一樣了。

第五回大牌坊中間「**太虛幻境**」，兩邊寫：「**假作真時真亦假，無為有處有還無。**」現在中間是「**真如福地**」，兩邊寫：「**假去真來真勝假，無原有是有非無。**」進去宮門，第五回宮門上面寫著「**孽海情天**」，其實是整部《紅樓夢》的關鍵詞，《紅樓夢》裏面的情，遠遠高於一般我們了解的世俗之情，不管是男女之情、父子之情，《紅樓夢》對那個情，是這麼複雜、多層次，那個情字，可以說是整個宇宙的原動力，可以置你於生關死劫的東西，像黛玉、晴雯、司棋、尤三姐都殉情而死。孽字是佛家講的業緣因果，這些東西集起來是一片孽海，人在孽海裏面浮沉。所以宮門對聯，第五回是：「**厚地高天，堪嘆古今情不盡；痴男怨女，可憐風月債難償。**」現在第一百十六回，宮門那四個大字是「**福善禍淫**」，對聯是：「**過去未來，莫謂智賢能打破；前因後果，須知親近不相逢。**」過去未來，我們誰也不知道，不管你多麼聰明，也未必能夠預知、改變；前因後果，更要靠省悟，你最親近、最愛的人，不一定能跟你永遠在一起。寶玉當然知道。他進去了，看見殿宇巍峨，跟大觀園不同，便立住腳，一抬頭看見匾額上寫著：「**引覺情痴**」。兩邊對聯：「**喜笑悲哀都是假，貪求思慕總因痴。**」這些話在點醒他。

這時候寶玉已經有靈機，這些東西他通通懂了。這個地方來過，他記得進去以後，有好多大櫥子，好多冊子在裏頭。一翻《金陵十二釵正冊》。在第五回的時候他翻開，看了那些判詩，以前看不懂在講什麼，這次懂了。**玉帶林中掛**，好像講林妹妹的事情，**金簪雪裏埋**，「**怎麼又像他的名字呢。**」「他」字用的好，他不說這個是寶釵，怎麼像「他」，這個「他」字有點敵意的。他有一次不是跟襲人講嗎，「寶姐姐怎麼搶了林妹妹的位子去？」這是寶玉的內心話，所以曹雪芹用字真是要細細讀，他每一個字用得輕重不一樣，含意不一樣，你看，那「林妹妹」三個字，我們講「林妹妹」有點好玩的，寶玉叫起來就不一樣，滿腔的柔情在裏頭。他把四句連起來，怎麼又有「憐」，又有「嘆」字，（四句是：**可嘆停機德，堪憐詠絮才。玉帶林中掛，金簪雪裏埋。**）總之不是很好。寶釵後來守活寡孤獨課子，當然可嘆。再往下看，他看出來了，元春的**虎兔相逢大夢歸**，虎年兔年碰到的時候，元春死了。越看越了解，再往下看《金陵又副冊》，看到兩句：**堪羨**

優伶有福，誰知公子無緣。他想講的誰啊，見上面有花席的影子，便大驚痛哭起來。講襲人啊！他跟襲人之間的感情就是世俗一般的了，襲人既扮演他的媽媽、姐姐，又是他的妾和奴婢，那麼疼他、照顧他，世俗間所有的女性角色在她身上，所以他跟她有種很親的關係，最後襲人是跟蔣玉菡結婚的，公子無緣，他懂了。

寶玉在第五回看了《紅樓夢》十二支曲子，警幻仙姑說，十二支曲子暗含十二金釵的命運，以及整個《紅樓夢》的世界，十二支曲子等於十二首輓歌，在哀輓這一羣人的命運。最後一曲〔飛鳥各投林〕，就等於是《紅樓夢》的總結。庚辰本有「收尾」兩個字，程乙本沒有，我覺得「收尾」有點奇怪，要不就用「尾聲」。我們回頭再看，原來《紅樓夢》一百二十回講的故事，早就做了一個題綱。

〔收尾・飛鳥各投林〕鳥食盡以後，各自飛散，通通散掉了。為官的，家業凋零；頭兩句話就講了賈府的命運，本來寧國公、榮國公通通拔掉了，後來還算榮國公這個世職還了回來。富貴的，金銀散盡；通通抄光了。有恩的，死裏逃生；故事在書裏頭能找到，比如說王熙鳳給了劉姥姥二十兩銀子，劉姥姥報恩，把巧姐救回來。不一定每個都這樣，大致如此。無情的，分明報應。欠命的，命已還；欠淚的，淚已盡。冤冤相報實非輕，分離聚合皆前定。欲知命短問前生，老來富貴也真僥倖。看破的，遁入空門；痴迷的，枉送了性命。好一似食盡鳥投林，落了片白茫茫大地真乾淨！最後的 image，一片白茫茫大地，空！佛家很重要的一個字是空，所以說遁入空門，最後這個 image 非常好，到最後的一百二十回寶玉出家，那是整個小說的高峯，在這個地方，最後剩的是白茫茫一片大地，寶玉在雪地跟著那一僧一道走了，賈政喘吁吁地追他，看到一片白茫茫的雪地，一片空，眞乾淨。一切恩怨通通蓋掉了，回歸原來的太虛幻境。所以這個時候寶玉懂了，懂了他自己家族的命運，懂了他身邊最親愛的女孩子們的命運。他怎能不遁入空門？看懂了，有個侍女就帶他去了。一看那不是林妹妹嗎？不禁的說道：「妹妹在這裏！叫我好想。」侍女說：「這侍者無禮，快快出去。」寶玉是神瑛侍者，瀟湘妃子林黛玉已經回歸成仙，隔遠了，沒辦法再看見。寶玉只是看那個仙子像林妹妹而已，非常困惑。一會兒晴雯跑出來，一會兒是尤三姐跑出來，拿個劍趕著他說我來斬斷你的塵緣。寶玉慌了，到處逃。這時那個和尚來救他了，他跟和尚說看到好多冊子，和尚說：「可又來，你見了冊子還不解麼！世上的情緣都是那些魔障。」說著把寶玉一推，回去吧！寶玉還魂了。一七三七頁：王夫人等正在哭泣，聽見寶玉蘇來，連忙叫喚。寶玉睜眼看時，仍躺在炕上，見王夫人寶釵等哭的眼泡紅腫。定神一想，心裏說道：「是了，我是死去過來的。」遂把神魂所歷的事呆呆的細想，幸喜多還記得，便哈哈的笑道：「是了，是了。」他大徹大悟了。這時候曉得人生就是一場夢一樣，他哈哈一笑，笑這場夢的荒謬。很多時候那些瘋瘋癲癲、痴痴呆呆的和尚道士，他們在笑人間這些還沉迷在紅塵裏面的人，不知道這些都是魔障、幻境。這個時候寶玉徹悟了，但天機不可洩漏，他知道這些不好講，不好跟襲人、寶釵透露她們的命運，他感覺心中有一種講不出來的悲哀。

賈政進來了，看見寶玉蘇醒，便道：「沒的痴兒你要唬死誰麼！」這個中間漏了一個「福」字，沒福的痴兒，你要嚇死哪一個啊。麝月本來要去自盡的，現在寶玉活過來，她也不必死了。他們都覺得奇怪，這個和尚來去無蹤，玉好像也是他拿去的，也是他送來的。記得嗎？寶玉丟掉玉的時候賈府到處去測字，測了一個「賞」字，他們東猜西猜沒有猜到，「賞」字上面就是一個「尚」字嘛，和尚以後會送玉過來。王夫人當然一邊高興一邊也緊張害怕，怎麼回事呀，忽然死去，忽然活來，活來以後又痴笑傻笑一場。寶釵的智慧雖高，這個時候也不了解徹悟以後寶玉的心境。他們兩個已經隔閡了，一個跳出來了，一個還在世俗世界。這裏頭只有一個人了解，就是惜春。惜春自己也漸漸地悟道了，她旁觀紅塵，已經看得透透的，老早斬斷紅塵一切的牽扯。她就跟寶玉講了，一七三八頁，「那年失玉，還請妙玉請過仙，說是『青埂峯下倚古松』，還有什麼『入我門來一笑逢』的話，想起來『入我門』三字大有講究。佛教的法門最大，只怕二哥不能入得去。」這裏又漏了一個字，「只怕二哥哥不能入得去」，加個「哥」字。惜春不會叫寶玉「二哥」的，叫他「二哥哥」。他們的叫法「四妹妹」、「寶姐姐」，不會說「四妹」、「寶姐」。寶玉聽了，又冷笑幾聲。哼哼，冷笑幾聲。她說我進不去，我老早已經跨出去了。寶釵聽了，不覺的把眉頭兒肐揪著發起怔來。尤氏道：「偏你一說又是佛門了。你出家的念頭還沒有歇麼？」惜春笑道：「不瞞嫂子說，我早已斷了葷了。」王夫人道：「好孩子，阿彌陀佛，這個念頭是起不得的。」惜春聽了，也不言語。寶玉想「青燈古佛前」的詩句，寶玉想到他看到惜春的那個判詩：「可憐繡戶侯門女，獨臥青燈古佛旁」，惜春最後就是要出家了。不禁連嘆幾聲。沒什麼話講了。忽又想起一床席一枝花的詩句來，拿眼睛看著襲人，不覺又流下淚來。回頭一看，襲人在那裏，一想想襲人的判詩，心中還有一點捨不得，雖然徹悟了，俗念還沒有完全斷，對於襲人，心中還有點依依不捨，所以掉下淚來了。眾人都見他忽笑忽悲，也不解是何意，只道是他的舊病。以為他還在生那個痴病，一下子笑，一下子哭，哪曉得不是。豈知寶玉觸處機來，竟能把偷看冊上詩句俱牢牢記住了，只是不說出來，心中早有一個成見在那裏了。心中都知道，不講出來，不多久後就要遁入空門。

一七四〇頁，這個時候賈政要把賈母的靈柩送回家鄉，他們是金陵人，南方來的。《紅樓夢》的背景到底在什麼地方，從來沒有講清楚，大致在天子腳下，能到皇宮去探望元妃，元妃又能來省親，大概是在北京，但不敢講明的。其實這本書在政治方面很敏感的，曹家被抄了家，他的那些七親八戚通通被抄光了，不敢講明那些故事發生在哪裏，所以含含糊糊的講要送靈柩回去。黛玉臨終的時候說，我這裏並沒親人，我是乾淨的，好歹把我送回去。所以也要把黛玉的靈柩送回蘇州。臨走之前，賈政囑咐寶玉，你年紀也大了，到時候一定要去趕考。像賈府這種官宦人家，子弟唯一的出路就是考科舉，入仕做官。寶玉雖然百般不願意，痛恨八股文那些東西，可是他在出家之前，要把俗緣通通還盡，他才能走。我們說沒有不孝的出家人的。寶玉對家裏面還有責任，他欠賈家一個功名，所以最討厭考功名的他，勉強也要應考。你看，寶玉因賈政命他赴考，王夫人便不時催逼查考起他的功課來。那寶釵襲人時常勸勉，自不必說。那知寶玉病後雖精神日長，他的念頭一發更奇僻了，竟換了一種，換了什麼？不但厭棄功名仕進，竟把那兒女情緣也看淡了好些。從前，兒女情長就是寶玉最大的特色，這時候淡了。只是眾人不大理會，寶玉也並不說出來。一日，恰遇紫鵑送了林黛玉的靈柩回來，悶坐自己屋裏啼哭，想著：「寶玉無情，見他林妹妹的靈柩回去並不傷心落淚，見我這樣痛哭也不來勸慰，反瞅著我笑。這樣負心的人，從前都是花言巧語來哄著我們！前夜虧我想得開，不然幾乎又上了他的當。她想，只是一件叫人不解，如今我看他待襲人等也是冷冷兒的。二奶奶是本來不喜歡親熱的，麝月那些人就不抱怨他麼？我想女孩子們多半是痴心的，白操了那些時的心，看將來怎樣結局！」寶玉看了林黛玉的靈柩，沒有眼淚。記得嗎？寶玉哭靈哭得死去活來，後來又到了瀟湘館，「死纏綿瀟湘聞鬼哭」，叫著「林妹妹！林妹妹！」痛哭起來。這時候沒眼淚了，大徹大悟的人沒有眼淚的，沒有悲喜哀傷，通通撇掉了，這樣才能夠解脫俗緣、私緣。紫鵑這個時候還不懂，看寶玉不來勸，跟前一陣子講了那番歉疚的、很動人的一套話完全不同了。紫鵑那時也動了心的。她不知道寶玉回到太虛幻境，看到了每個人的命運前定，這時候沒眼淚了。紫鵑覺得奇怪，他對襲人她們也冷冷的，她不懂，寶玉已經是另外一個人了，已經到另外一個境界去了，不是她們這些紅塵中人能夠理解的。有個小丫頭柳五兒，記得嗎？寶玉有一次把她看成晴雯了，還對她有一番纏綿的話，柳五兒信以為真，以為寶二爺看中她了。她跟紫鵑說，我母親再三把我弄進來，這個寶二爺看了我好像沒事人，也不理我了。紫鵑說，你算老幾啊，他旁邊一大堆，有功夫理你去！後來柳五兒叫她媽媽把她贖回去，嫁人算了，這個寶二爺靠不住的。

【第一百十七回】阻超凡佳人雙護玉 欣聚黨惡子獨承家

這個和尚來了不肯走，故意要錢。寶玉一看就知道這是他的師父，便上前施禮。和尚說：「我是送還你的玉來的。我且問你，那玉是從那裏來的？」寶玉答不出來。那個和尚就說：「你自己的來路還不知，便來問我！」這就是禪的機鋒。基本上《紅樓夢》的佛家思想是禪宗，直指心性，重在頓悟，這種東西，一點就通。寶玉曉得了，他說：「你也不用銀子了，我把那玉還你罷。」他想，我這個時候整個要歸給你了，我要跟著你走了，這個玉不需要在紅塵中打滾了。他要把玉還給和尚，就咚咚咚往裏面跑，去拿那塊玉去了。跑進去的時候太急了，跟襲人撞個滿懷。襲人說：「你又回來做什麼？」寶玉說，我拿玉還給他，跟太太講不用張羅銀子了。襲人一聽大吃一驚，這還了得，說，那玉就是你的命，這個玉一不見又生病了。把他拽住。一七四四頁，寶玉道：「如今不再病的了，我已經有了心了，要那玉何用！」摔脫襲人，便要想走。襲人急得趕著嚷道：「你回來，我告訴你一句話！」寶玉回過頭來道：「沒有什麼說的了。」襲人顧不得什麼，一面趕著跑，一面嚷道：「上回丟了玉，幾乎沒有把我的命要了！剛剛兒的有了，你拿了去，你也活不成，我也活不成了！你要還他，除非是叫我死了！」說著，趕上一把拉住。一把把寶玉抓住。寶玉急了道：「你死也要還，你不死也要還！」對襲人講這種話了。狠命的把襲人一推，抽身要走。他對襲人一向是何等溫柔，這個時候襲人對他而言，俗緣最重，也就是最累贅的一個人，抓住他、牽住他、纏住他，他要遁入空門，必須先把這個甩掉。別忘了他第一次發生肉體關係的就是她，寶玉的肉體還完整的時候，真正跟她發生關係，世俗上的肉體結合第一個給了襲人。寶玉後來娶了寶釵，迎娶或圓房的時候，他的魂都不在，只剩下軀殼。所以襲人對他俗緣難斷，抓得好緊。你看，怎奈襲人兩隻手繞著寶玉的帶子不放鬆，哭喊著坐在地下。裏面的丫頭聽見連忙趕來，瞧見他兩個人的神情不好，只聽見襲人哭道：「快告訴太太去，寶二爺要把那玉去還和尚呢！」丫頭趕忙飛報王夫人。那寶玉更加生氣，用手來掰開了襲人的手，幸虧襲人忍痛不放。掰她的手，痛，她也不放。襲人為他在肉體上受最大的罪，記得嗎？她挨過寶玉一腳，踢得吐血的，那是誤踢在她身上，也就是她的肉體要承受寶玉加給她的痛苦，兩個人俗緣的牽扯在這個地方。紫鵑在屋裏聽見寶玉要把玉給人，這一急比別人更甚，把素日冷淡寶玉的主意都忘在九霄雲外了，連忙跑出來幫著抱住寶玉。那寶玉雖是個男人，用力摔打，怎奈兩個人死命的抱住不放，也難脫身，你看他，嘆口氣道：「為一塊玉這樣死命的不放，若是我一個人走了，又待怎麼樣呢！」我走了，離你們而去，要怎麼樣？襲人紫鵑聽到，嚎啕大哭起來。

難分難解的時候，王夫人來了。媽媽來了當然走不了，那個玉也還不了，也就算了吧。到底寶釵是最理性、最有智慧的，她心裏有點懂了，這個和尚來得不平常。你看看，襲人還害怕，王夫人來了，還抓緊他不放。到底寶釵明決，說：「放了手由他去就是了。」襲人只得放手。寶玉笑道：「你們這些人原來重玉不重人哪。你們既放了我，我便跟著他走了，看你們就守著那塊玉怎麼樣！」講的每一句話都是要走了，要離開這個紅塵了，要跟那個和尚師父去了。王夫人叫一個小廝跟去聽聽，他們在講什麼。那個傭人去聽了，回來說不懂他們講什麼。王夫人便問道：「和尚和二爺的話你們不懂，難道學也學不來嗎？」那小廝回道：「我們只聽見說什麼『大荒山』，什麼『青埂峯』，又說什麼『太虛境』，『斬斷塵緣』這些話。」王夫人聽了也不懂。寶釵懂，聽了兩眼直瞪，半句話講不出來，她曉得寶玉起了出家的念頭了。寶玉這時候進來，嘻嘻哈哈的說：「好了，好了。」他現在也瘋瘋癲癲的了。道家、佛家，有瘋瘋癲癲的道人，瘋瘋癲癲的和尚，表面嘻嘻哈哈的，其實在笑這紅塵人世白忙一場團團轉，別人不懂的。寶玉說：「那和尚與我原認得的，他不過也是要來見我一見。他何嘗是真要銀子呢，也只當化個善緣就是了。所以說明了他自己就飄然而去了。這可不是好了麼！」王夫人問：「他到底住在那裏？」寶玉笑道：「這個地方說遠就遠，說近就近。」講的都是這些謎一樣的話。寶釵便道：「你醒醒兒罷，別儘著迷在裏頭。現在老爺太太就疼你一個人，老爺還吩咐叫你幹功名長進呢。」寶玉道：「我說的不是功名麼！你們不知道，『一子出家，七祖昇天』呢。」我講的也是功名啊！家裏一個人出家當和尚，七祖昇天。這一講王夫人聽懂了，傷心起來，說：「我們的家運怎麼好，一個四丫頭口口聲聲要出家，四姑娘惜春鬧著當尼姑，如今又添出一個來了。寶玉又要做和尚，我這樣個日子過他做什麼！」說著，大哭起來。寶玉只好哄他媽媽，說：「我說了這一句頑話，太太又認起真來了。」

前面講賈政跟賈璉、賈蓉就要出門，把賈母、黛玉、王熙鳳的棺木，還有賈蓉的太太秦氏的棺木，通通送回南邊安葬，賈璉這時候就要走了。榮國府裏，賈璉跟鳳姐是真正的管家，所以很多事情他得去做。《紅樓夢》裏男性的角色，除了賈寶玉很特別，賈璉這個人寫得也滿好，他有非常好色的一面，也有人性的一面，比如說他疼女兒，也懂人情世故，整個家裏面的經濟，也要靠他去挖東補西、借銀子來撐。現在賈府沒人了，他父親賈赦，寧府的賈珍通通充軍了，鳳姐死了。賈璉臨走就跟王夫人講，外面沒有男人幫忙家裏了，賈環不可靠，而且年紀也小，賈芸、賈薔是旁支的親戚，到底兩個是男人，有事還可以在外面擋一擋。接著他講自己的狀況了，這一點我覺得《紅樓夢》寫人情世故，都是照顧得周周全全的。賈璉說，家裏面也鬧得一塌糊塗，那個秋桐不懂事，天天鬧，乾脆叫她家人帶走了，平兒忠心耿耿滿靠得住的，對巧姐也不壞，只是這個妞妞，講他的女兒巧姐，個性也像她媽媽一樣剛強，下面一句話：「求太太時常管教管教他。」說著眼圈兒一紅，連忙把腰裏拴檳榔荷包的小絹子拉下來擦眼。賈璉託孤了，託王夫人。本來邢夫人是巧姐的親祖母，賈璉知道這個祖母靠不住，但他不好講的，在王夫人面前這點講不出來，他很傷心的掉淚了。王夫人道：「放著他親祖母在那裏，托我做什麼。」賈璉輕輕的說道：「太太要說這個話，侄兒就該活活兒的打死了。沒什麼說的，總求太太始終疼侄兒就是了。」說著，就跪下來了。這就是《紅樓夢》裏面的人情世故，在這個地方還不忘點一筆，他照顧女兒、愛女兒的這份心。他知道王夫人比較仁慈，照顧得了，邢夫人靠不住，但他不能講自己的媽不好，只好跪下來求，講這個話很 subtle 的。寫的好，這麼一筆把他們之間幾個人的關係，通通講清楚了。王夫人就承諾下來了，不過她說，你要去放逐的地方探父親的病，萬一你父親又耽擱了，有要緊的事，我是等你回來呢，還是你太太（指邢夫人）作主就行。賈璉講，太太們在家，自然是太太們作主。王夫人指的是，萬一有個門當戶對的人來給巧姐說親，是不是不要耽誤。其實這個地方，巧姐的年紀錯掉了。跟前面對照，巧姐的年紀，應該還沒那麼快嫁人，算一算年紀還很小的。不過《紅樓夢》裏面年紀常出於我們想像之外，林黛玉十二歲就會作那麼好的詩，賈寶玉也是個十三、四歲的青少年。賈璉就說，萬一有人來提親，大不了你就作主了。

賈璉要走了，出去了又轉回來，說：「家裏的下人還夠使喚，只是園裏沒有人太空了。櫳翠庵原是我們家的，現在妙玉不在了，留下的女尼不敢作主，要求府裏有個人去管理。」這下又讓王夫人想起掛心的事，惜春整天吵著要出家，怎麼辦呢？賈府這種侯門繡戶跑出個尼姑來怎麼可以，出家的總歸是家境有問題才去的。櫳翠庵需要一個人管理，王夫人說：「千萬別給惜春曉得，她本來就鬧著要出家，知道櫳翠庵要人，一定要到那邊去了。」賈璉就講出一番話來，他說：「太太不提起侄兒也不敢說，四妹妹到底是東府裏的，又沒有父母，他親哥哥又在外頭，他親嫂子又不大說的上話。侄兒聽見要尋死覓活了好幾次。他既是心裏這麼著的了，若是牛著他，將來倘或認真尋了死，比出家更不好了。」賈璉這時候倒滿明智，惜春要尋死尋活，不給她出家，弄不好她真的去尋死了，那不如讓她出家算了。而且她是寧國府賈珍那邊的人，到底隔了一層。她哥哥賈珍被流放走了，她跟嫂子尤氏又處得不好，我們這邊實在也管不了那麼多。王夫人聽了點頭道：「這件事真真叫我也難擔。我也做不得主，由他大嫂子去就是了。」讓尤氏說了算吧。

下半回講的是一羣不成器的賈府子弟和親戚，賈環、賈芸、賈薔、邢大舅、王仁這些人。賈環在賈府不得意，本來就滿腔怨氣，他最恨鳳姐，連帶也討厭巧姐。邢大舅是邢夫人的兄弟，整天問他姐姐要錢要不到的。王仁是鳳姐的哥哥。這一羣窮親戚在賈府盛的時候，等於寄生蟲一樣都靠著賈府，撈一點差事，趁機揩揩油。本身都不成材，有問題的，像賈芹因為管家廟跟女道士、尼姑關係搞不清，給趕走了。這羣人聚在一起，嘰嘰呱呱趁機發怨氣，都是不知恩的。按理講賈府對他們不錯，賈珍對賈薔，賈璉對賈芸，都給了他們一份工作，賈芸貪心還想撈，去鳳姐那邊碰了一個軟釘子，心裏面懷恨。賈薔呢，本來賈珍對他很好，因為下面其他人老是有些風言風語，賈珍就把他挪出去了。邢大舅是要錢要不到心懷不滿，王仁也認為鳳姐苛待他，其實鳳姐已經給過，他貪得無饜。這幾個人聚在一起，看看上面沒人管了。賈政、賈蓉扶柩南返，賈赦、賈珍被流放，賈璉也出去辦事，那些女眷都在內府裏面，外面就無法無天了。幾個人抽頭聚賭，講些非常刻薄的話。賈府已經趴下去了，這些人再加一棒，講得非常不堪。

賈芸對寶玉也有所不滿，本來他一直拍寶玉的馬屁，說自己是寶玉的乾兒子，他年紀比寶玉還大，厚著顏跪在寶玉面前要拜乾爹。後來寫封信給寶玉要替他提親，寶玉氣了就不理他，他又懷恨在心。這些窮親戚惹不起的，對他十分好，有一分不好，先記得你那一分，其他九分對他好的記不住了，現在都在講那些壞想頭。一七四九頁，賈芸說：「那一年我給他說了一門子絕好的親……我巴巴兒的細細的寫了一封書子給他，誰知他沒造化，——」說到這裏，瞧了瞧左右無人，又說：「他心裏早和咱們這個二嬸娘好上了。你沒聽見說，還有一個林姑娘呢，弄的害了相思病死的，誰不知道。」這些話都是不好聽的，這一羣俗人也不懂，講得很不堪。你看他們在一起還行酒令，還找些陪酒的人來，喝了酒又賭，賭了又喝幾杯，最後都醉了。一七五二頁：邢大舅說他姐姐不好，王仁說他妹妹不好，都說的狠狠毒毒的。賈環聽了，趁著酒興也說鳳姐不好，怎樣苛刻我們，怎麼樣踏我們的頭。眾人道：「大凡做個人，原要厚道些。看鳳姑娘仗著老太太這樣的利害，如今焦了尾巴梢子了，只剩了一個姐兒，只怕也要現世現報呢。」賈芸想著鳳姐對待他不好也算了，為什麼他一抱巧姐，巧姐就哭，這也記仇在心裏頭。這時候正好那些陪酒的說，你們不曉得在外面有錢撈，你們不會撈嘛。外面有個藩王，藩王就是不在京裏面往外放的王爺，要選妃子，其實就是選妾，一旦選上了，親戚都跟著去，不是都發財了嘛！」別人聽了不理會，那個王仁心中一動，欸，有主意了。

你看，不光是這幾個親戚，賴大、林之孝那兩個管家的第二代，也勾搭了這些子姪，通通亂講起來。講到妙玉了。他們在外頭聽說，有一個強盜搶了一個女人，本來要做海盜被攔住了，搶的那個女人好像因為不從，給殺掉了。賈環一聽，這是不是櫳翠庵裏面的妙玉啊。妙玉是給人家搶走的，一定是她。你看賈環怎麼講的。一七五三頁：「妙玉這個東西是最討人嫌的。他一日家捏酸，見了寶玉就眉開眼笑了。我若見了他，他從不拿正眼瞧我一瞧。真要是他，我才趁願呢！」這一羣人嘰嘰呱呱蹧蹋賈府的人，他們對妙玉當然不了解，對林黛玉也不了解，從他們那個狗嘴裏面吐不出象牙，講出話來非常的低俗。《紅樓夢》不避俗，人情世故也事實如此。一旦失勢了，墻倒眾人推，那些話都不好聽。在位的時候，大家都來奉承講好話，有利可圖，現在無利可圖了，看到倒下去還踩一腳。他們也知道惜春鬧著要出家，賈薔、賈芸說，我們千萬不要管，讓她去吧，免得賈政、賈璉回來，又賴在我們身上，就推到東府給那個尤氏去頂。後來果然搞得沒辦法了，一七五四頁，尤氏說：「這個不是索性我躭了罷。說我做嫂子的容不下小姑子，逼他出了家了就完了。」尤氏本來也不喜歡惜春，惜春跟她吵架，說得她啞口無言，惜春講，我乾乾淨淨，為什麼給你們連累？尤氏聽了當然覺得非常刺耳。東府已經給人家講得這樣骯髒，惜春也要說一句連累她，這個時候乾脆讓她去吧。

【第一百十八回】記微嫌舅兄欺弱女　驚謎語妻妾諫痴人

惜春真的要出家了，邢夫人、王夫人都扳不過她，沒辦法了，要不然她寧可尋死。一七五七頁，王夫人就講：「姑娘要行善，這也是前生的夙根，我們也實在攔不住。只是咱們這樣人家的姑娘出了家，不成了事體。如今你嫂子說了准你修行，也是好處。卻有一句話要說，那頭髮可以不剃的，只要自己的心真，那在頭髮上頭呢。你想妙玉也是帶髮修行的，不知他怎樣凡心一動，才鬧到那個分兒。姑娘執意如此，我們就把姑娘住的房子便算了姑娘的靜室。所有伏侍姑娘的人也得叫他們來問：他若願意跟的，就講不得說親配人；若不願意跟的，另打主意。」看看吧，你執意要當尼姑，沒辦法了，要修行，也算做行善吧。聽我講一句，你住的地方就算是你的靜室吧，也不要剃髮了，找人來服侍你。如果願意跟你一起修的就自己講，不願意的也讓人家離去。王夫人曉得那些丫鬟像彩屏都不願意呀，誰願意當尼姑？總得另外尋。正在談，襲人立在寶玉身後，想來寶玉必要大哭，防著他的舊病。豈知寶玉嘆道：「真真難得。」襲人心裏更自傷悲。寶釵雖不言語，遇事試探，見是執迷不醒，只得暗中落淚。按理講，寶玉以前看到那些姐妹出嫁了或者離開了，總是傷心得不得了，必要掉淚，還寫詩。惜春出家了，他說：「難得，難得。不料你倒先好了！」

王夫人才要叫眾丫頭來問，忽見紫鵑走上前去，出人意料之外的在王夫人面前跪下，說了一番話滿動人也滿辛酸的。大家還記得寶玉跟她隔著窗子講了心中的歉疚嗎？紫鵑那時候就深深體悟到，人有情真是苦惱，還不如那個草木無情，所以不會那麼痛苦，她一下子把酸熱的心冰冷了。紫鵑是最清楚看見寶玉跟黛玉之間的情分的，因為看到了這個痛苦，這個悲劇，自己有了看破紅塵的起念。她向王夫人回道：「姑娘修行自然姑娘願意，並不是別的姐姐們的意思。我有句話回太太，我也並不是拆開姐姐們，各人有各人的心。我伏侍林姑娘一場，林姑娘待我也是太太們知道的，實在恩重如山，無以可報。他死了，我恨不得跟了他去。但是他不是這裏的人，我又受主子家的恩典，難以從死。如今四姑娘既要修行，我就求太太們將我派了跟著姑娘，伏侍姑娘一輩子。不知太太們准不准？若准了，就是我的造化了。」邢王二夫人尚未答言，只見寶玉聽到那裏，想起黛玉一陣心酸，眼淚早下來了。這番話又觸動了一下塵緣，又動了心，眼淚下來了。眾人才要問他時，他又哈哈的大笑，走上來道：「我不該說的。這紫鵑蒙太太派給我屋裏，我才敢說。求太太准了他罷，全了他的好心。」王夫人道：「你頭裏姐妹出了嫁，還哭得死去活來；如今看見四妹妹要出家，不但不勸，倒說好事……」王夫人不明白怎麼回事。寶玉就講，四妹妹修行是確定的事了。若非定局，他就不敢說了。惜春道：「二哥哥說話也好笑，一個人主意不定便扭得過太太們來了？我也是像紫鵑的話，容我呢，是我的造化，不容我呢，還有一個死呢。那怕什麼！不管你們同不同意，我已下定決心了，死都不怕呢。二哥哥既有話，只管說。」寶玉就說，我念一首詩給你們聽聽吧。那首詩，就是關於惜春的判詩：「勘破三春景不長，緇衣頓改昔年妝。可憐繡戶侯門女，獨臥青燈古佛旁！」他看見時就曉得，惜春的路命定了。王夫人不懂，可是李紈、寶釵聽懂了。王夫人問：「你到底是那裏看來的？」寶玉說：「我自有見的地方。」別人還是聽不懂，可是寶釵知道，寶釵一面勸著，這個心比刀絞更甚，也掌不住便放聲大哭起來。襲人已經哭的死去活來，幸虧秋紋扶著。寶玉也不啼哭，也不相勸，只不言語。寶釵這麼理性的人，她聽懂了，這些人都要出家了，所以忍不住大哭。襲人哭得更厲害。王夫人只好准惜春、紫鵑出家了。紫鵑聽了磕頭。惜春又謝了王夫人。紫鵑又給寶玉寶釵磕了頭。寶玉念聲「阿彌陀佛！難得，難得。不料你倒先好了！」都是禪機在裏頭。寶釵雖然有把持，也難掌住。只有襲人，也顧不得王夫人在上，便痛哭不止，說：「我也願意跟了四姑娘去修行。」我也去吧！寶玉笑道：「你也是好心，但是你不能享這個清福的。」你不行的，你要嫁人的。襲人哭道：「這麼說，我是要死的了！」寶玉聽到那裏，倒覺傷心，只是說不出來。不講了，這些人的命運他都知道了，哪個會遁入空門，哪個以後怎麼樣，都知道了，寶玉已經徹悟了。

這邊出家，那邊在搞陰謀，賈家的那幾個不肖子弟和壞親戚，就要把巧姐弄出去給那個藩王做妾了。按理講賈府的榮國公 title 又還給他們了，外面的藩王不能隨隨便便娶去的，那時是犯法的。於是賈環他們那夥人就悄悄進行，那藩王不知就裏也派了人來看看，賈環、王仁、邢大舅只想賺賞銀，兩邊騙，兩邊講得天花亂墜。跟藩王那邊說她祖母作主，親舅舅做保山，沒問題的。跟邢夫人講那個藩王怎麼好，以後有多少好處。邢夫人是糊塗重利的人，被他們唬弄，一想呢她就作主了，要把巧姐嫁走，而且還疑心王夫人不安好心，從中作梗。她講，自己這個孫女兒也大了，她父親賈璉不在家，這件事我還作得主。這個人很愚昧的，也不打聽一下。平兒從旁知道了這事很著急，就跑來求王夫人，王夫人說，她親祖母這樣我怎麼辦呢，也不好跟她駁，王夫人沒辦法。倒是寶玉說不要緊的，他看到了那個判詩，他說：「無妨礙的，只要明白就是了。」到最後節骨眼的時候，果然救巧姐的土地婆來了，劉姥姥現身了，我們下一回好好來看怎麼救了她。

這一回的後半，寶玉跟寶釵有一段辯論，等於是儒家跟道家之間很重要的一場辯論。整個《紅樓夢》是儒家、佛家、道家三種哲學之間的相生相剋、入世出世之間的緊張。在道家方面，對寶玉、也就是對曹雪芹影響最深的就是《莊子》，在佛家思想方面，就是禪宗。《紅樓夢》中一再出現這個主題。你看一七六四頁：「卻說寶玉送了王夫人去後，正拿著《秋水》一篇在那裏細玩。寶釵從裏間走出，見他看的得意忘言，便走過來一看，見是這個，心裏著實煩悶。細想他只顧把這些出世離羣的話當作一件正經事，終久不妥。」《莊子・外篇》〈秋水〉講道家的哲學，跟儒家哲學重宗法社會秩序，有一套嚴謹的道德價值觀不同。儒家那套使社會能夠維持下來，可是這種嚴謹的秩序下，當然也有像寶玉這樣的人不能忍受這些拘束，認為是枷鎖。〈秋水〉最重要的主題就是「等生死、齊榮辱」，所有一切都是平等的、一樣的，像儒家的求功名、爭位階，在道家來說沒有意義，榮辱是一樣的東西。道家對於儒家的秩序非常有顛覆性。寶釵看到以後心裏非常不舒服。《紅樓夢》裏面如果要挑出兩個人物，一個代表儒家，一個代表佛道，寶釵跟寶玉就是最典型的兩個人。所以寶釵看他這種光景，料勸不過來，便坐在寶玉旁邊，怔怔的坐著。寶玉見他這般，便道：「你這又是為什麼？」寶釵道：「我想你我既為夫婦，你便是我終身的倚靠，卻不在情欲之私。論起榮華富貴，原不過是過眼烟雲，但自古聖賢，以人品根柢為重。」家裏面我們是夫妻，是人倫。寶釵嫁給寶玉，與其說是嫁給寶玉這個人，不如說是嫁給賈府這整個的儒家秩序，最後，寶釵要擔大任的，她要把賈府撐起來，賈府那一套儒家的秩序，她要去維持。她看到寶玉一直往道家出世那方面走，她要把他拉回來。寶玉也沒聽完，把那本書擱在旁邊，微微的笑道：寶玉這個時候笑，你可以想見他不是從前「寶姐姐來了！」那種笑法，這時候的笑是「我懂了，你還沒懂。」他就講：「據你說人品根柢，又是什麼古聖賢，你可知古聖賢說過『不失其赤子之心』。這句話他是用《孟子》裏面的。從寶玉的觀點看來，他的赤子不過是無知、無識、無貪、無忌，這個是佛道的看法，我們生下來都是赤子，沒有貪嗔痴愛這些佛家說的妄想的東西。那赤子有什麼好處，不過是無知無識無貪無忌。我們生來已陷溺在貪嗔痴愛中，猶如污泥一般，怎麼能跳出這般塵網。如今才曉得『聚散浮生』四字，道家的看法，這整個一生就像浮生聚散無常，古人說了，不曾提醒一個。既要講到人品根柢，誰是到那太初一步地位的！」太初一步，最原始的天地，最原始的赤子在混沌之中，那種歸真返璞境界誰能夠回得去啊。寶釵道：「你既說『赤子之心』，古聖賢原以忠孝為赤子之心，儒家的看法，赤子之心『忠孝』二字，寶釵的價值觀，是由儒家的正心、誠意、修身、齊家、治國、平天下這一套的倫理來的，她對於赤子之心的看法跟寶玉不一樣。並不是遁世離羣無關無係為赤子之心。堯舜禹湯周孔時刻以救民濟世為心，所謂赤子之心，原不過是『不忍』二字。若你方才所說的，忍於拋棄天倫，還成什麼道理？」她的看法完全不一樣，是合乎儒家道統的。寶玉點頭笑道：「堯舜不強巢許，武周不強夷齊。」伯夷、叔齊都是不食周粟，餓死在首陽山中。寶玉又拿他們離羣離世的故事來駁寶釵。寶釵不等他說完，便道：「你這個話益發不是了。古來若都是巢許夷齊，為什麼如今人又把堯舜周孔稱為聖賢呢！況且你自比夷齊，更不成話，伯夷叔齊原是生在商末世，有許多難處之事，所以才有托而逃。當此聖世，咱們世受國恩，祖父錦衣玉食；況你自有生以來，自去世的老太太以及老爺太太視如珍寶。

你方才所說，自己想一想是與不是。」寶玉聽了，也不答言，只有仰頭微笑。兩個人道不同不相為謀，各講各的是處，兩種處世哲學在這裏交接。

《紅樓夢》在某種佛家的意義上，也類似佛陀傳，賈寶玉跟悉達多太子很有相似處，比如說，他們都生在錦衣玉食富貴之家，享盡富貴榮華。按理講，悉達多太子也不可能離家出走，可是他四處看到人生的老、病、死、苦，他曉得人生在苦海裏面，所以他後來大出離去修行，為世人扛起世間的苦難。耶穌基督也是如此。寶釵說我們處於皇恩盛世這麼久，你怎麼會有這種思想呢？我想寶玉看見的、體會的跟悉達多太子有相似之處，所以他最後只有仰頭微笑。這一段話，也就是儒家跟佛道之間的辯論，對人生、對赤子的不同詮釋。這一段是講寶釵跟寶玉之間，兩種道德價值互相的辯解。這不牽涉到誰對誰錯，而是人生觀不同，世界觀不同，宇宙觀不同。《紅樓夢》不偏向哪方面，它通通包容，顯示這個世界這麼多的道路。

寶玉跟寶釵沒法講下去了，寶釵說：「你既理屈詞窮，我勸你從此把心收一收，好好的用用功。但能博得一第，便是從此而止，也不枉天恩祖德了。」寶釵以為寶玉沒的講了，講不過她了。其實寶玉是更無言了，這個時候不必講了，已經無言了。她就跟他說，你只要考個功名中了舉回來，也就報了天恩了。寶玉點了點頭，嘆了口氣說道：「一第呢，其實也不是什麼難事，倒是你這個『從此而止，不枉天恩祖德』卻還不離其宗。」他又試著安慰妻子。倒是另外一個跟他俗緣最深的襲人過來說道：「剛才二奶奶說的古聖先賢，我們也不懂。我只想著我們這些人從小兒辛辛苦苦跟著二爺，不知陪了多少小心，論起理來原該當的，但只二爺也該體諒體諒。況二奶奶替二爺在老爺太太跟前行了多少孝道，就是二爺不以夫妻為事，也不可太辜負了人心。至於神仙那一層更是謊話，誰見過有走到凡間來的神仙呢！那裏來的這麼個和尚，說了些混話，二爺就信了真。二爺是讀書的人，難道他的話比老爺太太還重麼！」一番世俗之見，寶玉聽了，低頭不語。也沒辦法講了，一妻一妾，跟她們無言以對了。從此以後，他倒真的把那些道家的、佛家的東西收起來，看起來好像在讀書了，讀八股文、四書、五經，好像一心要去考功名了。

《紅樓夢》厲害的地方，這裏又來了一筆。一七六七頁，寶玉用功起來了，這是從來沒有的事，他素來最討厭這些的。你看，那襲人此時真是聞所未聞，見所未見，便悄悄的笑著向寶釵道：「到底奶奶說話透徹，只一路講究，就把二爺勸明白了。就只可惜遲了一點兒，臨場太近了。」寶釵點頭微笑道：「功名自有定數，中與不中倒也不在用功的遲早。但願他從此一心巴結正路，把從前那些邪魔永不沾染就是好了。」說到這裏，下面這話來了。見房裏無人，便悄說道：「這一番悔悟回來固然很好，但只一件，怕又犯了前頭的舊病，和女孩兒們打起交道來，也是不好。」寶釵講他用功念書固然好，萬一他又恢復了從前見了女孩子就打交道，也是不行。寶釵講真話了，不喜歡寶玉這個習氣，不要他這樣。悄悄的看了沒有人，跟襲人講。襲人是她的心腹，老早給寶釵收服了，所以跟她兩個人私下講這一番話。襲人道：「奶奶說的也是。二爺自從信了和尚，才把這些姐妹冷淡了；如今不信和尚，真怕又要犯了前頭的舊病呢。我想奶奶和我二爺原不大理會，紫鵑去了，如今只他們四個，這裏頭就是五兒有些個狐媚子……」你看看，防的喔！那個柳五兒有幾分姿色，有點像晴雯，襲人就要防她了。這就是非常 human、非常人性的，要是他不這麼寫的話，寶釵一副道學樣子，就不真了，到底她也會吃醋的，她也是人啊！襲人更是了，這一筆又把寶釵拉回人間來了，不是一個道貌岸然的女孩子，要防她丈夫又跟女孩子混了。

這下子寶玉真的用功起來了，寶玉這邊剩了幾個丫鬟，麝月、秋紋，都是襲人調教出來的，寶釵這邊呢，她自己有個丫鬟鶯兒，講話很嬌巧，像黃鶯一樣，而且很能幹。寶玉被打臥病的時候，鶯兒替他織絡子，各種的花結，後來替他織了一個繡囊，裝那塊玉的。所以鶯兒也曾陪過他一陣子，這個時候又來了。鶯兒講了：「二爺還記得那一年在園子裏，不是二爺叫我打梅花絡子時說的，我們姑奶奶後來帶著我不知到那一個有造化的人家兒去呢。如今二爺可是有造化的罷咧。」寶二爺有造化的，你看你娶了我們姑娘。寶玉聽到這裏，又覺塵心一動，連忙斂神定息。他這個時候雖然悟道了，這些世俗的東西，還是會刺激他，讓凡心又動了一下。他說：「據你說來，我是有造化的，你們姑娘也是有造化的，你呢？」鶯兒把臉紅了，她說：「我們不過當丫鬟一輩子罷咧，有什麼造化呢！」我們當一輩子丫鬟。寶玉笑道：「果然能夠一輩子是丫頭，你這個造化比我們還大呢！」聽起來又是瘋話了，其實他真的是這個意思。鶯兒一聽，又摸不著頭腦了，講什麼啊？只聽寶玉又說道：「傻丫頭，我告訴你罷。你姑娘既是有造化的，你跟著他自然也是有造化的了。你襲人姐姐是靠不住的。」他看到了襲人的一生，知道襲人以後嫁給一個伶人，嫁給蔣玉菡，襲人靠不住的。只要往後你盡心伏侍他就是了。日後或有好處，也不枉你跟著他熬了一場。」這些話都是滿辛酸的，他知道了她們每個人的命運了。

【第一百十九回】中鄉魁寶玉卻塵緣 沐皇恩賈家延世澤

這一回寫的是生離死別。悉達多太子要離家求道的時候，我們說「大出離」，把頭髮剃掉出家，是大出離。賈寶玉的大出離寫得極好，看看他怎麼與家人別離。小說裏面很重要的考驗，怎麼寫生離死別。死別，前面看了好多，晴雯之死寫的好，黛玉之死寫的好，賈母之死寫得很有分寸，王熙鳳之死叫人有點不寒而慄。生離呢？我們來看看寶玉怎麼離家的。

考期近了，賈寶玉和賈蘭叔姪兩個要去趕考了，賈環不能去，因為他母親趙姨娘死了，丁憂期間不可以去考試，所以他氣得不得了，在家裏就作怪了。這兩叔姪去應考之前，你看一七七一頁：次日寶玉賈蘭換了半新不舊的衣服，欣然過來見了王夫人。王夫人囑咐道：「你們爺兒兩個都是初次下場，但是你們活了這麼大，並不曾離開我一天。就是不在我跟前，也是丫鬟媳婦們圍著，何曾自己孤身睡過一夜。今日各自進去，孤孤淒淒，舉目無親，須要自己保重。早些作完了文章出來，找著家人早些回來，也叫你母親媳婦們放心。」王夫人說著不免傷起心來。按理講，兒子去考功名是喜事，為什麼傷心起來呢？王夫人有預感了。賈蘭聽一句答應一句。只見寶玉一聲不哼，待王夫人說完了，注意看這裏怎麼描寫的。走過來給王夫人跪下，滿眼流淚，磕了三個頭，說道：「母親生我一世，我也無可答報，只有這一入場用心作了文章，好好的中個舉人出來。那時太太喜歡喜歡，便是兒子一輩的事也完了，一輩子的不好也都遮過去了。」王夫人聽了，更覺傷心起來。你看這個話，好像是永別的味道，我去考了試，考中了，我一輩子的不好都掩過去了。王夫人就講：「你有這個心自然是好的，可惜你老太太不能見你的面了！」一面說，一面拉他起來。那寶玉只管跪著不肯起來，要出家之前，他想還了這些親恩，不肯起來。便說道：「老太太見與不見，總是知道的，喜歡的，既能知道了，喜歡了，便不見也和見了的一樣。只不過隔了形質，並非隔了神氣啊。」他講這番話很玄，其實也就是講他要離家了，終歸要修道成佛了，所以老太太也會知道的，不見，也就不算一回事了。李紈見王夫人和他如此，一則怕勾起寶玉的病來，二則也覺得光景不大吉祥，不對啊，這對母子怎麼好像是永別似的，她就過來講了：「太太，這是大喜的事，為什麼這樣傷心？況且寶兄弟近來很知好歹，很孝順，又肯用功，只要帶了侄兒進去好好的作文章，早早的回來，寫出來請咱們的世交老先生們看了，等著爺兒兩個都報了喜就完了。」一面叫人攙起寶玉來。寶玉卻轉過身來給李紈作了個揖，你看，都是有原因的，好好的，怎麼跟她作揖了？要跟他的嫂嫂辭別了嘛。他講：「嫂子放心。我們爺兒兩個都是必中的。日後蘭哥還有大出息，大嫂子還要帶鳳冠穿霞帔呢。」他知道的，他知道賈蘭以後會復興賈家，「蘭桂齊芳」嘛，賈蘭跟寶玉寶釵的兒子賈桂，這兩個人會把賈府重新光大。所以他跟李紈講了。

李紈笑道：「但願應了叔叔的話，也不枉——」講不下去了，也不枉什麼，不枉我守了一輩子寡，不枉他的父親賈珠死得那麼早，撫育這麼一個孤苗子成人。說到這裏，恐怕又惹起王夫人的傷心來，連忙咽住了。寶玉笑道：「只要有了個好兒子能夠接續祖基，就是大哥哥不能見，也算他的後事完了。」他接下去講了，講出李紈的心事。李紈見天氣不早了，也不肯盡著和他說話，只好點點頭兒。

寶釵看在眼裏，她是何等冰雪聰明的一個人，她感覺到了。此刻寶釵聽得早已呆了，這些話不但寶玉，便是王夫人李紈所說，句句都是不祥之兆。怎麼好像都在永別了？卻又不敢認真，只得忍淚無言。那寶玉走到跟前，深深的作了一個揖。他對妻子作揖，可憐，你要為我守活寡一輩子。嫁給他從世俗的眼光來看，寶釵的確是受委屈，嫁給他的時候已經失掉玉，已經變成痴傻的一個人。從太虛幻境回來以後，更是瘋瘋癲癲。嫁了這麼一個人，寶釵當然心中滿腹委屈。她是愛寶玉的，從儒家那一套夫婦之倫的方式來愛他。眾人見他行事古怪，也摸不著是怎麼樣，又不敢笑他。只見寶釵的眼淚直流下來。眾人更是納罕。寶釵知道靠不住了，他這一拜下來，可能走掉不回來了，她心中有預感。寶玉向她說：「姐姐，我要走了，你好生跟著太太聽我的喜信兒罷。」寶釵道：「是時候了，你不必說這些嘮叨話了。」寶玉道：「你倒催的我緊，我自己也知道該走了。」該走了，要離家了，斬斷塵緣，拜辭親人，向母親、妻子告別，世俗的牽掛一一了結。這時眾人都在這裏，只有惜春、紫鵑不在，便說道：「四妹妹和紫鵑姐姐跟前替我說一句罷，橫豎是再見就完了。」這兩個還會碰到的，都遁入空門去了。眾人見他的話，又像有理，又像瘋話。大家只說他從沒出過門，都是太太的一套話招出來的，不如早早催他去了就完了事了，便說道：「外面有人等你呢，你再鬧就誤了時辰了。」寶玉仰面大笑道：「走了，走了！不用胡鬧了，完了事了！」眾人也都笑道：「快走罷。」獨有王夫人和寶釵娘兒兩個倒像生離死別的一般，那眼淚也不知從那裏來的，直流下來，幾乎失聲哭出。但見寶玉嘻天哈地，大有瘋傻之狀，遂從此出門走了。嘻天哈地，笑什麼？笑他自己的荒唐、荒謬，一生像夢一場，也笑世人在紅塵滾滾裏面，還在作夢。大笑此生，一腳踏出鐵檻；了斷塵緣，並不那麼容易。四姑娘惜春那麼決絕，還要尋死覓活才出了家。寶玉更加難了，好像經過九九八十一劫，一關一關過來，才了悟到孽海情天中還不盡的情債，通通還完了，才能夠走了。

賈府的男人們都出去了。賈政扶賈母的靈柩到金陵，賈璉、賈蓉送王熙鳳、秦氏的棺木南下，兼送黛玉的靈柩到蘇州。賈赦、賈珍被流放了，現在寶玉、賈蘭也走了，剩下誰呢？賈環，好不容易輪到他了。他覺得被打壓了那麼久，因為庶出，又有個不得人緣的母親趙姨娘，什麼人都欺壓他。也不想想自己作出一些事情都是壞心眼，想害人。記得嗎？有一次他跟寶玉一起抄經點了蠟燭，賈環就把那個蠟油一推，燙寶玉的臉。寶玉並沒有打壓他，可是寶玉的存在就是他的威脅，顯出他長得猥瑣，地位卑微。他從前害寶玉，現在要來害巧姐。家裏沒有男人了，他可以稱王了，他說，他要給他媽媽報仇。賈環知道賈母死了現在要抓住誰，邢夫人啊！邢夫人到底是嫂子，王夫人是弟媳婦，賈環抓住邢夫人就有權。他曉得巧姐是邢夫人的嫡孫女兒，對於巧姐的親事，親祖母有權決定。賈璉臨走的時候，跪在王夫人的面前，託王夫人照顧巧姐，他知道邢夫人糊塗，靠不住，可是王夫人再怎麼講也不好擰了嫂子的意思自己作主，況且賈環在邢夫人面前把這個婚事講得天花亂墜，邢夫人那個弟弟邢大舅也來一番饒舌，邢夫人就信了，還有點嫌王夫人管太多，她說她的親孫女兒，她有權決定。要娶親的藩王哪裏是要娶妃子，只是要買侍奉的小妾、使喚的丫頭，藩王那邊派了幾個女人來，從頭到腳一打量，把巧姐的手拿來看一看、摸一摸，看相啊！非常不禮貌。要是真的娶妃子，那是很隆重的大事，哪有這樣輕率的。平兒看了不對啊，這怎麼回事。平兒很守護巧姐，非常著急，正巧王夫人過來，平兒說，外藩規矩，三日就要來娶走了。這中間有詭，平兒就講三爺——就是賈環從中作怪。王夫人氣得要命，罵他到底是趙姨娘生出來的混賬東西！

正在一團亂，那邊就來要人的時候，劉姥姥又出現了，就像個土地婆，在他們最危急的時候，現身救一把。這個地方寫得有意思，劉姥姥這個角色又出現也非常合理。巧姐是七月七日乞巧節生的，是劉姥姥給她取的名字「巧」，要她逢凶化吉。王熙鳳臨死向劉姥姥託孤，請她保護巧姐，她出現得還真巧。本來王夫人說現在忙亂得不得了，哪有心思接待這個鄉下老太婆，平兒講劉姥姥是巧姐的乾媽，要請她進來。劉姥姥進來一看，都哭得眼圈紅紅的，巧姐哭，平兒也哭，怎麼回事啊？一問問出個道理來了。劉姥姥飽經世故，不要看她是個鄉下老太婆，她很聰明的。有本事把賈母逗樂，拿了賞銀和一大堆禮物回去，她不是一般的村婦。她就講：「你這樣一個伶俐姑娘，沒聽見過鼓兒詞麼，這上頭的方法多著呢……」「這有什麼難的呢，一個人也不叫他們知道，扔崩一走，就完了事了。」一逃就逃走了。鼓兒詞就是說書的、唱大鼓的，這種故事多了。把巧姐帶走了嘛，還等什麼？她們就沒想到這個，逃走！事不宜遲，馬上就走吧。巧姐扮成了劉姥姥的外孫女青兒，趁著大家不注意的時候就上了轎。平兒也趁著沒有人看見的時候，一下擠進轎子，她一起走好照顧。劉姥姥把巧姐救走了，邢夫人的人緣不好，所以那些下人知道也不跟她報告，王夫人裝傻跑去跟邢夫人聊天，把她絆住，這邊就溜走了。溜走了以後，王夫人反而大喊：巧姐不見了！鬧起來。賈環做虧心事，鬧破了怎麼好？當然就縮回去。這麼一來，至少在賈家分崩離析的時候，第三代的巧姐兒被劉姥姥救走了，在鄉下得了重生。這麼鄉下也有鄉紳、地主、讀書人家的，有個周家，子弟很好，劉姥姥就替巧姐說親，得到賈府同意，後來就嫁給了周家。賈府的這一支，在劉姥姥這個土地婆的呵護下，逃脫了厄運，得了新生。十二金釵裏面，巧姐算是好結果。其他的除了探春結局也不錯，大部分都死的死、亡的亡、離的離、散的散。前面曹雪芹把網通通撒出去，這麼大，這麼複雜，千頭萬緒，多少人的故事。巧姐前面沒什麼戲，也沒有給她一個scene，在這個地方補一筆，不要漏了她這個人物。

好，後四十回收網了，那些故事的情節一個個收尾，才能自圓其說，整本小說才有比較完善的架構。當然很多紅學家研究，說曹雪芹這本書後四十回不是他寫的，是高鶚續的。但是現在越來越得到認可的一個理論是，後四十回曹雪芹早有了稿子，這稿子佚失了，後來程偉元他們又去一點一點收回來，可能有一些未定稿，是由高鶚修訂完成的。我比較偏向這個理論，我覺得不可能是另外一個人寫的。另外一個人寫的話，第一，這個千頭萬緒處理得那麼好；第二，人物的語氣筆調接得那麼順，哪個人該那時候講那話，

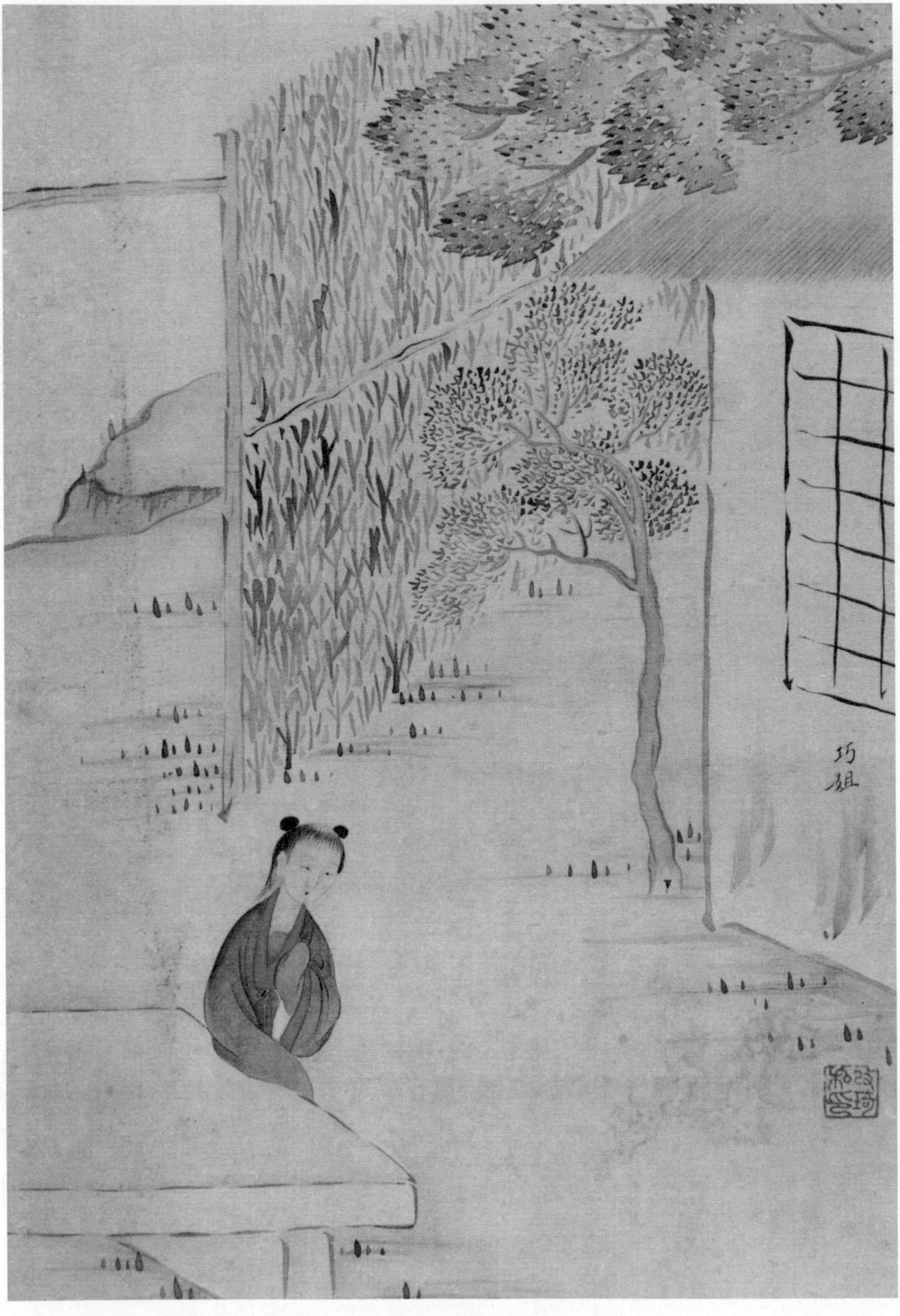

巧姐

能夠連貫。第三，有幾回寫得那麼樣精采，比如黛玉之死，我覺得那個感情應該是原來的作者。曹雪芹寫這本書，現在已經肯定有很深的自傳成分在裏頭，所以他寫起來等於是曹雪芹的一本《追憶似水年華》，前面寫得興高采烈，後面寫得滿腔悲哀愁緒。他的compassion，某一種了悟之後，對人世間有那麼深刻的憐憫，如果是另外一個人，沒有實際經歷過像曹雪芹家裏的事情，後面四十回哪有可能跟他一樣，有那麼深層的感情在裏頭。尤其寶玉別離的那一段，就夠讓人心酸的了。

因為皇帝又想起元妃來，顧念舊情，恢復了賈家榮國公官職，抄了家的東西也部分還給他們。但賈家已經沒落了，至少暫時恢復不了當年的盛況，至於說「蘭桂齊芳」，那還早得很呢！寶玉的兒子還沒出生呢！要恢復興盛也是多少年以後的事情。就是這樣，也算皇恩浩蕩了。真實中曹家的命運不是如此，曹雪芹的父親曹頫被抄家以後，原本還有一部分產業在北京，舉家北遷之後又挨了一次，幾百兩銀子都還不出來，根本是抄了家再也沒有起來過。曹雪芹後來生活潦倒，窮到有時候只能吃粥，死的時候還是他的幾個朋友湊錢給他辦了後事。《紅樓夢》講賈府最後還要興起，當然只是滿足了讀者的 wishful thinking，中國人喜歡大團圓，喜歡悲劇嘩啦嘩啦之後至少還有一點點希望和溫暖，我們不是希臘人，不要像希臘悲劇一悲到底。所以到這個地方，又給他圜轉一下。

考試考完，賈蘭回來了，當然王夫人很高興。問他：「寶二叔呢？」賈蘭哭道：「二叔丟了。」寶玉不見了。賈蘭說他和寶玉一直同吃同睡時時刻刻在一起，可是今天交了卷子，一同出考場，在門口一擠，回頭就不見了。去接的傭人也分頭去找遍了，沒有。寶玉當然是走掉了。這下不得了，吵的、哭的，亂成一團。寶釵心裏面倒有八九分明白，她真的是一個很理性、冷靜、聰明的人，不過，再聰明理性，她有她的limitation限制，她不像寶玉那樣，用更高一層的了悟對人生，她願意停在世俗間儒家的框架下。但她畢竟明智，曉得寶玉走掉以後還能自持。其他的人，你看看襲人就不行了，垮掉了，痛哭倒地還昏過去幾次。賈蘭覺得他跟寶二叔一起的，把寶二叔丟了，心裏很過意不去，他要跑出去找。王夫人叫住他說：「我的兒，你叔叔丟了，還禁得再丟了你麼。」惜春知道了，就問：「二哥哥帶了玉去了沒有？」寶釵道：「這是隨身的東西，怎麼不帶！」惜春聽了便不言語，她曉得，帶了玉一起走了。惜春有一次跟寶玉對話，他講「青埂峯下一笑逢」，惜春那時候說，二哥哥這個佛門不一定能進去。寶玉冷笑一聲。她現在知道了，帶了玉去，走了。襲人想起了那天搶玉的事情，她想，那個和尚作怪，一定是和尚把他拎走了，柔腸幾斷，珠淚交流，嗚嗚咽咽哭個不住。追想當年寶玉相待的情分，有時慪他，他便惱了，也有一種令人回心的好處，那溫存體貼是不用說了。若慪急了他，便賭誓說做和尚。那知道今日卻應了這句話！襲人其實跟寶玉世俗的感情最深，她也不像寶釵，還有很多條條框框限制住，她是真正一心一意整個人在寶玉身上的。而且她用盡心機，把情敵一個個幹掉，她要整個的他，慪哦，一場空，走掉了，她怎麼能不痛？

寶玉走了，外面報喜來了，原來他們中舉了。寶玉中的是第七名舉人，這也不容易。賈蘭呢，一百三十名，也中了。有了功名，人卻不在了，也高興不起來，倒是寶玉的書僮茗烟講：「是丟不了的了。『一舉成名天下聞』，如今二爺走到那裏，那裏就知道的。誰敢不送來！」一七八一頁，惜春就講：「這樣大人了，那裏有走失的。只怕他勘破世情，入了空門，這就難找著他了。」她挑白了講，二哥哥入了空門了。

這個時候，探春的家翁，也就是她先生的父親被調到京裏面來了，探春遠嫁海疆，很不容易回來一趟，現在就能趁這個機會回來探親了。賈府正是天翻地覆、愁雲慘霧，三姑娘回來了。探春到底是個明理的人，她跟寶釵一路子的，對人世非常理性。王夫人見了女兒就哭說：「他若抛了父母，這就是不孝，怎能成佛作祖。」她不曉得寶玉已經盡孝了，已經為了王夫人、為了賈家，去考科舉。寶玉最厭惡科舉的人，他勉強自己去考了科舉，為什麼？還債啊！他還給父親母親功名，父母的俗緣在功名。他給他的妻子一個兒子傳宗接代，這是儒家系統中俗緣需要的。他給他的妾襲人什麼呢，最後一回再講，這很重要。這些俗緣一個個都還盡了。探春道：「大凡一個人不可有奇處。二哥哥生來帶塊玉來，都道是好事，這麼說起來，都是有了這塊玉的不好。若是再有幾天不見，我不是叫太太生氣，就有些原故了，只好譬如沒有生這位哥哥罷了。果然有來頭成了正果，也是太太幾輩子的修積。」她非常理性，了解「一子成道，七祖昇天」，如果寶玉真的如此，她勸母親，也只好認了這回事。

這時候，皇帝又恢復了賈家的世職，也讓賈赦、賈珍回去了，賈珍還是世襲寧國公的 title，賈赦的罪名也免了。皇帝看到了寶玉的文章，一講起來還是元妃的弟弟，龍心大悅，北靜王就趁機替寶玉奏明了現況，皇帝一聽出家了，就賜他叫做「文妙真人」，

賈蘭

真人兩個字，講透了寶玉就是個真純的人，真人是道家的稱號，其實就是赤子，是個natural man，完全自然的一個人。寶玉最寶貴的特質就是「真」，沒有一絲虛假，非常諷刺的，他姓賈，其實他是真。不是有一個他的mirror image甄寶玉嗎？那個才是假。「假作真時真亦假，無為有處有還無」，是《紅樓夢》弔詭的地方，故意叫人去深思的地方。寧榮兩府復了官，劉姥姥把巧姐也送回來了，賈璉當然非常感激。看看平兒這麼忠心，他也想起她的好處很多，最後賈璉把平兒扶了正。平兒在書裏面，是非常和平、公平、善良、可愛的一個人，這個人物寫的好，她跟鳳姐兩個人配搭起來，一妻一妾，一個那麼厲害潑辣狠毒，一個那樣善良和平忠厚，兩個合起來，把賈璉的妻妾主僕關係，人性中的互補呈現得非常生動，而且修成正果。這種地方，在悲劇中還得到了一些安慰。

【第一百二十回】甄士隱詳說太虛情　賈雨村歸結紅樓夢

寶玉找不到了，寶釵、探春、惜春都心裏有數，曉得他恐怕出家了，不回來了。只是襲人受不了，她心痛難禁，一時氣厥。暈過去了，要用開水來灌，才醒過來。大夫來看說是急怒所致。哭得太傷心後，朦朦朧朧地睡著了。夢裏面，好像寶玉來到她面前，又好像是個和尚，手裏拿了一本冊子，掀了看還說：「你別錯了主意，我是不認得你們的了。」你看，最後寶玉放心不下的還是襲人，跟她講一下，我跟你俗緣盡了。襲人心裏就想：「寶玉必是跟了和尚去。上回他要拿玉出去，便是要脫身的樣子，被我揪住，看他竟不像往常，把我混推混搡的，一點情意都沒有。後來待二奶奶更生厭煩。在別的姐妹跟前，也是沒有一點情意。這就是悟道的樣子。但是你悟了道，拋了二奶奶怎麼好！我是太太派我伏侍你，雖是月錢照著那樣的分例，其實我究竟沒有在老爺太太跟前回明就算了你的屋裏人。若是老爺太太打發我出去，我若死守著，又叫人笑話；若是我出去，心想寶玉待我的情分，實在不忍。」左思右想，實在難處。她想到剛才的夢，好像已和我無緣，倒不如死了乾淨。這個襲人心事最重。

這最後一回是《紅樓夢》整部書最高的一個峯，也可能是中國文學裏面最powerful的一個場景。前面的鋪敘都是要把這個場景推出來。《紅樓夢》在情節發展上有兩條線，一條是賈府興衰，榮國府、寧國府的興衰，我們都看到了，從開頭的極盛，一直到抄家的衰弱，整個故事看完了。另外一條線就是寶玉悟道出家的旅程，我們也從頭到尾看到，現在是最後一個scene。寶玉出家這一幕，小說裏面叫climax，到了高潮的時候，最後畫龍點睛。一個主題點睛的時候，要看他怎麼寫，如果寶玉出家這一場寫得不好，寫得不夠力，這本書就collapse會垮掉，你看多麼重要。寶玉怎麼出家？想想看，如果他是普通人，和尚就剃度一下，禮敬一下。這個不夠！《紅樓夢》的境界是拔高起來的，它有一個神話架構，寶玉出家是神話架構裏最高潮的一段。這段不長，就一個scene，看他怎麼寫的。一七八八頁：且說賈政扶賈母靈柩，賈蓉送了秦氏鳳姐鴛鴦的棺木，到了金陵，先安了葬。賈蓉自送黛玉的靈也去安葬。賈政料理坟基的事。一日接到家書，一行一行的看到寶玉賈蘭得中，心裏自是喜歡。後來看到寶玉走失，復又煩惱，只得趕忙回來。本來兒子、孫子中舉了是大喜事，一看，怎麼寶玉丟掉了，當然快點回去。在道兒上又聞得有恩赦的旨意，又接家書，果然赦罪復職，更是喜歡，便日夜趲行。在半路知道家裏邊也復職了，便日夜趕路。一日，行到毘陵驛地方，那天乍寒下雪，泊在一個清淨去處。賈政打發眾人上岸投帖辭謝朋友，總說即刻開船，都不敢勞動。船中只留一個小廝伺候，自己在船中寫家書，先要打發人起早到家。寫到寶玉的事，便停筆。抬頭忽見船頭上微微的雪影裏面一個人，光著頭，赤著腳，身上披著一領大紅猩猩毡的斗篷，向賈政倒身下拜。你們想想看，一片白茫茫的雪景，船停在那個岸邊，忽見有個影子走過來，剃了光頭，赤了腳，和尚的樣子。雪地裏披著大紅猩猩氈的斗篷，多麼鮮明的景象。一來了，跪下來，向賈政下拜。賈政尚未認清，急忙出船，欲待扶住問他是誰。那人已拜了四拜，站起來打了個問訊。合十為禮，就等於說打了一個招呼。賈政才要還揖，迎面一看，不是別人，卻是寶玉。賈政吃一大驚，忙問道：「可是寶玉麼？」那人只不言語，似喜似悲。賈政又問道：「你若是寶玉，如何這樣打扮，跑到這裏？」寶玉未及回言，只見舡頭上來了兩人，一僧一道，渺渺大士、茫茫真人，前面第一回的時候，也是他們兩個出來，讓寶玉下凡。現在塵緣已盡，要把他護送回去了。只見他倆夾住寶玉說道：「俗緣已畢，還不快走。」說著，三個人飄然登岸而去。賈政不顧地滑，疾忙來趕。見那三人在前，那裏趕得上。只聽得他們三人口中不知是那個作歌曰：我所居兮，青埂之峯。我所遊兮，鴻蒙太空。誰與我遊兮，吾誰與從，渺渺茫茫兮，歸彼大荒。大家記得《紅樓夢》開始的時候那塊石頭嗎？本來是女媧煉石補天，煉了三萬六千五百零一塊石頭，三萬六千五百塊都用光了，就是那一塊石頭沒有用上，留在大荒山、青埂峯下，青埂峯——情根峯，這塊石頭化為寶玉就是情根，這時候塵緣已盡又回去了。可以想像得到在雪地上，一僧一道飄然而去，一大片白茫茫的雪，響徹大地的歌聲傳過來了。賈政一面聽著，一面趕去，轉過一小坡，倏然不見。賈政已趕得心虛氣喘，驚疑不定，回過頭來，見自己的小廝也是隨後趕來。賈政問道：「你看見方才那三個人麼？」小廝道：「看見的。奴才為老爺追趕，故也趕來。後來只見老爺，不見那三個人了。」賈政還欲前走，只見白茫茫一片曠野，並無一人。白茫茫一片曠野，第五回寶玉到太虛幻境裏面，《紅樓夢》十二支曲的最後一支：〔飛鳥各投林〕落了片白茫茫大地真乾淨！兩個對照起來，都是白茫茫大地，所有的俗緣，所有的喜怒哀愁，所有的七情六欲，通通不見了，寶玉超脫了，他的佛身隨著這一僧一道，飄然而去，不留在這個塵世上。賈政知是古怪，只得回來。

眾家人回舡，見賈政不在艙中，問了舡夫，說是「老爺上岸追趕兩個和尚一個道士去了。」兩個和尚，一個是寶玉囉。眾人也從雪地裏尋踪迎去，遠遠見賈政來了，迎上去接著，一同回船。賈政坐下，喘息方定，將見寶玉的話說了一遍。眾人回稟，便要在這地方尋覓。賈政嘆道：「你們不知道，這是我親眼見的，並非鬼怪。況聽得歌聲大有元妙。那寶玉生下時銜了玉來，便也古怪，我早知不祥之兆，為的是老太太疼愛，所以養育到今。便是那和尚道士，我也見了三次：頭一次是那僧道來說玉的好處；第二次便是寶玉病重，他來了將那玉持誦了一番，寶玉便好了；第三次送那玉來，坐在前廳，我一轉眼就不見了。我心裏便有些詫異，只道寶玉果真有造化，高僧仙道來護佑他的。豈知寶玉是下凡歷劫的，竟哄了老太太十九年！如今叫我才明白。」說到那裏，掉下淚來。這非常動人的一番話。你想想，這個父親以前對寶玉是多麼嚴厲，打他、罵他、看不起他，這下子和解了，父子之間有了一種同情的了解，也就是佛家跟儒家之間，有了一種對話了。這一回，用非常動人非常鮮明的意象：雪地、歌詞、歌聲、寶玉的形貌，來把它背底下的深意非常具體的描畫出來。象徵跟寫實在這裏達到了最高峯。寶玉出家，跟父親拜別，賈政頓時的了悟，是很動人的描寫，他知道了寶玉不是凡人，他怪他、罵他，寶玉自己一切都曉得的，原來他是來歷劫的，哄了老太太十九年。這個 understanding，這樣的理解，使得這本書又提昇了一層。

賈政平常是相當迂腐的一個人，但政老爺偶爾也有敏感的地方。記得嗎？有一次過元宵節，寶玉和大觀園的女孩子們都來作燈謎，那些燈謎賈政看起來都不吉祥，都沒有福壽之徵，心中很不舒服，他感覺這些後輩的命運恐怕不會完美。薛寶釵是猜了「竹夫人」，最後恩愛夫妻不到冬。元妃猜了炮仗，一放就完了。黛玉猜了更香，慢慢燒盡，慢慢煎熬。所以賈政是有某些敏感的，這一次悟到了寶玉的命運，對這個兒子就諒解了，寫得非常動人。

賈政回家以後曉得這件事沒辦法了，只好認了。王夫人也知道沒辦法了，跟薛姨媽談起寶釵受委屈。她講，如果說我的命不好的話，我不應該有那麼好的媳婦，這個媳婦，雖然她那麼難過，哭得那麼傷心，可是還不失其端莊的樣子。的確，寶姑娘也不同一般，以後她要撐大局，整個賈府要靠她撐起來，她不能失去端莊，儒家的那套東西她要撐住。兩個人又講起一個難題，襲人怎麼辦？按理講襲人寶玉的妾，但是沒有明講，是王夫人心中暗許的，賈政並不知道。所以襲人妾身未明。如果她名分上是寶玉的妾，留下來沒問題，她不是，明的她只是丫頭，也不好叫她在這裏守一輩子。如果隨隨便便放出去，嫁一個小廝，又委屈了她。《紅樓夢》裏面那些大丫鬟，年紀大了，都是要放出去的，大概都是配那些傭人，她們的命運大致如此。可是襲人不同啊，她實際是寶玉的妾，服侍過寶玉，隨隨便便把她嫁掉也不行。薛姨媽就講了，好好地給她說一門親事，好好地嫁出去。薛姨媽就去勸襲人了，襲人本來不肯，她的個性比較溫和，很柔順，也沒辦法說要尋死，像鴛鴦那樣很剛烈的死在賈府，襲人做不出來。鴛鴦可以說是跟著老太太走了，殉主，襲人不能說是為了寶玉殉情，講不通。她妾身不明，非常尷尬，只能苦勸她。這時她的哥哥花自芳和嫂嫂也給她在外頭託親戚做媒，說了城南的蔣家，有房有地，又有鋪面，滿殷實的，不是一個窮小子。而且姑爺年紀只大襲人幾歲，還未娶妻，是名正言順娶她做正房，人長得又好，百裏挑一，對她很合適的。王夫人聽了就說：「你去應了，隔幾日進來再接你妹子罷。」王夫人告訴寶釵，還是請薛姨媽說服襲人。襲人當然很悲傷，但又不敢違命。心裏想起寶玉那年到他家去，花自芳跟媽媽想把她贖回去，襲人說我死也不回去，讓他們知道她跟定寶玉了。現在沒辦法了，要回娘家嫁人了，她沒法死在賈府，就死在家裏也行。回去了，哥哥嫂嫂對她很好，她想，若是死在哥哥家裏，豈不又害了哥哥，那怎麼辦？千思萬想，左右為難，真是一縷柔腸，幾乎牽斷，只得忍住。

下面這一段有意思了，那日已是迎娶吉期，襲人本不是那一種潑辣人，委委屈屈的上轎而去，心裏另想到那裏再作打算。豈知過了門，見那蔣家辦事極其認真，全都按著正配的規矩。一進了門，丫頭僕婦都稱奶奶。襲人此時欲要死在這裏，又恐害了人家，辜負了一番好意。那夜原是哭著不肯俯就的，那姑爺卻極柔情曲意的承順。到了第二天開箱，這姑爺看見一條猩紅汗巾，方知是寶玉的丫頭。原來當初只知是賈母的侍兒，益想不到是襲人。此時蔣玉菡念著寶玉待他的舊情，倒覺滿心惶愧，更加周旋，又故意將寶玉所換那條松花綠的汗巾拿出來。松花綠的汗巾是誰的？襲人的。襲人看了，方知這姓蔣的原來就是蔣玉菡，始信姻緣前定。襲人才將心事說出，蔣玉菡也深為嘆息敬服，不敢勉強，並越發溫柔體貼，弄得個襲人真無死所了。到這個時候，襲人一看兩條汗巾一紅一綠，配起來了，這汗巾是寶玉頭一次見到蔣玉菡的時候，跟他互換表記，寶玉把自己隨身那條松花綠的汗巾給了蔣玉菡，其實這條汗巾本是襲人的，他剛好帶著。蔣玉菡就把自己圍的一條猩紅的汗巾給了寶玉。汗巾是北靜王賜他的，來自女兒國的貢品，很珍貴。兩個人互相交換汗巾作為友誼表記。那時冥冥中寶玉等於已經替襲人下了聘。

寶玉出家，了卻俗緣，他還給父母的是一個功名，這是賈府所需要的；給他妻子寶釵一個兒子，這對儒家宗法家庭倫理是重要的；給他的妾，俗緣最深的襲人一個丈夫，這事才了了。這個丈夫不是普通人，蔣玉菡跟寶玉之間也有一段特別的感情，所以他本身的俗緣，就在這一男一女的身上。這兩個人是他最親密的女性、男性，這兩個人的結合，也就是寶玉的肉身一劈為二，在這兩個人身上再合起來。他的俗緣才達到了圓滿的結束。

這一回是整部小說寫實架構裏面最後的一個 episode，小說裏面最後的一節很要緊的，等於畫龍點睛、點到主題的時候。這裏的主題是什麼，寶玉的佛身隨著一僧一道走了，完成他佛道的緣分；他的肉身，他的俗緣，在這男女兩人身上得到另外一個圓滿的結局。所以一般講起來，都認為寶玉出家整部小說就結束了，認為是佛道哲學得到最後勝利。其實不然，在襲人的婚姻上，他世俗的緣分，得到圓滿的結局。所以儒家跟佛道，入世跟出世是相生相剋、相輔相成。他安排圓滿的結果不是興之所至，把襲人的結局放到最後這個 episode，不是隨便安排的。你看在那麼早的時候，透過兩條汗巾子已經互定了，是寶玉替她下聘的。如果把襲人隨隨便便嫁給任何一個男人，就是糟蹋了襲人，這也是寶玉不允許的，寶玉一定要給她找一個丈夫，那個丈夫能夠代替他自己完成他在世上的俗緣。別忘了寶玉在九十三回的時候去臨安伯府看戲，又碰到蔣玉菡了。那天蔣玉菡演了什麼戲？《占花魁》，就是講《賣油郎獨占花魁女》。這個賣油郎名字叫做秦重，這名字也很特殊，在第九回、十五回有個人物叫秦鐘，秦可卿的弟弟，這兩姐弟對寶玉少年時情的啟蒙很要緊。秦鐘——情種，這一串故事裏面有好多情種。蔣玉菡在飾演秦重這個角色的時候，對花魁女這個妓女，非常的憐香惜玉，滿腹柔情。本來他好不容易存了一年的銀子，準備要來嫖她的，因為看花魁女醉得那麼厲害，被客人欺負，他於心不忍，一股憐香惜玉的感情，演出那一折很有名的《受吐》，花魁女醉後嘔吐，秦小官在旁照顧她，只好用他那襲好不容易穿上的新的長衫去接，不嫌腌臢，無比憐惜。寶玉在下面看呆了，整個人融入到秦小官身上去，在那一刻，寶玉跟秦小官已經 identified，認同了那種感情，對女孩子不是肌膚肉體，而是憐香惜玉的感情，這是賈寶玉最高的一種情操。所以蔣玉菡在那個戲作為演員，已經替他演出來那個角色，最後他也替賈寶玉扮演了花襲人的丈夫。那樣的認同非常重要。《紅樓夢》絕對不會隨便寫書中演的戲，他有很深的涵義在裏頭。所以這一回的結局，和前面的鋪陳都是伏筆，花魁女、花襲人，蔣玉菡、賈寶玉，有非常深刻的關聯，所以最後這個 episode，在整部小說寫實架構才會這樣子安排，有他更深一層的意義。

下面，兩個象徵的人物又出來了。賈雨村、甄士隱在第一回就出現，後來，他們一個是書生，一個是道士，這是我們文化裏面經常出現的兩種人物。一個平凡的書生，經過求名求利、科考當官的過程，在紅塵中打滾、浮沉，官位升升降降、得意失意，沒有任何官職後，又是一個凡夫俗子。賈雨村一生追逐世俗名位，從沒有覺醒過來。甄士隱是個道士，未悟道出家前，還幫助過賈雨村，致贈金錢讓他去考試，然後兩個人的人生分道揚鑣。甄士隱早經劫難，出家修行，他們變成一個是入世的、世俗的，一個是出世的、悟道的，這兩種人物典型在小說裏面一直存在。中間兩個人見過一次，賈雨村那時候還高高在上，甄士隱講的話他也沒聽進去。這個時候，官也丟了，人生也過了，開頭就在一起的兩個人又碰在一塊了。

甄士隱是書中寓言式的人物，他成道了，對於《紅樓夢》寶玉這塊石頭歷劫的故事非常清楚，他講給賈雨村聽。賈雨村就問他這些人的命運，他說，我們這族賈家的閨秀這麼多這麼好，為什麼從元妃算下來，結局都這麼平常呢？士隱嘆道：「老先生莫怪拙言，貴族之女俱屬從情天孽海而來。大凡古今女子，那『淫』字固不可犯，只這『情』字也是沾染不得的。所以崔鶯蘇小，無非仙子塵心；宋玉相如，大是文人口孽。凡是情思纏綿的，那結果就不可問了。」《紅樓夢》的這個世界是孽海情天，「厚地高天，堪嘆古今情不盡；痴男怨女，可憐風月債難償」，孽海情天構成《紅樓夢》的宇宙，甄士隱講是寓言式的，又講這個賈家後來「蘭桂齊芳」，還會起來的。最後還有一個他自己的事情沒有了，就是他的女兒英蓮。英蓮就是薛蟠的妾香菱，後來雖然扶正了，卻生孩子難產而死，所以甄士隱要去把她的魂接來歸隊。

最後的結尾，空空道人又來了。開頭那個渺渺真人、茫茫大士，把那一塊石頭放回到青埂峯，又經過好幾劫了。劫，是佛家的時間單位，天地的一成一敗謂一劫。經過幾劫以後，空空道人又來了，看到那個石頭上面記了很多聞世傳奇，故事都寫出來了，就想，要不要找一個人抄下來，不把它記下來可惜了，一找找到急流津覺迷渡口，茅舍裏面有一個人睡在那個地方，看起來好像很有學問，就問他：「你肯不肯抄？」原來是賈雨村在那裏。他說：「這個故事我知道了，用不著找我，你去找悼紅軒裏面有個曹雪芹先生，你去找他抄下來好了。」那空空道人牢牢記著此言，又不知過了幾世幾劫，果然有個悼紅軒，見那曹雪芹先生正在那裏翻閱歷來的古史。空空道人便將賈雨村言了，方把這《石頭記》示看。那雪芹先生笑道：「果然是『賈雨村言』了！」空空道人便問：「先生何以認得此人，便肯替他傳述？」曹雪芹先生笑道：「說你空，原來你肚裏果然空空。既是假語村言，但無魯魚亥豕以及背謬矛盾之處，樂得與二三同志，酒餘飯飽，雨夕燈窗之下，同消寂寞，又不必大人先生品題傳世。似你這樣尋根究底，便是刻舟求劍，膠柱鼓瑟了。」那空空道人聽了，仰天大笑，擲下抄本，飄然而去。一面走著，口中說道：「果然是敷衍荒唐！不但作者不知，抄者不知，並閱者也不知。不過遊戲筆墨，陶情適性而已！」在這部小說最後，來了這麼道家的一種反諷的嘲笑語氣，講的是什麼呢？記得嗎？前面第一回的時候，是：「滿紙荒唐言，一把辛酸淚！都云作者痴，誰解其中味？」，到這個時候，他講「說到辛酸處，荒唐愈可悲。由來同一夢，休笑世人痴！」

再回頭看看整部小說，別忘了它的主題曲〈好了歌〉：世人都曉神仙好，惟有功名忘不了！講了神仙，也就是悟道了。古今將相在何方？荒塚一堆草沒了。世事無常，變幻不定。世人都曉神仙好，只有金銀忘不了！終朝只恨聚無多，及到多時眼閉了。徵逐名利一場空。世人都曉神仙好，只有姣妻忘不了！君生日日說恩情，君死又隨人去了。道家很狠的，把人生非常無情的一面講出來。世人都曉神仙好，只有兒孫忘不了！痴心父母古來多，孝順兒孫誰見了？兒孫孝順怎麼比得痴心父母，總是比不上的。〈好了歌〉，好就是了，了就是好，不了就不好，越要好，就要了。這就是整部《紅樓夢》的提醒。

白先勇總結《紅樓夢》

看完整部書的解讀，我們再回頭想想，為什麼要讀這本書？

《紅樓夢》是我們中國文學最偉大的一本小說，至少我這麼覺得。以它內容的豐富、文字的絢麗，可能也是文學作品的第一把，當然我們有很了不起的《詩經》、《楚辭》、《杜詩》，那要完整的《詩經》、《楚辭》或《杜詩》，才能跟《紅樓夢》比。以單獨一部文學作品來說，《紅樓夢》的確是偉大的。如果我們以十八世紀橫跨的地位來看，至少我讀過的十九世紀以前的西方小說，沒有一部比得上《紅樓夢》。

它的偉大在哪裏？可以從幾方面看，第一，它小說的技巧實在了不得，在那個時候是空前的。當然它繼承了《三國演義》、《水滸傳》、《金瓶梅》章回小說的傳統，但是它的小說技巧遠遠超過前面。光是人物的刻畫就豐富、精準得不得了。這麼多人物，沒有一個相同的，即使人物是很近的 mirror image，像晴雯跟黛玉，晴雯就是晴雯，黛玉就是黛玉，兩個人又能合起來看，這些 character relation 是了不得的。人物怎麼刻畫鮮明呢？它用對話突顯尤其精采，每個人的講話，依著他的身分語氣，完全個人化。平兒是平兒，鴛

兒是鶯兒，甚至什麼金釧兒、玉釧兒、小紅、彩雲，寫那些小丫頭，每個人有每個人的個性。從上到下，從裏到外，他們所使用的語言，每個人合乎自己的身分。它的散文、敘述文非常好，豐富華麗，使用詩詞歌賦各種不同的文體融合在一起的時候，也非常自然而順暢。以現代小說的各種技巧來看，它是非常先進的。它的觀點的運用隨時轉換，劉姥姥進大觀園用劉姥姥觀點，林黛玉進大觀園用林黛玉的觀點，賈政領了一批清客遊大觀園又是一種觀點，每一個人的 point of view，用得非常靈活。你想怎麼寫大觀園？客觀的描寫寫不清楚，非要用劉姥姥的眼睛來看，所以劉姥姥進大觀園變成一篇經典之作。因為用她的觀點看大觀園，我們都變成劉姥姥了，好像迪士尼樂園一樣，那麼的新鮮。如果不是用劉姥姥觀點來寫，換一個人，大觀園就不會寫得那麼活，那麼多的笑聲。還有它的伏筆太厲害了，所謂草蛇灰線，伏筆千里。兩條汗巾子，一紅一綠，到最後瞬間合在一起，才知道情節早就伏在那個地方了。伏筆都是到緊要的地方，前後才對照得起來。寶玉的幾塊舊手帕贈給黛玉，中間還出現過提醒讀者別忘記，到最後黛玉死的時候，把上面有她的淚和她的詩的手帕，丟進火盆燒掉，發揮了強化悲劇的力量。焦大開頭出來罵那幾個不爭氣的賈家後代，到了最後抄家，這個老僕又出來了，這前後一對照，這個人物的作用老早已經伏在那個地方。太厲害了！它的伏筆每一個小細節都有用的。

第二，再看它的架構之寬闊、大氣，它的 vision 之高超、深刻，同時期的作品無法望其項背。《紅樓夢》的神話架構太虛幻境，跟寫實的架構大觀園，互相對照，有無比豐富的象徵意象。太虛幻境裏面十二支《紅樓夢》的曲子，對大觀園裏這些人物命運的哀悼，老早已經定了，它整個架構非常完整、恢宏，像一個網，步步連結。更重要的還有一點，以這樣動人的故事，這麼鮮明的人物，把中國三種哲學——儒家、道家、佛家，表現得如此生動。它不是在寫哲學論文，是寫小說，用生活的現實和故事，表現生命的態度，非常高明而深刻。我們中國人的價值觀脫不了這三種哲學，我們常講，中國人年輕的時候都是儒家，努力念書，勤奮工作，求成功，求名利。到了中年，多半受了一些打擊，有所超脫了，是道家。到了晚年真正了悟，就是佛家來了。看看從前有名的文人，王維、蘇東坡、湯顯祖……他們的過程大概都是如此。這種鋪陳架構，把三種哲學說得清楚易懂，而且它也不偏不倚，不是勸大家出家。寶玉最後在雪地上白茫茫一片大地真乾淨的境界，固然有一種超脫，反過來看也是哀傷，有所得，有所失，使我們對人生的感悟又高了一層。

這部書不僅是小說，就我來看它也是中國文化到第十八世紀的一個結晶，一個總結。它寫盡乾隆的盛世，也暗伏了乾隆之後中國文化的「忽喇喇似大廈傾，昏慘慘似燈將盡」，十九世紀後整個走下坡，接近崩潰邊緣。我說過這部書可能是我們中國文化的「天鵝之歌」，把最盛的乾隆盛世全面表現出來。它也等於是一部百科全書，講穿的、吃的、用的，把十八世紀的貴族生活寫得鉅細靡遺，曹雪芹可以說無所不能，他詩、書、畫全能，懂醫理，風箏他也會製作，除此之外，他也寫盡了中國人的人情世故。我想，讀了《紅樓夢》跟沒有讀《紅樓夢》的人有所區別，讀了《紅樓夢》，對於中國文化的底蘊一定多一層了解。年輕學子頭一次看這個小說，可能有些地方隔閡，無法一下抓住它的精神，若是每過十年看一次，二十多歲的時候看，三十多歲看，四十多歲看，像我現在七十多歲再看一次，真的越來越感覺這一本小說是天書，要完全了解它實在不容易，可能要自己經過一些人生的滄桑，才能真正了解它告訴我們什麼。

大家讀了這門課，我們也相處一年半的時間，紅樓一夢作到今天，也是醒的時候了。最後我們來看看這副對聯，來自絲路上張掖古城中的一個古寺，張掖在甘肅，西夏在那邊留下了文化。對聯是：

天地同流眼底羣生皆赤子；
千古一夢人間幾度續黃粱。

《紅樓夢》這部書，曹雪芹是以大悲之心來看人間事，所以非常寬容，在他的心中，天地同流，這麼大的宇宙，眼底羣生皆赤子，他看到的都是一些赤子。千古一夢，人活在世上古今皆如夢，人間幾度續黃粱，仍像做了多少次的黃粱夢一樣。今天紅樓夢醒，謝謝大家！

【附錄二】

賈寶玉的俗緣：蔣玉函與花襲人

——兼論《紅樓夢》的結局意義

白先勇

《紅樓夢》中賈寶玉有句名言：「女兒是水作的骨肉，男人是泥作的骨肉。」寶玉見了女兒便清爽，見了男人便覺濁臭逼人。然而《紅樓夢》中有四位男性：北靜王、秦鐘、柳湘蓮、蔣玉函，寶玉並不做如是觀。這四位男性角色對寶玉的命運直接、間接都有影響或提示作用。四位男性於貌則俊美秀麗，於性則脫俗不羈，而其中以蔣玉函與賈寶玉之間的關係最是微妙複雜，其涵義可能影響到《紅樓夢》結局的詮釋。

《紅樓夢》第五回「賈寶玉神遊太虛境」，窺見「金陵十二釵又副冊」中有詩寫道：

枉自溫柔和順，空云似桂如蘭。
堪羨優伶有福，誰知公子無緣。

此詩影射花襲人一生命運，其中「優伶」即指蔣玉函，可見第一百二十回最後蔣玉函迎娶花襲人代寶玉受世俗之福的結局，作者早已安排埋下伏筆，而且在全書發展中，這條重要線索，作者時時在意，引申敷陳。第二十八回，「蔣玉函情贈茜香羅」，馮紫英設宴，賈寶玉與蔣玉函初次相見，席上行酒令，蔣玉函手執木樨吟道：「花氣襲人知晝暖。」彼時蔣玉函並不知有襲人其人，而無意間卻道中了襲人名字，冥冥中二人緣分由此而結。少刻，寶玉出席，蔣玉函尾隨，二人彼此傾慕，互贈汗巾，以為表記。寶玉贈給蔣玉函的那條松花汗巾原屬襲人所有，而蔣玉函所贈的那條「血點似的大紅汗巾子」，夜間寶玉卻悄悄繫到了襲人的身上。蔣玉函的大紅汗巾乃茜香國女國王所貢之物，為北靜王所賜，名貴非常。寶玉此舉，在象徵意義上，等於替襲人接受聘禮，將襲人終身託付給蔣玉函。第一百二十回結尾篇，花襲人含悲出嫁，次日開箱，姑爺見猩紅汗巾，乃知是寶玉丫頭襲人，而襲人見姑爺的松花綠汗巾，乃知是寶玉摯友蔣玉函，紅綠汗巾二度相合，成就一段好姻緣。而促使這段良緣者，正是寶玉本人。

襲人在《紅樓夢》這本小說以及在寶玉心目中都極占分量，而寶玉卻將如此重要的身邊人託付給蔣玉函。《紅樓夢》眾多角色，作者為何獨將此大事交託蔣玉函，實在值得深究。蔣玉函原為忠順親王府中忠順王駕前所蓄養的優伶，社會地位不高，在小說中出場次數不多，而作者卻偏偏對這樣一個卑微角色，命名許以「玉」字，此中暗藏玄機。《紅樓夢》作者對角色命名「玉」字絕不輕易賜予，小紅本名紅玉，因為犯寶玉之名而更改，即是一例。玉是《紅樓夢》中最重要的象徵，論者早已著書討論，在眾多複雜的詮釋中，玉至少象徵人的性靈、慧根、本質等意義，已是無庸懷疑，而小說人物中，名字中凡含有玉字者，與寶玉這塊女媧頑石通靈寶玉，都有一種特殊緣分，深具寓意。

除了寶玉以外，《紅樓夢》中還有其他四塊玉。首先是黛玉，寶、黛二玉結的是一段「仙緣」，是神瑛侍者與絳珠仙草的愛情神話，也是一則最美的還淚故事。寶玉和黛玉之間的愛情乃是性靈之愛，純屬一種美的契合，因此二人常有相知、同類之感。黛玉是寶玉靈的投射，宜乎二人不能成婚發生肉體關係，唯有等到絳珠仙草淚盡人亡魂歸離恨天後，神瑛侍者才回轉太虛幻境，與絳珠仙草重續仙緣。第二塊玉是妙玉，有人猜測寶玉與妙玉之間，情愫曖昧。事實上寶玉與妙玉的關係在《紅樓夢》的主題命意及文學結構上都有形而上的涵義。妙玉自稱「檻外人」，意味已經超脫俗塵，置身化外。而寶玉為「檻內人」，尚在塵世中耽溺浮沉。而結果適得其反，寶玉終於跨出檻外，修成正果，而妙玉卻墮入淖泥，終遭大劫。寶玉與妙玉的關係是身分的互調，檻外與檻內的轉換，是一種帶有反諷性的「佛緣」。妙玉目空一切，孤癖太過，連村嫗劉姥姥尚不能容，宜乎佛門難入。而寶玉心懷慈悲，廣愛眾生，所以終能成佛。

《紅樓夢》男性角色名字中含有玉者，尚有甄寶玉與蔣玉函。甄寶玉僅為一寓言式的人物，是《紅樓夢》中「真」、「假」主題的反觀角色，甄寶玉貌似賈寶玉，卻熱中功名，與賈寶玉的天性本質恰恰相反。作者創造甄寶玉這個角色，亦有反諷之意。《紅樓夢》作者的人物設計，常用次要角色陪襯、反襯主要角色，例如晴雯、齡官陪襯黛玉，二人是黛玉的伸延、投影。寶玉這個角色除了甄寶玉、妙玉用以反襯以外，另外一位名字帶玉的男性角色蔣玉函對寶玉更具深意。如果寶玉與黛玉所結的是一段「仙緣」，與妙玉是「佛緣」，那麼寶玉與蔣玉函之間就是一段「俗緣」了。在《紅樓夢》眾多男性角色中，寶玉與蔣玉函的俗緣最深——寶玉與賈政的俗緣僅止於父子，親而不近。寶玉與蔣玉函的特殊關係具有兩層意義：首先是寶玉與蔣玉函之間的同性之愛，其次是蔣玉函與花襲人在《紅樓夢》結局時的俗世姻緣，而此二者之間又有相當複雜的關聯。

第二十八回「蔣玉函情贈茜香羅」，寶玉與蔣玉函初次見面即惺惺相惜，互贈表記。第三十三回「不肖種種大承笞撻」，忠順親王府派長府官到賈府向賈政索人，原因是忠順王府裏的優伶琪官（蔣玉函）失蹤，「這一城內，十停人倒有八停人都說，他近日和銜玉的那位令郎相與甚厚」，長府官並指出證據——寶玉腰所繫之茜香羅。寶玉無法隱飾，只得承認蔣玉函私自逃離忠順親王府，在離城外二十里紫檀堡置買房舍。二十八回寶玉與蔣玉函見面互相表贈私物之後，至三十三回以前，兩人「相與甚厚」的情節書中毫無交代，而三十三回由寶玉的招認，顯現二人早已過往甚密，蔣玉函似乎是為了寶玉而逃離忠順王府，在紫檀堡置買房舍的。以《紅樓夢》作者如此縝密的心思，不應在情節上有此重大遺漏，不知是否被後人刪除，尚待紅學專家來解答這個疑問。但三十三回已經說明，寶玉與蔣玉函之間確實已發生過親密的同性之愛。而寶玉因此被賈政大加笞撻，以致遍體鱗傷。一方面來看，固然是寶玉私會優伶的行為，是儒家禮教所不容，從另一個角度來看，這也象徵寶玉與蔣玉函締結「俗緣」，寶玉承受世俗後，他的俗體肉身所必須承擔的苦痛及殘傷。書中，寶玉為黛玉承受精神性靈上最大的痛苦，為蔣玉函卻擔負了俗身肉體上最大的創傷。就同性戀的特質而言，同性間的戀愛是從另外一個個體身上尋找一個「自己」（Self），一個「同體」，有別於異性戀，是尋找一個異「己」（Other），一個「異體」。如希臘神話中的納西色斯，愛戀上自己水中倒影，即是尋求一種同體之愛。賈寶玉和蔣玉函這兩塊玉的愛情，是基於深刻的認同，蔣玉函猶之於寶玉水中的倒影，寶玉另外一個「自我」，一個世俗的化身。第九十三回，寶玉與蔣玉函在臨安伯府再度重逢，在寶玉眼裏，蔣玉函「鮮潤如出水芙渠，飄揚似臨風玉樹」，此兩句話除形容蔣玉函神貌俊美外，又具深意。「蔣玉函」有的版本亦作「蔣玉菡」，菡萏、芙渠都為荷花蓮花別名。寶玉最後削髮為僧，佛身升天。荷花蓮花象徵佛身的化身，因此，寶玉的「佛身」雖然升天，他的世俗分身，卻附在了「玉菡」上，最後替他完成俗願，迎娶襲人。佛經有云：「自性具三身，一者法身，二者圓滿報身，三者千百億化身。」蔣玉函當為寶玉「千百億化身」之一。

同回描述蔣玉函至臨安伯府唱戲，他已升為領班，改唱小生，「他也攢了好幾個錢，家裏已經有兩三個鋪子。」一府裏有人議論，有的說：「想必成了家了。」有的說：「親還沒有定。他倒拿定一個主意：說是人生婚配，關係一生一世的事，不是混鬧得的，不論尊卑貴賤，總要配的上他的才能。所以到如今還並沒娶親。」寶玉聽到，心中如此感想：「不知日後誰家的女孩兒嫁他？要嫁著這麼樣的人才兒，也算是不辜負了。」後來蔣玉函唱他的拿手戲「占花魁」，九十三回如此敘述：「果然蔣玉函扮了秦小官，伏侍花魁醉後神情，把那一種憐香惜玉的意思，做得極情盡致。以後對飲對唱，纏綿繾綣。寶玉這時不看花魁，只把兩隻眼睛獨射在秦小官身上。更加蔣玉函聲音響亮，口齒清楚，按腔落板，寶玉的神魂都唱的飄蕩了。直等這齣戲煞場後，更知蔣玉函是情種，非尋常腳色可比……」

《紅樓夢》作者善用「戲中戲」的手法來點題，但紅學家一般都著重在十八回元春回家省親，她所點的四齣戲上：「豪宴」、「乞巧」、「仙緣」、「離魂」，因為「脂本」在這四齣戲下曾加評語，認為元妃「所點之戲，伏四事，乃通書之大過節，大關鍵」。這四齣戲出自「一捧雪」──伏賈家之敗，「長生殿」──伏元妃之死，「邯鄲夢」──伏甄寶玉送玉（俞大綱先生認為「仙緣」影射賈府抄家，寶玉悟道，更為合理），「牡丹亭」──伏黛玉之死。這幾齣戲暗示賈府及其主要人物之命運固然重要，但我認為九十三回蔣玉函扮演之占花魁對《紅樓夢》之主題意義及其結局具有更深刻的涵義。此處涵義可分二層，首先，中國所有的愛情故事中，恐怕「醒世恆言」中的小說「賣油郎獨占花魁」中秦小官對花魁女憐香惜玉的境界最接近賈寶玉的理想。出身貧苦天性醇厚的賣油郎秦重，因仰慕名妓花魁娘子，不惜節衣省食，積得十兩銀子，到院中尋美娘（花魁的妓名）欲親芳澤，未料是夜花魁宴歸，大醉睡倒，小說如此描寫秦小官伺候花魁女：

酒醉之人，必然怕冷，又不敢驚醒她。忽見欄杆上又放著一牀大紅紵絲的棉被，輕輕的取下，蓋在美娘身上，把燈挑得亮亮的。取了這壺茶，脫鞋上牀。捱在美娘身邊，左手抱著茶壺在懷，右手搭在美娘身上，眼也不敢閉一閉……

等到花魁真的嘔吐了，他怕污了被窩，就讓她吐在自己新上身的衣袍袖子裏，整理了醃臢酒吐後，「依然上牀，擁抱似初」，直到天明，秦小官並未輕薄花魁女。秦重對花魁這種由愛生憐之情，張淑香女士認為近乎宗教愛①，秦重以自己身上的衣物去承受花魁吐出的穢物，這個動作實含有宗教式救贖的意義，包納對方的不潔，然後替她洗淨——花魁乃一賣身妓女，必遭塵世污染。而賈寶玉本人在七十七回「俏丫鬟抱屈夭風流」中，面對奄奄一息的晴雯，亦是滿懷悲憫，無限憐惜，恨不得以身相替，四十四回「喜出望外平兒理妝」，平兒被鳳姐錯打後，寶玉能為她稍盡心意，意感「喜出望外」，寶玉前世本為神瑛侍者，在靈河畔守護絳珠仙草，細心灌溉，使之不萎。歷劫後墮入凡塵，在大觀園內，寶玉仍以護花使者自居，他最高的理想便是守護愛惜大觀園中的百花芳草（眾女兒），不讓她們受到無情風雨的摧殘。寶玉自己本為多情種子，難怪他觀看蔣玉函扮演秦重，服侍花魁，「憐香惜玉」、「纏綿繾綣」，會感到「神魂飄蕩」，而稱蔣玉函為「情種」了。「秦重」與「情種」諧音，因此，「占花魁」中的賣油郎秦重亦為「情種」的象徵。賈寶玉跟蔣玉函不僅在形貌上相似，在精神上也完全認同，因為蔣玉函扮演的角色秦重——情種，也正是寶玉要扮演的。賈寶玉與蔣玉函這兩塊玉可以說神與貌都是合而為一的。

「占花魁」這齣戲對《紅樓夢》的結局有更深一層的涵義，因為這齣戲亦暗伏蔣玉函與襲人的命運結局，襲人姓花，並非偶然，在某種意義上，花襲人的命運與花魁女亦相似，寶玉出家，賈府敗落，襲人妾身未明，她的前途也不會好，鴛鴦為眾丫鬟之首尚不得善終，襲人的命運更不可卜。賣油郎秦重最後將花魁女救出煙花火坑，結為夫婦，《紅樓夢》結尾時，蔣玉函亦扮演秦重的角色將花襲人——花魁女，救出賈府，完成良緣——這，也是寶玉的心願，他在第二十八回「蔣玉函情贈茜香羅」，早已替二人下了聘。事實上寶玉在俗世間，牽掛最深俗緣最重的是襲人而不是旁人。一般論者把《紅樓夢》當做愛情故事來看，往往偏重寶玉——黛玉——寶釵的三角關係，其實寶玉——蔣玉函——花襲人三人的一段世俗愛情可能更完滿，更近人情。前文已論及寶玉與黛玉的木石前盟是一段「仙緣」，一段神瑛侍者與絳珠仙草的愛情神話，黛玉早夭，淚盡人亡，二人始終未能肉身結合。而寶釵嫁給寶玉時，寶玉失玉，失去了本性，已經變成痴人。書中唯一一次敘述二人行夫妻之禮，寶玉只是抱著補過之心，勉強行事，兩人除卻夫妻倫常的關係，已無世俗之情——寶玉不久便勘破世情，悟道出家了。而事實上，在《紅樓夢》眾多女性中，真正獲得寶玉肉體俗身的只有襲人，因為早在第六回寶玉以童貞之身已與襲人初試雲雨了，襲人可以說是寶玉在塵世上第一個結俗緣的女性。襲人服侍寶玉，呵護管教，無微不至，猶之於寶玉的母、姐、婢、妾——俗世中一切女性的角色，襲人莫不扮演。二人之親近，非他人可比。王夫人、薛寶釵在名分上雖為寶玉母、妻，但同為親而不近。襲人，可以說替寶玉承受了一切世俗的負擔。三十回結尾，寶玉第一次發怒動粗，無意中所踢傷的，竟是他最鍾愛的襲人，踢得她「**肋上青了碗大的一塊**」，以致口吐鮮血。寶玉與蔣玉函結俗緣，為他被打得遍體鱗傷，而襲人受創，也是因為她與寶玉俗緣的牽扯所必須付出的代價。一百一十七回「阻超凡佳人雙護玉」，無怪乎襲人得知寶玉要將他那塊失而復得的通靈寶玉還給和尚——還玉便是獻身於佛之意——她急得不顧死活搶前拉扯住寶玉，不放他走，無論寶玉用力摔打，用手來掰開襲人的手，襲人猶忍痛不放，與寶玉糾纏不已。二人俗緣的牽絆，由此可見。最後寶玉出家，消息傳來，「**寶釵雖是痛哭，他那端莊樣兒，一點不走。**」而襲人早已心痛難耐，昏厥不起。寶玉出家，了卻塵緣，他報答父母的，是中舉功名，償還妻子寶釵的，是一個兒子，完成傳宗接代的使命。那麼，他留給花襲人的是什麼呢？一個丈夫。蔣玉函與花襲人結為夫婦，便是寶玉在塵世間俗緣最後的了結。

一部小說的結尾，最後的重大情節，往往是作者畫龍點睛，點明主題的一刻。一般論者皆認為第一百二十回寶玉出家是《紅樓夢》最後結局，亦即是說佛道的出世哲學得到最後勝利，因而有人結論《紅樓夢》打破了中國傳統小說大團圓的格式，達到西方式的悲劇效果。這本小說除了第一回「甄士隱夢幻識通靈，賈雨村風塵懷閨秀」到第一百二十回「甄士隱詳說太虛情，賈雨村歸結紅樓夢」，開場與收尾由甄士隱與賈雨村這兩個寓言式的人物，「真」「假」相逢，儒道互較，做為此書之楔子及煞尾外，其寫實架構最後一節其實是蔣玉函迎娶花襲人，此節接在寶玉出家後面，實具深意。一方面寶玉削髮出家，由一僧一道夾著飄然而去，寶玉的佛身升天，歸彼大荒，青埂峯下。而他的俗身，卻化在蔣玉函和花襲人身上──二人都承受過寶玉的俗緣，受過他肉體俗身的霑潤──寶玉的俗體因而一分為二，藉著蔣玉函與花襲人的姻緣，在人間得到圓滿的結合。寶玉能夠同時包容蔣玉函與花襲人這一對男女，其實也是因他具有佛性使然。佛性超越人性──他本身即兼有雙性特徵──本無男女之分，觀世音菩薩，便曾經過男女體的轉化。寶玉先前對秦氏姐弟秦可卿、秦鐘的愛戀，亦為同一情愫。秦可卿──更確切的說秦氏在太虛幻境中的替身警幻仙姑之妹兼美──以及秦鐘，正是引發寶玉對女性及男性發情的人物，而二人姓秦（情）又是同胞，當然具有深意，二人實是「情」之一體兩面。有了兼美的引發在先，乃有寶玉與襲人的雲雨之情，有了秦鐘與寶玉之兩情繾綣，乃有蔣玉函與寶玉的俗緣締結。秦鐘與賣油郎秦重都屬同號人物，都是「情種」──也就是蔣玉函及寶玉認同及扮演的角色。

因此，我認為寶玉出家，佛身升天，與蔣玉函、花襲人結為連理，寶玉俗緣最後了結——此二者在《紅樓夢》的結局占同樣的重要地位，二者相輔相成，可能更近乎中國人的人生哲學，佛家與儒家，出世與入世並存不悖。事實上最後甄士隱與賈雨村——道士與書生——再度重逢，各說各話，互不干犯，終究分道揚鑣。《紅樓夢》的偉大處即在此，天上人間，淨土紅塵，無所不容。如果僅看到寶玉削髮出家，則只看到《紅樓夢》的一半，另一半則藉下一節結尾時，有了新的開始。作者藉著蔣玉函與花襲人完滿結合，完成畫龍點睛的一筆。這屬於世俗的一半，是會永遠存在的。女媧煉石，固然情天難補，但人世間又何嘗沒有其破鏡重圓之時。一悲一喜，有圓有缺，才是真正的人生。蔣玉函與花襲人最後替賈寶玉完成俗緣俗願，對全書產生重大的平衡作用——如果這個結局不重要，作者也不會煞費心機在全書中埋下重重伏筆了。

事實上以《紅樓夢》作者博大的心胸未必滿足於小乘佛法獨善其身的出世哲學。寶玉滿懷悲憫落髮為僧，暫斷塵緣，出家成佛，但大乘佛法菩薩仍須停留人間普度眾生。蔣玉函最後將花襲人迎出賈府，結成夫妻，亦可說是作者普度眾生悲願的完成吧。這又要回到「占花魁」這齣戲對全書的重要涵義了。前述「賣油郎獨占花魁」，秦重對花魁女憐香惜玉的故事近乎宗教式的救贖，作者挑選這一齣戲來點題絕非偶然，這不只是一則妓女贖身的故事，秦小官至情至性以新衣承花魁女醉後的穢吐，實則是人性上的救贖之舉。秦小官以至情感動花魁女，將她救出煙花，同樣的，蔣玉函以寶玉俗世化身的身分，救贖了花襲人，二人俗緣，圓滿結合，至少補償了寶玉出家留下人間的一部分憾恨。佛教傳入中土，大乘佛法發揚光大，而大乘佛法入世救贖，普度眾生的精神，正合乎中國人積極入世的人生觀。（奚淞整理）

一九八六年一月《聯合文學》第十五期

注①：張淑香：「從小說的角度設計看賣油郎與花魁娘子的愛情」，收於《中國古典文學研究叢刊：小說之部（二）》，巨流圖書公司印行。

【附錄二】

賈寶玉的大紅斗篷與林黛玉的染淚手帕

——《紅樓夢》後四十回的悲劇力量

白先勇

近百年來，紅學界最大的一個爭論題目就是《紅樓夢》後四十回到底是曹雪芹的原稿，還是高鶚或其他人的續書。這場爭論牽涉甚廣，不僅對後四十回的作者身份起了質疑，而且對《紅樓夢》這部小說的前後情節、人物的結局、主題的一貫性，甚至文字風格，文采高下，最後牽涉到小說藝術評價，通通受到嚴格檢驗，嚴厲批評。「新紅學」的開山祖師胡適，於一九二一年為上海亞東圖書館出版的新式標點程甲本《紅樓夢》寫了一篇長序〈《紅樓夢》考證〉。這篇長序是「新紅學」最重要的文獻之一，其中兩大論點：證明曹雪芹即是《紅樓夢》的作者，斷定後四十回並非曹雪芹原著，而是高鶚偽托續書。自從胡適一錘定音，判決《紅樓夢》後四十回是高鶚的「偽書」以來，幾個世代甚至一些重量級的紅學家都沿著胡適這條思路，對高鶚續書作了各種評論，有的走向極端，把後四十回數落得一無是處，高鶚變成了千古罪人。而且這種論調也擴散影響到一般讀者。

在進一步討論《紅樓夢》後四十回的功過得失之前，先簡單回顧一下後四十回誕生的來龍去脈。乾隆五十六年（一七九一）由程偉元、高鶚整理出版木刻活字版排印一百二十回《紅樓夢》，中國最偉大的小說第一次以全貌面世，這在中國文學史上應是劃時代的一件大事。這個版本胡適稱為「程甲本」，因為是全本，一時洛陽紙貴，成為後世諸刻本的祖本，翌年一七九二，程、高又刻印了壬子年的修訂本，即胡適大力推薦的「程乙本」，合稱「程高本」。在「程高本」出版之前，三十多年間便有各種手抄本出現，流傳坊間，這些抄本全都止於前八十回，因為有脂硯齋等人的批注，又稱「脂本」，迄今發現的「脂本」共十二種，其中以「甲戌本」、「己卯本」、「庚辰本」、「甲辰本」、「戚序本」（亦稱「有正本」）比較重要。程偉元在「程甲本」的序中說明後四十回的由來：是他多年從藏書家及故紙堆中搜集得曹雪芹原稿二十多卷，又在鼓擔上發現了十餘卷，併在一起，湊成了後四十回，原稿多處殘缺，因而邀高鶚共同修補，乃成全書：

「爰為竭力搜羅，自藏書家，甚至故紙堆中無不留心，數年以來，僅積有二十餘卷。一日偶於鼓擔上得十餘卷，遂重價購之，欣然翻閱，見其前後起伏，尚屬接榫，然漶漫不可收拾，乃同友人細加釐剔，截長補短，抄成全部，復為鐫版，以公同好。」

「程乙本」的引言中，程偉元和高鶚又有了如下申明：

「書本後四十回，係就歷年所得，集腋成裘，更無他本可考。惟按其前後關照者，略為修輯，使其有應接而無矛盾。至其原文，未敢臆改，俟再得善本，更為釐定。且不欲盡掩其本來面目也。」

程偉元與高鶚對後四十回的來龍去脈，以及修補的手法原則說得清楚明白，可是胡適就是不相信程、高，說他們撒謊，斷定後四十回是高鶚偽托。胡適做學問有一句名言：拿出證據來。胡適證明高鶚「偽作」的證據，他認為最有力的一項就是張問陶的詩及注。張問陶是乾隆、嘉慶時代的大詩人，與高鶚鄉試同年，他贈高鶚的一首詩〈贈高蘭墅鶚同年〉的注有「《紅樓夢》八十回以後，俱蘭墅所補」這一條，蘭墅是高鶚的號。於是胡適便拿住這項證據，一口咬定後四十回是由高鶚「補寫」的。但張問陶所說的「補」字，也可能有「修補」的意思，這個注恐怕無法當作高鶚「偽作」的鐵證。胡適又認為程序說先得二十餘卷，後又在鼓擔上得十餘卷，「世間沒有這樣奇巧的事！」那也未必，世間巧事，有時確實令人匪夷所思。何況程偉元多年處心積慮四處搜集，並非偶然獲得，也許皇天不負苦心人，居然讓程偉元收齊了《紅樓夢》後四十回原稿，使得我們最偉大的小說能以全貌面世。

近二、三十年來倒是愈來愈多的學者相信高鶚最多只參與了修補工作，《紅樓夢》後四十回不可能是高鶚一個人的「偽作」，後四十回本來就是曹雪芹的原稿。例如海外紅學重鎮，「五四運動」權威周策縱；臺灣著名歷史小說家、紅學專家高陽；中國大陸幾輩紅學專家：中國紅樓夢學會首任會長吳組緗、中國紅學會副會長胡文彬、中國紅樓夢學會常務理事吳新雷、中國紅樓夢學會顧問甯宗一、北京曹雪芹學會副會長鄭鐵生，這些對《紅樓夢》有深刻研究的專家學者們，不約而同，對後四十回的作者問題，都一致達到以上的看法。

我個人對後四十回嘗試從一個寫作者的觀點及經驗來看，首先，世界上的經典小說似乎還找不出一部是由兩位或兩位以上的作者合著的。因為如果兩位作家才華一樣高，一定個人各有自己風格，彼此不服，無法融洽，如果兩人的才華一高一低，才低的那一位亦無法模仿才高那位的風格，還是無法融成一體。何況《紅樓夢》前八十回已經撒下天羅地網，千頭萬緒，換一個作者，如何把那些長長短短的線索一一接榫，前後貫徹，人物語調一致，就是一個難上加難不易克服的問題。《紅樓夢》第五回，把書中主要人物的命運結局，以及賈府的興衰早已用詩謎判詞點明了，後四十回大致也遵從這些預言的發展。至於有些批評認為前八十回與後四十回的文字風格有差異，這也很正常，因前八十回寫賈府之盛，文字應當華麗，後四十回寫賈府之衰，文字自然比較蕭疏，這是情節發展所需。其實自從七十七回「俏丫鬟抱屈夭風流，美優伶斬情歸水月」，抄大觀園後晴雯遭讒屈死，芳官等被逐，小說的調子已經開始轉向暗淡淒涼，寶玉的心情也變得沉重哀傷，所以才在下一回「痴公子杜撰芙蓉誄」對黛玉脫口講出：「茜紗窗下，我本無緣，黃土壟中，卿何薄命」這樣摧人心肝的悼詞來。到了第八十一回，寶玉心情不好，隨手拿了一本《古樂府》翻開來，卻是曹操的〈短歌行〉：「對酒當歌，人生幾何。」一代梟雄曹孟德感到人生苦短，世事無常的滄桑悲涼，也感染了寶玉，其實後四十回底層的基調也佈滿了這種悲涼的氛圍，所以前八十回與後四十回的調子，事實上是前後漸進、銜接得上的。

周策縱教授在威斯康辛大學執教時，他的弟子陳炳藻博士等人用電腦統計分析的結果，雖然後四十回與前八十回在文字上有些差異，但並未差異到出於兩人之手那麼大。如果程高本後四十回誠然如一些評論家所說那樣矛盾百出，這二百多年來，程高本《紅樓夢》怎麼可能感動世世代代那麼多的讀者？如果後四十回程偉元、高鶚果真撒謊偽續，恐怕不會等到一百三十年後由新紅學大師胡適等人來戳破他們的謊言，程、高同時代那麼多紅迷早就群起而攻之了。在沒有如山鐵證出現以前，我們還是姑且相信程偉元、高鶚說的是真話吧。

至於不少人認為後四十回的文字功夫、藝術價值遠不如前八十回，這點我絕對不敢苟同，後四十回的文字風采、藝術成就絕對不輸給前八十回，有幾處感人的程度恐怕還猶有過之。胡適雖然認為後四十回是高鶚補作的，但對後四十回的悲劇下場卻十分讚賞：「高鶚居然忍心害理的教黛玉病死，教寶玉出家，作一個大悲劇結束，打破中國小說的團圓迷信。這一點悲劇眼光，不能不令人佩服。」

《紅樓夢》後四十回的悲劇力量，建築在幾處關鍵情節上，寶玉出家、黛玉之死，更是其中重中之重，如同兩根樑柱把《紅樓夢》整本書像一座高樓，牢牢撐住，這兩場書寫，是真正考驗作者功夫才能的關鍵時刻，如果功力不逮，這座紅樓，輒會轟然傾塌。

《紅樓夢》這部小說始於一則中國古老神話：女媧煉石補天。共工氏撞折天柱，天塌了西北角，女媧煉石三萬六千五百零一塊以補天，只有一塊頑石未用，棄在青埂（情根）峰下，這塊頑石通靈，由是生了情根，下凡後便是大觀園情榜中的第一號情種賈寶玉，寶玉的前身靈石是帶著情根下凡的，「情根一點是無生債」，情一旦生根，便纏上還不完的情債。黛玉第一次見到寶玉：「雖怒時而似笑，即瞋視而有情」、「平生萬種情思，悉堆眼角」。其實賈寶玉即是「情」的化身，那塊靈石便是「情」的結晶。

「情」是《紅樓夢》的主題、主旋律，在書中呈現了多層次的複雜義涵，曹雪芹的「情觀」近乎湯顯祖，「情不知所起，一往而深，生者可以死，死可以生。」《紅樓夢》的「情」遠遠超過一般男女之情，幾乎是一種可以掌握生死宇宙間的一股莫之能禦的神祕力量了。本來靈石在青埂峰下因未能選上補天，「自怨自愧」，其實靈石下凡負有更大的使命：到人間去補情天。第五回「賈寶玉神遊太虛境」，寶玉到了太虛幻境的宮門看到上面橫書四個大字：孽海情天。兩旁一副對聯：

厚地高天，堪嘆古今情不盡；
痴男怨女，可憐風月債難酬。

所以寶玉在人間要以他大悲之情，去普度那些情鬼下凡的「痴男怨女」。寶玉就是那個情僧，所以《紅樓夢》又名《情僧錄》，講的就是情僧賈寶玉歷劫成佛的故事。《紅樓夢》第一回，空空道人將「石頭記」檢閱一遍以後，「因空見色，由色生情，傳情入色，自色悟空，遂改名情僧，改『石頭記』為『情僧錄』。」此處讀者不要被作者瞞過，情僧指的當然是賈寶玉，空空道人不過是一個虛空符號而已。在此曹雪芹提出了一個極為弔詭而又驚世的概念：本來「情」與「僧」相悖無法並立，有「情」不能成「僧」，成「僧」必須斷「情」。「文妙真人」賈寶玉絕不是一個普通的和尚，「情」是他的宗教，是他的信仰，才有資格稱為「情僧」。寶玉出家，悟道成佛，並非一蹴而就，他也必須經過色空轉換，自色悟空的漫長徹悟過程，就如同唐玄奘西天取經要經歷九九八十一劫的考驗，才能修成正果。賈寶玉的悟道歷程，與悉達多太子有相似之處。悉達多太子飽受父親淨飯王寵愛，享盡榮華富貴，美色嬌妻，出四門，看盡人世間老病死苦，終於大出離，尋找解脫人生痛苦之道。《情僧錄》也可以說是一本「佛陀前傳」。曹雪芹有意無意把賈寶玉寫成了佛陀型的人物。

賈寶玉身在賈府大觀園的紅塵裏，對於人世間枯榮無常的了悟體驗，是一步一步來的。第五回賈寶玉在秦氏臥房小憩時夢遊太虛幻境，在「薄命司」裏看到「金陵十二釵」以及其他與寶玉親近的女性之命冊，當時他還未能了解她們一個個的悲慘下場，警幻仙姑把自己乳名兼美，表字可卿的妹子跟寶玉成姻，並祕以雲雨之事，寶玉一覺驚醒，叫了一聲：「可卿救我！」可卿其實就是秦氏的小名。秦氏納悶，因為她的小名從無人知。夢中的可卿即秦氏的複製。秦氏是賈蓉之妻，貌兼黛玉、寶釵之美，又得賈母等人寵愛，是重孫中第一個得意人物。但這樣一個得意人，卻突然夭折病亡。寶玉聽聞噩耗，「心中似戳了一刀，噴出一口鮮血。」寶玉這種過度的反應，值得深究，有人認為寶玉與秦氏或有曖昧之情，這不可能，我認為是因為這是寶玉第一次面臨死亡，敏感如寶玉，其刺激之大，令他口吐鮮血，就如同悉達多太子出四門，遇到死亡同樣的感受。在賈府極盛之時，突然傳來雲板四聲的喪音，似乎在警告：好景不常，一個兼世間之美的得意人，一夕間竟會香消玉殞。彩雲易散琉璃脆，世上美好的事物，不必常久。秦氏鬼魂托夢鳳姐，警示她：「月滿則虧，水滿則溢」，已經興盛百年的賈家終有走向衰敗的一日。頭一回，寶玉驚覺到人生的「無常」。

未幾，寶玉的摯友秦鐘又突然夭折，使寶玉傷心欲絕。秦氏與秦鐘是兩姐弟，在象徵意義上，秦與「情」諧音，秦氏手足其實是「情」的一體二面，二人是啟發寶玉對男女動情的象徵人物，二人極端貌美，同時壽限短，這對情僧賈寶玉來說，暗示了「情」固然是世間最美的事物，但亦最脆弱，最容易斲傷。

所以情僧賈寶玉的大願是：撫慰世上為「情」所傷的有情人。

賈寶玉本來天生佛性，雖在大觀園裏，錦繡叢中，過的是錦衣玉食的富貴生涯，但往往一聲禪音，一偈禪語，便會啟動他嚮往出世的慧根。早在二十二回「聽曲文寶玉悟禪」，寶釵生日，賈母命寶釵點戲，寶釵點了一齣「山門」，說的是魯智深出家當和尚的故事，寶玉以為是齣「熱鬧戲」，寶釵稱讚這齣戲的排場詞藻俱佳，便唸了一支「寄生草」的曲牌給他聽：

漫搵英雄淚，相離處士家。謝慈悲，剃度在蓮臺下。沒緣法，轉眼分離乍。赤條條，

來去無牽掛。那裏討，煙蓑雨笠捲單行？一任俺，芒鞋破缽隨緣化！

魯智深踽踽獨行在出家道上的身影，即將是寶玉最後的寫照。難怪寶玉聽曲猛然觸動禪機，遂有自己「赤條條無牽掛」之嘆。

大觀園是賈寶玉心中的人間太虛幻境，是他的「兒童樂園」，怡紅公子在大觀園的人間仙境裏，度過他最歡樂的青少年時光，跟大觀園裏眾姐妹花前月下，飲酒賦詩，無憂無慮的做他的「富貴閒人」。天上的太虛幻境裏，時間是停頓的，所以花常開，人常好，可是人間的太虛幻境卻有時序的推移，春去秋來，大觀園終於不免百花凋零，受到外界凡塵的污染，最後走向崩潰。第七十四回因繡春囊事件抄大觀園，這是人間樂園解體的轉捩點，接著晴雯遭讒被逐，司棋、入畫、四兒，以及十二小伶人統統被趕出大觀園，連寶釵避嫌也搬了出去，一夕間大觀園繁華驟歇，變成了一座荒園。大觀園本是寶玉的理想世界，大觀園的毀壞，也就是寶玉的「失樂園」，理想國的幻滅。

晴雯之死，在寶玉出家的心路歷程上又是一劫，第七十七回「俏丫鬟抱屈夭風流」，晴雯臨死，寶玉探訪，是全書寫得最感人肺腑的章節之一。在此，情僧賈寶玉對於芙蓉女兒晴雯的屈死，展現了無限的悲憫與憐惜。一腔哀思，化作了纏綿悽愴，字字血淚的〈芙蓉誄〉，既悼晴雯，更是暗悼另一位芙蓉仙子林黛玉，自此後，怡紅公子遂變成了傷心人，青少年時的歡樂，不復再得。

搜查大觀園指向賈府抄家，晴雯之死暗示黛玉淚盡人亡。後四十回這兩大關鍵統統引導寶玉走向出家之路。在大觀園裏，怡紅公子以護花使者自居，庇護園內百花眾女孩，不使她們受到風雨摧殘，靈石下凡，本來就是要補情天的，寶玉對眾女孩的憐惜，不分貴賤，雨露均霑，甚至對小伶人芳官、藕官、齡官也持一種哀矜。當然情僧賈寶玉，用情最深的是與他緣定三生，前身為絳珠仙草的林黛玉。寶玉對黛玉之情，也就是湯顯祖所謂的情真、情深、情至，是一股超越生死的神祕力量。林黛玉的夭折，是情僧賈寶玉最大的「情殤」。賈府抄家，遂徹底顛覆了寶玉的現實世界。經歷過重重的生關死劫，第一百十六回「得通靈幻境悟仙緣」。寶玉再夢回到太虛幻境，二度看到姐妹們那些命冊，這次終於了悟人生壽夭窮通，分離聚合皆是前定，醒來猶如黃粱一夢，一切皆是「鏡花水月」。《紅樓夢》的情節發展至此，已為第一百二十回最後寶玉出家的大結局做好了充份的準備。

《紅樓夢》作為佛家的一則寓言則是頑石歷劫，墮入紅塵，最後歸真的故事。寶玉出家當然是最重要的一條主線，作者費盡心思在前面大大小小的場景裏埋下種種伏筆，就等著這一刻的大結局（**Grand Finale**）是否能釋放出所有累積爆炸性的能量，震撼人心。寶玉出家並不好寫，作者須以大手筆，精心擘劃，才能達到目的。《紅樓夢》是一本大書，架構恢宏，內容豐富，當然應該以大格局的手法收尾。寶玉的「大出離」實際上分開兩場。第一場「第一百十九回：中鄉魁寶玉卻塵緣」，寶玉拜別家人赴考，是個十分動人的場面，寶玉：

「走過來給王夫人跪下，滿眼流淚，磕了三個頭，說道：『母親生我一世，我也無可報答，只有這一入場，用心作了文章，好好中個舉人出來，那時太太喜歡喜歡，便是兒子一輩子的事也完了，一輩子的不好也都遮過去了。』」

寶玉出家之前，必須了結一切世緣；他報答父母的是中舉功名，留給他妻子的是腹中一子，替襲人這個與他俗緣最深的侍妾，下聘一個丈夫蔣玉菡。寶玉出門時，仰面大笑道：「走了，走了！不用胡鬧了！完了事了！」，「寶玉嘻天哈地，大有瘋傻之狀，遂從此出門而去。」寶玉笑甚麼？笑他自己的荒唐、荒謬，一生像大夢一場，也笑世人在滾滾紅塵裏，還在作夢。應了「好了歌」的旨意，「好便是了，了便是好。」

第一百二十回，我們終於來到這本書的最高峯，小說的大結局。

賈政扶送賈母的靈柩到金陵安葬，然後返回京城：

一日，行到毘陵驛地方，那天乍寒，下雪，泊在一個清靜去處。賈政打發眾人上岸投帖，辭謝親友，總說即刻開船不敢勞動。船上只留一個小廝伺候，自己在船中寫家書，先要打發人起早到家。寫到寶玉的事，便停筆。抬頭忽見船頭上微微雪影裏面一個人，光著頭，赤著腳，身上披著一領大紅猩猩氈的斗篷，向賈政倒身下拜。賈政尚未認清，急忙出船，欲待扶住問他是誰。那人已拜了四拜，站起來打了個問訊。賈政才要還揖，迎面一看，不是別人，卻是寶玉。賈政吃一大驚，忙問道：「可是寶玉麼？」那人不言語，似喜似悲。賈政又問道：「你若是寶玉，如何這樣打扮，跑到這裏來？」寶玉未及回言，只見船頭上來了兩人，一僧一道，夾住寶玉道：「俗緣已畢，還不快走？」說著，三個人飄然登岸而去。賈政不顧地滑，疾忙來趕，見那三人在前，那裏趕得上？只聽得他們三人口中不知那個作歌曰：

我所居兮，青埂之峯，我所遊兮，鴻濛太空。誰與我逝兮，吾誰與從？渺渺茫茫兮，歸彼大荒。

賈政一面聽著，一面趕去，轉過一小坡倏然不見。賈政已趕得心虛氣喘，驚疑不定。……賈政還欲前走，只見白茫茫一片曠野，並無一人。

《紅樓夢》這段章節是中國文學一座巍巍高峯，寶玉光頭赤足，身披大紅斗篷，在雪地裏向父親賈政辭別，合十四拜，然後隨著一僧一道飄然而去，一聲禪唱，歸彼大荒，「落了片白茫茫大地真乾淨。」《紅樓夢》這個畫龍點睛式的結尾，其意境之高，其意象之美，是中國抒情文學的極品。我們似乎聽到禪唱聲充徹了整個宇宙，《紅樓夢》五色繽紛的錦繡世界，到此驟然消歇，變成白茫茫一片混沌；所有世上七情六慾，所有嗔貪痴愛，都被白雪掩蓋，為之冰消，最後只剩一「空」字。

王國維在《人間詞話》中論李後主詞「真所謂以血書者也」，「儼有釋迦、基督擔荷人類罪惡之意。」此處王國維意指後主亡國後之詞，感慨遂深，以一己之痛，道出世人之悲，故譬之為釋迦、基督。這句話，我覺得用在此刻賈寶玉身上，更為恰當。情僧賈寶玉，以大悲之心，替世人擔負了一切「情殤」而去，一片白茫茫大地上只剩下寶玉身上大斗篷的一點紅。然而賈寶玉身上那襲大紅猩猩氈的斗篷又是何其沉重，宛如基督替世人揹負的十字架，情僧賈寶玉也為世上所有為情所傷的人扛起了「情」的十字架。最後寶玉出家身上穿的不是褐色袈裟，而是大紅厚重的斗篷，這雪地裏的一點紅，就是全書的玄機所在。

「紅」是《紅樓夢》一書的主要象徵，其涵義豐富複雜，「紅」的首層意義當然指的是「紅塵」，「紅樓」可實指賈府，亦可泛指我們這個塵世。但「紅」的另一面則孕涵了「情」的象徵，賈寶玉身上最特殊的徵象就是一個「紅」字，因為他本人即是「情」的化身。寶玉前身為赤霞宮的神瑛侍者，與靈河畔的絳珠仙草緣定三生。「赤」、「絳」都是「紅」的衍化，這本書的男女主角賈寶玉與林黛玉之間的一段生死纏綿的「情」即啟發於「紅」的色彩之中。寶玉周歲抓鬮，專選脂粉，長大了喜歡吃女孩兒唇上的胭脂，寶玉生來有愛紅的癖好，因為他天生就是個情種，所以他住在怡紅院號稱怡紅公子，院裏滿栽海棠，他唱的曲是「滴不盡相思血淚拋紅豆。」「紅」是他的情根。最後情僧賈寶玉披著大紅猩猩氈的斗篷擔負起世上所有的「情殤」，在一片禪唱聲中飄然而去，回歸到青埂峯下，情根所在處。《紅樓夢》收尾這一幕，宇宙蒼茫，超越悲喜，達到一種宗教式的莊嚴肅穆。

生離死別是考驗小說家的兩大課題，於是黛玉之死便成為《紅樓夢》全書書寫中的「警句」了，這也是後四十回悲劇力量至為重要的支撐點，作者當然須經過一番苦心孤詣的鋪陳經營，才達到最後女主角林黛玉淚盡人亡，震撼人心的悲劇效果。

黛玉前身乃靈河岸上三生石畔一棵絳珠仙草，因受神瑛侍者甘露的灌溉，幻化成人形，遊於「離恨天」外，飢餐「祕情果」，渴飲「灌愁水」，為了報答神瑛侍者雨露之恩，故乃下凡把「一生的眼淚還他。」黛玉的前生便集了「情」與「愁」於一身，寶玉第一次見到她：「態生兩靨之愁，嬌襲一身之病。」「閑靜如嬌花照水，行動如弱柳扶風。」是個多愁善感，西子捧心的病美人。黛玉詩才出眾，乃大觀園諸姐妹之冠，孤標傲世，她本人就是「詩」的化身，「秉絕代之姿容，具稀世之俊美」，因此她特具靈性，對自己的命運分外敏感，常懼蒲柳之姿壽限不長。第二十三回「牡丹亭艷曲警芳心」，黛玉經過梨香院聽到小伶人演唱「牡丹亭」：

「原來姹紫嫣紅開遍，似這般都付與斷井頹垣。」

「只為你如花美眷，似水流年。」

黛玉「不覺心動神搖。」「心痛神馳，眼中落淚。」為甚麼黛玉聽了《牡丹亭》這幾句戲詞，會有如此強烈反應？因為湯顯祖《驚夢》這幾句傷春之詞正好觸動黛玉花無常好，青春難保的感慨情思，因而啟發了第二十七回〈葬花詞〉自輓詩的形成：

爾今死去儂收葬，未卜儂身何日喪？
儂今葬花人笑痴，他年葬儂知是誰？
試看春殘花漸落，便是紅顏老死時；
一朝春盡紅顏老，花落人亡兩不知。

黛玉輓花——世上最美的事物，不可避免走向凋殘的命運。

亦是自輓——紅顏易老，世事無常。

事實上整本《紅樓夢》輒為一闋史詩式的輓歌，哀輓人世枯榮無常之不可挽轉，人生命運起伏之不可預測。〈葬花詞〉便是這闋輓歌的主調。李後主有詞〈烏夜啼〉：

林花謝了春紅，太匆匆。
無奈朝來寒雨晚來風。
胭脂淚，留人醉，幾時重？
自是人生長恨水長東！

後主以一己之悲，道出世人之痛，黛玉的〈葬花詞〉亦如是。

絳珠仙草林黛玉，謫落人間是為了還淚，當然也就是來還神瑛侍者賈寶玉的無生情債。寶、黛之情超越一般男女，是心靈的契合，是神魂的交融，是一段仙緣，是一則愛情神話。

可是在現實世界中，林黛玉卻是一個孤女，因賈母憐惜外孫女，接入賈府。黛玉在自己家中本來也是唯我獨尊的嬌女，一旦寄人籬下，不得不步步留心，處處提防，生怕落人褒貶，又因生性孤傲，率直天真，有時不免講話尖刻，出口傷人，在大觀園裏其實處境相當孤立。

黛玉對寶玉一往情深，林妹妹一心一意都在表哥身上，但滿腹纏綿情思又無法啟口，只得時時耍小性兒試探寶玉。小兒女試來試去，終於在第三十四回中「情中情因情感妹妹，錯裏錯以錯勸哥哥」兩人真情畢露：

寶玉因與蔣玉菡交往又因金釧兒投井，被賈政痛撻，傷痕累累，黛玉去探視，「兩個眼睛腫得桃兒一般，滿面淚光。」晚上寶玉遣晴雯送兩條舊手帕給黛玉，黛玉猛然體會到寶玉送她舊手帕的深意，不覺「神痴心醉」，左思右想，一時「五內沸然」，「餘意纏綿」在兩塊手帕上寫下了三首情詩，吐露出她最隱祕的心事：

其一
眼空蓄淚淚空垂，暗灑閑拋更向誰？
尺幅鮫綃勞惠贈，為君那得不傷悲！

其二
拋珠滾玉只偷潸，鎮日無心鎮日閑；
枕上袖邊難拂拭，任他點點與斑斑。

其三
彩線難收面上珠，湘江舊跡已模糊；
窗前亦有千竿竹，不識香痕漬也無？

寫完，黛玉「覺得渾身火熱，面上作燒，走至鏡臺，揭起錦袱一照，只見腮上通紅，真合壓倒桃花，卻不知病由此起」。黛玉的病其實是因為她那薄弱的身子，實在無法承受她跟寶玉之間「情」的負荷。黛玉最敏感，也最容易受到「情」的斲傷。

黛玉與寶玉雖然兩人情投意合，但當時中國社會婚嫁全由家中長輩父母作主，黛玉是孤女，沒有父母撐腰，對於自己的婚姻前途，是否能與寶玉兩人百年好合，一直忐忑不安，耿耿於懷，釀成她最重的「心病」。寶玉了解她，安慰她道：「你皆因都是不放心的緣故，才弄了一身的病了。」但寶、黛婚事卻由不得這一對情侶自己作主。最後賈府最高權威賈母選擇了寶釵而不是黛玉做為賈府的孫媳婦，完全基於理性考慮，因為寶釵最適合儒家系統宗法社會賈府中那個孫媳婦的位置，寶釵是儒家禮教下的理想女性，賈母選中這個戴金鎖，服冷香丸的媳婦，當然是希望她能撐起賈府的重擔，就像她自己在賈府扮演的角色。

賈母如此評論（第九十回）。

「林丫頭的乖僻，雖也是他的好處，我的心裏不把林丫頭配給他（寶玉），也是為這點子；況且林丫頭這樣虛弱恐不是有壽的。只有寶丫頭最妥」。

第八十二回「病瀟湘痴魂驚惡夢」，黛玉這場惡夢是《紅樓夢》後四十回寫得最驚心動魄的場景之一。在夢中，黛玉突然看清楚了自己孤立無助的處境：賈府長輩們要把黛玉嫁出去當續弦，黛玉四處求告無門，只得去抱住賈母的腿哭求，「但見賈母呆著臉兒笑道『這不干我的事』。」黛玉撞在賈母懷裏還要求救，賈母吩咐鴛鴦：「你來送姑娘出去歇歇，我倒被他鬧乏了。」一瞬間黛玉了悟到：「外祖母與舅母姐妹們，平時何等待得好，可見都是假的。」

最後黛玉去見寶玉，寶玉為表真心，當著黛玉，「就拿著一把小刀子往胸上一劃，鮮血直流。」黛玉嚇得魂飛魄散，寶玉「還把手在劃開的地方兒亂抓」然後大叫「不好了！我的心沒有了，活不得了！」說著，眼睛往上一翻，「咕咚」就倒了，黛玉驚醒後，開始嘔血：「痰中一縷紫血，簌簌亂跳。」

這場夢魘完全合乎佛洛伊德潛意識的運作，現代心理學的闡釋，黛玉在潛意識裏，剖開了她的心病看清楚賈母對待她的真面孔，她一直要寶玉的真心，寶玉果然劃開胸膛，把心血淋淋掏出來給她，自此後，黛玉的病體日愈虛弱惡化，終於淚盡人亡。

黛玉之死是《紅樓夢》另一條重要主線，作者從頭到尾明示暗示，許多關鍵環結，一場接一場，一浪翻一浪，都指向黛玉最後悲慘的結局。可是真正寫到黛玉臨終的一刻，作者須煞費苦心將前面累積的能量，全部釋放出來才能達到震撼人心的效果，一如寶玉出家之精心鋪排。黛玉之死，過份描寫，容易濫情，下筆太輕，又達不到悲劇的力量，如何拿捏分寸，考驗作者功力。第九十七回「林黛玉焚稿斷痴情，薛寶釵出閨成大禮」，第九十八回「苦絳珠魂歸離恨天，病神瑛淚灑相思地」，這兩回作者精彩的描寫，巧妙的安排，情緒的收放，氣氛的營造，步步推向高峯，應該成為小說「死別」書寫的典範。

黛玉得知寶玉即將娶寶釵，一時急怒，迷惑了本性，吐血暈倒，醒來後，「此時反不傷心，惟求速死，以完此債。」多年的「心病」，一旦暴發，黛玉一生的夢想，一生的追求，一生的執著，就是一個「情」字，她與寶玉之間的「情」，「情」一旦失落，黛玉的生命頓時一空，完全失去了意義。以往黛玉生病，「自賈母起直到姐妹們的下人，常來問候，今見賈府中上下人等，連一個問的人都沒有，睜開眼，只有紫鵑一人，自料萬無生理。」黛玉掙扎起身，叫雪雁把詩本子拿出來，又要那塊題詩的舊帕：

「只見黛玉接到手裏也不瞧，扎掙著伸出那隻手來，狠命的撕那絹子，卻只有打顫的分兒，那裏撕得動？紫鵑早已知她是恨寶玉，卻也不敢說破，只說：『姑娘，何苦自己又生氣？』黛玉微微的點頭，便掖在袖裏。說叫『點燈！』」

點了燈又要籠上火盆，還要挪到炕上來：

「那黛玉卻又把身子欠起，紫鵑只得兩隻手來扶著她。黛玉這才將方才的絹子拿在手中，瞅著那火，點點頭兒，往上一撂。」

隨著黛玉把詩稿也撂在火上，一併焚燒掉。

題詩的手帕，寶玉曾經用過，是寶玉送給黛玉的定情物，因是寶玉的舊物，也是寶玉身體的一部份，上面黛玉題詩寫下她心中最隱祕的情思，滴滿了絳珠仙子的情淚，也是黛玉身體的一部份，染淚手帕象徵了寶、黛二人最親密的結合，黛玉斷然將題詩手帕焚燬，也就是燒掉了寶、黛兩人纏綿不休的一段痴情，染淚手帕首次出現在第三十四回，隔了六十三回後在此處發揮了巨大的力量，是作者曹雪芹草蛇灰線，伏脈千里的妙筆。

黛玉是詩的化身，是「詩魂」，第七十六回中秋夜黛玉與湘雲在凹晶館聯詩，黛玉詠了一句讖詩：「冷月葬詩魂」。黛玉焚稿，也就是自焚。燒掉染淚手帕，是焚燬身體信物，燒掉詩稿，是焚燬靈魂、詩魂，黛玉如此決絕斬斷情根，自我毀滅，此一刻，黛玉不再是一個弱柳扶風的病美人，而是一個剛烈如火的殉情女子。黛玉之死，自有其悲壯的一面。黛玉臨終時交代紫鵑：「我這裏並沒有親人，我的身子是乾淨的，你好歹叫他們送我回去！」至此，黛玉保持了她的最後尊嚴，與賈府了斷一切俗緣。

寶玉跟黛玉的性格行為，都不符合儒家系統宗法社會的道德規範，可以說兩人都是儒家社會的「叛徒」，註定只能以悲劇收場，一個出家，一個為情而亡，應了第五回太虛幻境裏對他們情緣的一曲判詞〈枉凝眉〉：

一個是閬苑仙葩，一個是美玉無瑕。
若說沒奇緣，今生又偏遇著他；
若說有奇緣，如何心事終虛話？
一個枉自嗟呀，一個空勞牽掛，
一個是水中月，一個是鏡中花。
想眼中能有多少淚珠兒，

怎禁得秋流到冬，春流到夏。

寶、黛之情，終究是鏡花水月，一場空話。

《紅樓夢》後四十回，因為寶玉出家，黛玉之死這兩則關鍵章節寫得遼闊蒼茫，哀惋悽愴，雙峯並起，把整本小說提高昇華，感動了世世代代的讀者。其實後四十回還有許多其他亮點，例如第八十七回「感秋聲撫琴悲往事」，妙玉、寶玉聽琴，第一百零五回「錦衣軍查抄寧國府」賈府抄家，第一百零六回「賈太君禱天消禍患」，賈母祈天，第一百零八回「死纏綿瀟湘聞鬼哭」，寶玉淚灑瀟湘館——在在都是好文章。

程偉元有幸，蒐集到曹雪芹《紅樓夢》後四十回遺稿，與高鶚共同修補，於乾隆五十六年（一七九一）及乾隆五十七年（一七九二）刻印了《紅樓夢》一百二十回全本，中國最偉大的小說得以保存全貌，程偉元與高鶚對中國文學、中國文化，做出了莫大的貢獻，功不可沒。

二〇一七年十一月二十五日

【編輯後記】

紅樓春秋

項秋萍

那一段重做學生的日子，確實是從春天開始的，到隔年秋天前結束。

二〇一四年春，得知白先勇老師要在臺大開通識課「《紅樓夢》導讀」，心底的嚮往立刻浮了上來，真的，等待很久了。有關「白先勇與《紅樓夢》」，在讀他小說的 Fans 之間，一直有一些傳聞或心得被悄悄分享著，關於人，關於小說，或是關於事。

比如：白先勇小學五年級就開始讀《紅樓夢》，讀了一輩子，無論到哪裏，《紅樓夢》永遠是他的案頭書。

比如：他小時候得肺病，怕傳染，有過類似幽閉隔離的經驗，所以他很了解林黛玉那種「病態的絕美」，同情她孤女的「過度防衛心」。

比如：他小說中的一些筆法，是從《紅樓夢》後四十回強烈對比、極戲劇化的特色轉化來的。他一向獨排眾議，認為後四十回毫不遜色，假如真是高鶚續書，續書者的才情也絕不輸曹雪芹。

比如：接觸了西方現代主義之後，他和《現代文學》的那一羣文學先驅，雖是以「橫的移植」模仿西方，但小說中象徵、意象等屬於西方的手法，甚至佛洛伊德的「夢的解析」的理論，白先勇都從《紅樓夢》得到對照與印證。也就是說，《紅樓夢》其實更早、更前衛。

比如：他早期小說中的「畸人」，好多都有《紅樓夢》人物的影子。寶玉的原型被拆解：與父親賈政的關係，襲人口中的「小祖宗」，與秦鐘特殊的同性之愛……投射到不同的小說人物身上。

比如：白先勇對復興崑曲有天大的熱忱，花了十年時間推動「青春版《牡丹亭》」，《牡丹亭》正是《紅樓夢》裏賈府的崑曲家班子最重要的一齣戲。賈母、元妃都點這齣戲的折子；寶玉想聽，黛玉聽了也心動神搖、聞之感悟。白先勇對崑曲的熱愛，也深受《紅樓夢》的影響。

比如：他提出《紅樓夢》人物名字中有「玉」的，都具隱喻關鍵。除了寶玉、黛玉；妙玉和蔣玉菡都有不同涵義。他認為小說最後，安排與寶玉同有肉體之緣的襲人和蔣玉菡結婚，是賈寶玉俗緣的完成，與賈寶玉出家——由佛道解脫，同等重要；這是《紅樓夢》作者最絕妙的小說結尾。

比如：白先勇跟曹雪芹、張愛玲都是沒落的貴族，有著漂流後無以家為的滄桑，他們都是二十多歲就寫小說寫出一片天的天才。白與張對《紅樓夢》下過苦功，卻是對立的看法。

比如：白先勇在母親過世依回教禮儀繞墳四十天後，遠赴美國，初時完全不能寫作。在異國第一次過聖誕節，他一個人到密歇根湖邊，湖上煙雲浩瀚，四周急景凋年，他心裏突然起了一陣奇異的感動，似喜似悲。《紅樓夢》最後寶玉出家，向旅次中的父親賈政告別，雪影裏面一個人，光頭赤腳，倒身下拜，只不言語，似喜似悲。弘一大師圓寂前「悲欣交集」的境界，二十五歲的白先勇，由深烙心底的文字「似喜似悲」感悟到了，霎時心澄如鏡，自知故國已遠，此後開始了《紐約客》以及稍晚的《臺北人》的寫作，第一篇就是傳誦至今的〈芝加哥之死〉。

以上多屬 Written on water，之前並未得到白老師的證實。不過，我的確是懷著一些感觸，懷著得到解答的期盼，去上白先勇的《紅樓夢》課。

臺大最初的規畫是每周導讀八回，全學期讀完一百二十回。總共十五堂、三十小時的課。課前我慎重準備了錄音機、筆記本，不想只是聽聽而已。因為無壓力的旁聽生，不必考試不交報告固然輕鬆，卻最容易淪於聽後即忘。

剛開始白老師為符合每周導讀八回的進度，只講微言大義，精節欣賞。不過課堂上像我這種曾經五次讀《紅樓夢》的學生似乎不多——我對《紅樓夢》的閱讀態度是：有空讀閒書乃人生至樂，說翻閱五次真慚愧，其實都是不求甚解，輕舟過河，悠悠晃晃就「滑」過去了。後來知道行家讀紅樓，不止閱之讀之，更是鑽之研之，就像張愛玲說她自己「實在熟讀《紅樓夢》，不同的本子不用留神看，稍微眼生點的字自會蹦出來。」那麼，臺下擠滿一堂學子，閱讀《紅樓夢》的經驗其實判若雲泥。有人是遠方本科研究生，特意來瞻仰白先勇的《紅樓夢》上課；有的停留在看過《紅樓夢》影視電玩，現在有心跨出第一步。這樣的大課堂，到底要怎麼樣讓人人受用？白先勇倒不擔心，他說《紅樓夢》本身是一本「天書」，包羅萬象，無論深淺雅俗、感性理性、飲食男女、趣味生活……誰都可以在裏頭找到自己所好，唯一的壓力是時間限制。但講著講著，向來如「一團熱火，一片春風」的白老師，就恨不得傾囊相授了。上了兩三堂後發現，進度只是個「參考」，口角春風背後還有一大串文學、史學、哲學、美學的連結。

此刻因緣際會，時報出版公司高層也坐堂聆課，強烈說服白老師，在臺大出版中心之外，再開一扇窗，得到臺大和白老師首肯，並邀請我整理課程文稿。原本就「不想只是聽聽而已」，欣然附議。

從聆課變成編書，角色轉換的要件是效率、精準和充實。我開始的做法是：趁著當天上完課記憶猶新，不足處回家反覆聽錄音，整理出消化後的筆記。同時也跟著白老師的講述，去追閱更多的背景資料。這個階段，快速讀了課堂上的指定書：王國維《紅樓夢評論》、俞平伯《紅樓夢辯》、胡適《紅樓夢考證》、夏志清《中國古典小說導論》、《夏志清文學評論經典：愛情．社會．小說》、趙岡《漫談紅樓夢》、余英時《紅樓夢的兩個世界》、高陽《紅樓一家言》。這只是書單一部分，大概涵蓋了研究《紅樓夢》的正確方向。

白老師的上課考試方式是自己選一個題目，寫一千五百字左右的小論述，助教也給了多種類型的提示。大學生最普遍的還是討論賈寶玉的愛情與婚姻。課程網站上導引說：除了釵黛，寶玉的紅粉知己還有史湘雲，而在打破階級的當代，也可能和襲人、晴雯修成正果，甚至妙玉與秦鐘也無法被排除在名單以外。這一題是請同學寫出具體互動的描述，推論賈寶玉的真愛是誰？我在課程網站看到一個自擬的題目：秦可卿與賈珍有愛情嗎？這是探討一段可能是不倫的愛情。曹雪芹並沒有正面寫翁媳不倫，同學卻看出了蛛絲馬跡。

我也自擬功課，想探究曹雪芹家世背景中的一位關鍵女性。最初，曹家祖上只是以軍功歸化滿清的漢人包衣，為什麼滿清皇室會讓曹雪芹的曾祖母孫氏，擔任幼時康熙的乳母？曹雪芹的曾祖父曹璽因此獲得皇室極大信任。孫氏之子曹寅（曹雪芹的祖父），從小侍讀康熙，君臣情同兄弟，曹家因而發達。有關孫氏的記載很少，因此又去讀周汝昌《曹雪芹新傳》、史景遷《曹寅與康熙》。野史的說法，康熙兩三歲時宮中天花流行，乳母悉心照顧，保住性命。後來順治皇帝因染天花早薨，諸子中唯有玄燁（康熙）出過痘，可免風險。康熙七歲即位，對孫氏倚若至親，曹璽在康熙二年，就出任江寧織造，成為曹家地位非常重要的轉捩點。正史記載康熙第三次南巡，曹寅帶領母親孫氏上堂朝拜，康熙大悅，說：「此吾家老人也」，並為孫氏親書「萱瑞堂」三字，這一方面也因為滿人有尊敬乳母的習俗。《紅樓夢》中的賈母，有學者就認為是以孫氏為原型。

這類小小的查考是愉快的，到了學期末，白老師大約講到一百二十回的三分之一，臺大新百家學堂執行長柯慶明老師從善如流，極力爭取、協調，原本一學期的規畫變成圓滿講完為止。對有心細聽《紅樓夢》的同學以及計畫出版者，當然是大好消息，但也有一部分同學，因為必修學分與通識課選修時間的衝突，沒有辦法繼續，而換了另外一批第一學期的向隅者或新選修者。

《紅樓夢》是有連貫性的，白老師為了照顧新進來的同學，講到重要人物或接續情節，都要回頭複述前因後果，這使得許多單一回目都變成通盤全觀。再加上曹雪芹的書寫方式，早早就在第五回藉寶玉遊太虛幻境，對「金陵十二釵」正冊、副冊、又副冊中的人物，預先披露了她們的命運，前後呼應變成必要之重複。筆記當然得做最適當的刪與留，甚至不時來個乾坤大挪移。

第二學期開始，課堂上使用的《紅樓夢》課本，讓白老師備課多耗費了許多心力。

原來「《紅樓夢》導讀」是白老師在美國加州大學聖塔芭芭拉分校東亞系主要授課之一，分中英文兩種課程，持續二十多年。他採用的中文教本一直是臺灣桂冠圖書公司印行的以「程乙本」為底本的《紅樓夢》，英文教本是英國知名學者 David Hawkes 根據「程乙本」翻譯的。臺大開課選擇課本時，桂冠出版的《紅樓夢》竟然絕版了，市上再也買不到，只好退求其次，選擇了大陸目前知名的紅學專家審定、注解的以「庚辰本」為底本的里仁書局《紅樓夢》課本。講授前四十回，白老師已經發現不對，有時突然多出一段，一看即知是當初抄本把旁邊讀書人的眉批也抄進去了。雖然如蛆附衣，破壞潔雅，他仍耐心以提醒刪除或改正來處置。後來越對比越心驚，從錯誤點點，到整體大謬。這時看見了一位講課講得興高采烈，卻帶著憂心忡忡，甚至有些憤怒的白老師。因為這個廣為流傳的「庚辰本」，把精采人物尤三姐毀了，從一個剛烈殉情的女子，寫成了一個淫婦。把寶玉對晴雯的百般憐惜之情，生死離別的動人場景，因多出了煞風景、不合理的幾句話，全盤破壞。把漂亮可愛的小伶人芳官，在《牡丹亭》中唱杜麗娘的，剃了光頭變成一個男的耶律雄奴……那不知道從哪裏跑出來的幾頁，完全毀了一個人物。其他大大小小的抓不完的蝨子蚤子，白老師不厭其煩對出來，解釋小說中一個字、一句話的千斤之重。

這時候不僅講課的時間壓力極大，「導讀」已變成「細說」，任何放假白老師都要求補課，早到遲退是常態。我敬佩他使命感發出的撐持力量，自己卻感到前所未有的擔憂。他講得極細，字字比對，我有三雙手也來不及完全記下。回去再聽錄音，因為手邊並無桂冠版「程乙本」，之前的方法行不通了。我到各大舊書網站去「淘」，只買到了桂冠上冊，中下杳然。沒有桂冠版就去買別家出版的「程乙本」，里仁民國七十二年出的彩畫版，上海古籍出版社的「程乙本」，又買脂硯齋評、周汝昌校訂批點本《石頭記》……一一對照參考，竟然，所有的本子都各不相同。參考書擺滿兩個箱子，我突然覺得掉進一個耗盡氣力的所在。終於，鼓起勇氣跟白老師說：「我不知道能不能完成這些筆記，我耳鳴眼花肩膀痠痛……應該是身體已經退休了。」白老師一貫的入情入理，他溫煦地說：「我知道很麻煩，臺大他們要做 DVD 字幕，我請他們提供一份給你，應該有幫助。」這還有什麼話說呢？白老師他完全了解編輯。

課上到第七十四回賈府自己抄大觀園，晴雯受屈被逐冤死，一直到進入八十一回以後許多人攻擊的高鶚續書，白老師的創見越來越令人驚嘆，比如，他認為〈芙蓉女兒誄〉不是祭晴雯，骨子裏是祭黛玉（寶黛都已經敏感到未來的命運）。作者如何營造這一節，不經白老師解釋，普通讀者如我，是絕對看不出奧妙所在的。知道了卻要拍案叫絕。

接著是八十二回黛玉那有名的可怕惡夢，點出了寶黛終極的關係，指向病瀟湘絳珠草淚盡人亡。進入到情節跌宕起伏的高潮，小說的速度加快許多，每每下課鐘響，情緒上欲罷不能。如果天色未暗，我總是一個人去校園散步，一路上去拜訪已經見面多次的百子蓮、側柏、阿勃勒黃花、大花木蘭、月桃，甚至臺灣藜。直到心中像漲滿了風的帆，回到我讀《紅樓夢》習慣的輕舟過河，但河岸的風景已經大不相同。

課程快結束的時候，我想要知道的答案，真的一件一件的自然知道了。

最後一次的課堂上，白老師攤開了一幅奚淞老師寫的有股仙逸之氣的書法：「天地同流眼底羣生皆赤子，千古一夢人間幾度續黃粱」。這是二十多年前，奚淞老師旅行到絲路上的張掖大佛寺——西夏王國留下的木製臥佛所在的寺廟抄錄的。白老師說，賈寶玉的心是無比憐憫的，曹雪芹的筆下是無比包容的。其實白老師本人又何嘗不是？很少見到如此堅韌又飽含深情大愛的生命。

最後，感謝「白先勇人文講座」贊助人暨旁聽羣組最具號召力的班長怡蓁，以及認真足為我表率的同學們——忘不了小花（薰齡）腳踝打上石膏還一跛一跛來上課。感謝臺大柯慶明老師和出版中心涵書，由於你們的鼓勵和協助，讓這件負荷超過原先預期的工作得以完成。還有我的編書夥伴：陶蕃震、張治倫工作室，以及讓這套書出版落實的時報文化公司，一併致謝。

二〇一六年六月十二日

※白先勇老師臺大授課之初，《紅樓夢》程乙本斷版，學生手上的課本只有庚辰本，所以本書目錄不得不用庚辰本回目，但內文中白老師均提出對比說明。本書印行時，《紅樓夢》程乙本也同時復刻出版，為免讀者對比目錄時誤解，特此說明。

XLB0045

白先勇細說紅樓夢（下冊）

作　　者 — 白先勇
封面題字 — 董陽孜
文稿整理及執行主編 — 項秋萍（特約）
系列主編 — 鍾岳明
執行編輯 — 陶蕃震（特約）、張啟淵
美術指導 — 張治倫
封面及美術設計 — 張治倫工作室 林姿婷 魏振庭
執行企劃 — 劉凱瑛

董 事 長 — 趙政岷
出 版 者 — 時報文化出版企業股份有限公司
108019台北市和平西路三段二四〇號四樓
發行專線 — (02) 2306-6842
讀者服務專線 — 0800-231-705
(02) 2304-7103
讀者服務傳真 — (02) 2304-6858
郵撥 — 一九三四四七二四時報文化出版公司
信箱 — 一〇八九九臺北華江橋郵局第九九信箱

時報悅讀網 — http://www.readingtimes.com.tw
電子郵箱 — history@readingtimes.com.tw
法律顧問 — 理律法律事務所 陳長文律師、李念祖律師
印　　刷 — 勁達印刷有限公司
初版一刷 — 二〇一六年七月一日
二版一刷 — 二〇一八年三月十六日
二版三刷 — 二〇二三年七月二十五日
平裝本定價 — 新台幣四〇〇元
精裝本定價 — 新台幣七四〇元

時報文化出版公司成立於一九七五年，
並於一九九九年股票上櫃公開發行，於二〇〇八年脫離中時集團非屬旺中，
以「尊重智慧與創意的文化事業」為信念。
（缺頁或破損的書，請寄回更換）

本書由財團法人趙廷箴文教基金會贊助出版
ISBN 978-957-13-6671-5（下冊平裝）
ISBN 978-957-13-6675-3（下冊精裝）
Printed in Taiwan

白先勇細說紅樓夢 / 白先勇著.
-- 初版. -- 臺北市 : 時報文化,
2016.07
冊；　公分
ISBN 978-957-13-6669-2(上冊 : 平裝). --
ISBN 978-957-13-6670-8(中冊 : 平裝). --
ISBN 978-957-13-6671-5(下冊 : 平裝). --
ISBN 978-957-13-6672-2(全套 : 平裝). --
ISBN 978-957-13-6673-9(上冊 : 精裝). --
ISBN 978-957-13-6674-6(中冊 : 精裝). --
ISBN 978-957-13-6675-3(下冊 : 精裝). --
ISBN 978-957-13-7374-4(全套 : 精裝)

1.紅學 2.研究考訂

847.49　　105009952